LE
CABINET
DES FÉES.

12

8599

CE VOLUME CONTIENT

LES AVENTURES MERVEILLEUSES DE DON SILVIO DE ROSALVA, traduites de l'allemand de M. Wiéland, par madame D'USSIEUX.

LE CABINET

DES FÉES,

O U

COLLECTION CHOISIE

DES CONTES DES FÉES,

ET AUTRES CONTES MERVEILLEUX,

Ornés de Figures.

TOME TRENTE-SIXIÈME.

A AMSTERDAM,

Et se trouve à PARIS,

RUE ET HÔTEL SERPENTE,

M. DCC. LXXXVI.

AVERTISSEMENT
DE L'ÉDITEUR.

L'OUVRAGE par lequel nous terminons ce recueil, est une critique des Contes de Fées. *Don Silvio de Rosalva*, héros de ce roman, est un jeune homme qui n'ayant lu que des Contes de Fées, a fini par croire à l'existence de ces êtres chimériques. Son imagination s'est échauffée; il se croit persécuté par une fée ennemie. Un portrait que le hasard fait trouver sur ses pas, est celui d'une princesse infortunée, objet, ainsi que lui, des persécutions & de la haine d'une fée laide, vieille & maligne.

On sent combien un pareil cadre est heureux. L'auteur en a tiré parti. On regrette seulement, qu'ayant pris pour modèle le roman ingénieux de Michel de

Tome XXXVI.   **A**

Cervantes, il se soit trainé un peu trop servilement sur ses traces ; & quelque agréable que soit ce roman moderne, la comparaison que l'on ne peut s'empêcher de faire, n'est point à son avantage.

Comme l'extravagance de don Silvio est un peu triste, l'auteur a cherché à égayer son ouvrage, en mettant sur la scène un certain *Pedrillo*, qui est le vrai portrait de l'écuyer du chevalier de la Triste Figure, mais portrait inferieur à son original : on n'y retrouve point la gaieté naïve ni les saillies piquantes de Sancho - Pança.

Quoi qu'il en soit, le roman de don Silvio plaira à nos lecteurs, même à ceux qui auront lu le roman de Cervantes ; il termine naturellement une collection complette de féerie : il apprend aux jeunes personnes qui lisent ces sortes d'ouvrages,

dans quel esprit elles doivent les lire, &
comment elles peuvent s'en amuser, sans
égarer leur imagination.

Un conte épisodique intitulé : *le prince
Biribinquer*, renferme tout ce que la féerie
a enfanté de plus extravagant : l'auteur
a mis à contribution les contes les plus
connus, & a entassé tout le merveilleux
dont ils sont remplis. Ce conte est récité
à don Silvio par un de ses amis, & composé pour détromper notre héros, en
laissant sa crédulité.

L'original de cet ouvrage est Allemand ;
il en a paru deux traductions : la première
en 1769, sous le titre que nous lui conser-
vons, d'*Aventures merveilleuses de don
Silvio de Rosalva*. La seconde est de madame d'Ussieux, & a paru en 1771. Le
nouveau traducteur a intitulé son ouvrage :
le *Don Quichotte Moderne.*

La première traduction est, dit-on, plus conforme à l'original; mais elle est si mal écrite & chargée de tant de longueurs, que nous avons cru devoir préférer celle de madame d'Ussieux. Cette dernière se fait lire avec plaisir, & les retranchemens que le traducteur s'est permis de faire, rendent la marche du roman plus rapide. Nous avons seulement conservé le premier titre qui est plus convenable & qui distingue cet ouvrage d'un roman de M. de Marivaux, intitulé : le *Nouveau Don Quichotte.*

L'auteur du roman de don Silvio, est M. Wiéland, avantageusement connu dans la littérature allemande. Cet auteur a donné plusieurs ouvrages qui lui ont acquis la plus grande réputation dans sa patrie. Quelques-uns de ces ouvrages ont été traduits en françois, tels que l'hiftoire d'Agathon & les mémoires de mademoifelle de Sternheim.

M. Wiéland eft né en 1732 à Biberach, ville impériale de la Souabe. Deftiné d'abord à la magiftrature, il en a rempli quelque tems une place dans fa patrie, mais il la quittée bientôt pour cultiver les Mufes. Il s'eft retiré à Zurich, y a vécu dans le commerce des gens de lettres, fes compatriotes; il étoit lié intimément avec M. Gefner, qui a bien voulu donner fes foins à une édition de fes œuvres imprimées à Zurich, en 1765, en cinq vol. *in-8°.* : depuis, M. Wiéland a été appelé à la cour de Saxe-Weimar, où peut-être il eft encore.

Les autres ouvrages que nous connoif-fons de M. Wiéland, font un Poëme, intitulé : de la Nature; des Epitres Mo-rales; des Lettres des Morts aux Vivans, ouvrage imité de l'Anglois, qui porte le même titre; l'Epreuve d'Abraham, poëme; des Contes en vers; Cyrus, poëme en cinq chants; Jeanne Gray, tragédie; Clémentine de Porrete, drame, dont le sujet est tiré du roman de Grandisson; l'histoire des Grâces; Alceste, opéra; Socrate en délire; la Sympathie des Ames; Ydris, poëme héroï-comique; le nouvel Amadis, poëme; le Miroir d'or, roman politique & moral, & plusieurs Epitres morales, & autres poësies fugitives. M. Huber a traduit en françois, le poëme intitulé: l'Epreuve d'Abraham, & plusieurs Contes & autres Poësies qu'il a insérées dans son choix de Poësies Allemandes.

LES AVENTURES
MERVEILLEUSES
DE DON SILVIO
DE ROSALVA.

PREMIÈRE PARTIE.

CHAPITRE PREMIER.

Caractère d'une certaine tante.

UNE dame de qualité, nommée dona Mencia
de Rosalva, habitoit, il y a quelque tems, un
vieux château délabré, situé dans le royaume
de Valence, en Espagne. Elle étoit plus que
sexagénaire dans le tems qu'elle jouoit son rôle
dans l'histoire que nous écrivons.

Depuis la guerre de fucceſſion, dona Mencia avoit renoncé à l'eſpérance de ſe diſtinguer par ſes graces perſonnelles. Elle auroit été aſſez tendre, dans ſa jeuneſſe, pour combler les vœux d'un amant digne de ſon cœur; mais elle rencontra des hommes ſi ingrats, & elle éprouva, de leur part, tant de froideurs, qu'elle fut mille fois ſur le point de ſe conſacrer au ciel dans un couvent. Elle ſe feroit ſans doute conformée aux impreſſions de la grace, ſi ſa ſageſſe ne lui eût repréſenté qu'on trouve rarement le calme & le bonheur dans une retraite où l'on n'a été conduit que par le dépit & la vengeance. Un autre expédient vint à ſon ſecours; il lui coûta bien moins, & il répondit mieux au deſſein qu'elle avoit de punir l'ingratitude des hommes. Elle embraſſa le parti de la pruderie, & réſolut de venger le mépris qu'on avoit fait de ſes attraits ſur toutes les femmes d'une figure agréable. Elle les regardoit comme autant de nuages qui avoient intercepté ou anéanti l'éclat de ſes charmes. En ſe déclarant ennemie jurée de l'amour & de la beauté, elle voulut s'ériger en protectrice de ces veſtales reſpectables que la nature a doué d'une chaſteté éminente. Un ſeul de leurs regards défarme le ſatyre le plus intrépide.

Dona Mencia employa ſes premiers ſoins à

, fe choifir une fociété parmi quelques dames
qu'elle avoit autrefois connues à Valence, où
elle avoit été élevée. Son union avec ces femmes
qui avoient auffi acquis le droit d'être prudes,
ne fe borna pas à une liaifon ordinaire. Elles
formèrent enfemble une efpèce de confrater-
nité, qui étoit précifément, parmi le beau fexe,
ce que font les ordres religieux dans le monde
politique : un état au milieu de l'état, dont
l'intérêt eft de fe faire tort mutuellement. Les
dames de cette confrairie méritèrent le furnom
d'Antigraces, parce qu'elles faifoient ouverte-
ment la guerre à tout l'empire de l'amour.

Pour que leurs affemblées puffent devenir
utiles à l'humanité, elles fe propofèrent de
travailler généreufement aux progrès de la vertu
& au rétabliffement des bonnes mœurs. A leur
avis, la corruption s'étoit fi fort infinuée parmi
les jolies femmes, qu'on devoit les regarder
comme l'unique fource des défaftres qui inon-
doient le monde. Les bigotes affociées établirent
pour principe de leur morale, que les charmes
& la vertu étoient abfolument incompatibles.
D'après ce point fondamental, elles jugèrent
des actions & du mérite de chaque perfonne
de leur fexe. Une femme qui plaifoit par les
agrémens de fa figure étoit, felon elles, la plus
malheureufe des créatures : elle étoit le fléau

de la société, un vase empoisonné, l'instrument
des esprits malins, une harpie, une sirène, un
hydre, & plus encore, à proportion qu'elle avoit
d'appas : venin contagieux qui, selon le systême
de ces moralistes, étoit aussi dangereux pour la
vertu, qu'il est flatteur pour l'amour-propre, &
redoutable à l'innocence des hommes.

Dona Mencia de Rosalva avoit fait éprouver,
pendant quinze ans, aux dames de Valence la
sévérité de sa vertu & toute la bizarrerie de son
caractère, lorsque don Pédro de Rosalva, son
frère, résolut de quitter Madrid. Ce gentilhomme, qui étoit plein d'honneur, avoit loya-
lement sacrifié la plus grande partie de son bien
au service du nouveau roi d'Espagne. Il dépensa
le reste à Madrid où il sollicita long-tems une
pension qu'il n'obtint pas. Il se repentit trop tard
de n'avoir pas plutôt employé son argent à faire
réparer la charpente d'un vieux petit château
qu'il possédoit à trois lieues de Telva : c'étoit
le seul bien qui lui restoit de ses ancêtres.

Don Pédro de Rosalva venoit de perdre son
épouse qui lui avoit laissé un fils & une fille.
Il étoit trop prudent pour se charger de l'éducation de ses enfans; & il avoit trop peu d'expérience pour entreprendre de conduire son petit
ménage. Il crut devoir conférer à sa sœur ces
brillans emplois. Dona Mencia se détermina

volontiers à changer les humiliations qu'elle
essuyoit à Valence, pour l'agrément d'être la
dame principale dans un village. Il est clair
qu'elle pensoit aussi noblement que César, qui,
en passant dans un hameau des Pyrénées, déclara à ses amis qu'il aimeroit mieux être le
premier dans ce petit village, que le second dans
Rome.

Don Pédro ne jouit pas long-tems des charmes
de la liberté & de la vie champêtre. Le chagrin qu'il eut d'avoir inutilement dépensé ses
biens, le conduisit à une maladie dont il mourut.
Il laissa à son fils don Silvio un arbre généalogi-
que, qui remontoit jusqu'au tems de Gargoris
& de Habides, un château délabré à trois tours,
quelques métairies, & l'espérance d'hériter,
après la mort de dona Mencia, de quelques
bijoux antiques, de plusieurs paires de lunettes,
de beaucoup de chapelets, & de partager, avec
sa sœur, une nombreuse collection de livres de
chevalerie & de romans. Don Pédro mourut
avec une entière résignation à la volonté de
Dieu. Son fils n'avoit pas tout à fait dix ans;
mais il le laissoit entre les mains d'une dame
sage & vertueuse. On saura que le vieux chevalier avoit conçu une très-haute opinion de sa
sœur. Dona Mencia avoit lu une quantité prodigieuse de chroniques. Tous les livres de che-

valerie lui étoient connus. Elle étaloit ordinairement à table fon éloquence, & ce qu'elle favoit
de politique & de morale. Il n'eft pas étonnant
que don Pédro admirât le favoir de fa fœur,
parce qu'il avoit prefque toujours été militaire,
& que fon genre de vie ne lui avoit pas laiffé
affez de tems pour acquérir ce qu'on appelle des
connoiffances profondes.

CHAPITRE II.

Quelle fut l'éducation que don Silvio reçut de fa tante.

DONA MENCIA feconda, le mieux qu'elle
put, les vues de feu fon frère. Elle employa fes
foins & fon habileté à éduquer fon neveu. Dès
que le jeune don Silvio eut appris, du vicaire de
fa paroiffe, affez de latin pour comprendre les
Métamorphofes d'Ovide, & que le barbier du
village lui eut enfeigné autant de mufique qu'il
en falloit pour accompagner, fur la guittare,
quelques vieilles romances, dona Mencia prit
fur elle même le foin de le former. Elle préten-
doit connoître, mieux que perfonne, ce qui
caractérife un cavalier parfait. Tous ces principes

d'éducation étoient malheureufement tirés du Pharamond, de la Clélie, du grand Cyrus, & de beaucoup d'autres livres de cette efpèce qui, avec les aventures des douze pairs de france & des chevaliers de la Table Ronde, faifoient le plus bel ornement de fa bibliothèque. C'eft dans ces livres, difoit-elle, qu'eft caché le favoir le plus fublime & les connoiffances vraiment utiles. Elle s'imagina que le moyen d'inftruire fon neveu, d'une manière digne de fa naiffance, étoit de lui infpirer le goût, les idées & les fentimens qu'elle avoit puifés dans ces fources. Les difpofitions du jeune don Silvio répondirent fi bien à fes vues, qu'avant qu'il eût atteint fa quinzième année, il étoit auffi favant que madame fa tante. Il en favoit déjà autant fur l'Hiftoire, la Phyfique, la Théologie, la Morale, la Politique, les Antiquités & les Beaux Arts, qu'aucun des plus favans héros du grand Cyrus. Il répondoit aux queftions les plus fubtiles, avec tant d'éloquence & de précifion, que les domeftiques, le vicaire, le maître d'école, le barbier & les autres perfonnes de diftinction qui avoient accès dans le château, ne pouvoient affez admirer, & les heureufes difpofitions du jeune feigneur, & les fages principes d'éducation de madame.

Ce qui flattoit le plus dona Mencia, c'eft que fon élève donnoit à chaque inftant des preuves

du défir qu'il avoit d'imiter les grands modèles
qu'on lui propofoit. La lecture des exploits finguliers & des faits furprenans le ravissoit. Son
imagination étoit si remplie de chofes étonnantes, qu'il fe les imaginoit aussi aifées à exécuter, qu'il avoit de facilité à s'en faire une
idée. Sa tante ne doutoit point qu'avec la noblesse
d'ame & les rares qualités qu'elle lui connoissoit,
il ne jouât un grand rôle dans le monde. Elle
s'imaginoit que fon neveu imiteroit en gloire &
en profpérité les hétos qu'elle admiroit le plus,
comme il les égaloit en beauté & en charmes
perfonnels.

CHAPITRE III.

Obfervations Pfychologiques.

IL n'eft pas étonnant que l'efprit de don Silvio
fe prêtât, aussi aifément, à toutes les bizarreries
que fa tante mettoit en jeu pour l'élever, parce
qu'il étoit né très-fenfible, & qu'il avoit de
fortes difpofitions à la tendresse.

Tous les jeunes gens de cette efpèce s'atta-
chent facilement à ce qui fait de vives impreffions
fions fur leurs cœurs. Les paffions qui ne font
qu'affoupies fe réveillent au moindre fignal.

L'idée du merveilleux porte une empreinte ineffaçable fur le cœur d'une jeune perfonne élevée loin du monde, au milieu des rians objets de la campagne, lorfqu'elle n'eft affujettie à aucuns travaux. On cherche à remplir le vide de fon ame : une uniformité continuelle devient infipide.

Peu à peu l'imagination fe confond avec le fentiment ; le merveilleux s'unit au naturel ; bientôt le faux & le vrai ne font plus qu'un. L'ame qui fe conforme à un inftinct aveugle, agit avec autant de force fur les chimères que fur les vérités.

Tel étoit, à peu près, la fituation du jeune don Silvio. La pureté de fon cœur l'empêchoit de croire qu'il pût être trompé. Son efprit ne trouvoit pas plus de difficulté à croire l'exiftence des êtres chimériques, que fes fens n'en trouvoient à recevoir les impreffions des chofes naturelles. Il fe perfuadoit l'extraordinaire à proportion qu'il lui paroiffoit agréable. Rien ne lui fembloit impoffible. Ainfi il aime mieux croire au monde poétique & enchanté, qu'au monde réel. Les aftres, les efprits élémentaires, les forciers & les fées étoient auffi pofitivement, felon lui, les moteurs de la nature, que la gravité, l'attraction, l'élafticité, le feu électrique, &c. le font, felon le fyftême d'un philofophe moderne.

Les fenfations agréables qu'on éprouve en
entrant dans un bois obfcur & touffu, furent fans
doute l'origine de l'opinion générale qui prévaloit jadis parmi nos pères. Ils étoient perfuadés
que les forêts étoient habitées par des dieux.
Ce doux friffonnement qui nous faifit & qui
femble élever notre être au deffus de lui-même,
lorfque, dans une nuit claire & paifible, nous
contemplons les aftres brillans qui roulent fur
nos têtes, donna lieu de croire que ce que nous
appelons le firmament, étoit la demeure des
êtres immortels.

Les payfans, qui n'ont pas le loifir de tirer
des connoiffances claires des différentes impreffions que la nature fait fur eux, font, en général, très-fuperftitieux. De la confufion de leurs
idées, naît leur croyance aux chaffes invifibles
dans les bois, aux fées qui danfent la nuit dans
les prairies, aux génies bienfaifans ou méchans,
au cochemar qui tourmente les filles, aux firènes,
aux efprits folets, & à je ne fais combien d'autres fantômes dont ils racontent nombre d'hiftoires.

Si nous raffemblons tous ces points qui fe
réuniffoient pour former l'éducation romanefque
de notre jeune chevalier, nous concevrons aifément qu'il ne devoit avoir que quelques pas à
faire pour fe forger ces idées monftrueufes qui,

depuis

depuis le tems de fon compatriote, l'immortel chevalier de la Manche, n'étoient entrées dans aucune tête bien organifée.

CHAPITRE IV.

Comment don Silvio fit connoiffance avec les fées.

IL y avoit dans le château, une grande chambre remplie de livres de toute efpèce rangés par ordre ; mais la claffe des contes des fées étoit la dominante. Don Pédro avoit aimé à la foli la lecture de ces bagatelles. C'étoit en vain que fa prudente fœur lui faifoit fouvent la guerre fur le goût qu'il prenoit à ces fadaifes : c'eft ainfi qu'elle les appeloit. Elle avoit autant de refpect pour les livres de chevalerie qu'elle mettoit au rang des chroniques, des hiftoires & des voyages, qu'elle avoit de mépris pour tous ces petits jeux d'efprit qu'on n'écrit que pour occuper les enfans ou pour égayer les vieillards. Don Pédro convenoit ingénument que ce n'étoient que des frivolités ; mais elles m'amu-fent, difoit-il : plus l'auteur a l'art d'y répandre de faillies, plus je ris ; & voilà tout ce que j'y cherche.

Tome XXXVI. B

Quoique dona Mencia, qui étoit fort entêtée, ne trouvât pas la réponse de monsieur son frère bien plausible, les Contes arabes & persans, les Mille & un quart-d'heures & les Mille & une Nuit restèrent également en possession de la place qu'ils occupoient dans la bibliothèque. Comme les livres de cette espèce n'étoient que brochés, & qu'on ne vouloit pas qu'ils nuisissent au brillant appareil des autres, ils restèrent cachés derrière les vénérables & poudreux *in-folio* de dona Mencia. Après la mort du vieux chevalier don Pédro, ils furent entièrement oubliés.

Il y a apparence que la fée qui s'intéressoit au sort du jeune don Silvio, ne voulut pas permettre qu'il manquât à sa vocation. Le sérieux & la morale de madame sa tante commençoient à lui déplaire. Un jour qu'elle étoit absente, il s'avisa de fouiller dans la bibliothèque. Son dessein étoit d'y chercher quelque chose qui pût l'amuser. Soit par hasard ou par l'instigation secrète de la fée, il tomba sur un gros volume de contes. Enchanté, il se retira bien vîte dans le jardin pour y examiner tranquillement le prix de sa découverte. Il présagea, au seul titre, que ce devoit être quelque chose de fort agréable. D'abord, la briéveté de chaque histoire le prévint extrêmement en faveur de tout le livre, parce qu'il étoit dégoûté des lectures que sa

tante l'obligeoit de faire tous les jours dans des
in-folio d'une épaisseur prodigieuse. Rien n'égale
le plaisir qu'il eut à parcourir les trois ou quatre
premiers contes : il dévora tous les autres avec
une avidité surprenante.

Un certain instinct qui apprend aux jeunes
gens les moins expérimentés ce qu'ils doivent
avouer ou taire à ceux qui les gouvernent,
avertit don Silvio qu'il ne falloit pas laisser
découvrir à sa tante la trouvaille qu'il avoit faite.
La réserve qu'il étoit obligé d'avoir, ne faisoit
qu'augmenter sa tendresse pour les fées, & son
goût pour les contes. Il auroit passé les nuits
entières à lire, si, comme le désiroit autrefois
le Tasse, il eût pu lire aux yeux d'un chat : car
doña Mencia, soit pour ménager les chandelles,
soit par précaution pour la santé d'un neveu qui
lui étoit cher, avoit, depuis long-tems, ôté à
don Silvio les moyens d'employer les nuits à
l'étude. Il se réveilloit à la pointe du jour ; &
aussi-tôt il tiroit son volume de dessous son chevet : de sorte qu'en peu de tems il se trouva
au bout du recueil qu'il recommença cent fois,
& toujours avec un plaisir nouveau. Dès qu'il
pouvoit s'échapper, il se retiroit avec ses
contes, dans le jardin ou dans un bois qui y
étoit attenant ; & là, il mettoit ses momens à
profit. Son imagination saisissoit avec facilité

tous les détails que lui préfentoit fon livre : il
ne lifoit pas ; il voyoit, il entendoit, il fentoit. Une nouvelle nature s'offroit à fes yeux :
le mélange du merveilleux & du naturel porta
l'enthoufiafme dans fon cœur. Et il prit l'enchantement où il étoit pour une marque infaillible
de la vérité. Le genre de vie qu'il avoit mené
jufqu'alors, avoit préparé fes efprits à cette
fingulière révolution.

Ses études avoient commencé par les Métamorphofes d'Ovide ; & il n'avoit encore lu aucun
autre livre qui eût pu lui donner des idées plus
juftes & plus vraies. Plufieurs écrivains des tems
où la philofophie cabaliftique étoit à la mode
dans toute l'Europe, fervoient à le convaincre
de la folidité de fes opinions. Il croyoit aux
fonges fyftématiques, aux efprits élémentaires
& planétaires, aux conjurations, aux nombres
myftiques, aux talifmans & à la magie. Il concevoit aifément comment la noix de Babiole
pouvoit opérer des chofes merveilleufes. Il ne
trouvoit pas impoffible que la pièce de toile de
quatre cens aunes, repliée fix fois, paffât par
le trou de la plus fine éguilie, ni qu'elle eût
été tirée d'un grain d'orge par l'amant de la
Chatte blanche.

Rien ne l'empêcha de fe livrer entièrement
au plaifir qu'il prenoit à la lecture des Contes

de Fées. Il en déterra, peu à peu, un grand nombre de volumes de deſſous les paperaſſes qui couvroient le plancher de la bibliothèque. Il prit les meſures les plus prudentes pour que ſa tante, qui étoit ſévère & un peu ruſée, ne découvrît pas les raiſons qu'il avoit de ſe promener ſi ſouvent dans le bois. Si elle s'étoit apperçue de quelque choſe, il eſt certain qu'elle lui auroit fait de très-fortes, de très-ſavantes & de très-ennuyeuſes repréſentations. Mais don Silvio uſa de tant de réſerve, que perſonne ne put découvrir ni ſes inclinations, ni les vaſtes projets qu'il commençoit à former. Il faut même convenir que le jeune Chevalier avoit toujours beaucoup plus craint ſa tante qu'il ne l'avoit aimée. Depuis que ſon imagination n'étoit occupée que de Florines, de Roſettes, de Brillantines, de Criſtalines, & de mille autres beautés de cette eſpèce, il fut ſouvent tenté de croire que ſa bonne vieille tante étoit une ſorte de fée Caraboſſe, dont le gouvernement lui parſiſſoit devenir tous les jours plus inſupportable. Elle eut beau lui parler chronique, philoſophie & métaphyſique, il s'occupa toujours d'enchantemens, de châteaux, de rubis, de princeſſes métamorphoſées ou enfermées dans des tours ou dans des palais ſouterrains. Il ſe repréſentoit le bonheur de ces amans qui, ſous la protection

d'une fée bienfaisante, échappent aux poursuites
d'un esprit malin. Son imagination étoit imbue
de toutes ces chimères. Il y pensoit le jour, &
la nuit il y rêvoit.

CHAPITRE V.

Idée plaisante de don Silvio. Il devient
amoureux d'une princesse.

On ne trouvera pas étrange que don Silvio,
dont l'esprit étoit si bisarre, voulût avoir des
aventures semblables à celles qu'il lisoit dans les
contes. Il transportoit toutes les facultés de son
ame au milieu du monde des fées. Il donna à tous
les objets qui l'entouroient des noms tirés de ces
contes. Il avoit un joli petit épagneul qu'on
appelloit Amourel : il voulut le nommer Pimpim,
en mémoire du chien de la princesse Mirabelle.
Un chat gris à pattes blanches, tomba dans sa
disgrâce, & les faveurs qu'on lui prodiguoit,
furent réunies fur l'individu d'une chatte blanche
qu'on combloit de caresses & d'honnêtetés, à
l'honneur de la princesse qui porte ce nom.

Soir & matin don Silvio alloit examiner la
peinture de quelques vitrages dans une vieille

galerie du château. Il espéroit y découvrir quelques signes qui lui feroient connoître son sort
à venir, parce que c'étoit ainsi que le prince
Raboteux s'y étoit pris pour deviner différentes
anecdotes de sa vie future. Le jeune chevalier
Espagnol parcourut plus de vingt fois tous les
coins & recoins des appartemens, du grenier &
de la cave de sa maison, dans l'espoir de trouver
une armoire enchantée, ou une trape qui le con-
duiroit à quelques palais souterrains. Il est vrai
qu'il n'y decouvroit rien, & que les vitres ne lui
firent jamais voir deux armées qui combattoient
depuis deux siècles, avec une valeur prodigieuse,
sans que la victoire se fût décidée pour aucun parti,
mais il sut s'en consoler. Il n'avoit pas tout à fait
dix-huit ans : & il avoit lu dans ses contes qu'un
prince ou chevalier doit avoir cet âge révolu, pour
pouvoir prétendre à des aventures.

Notre héros construisit, dans un coin du jardin
une espèce de cabinet de verdure qui devoit ressembler au château de fleurs où la fée Belline
cachoit aux yeux de sa cour les momens heureux
qu'elle passoit dans les bras de son berger favori.
Don Silvio fit transplanter quelques tilleuls qu'il
trouva propres à son entreprise. Les troncs de ces
arbres lui paroissoient être les colonnes fonda-
mentales de l'édifice, les branches inférieures, le
plancher & le sommet, le toit de ce pavillon

singulier. Les parois étoient de myrthes entrelacés
de rofes & chevrefeuille. On avoit pratiqué,
derrière un arbre, un petit escalier dérobé, de
gazon.

Dans ce château de verdure, c'est ainsi que
don Silvio l'appeloit, on avoit élevé un petit
cabinet. Pour lui donner un aspect enchanté, le
jeune seigneur avoit eu soin de le tapisser des plus
beaux papillons qu'il avoit pris dans le bois voisin,
& sur les bords du Guadalavier qui couloit à une
petite distance du jardin.

C'est dans ce cabinet que don Silvio passoit
ordinairement la moitié des nuits à rêver aux
évènemens singuliers qu'il attendoit. Peu à peu
il s'endormoit dans des penfées chimériques, &
des songes agréables venoient seconder ses defirs.
Il se perdoit dans ses rêves mystérieux dont
une belle princesse qu'il aimoit, étoit toujours
l'objet. Malheureusement, il croyoit la voir sous,
la puiffance de la fée Fanfreluche, ou de quelque
vieille forcière jaloufe, qui mettoit sans cesse des
obstacles à son amour & à son bonheur. Tantôt
c'étoient des dragons & des chats aîlés qu'il falloit
combattre ; tantôt on trouvoit les avenues du
palais où cette belle princesse étoit détenue,
semées de ronces & d'épines qui, au moment
qu'on les touchoit, se transformoient en autant
de géants qui, armés d'énormes maffues d'acier,

difputoient les avenues à l'amant qui vouloit paffer. Don Silvio les attaqua plufieurs fois en brave chevalier : & il eft à préfumer que, d'un feul coup de fabre, il fendit la tête à plufieurs. Auffi-tôt qu'il les avoit tous vaincus ou détruits, il entroit en triomphe dans le palais; & là, ô fpectacle affreux! on enlevoit devant lui, à fes propres yeux, & fans qu'il pût l'empêcher, fa chère amante montée fur un char que traînoient des chauve-fouris; elle paffoit, tout-à-coup, par la cheminée. D'autres fois, il la trouvoit affife fur un gazon de fléurs, au bord d'une fontaine. Il fe jetoit à fes pieds; il lui difoit les plus jolies chofes du monde; & au moment qu'il vouloit l'embraffer, car on fait qu'en fonge, l'amour n'obferve pas toutes les gradations qui font prefcrites aux bergers de l'Arcadie; il s'appercevoit, avec horreur, que la figure, qu'il preffoit tendrement fur fon fein, étoit celle de la groffe Maritorne, fervante de fa baffe-cour. Ces levres qui, un inftant auparavant, fembloient exhaler le nectar & l'ambroifie, ne répandoient que des odeurs dégoûtantes.

Quoique ces malheurs ne fuffent qu'imaginaires, ils portoient la douleur & l'allarme dans le cœur de notre jeune Héros. Il envifageoit fes fonges comme de très-mauvais préfages. Il ne doutoit pas du tout qu'il n'eût une ennemie puif-

fante, attentive à traverfer les fentimens qu'il
avoit conçus pour la charmante inconnue qu'il
devoit aimer felon les décrets de fon deftin.

CHAPITRE VI.

Aventure de la Grenouille : pourquoi don Silvio ne la prit pas pour une fée.

DON SILVIO étoit perfuadé qu'il avoit une
ennemie invifible fort puiffante ; & cette idée
lui donnoit beaucoup d'inquiétude. Cependant,
comme il n'avoit vu dans fes contes aucun
prince perfécuté par des fées ou des magiciennes,
fans qu'il fût protégé par quelqu'autre efprit bien-
faifant, l'efpérance d'avoir auffi un foutien ou
une protection, ranima fon courage.

Il eft ordinaire parmi les fées, comme parmi
les mortels, que quand on rend un petit fervice
à quelqu'un, on en exige bientôt après un plus
grand de la part de la perfonne qu'on a foiblement obligée. Don Silvio ne défira rien tant que
de mériter la reconnoiffance de quelque fée
généreufe.

Un jour qu'occupé de fes projets, il fe promenoit dans le jardin, le hafard voulut qu'il

paffât auprès d'un foffé. Il apperçut fur l'autre
bord de ce foffé, une cigogne prête à avaler
une jolie petite grenouille qui fautilloit en croaf-
fant. Il eft bien fûr que don Silvio dont le
cœur étoit excellent, auroit été naturellement
porté à fecourir l'innocente victime. Mais l'idée
que ce pourroit bien être une fée, ou même,
cette grenouille bienfaifante qui avoit rendu de
fi grands fervices à la princeffe Muffete, redoubla le zèle du jeune chevalier. Il franchit le
foffé & chaffa le deftructeur des grenouilles. La
cigogne, en s'envolant, laiffa tomber fa proie,
& l'infecte fauta précipitamment dans le foffé,
fans témoigner aucune reconnoiffance à celui
qui avoit fi généreufement travaillé pour fa liberté. Don Silvio refta fur le foffé, & attendit
que la grenouille reparût fous la forme d'une
nymphe, pour le remercier du fervice qu'il lui
avoit rendu. Il ne fe laffa d'attendre qu'au bout
d'une heure, & alors, il fut très-furpris de
n'avoir vu reparoître ni nymphe, ni grenouille.
Le jeune homme ne concevoit pas comment une
fée pouvoit avoir autant d'ingratitude. Quand
bien même, fe difoit-il, cette fée n'auroit été
que la petite Magotine, la vieille Ragote ou
la fée Conçombre, il me femble qu'elle auroit
dû être fenfible à un bienfait de cette nature.
Après quelques réflexions, il lui vint en efprit

qu'il n'avoit peut être pas dépendu de cette grenouille de se montrer sous sa véritable forme,
ou qu'elle différoit à lui témoigner plus efficace-
ment sa gratitude dans une autre occasion.
Plein de cette idée qui s'accordoit très - bien
avec ses vœux chimériques, il retourna gaiement
dans son château de verdure. Cette aventure
devoit opérer, selon lui, un changement essentiel dans son état.

Il nous semble entendre le lecteur se récrier
contre la grande simplicité de don Silvio, qui
n'avoit pas pu se convaincre que cette grenouille
étoit réellement une grenouille & non pas une
fée. Que ne peut le préjugé ! Que ne peuvent
les passions ! Un vieux fou qui croit acheter
la fidélité de sa maîtresse avec de l'argent, attri-
bue la gaieté de sa belle, à la joie qu'elle ressent
de le voir venir. Pensée fausse. Elle sourit à
l'argent, & elle éprouve déjà une partie du
plaisir qu'elle aura de le partager avec son jeune
amant qui est caché dans le cabinet voisin.

Un Indien achète de son Bonze des amulettes
qui doivent être un remède souverain à toutes
les maladies. L'Indien tombe malade ; & les
amulettes lui deviennent inutiles. Qu'en con-
clut-il ? Il se donne bien de garde de penser que
ces petites images n'ont pas la vertu de le guérir, ou que le Bonze qui les lui a vendues, est

un imposteur. Mais il rejette sur la foiblesse de sa foi l'impuissance de ses amulettes.

CHAPITRE VII.

Comment don Silvio trouve le portrait de la princesse dont il est amoureux.

QUELQUES jours après l'aventure de la grenouille, don Silvio se rendit un matin dans le bois, pour y attraper des papillons qu'il destinoit à compléter l'ameublement de son cabinet. Il étoit déjà à plus d'une lieue de son château, lorsqu'il apperçut un papillon magnifique qui se reposoit sur une fleur. Les ailes de ce petit insecte étoient d'azur & bordées de pourpre. Au soleil, ces couleurs avoient l'éclat de l'or. Don Silvio tendit son chapeau de paille. Il crut avoir attrapé l'animal; mais celui-ci se glissa imperceptiblement, & se cacha dans un buisson touffu.

Oh! s'écria le chevalier, il faut que tu sois à moi, dussai-je te poursuivre jusques dans le royaume souterrain du roi Hammel, où il pleut des petits pâtés, & où les perdrix roties croissent sur les arbres. Le papillon qui se fioit sur

l'a ccantage que lui donnoient fes ailes , fembloit
vouloir le difpenfer d'un fi long voyage. A peine
don Silvio l'eût-il perdu de vue qu'il le retrouva ,
à quelques pas de lui , fur un romarin. Il effaya
encore de le prendre ; mais il ne fut pas plus
heureux que la première fois. Le beau papillon ,
d'un air moqueur, faifoit des petits cercles
autour de Silvio , & fe repofoit de tems en
tems. Il avoit l'adreffe de s'efquiver toutes les
fois qu'il étoit fur le point d'être pris. Ce jeu
dura jufqu'à ce que le chevalier s'apperçut qu'il
étoit égaré. Il fe repentit alors d'avoir tant fait
de chemin pour un petit infecte. Mais la chofe
s'étoit commencée : il ne falloit pas que ce fût
en vain. Le papillon fut pourtant attrapé , après
avoir donné plus de peine à Silvio que n'en a
un jeune homme à féduire un prude.

La joïe du chevalier répondit à la beauté de
fa capture.   la confidéra long - tems & avec
d'autant plus de plaifir qu'il avoit eu bien de la
peine à la faire. Il étoit prêt à la mettre dans une
petite boîte , lorfque le papillon captif le regarda
d'un air attendriffant & les ailes baiffées. Don
Silvio crut même l'avoir entendu foupirer auffi
fort qu'il eft poffible à un papillon de foupirer.
Il n'en fallut pas davantage pour lui perfuader
que cet infecte pouvoit bien être une fée ou
quelque princeffe métamorphofée. Si la princeffe

Barzeline a été sauterelle, une personne du même rang peut bien être papillon. Il ne fit aucune difficulté de lui rendre la liberté qu'il avoit paru demander d'une manière si touchante.

Le papillon sorti de l'esclavage, s'envola gaiement. Don Silvio, qui le suivoit des yeux, le vit passer près de quelque chose qui brilloit dans l'herbe. Sa curiosité le conduisit vers cet endroit. Il y trouva une espèce de bijou, garni de gros diamans, qui étoit attaché à un filet de perles fines. Il l'examina & le tourna de tous côtés. Ciel! quelle fut sa surprise, lorsqu'en serrant, par hasard, un ressort qu'il n'avoit pas remarqué, il vit la turquoise du milieu faire place à une petite miniature en émail, qui représentoit une femme d'une beauté, d'une beauté.... on ne peut l'exprimer.

Le chevalier resta immobile pendant quelques momens. Son esprit & ses sens étoient dans le délire. Qu'on se mette dans sa place, & on jugera de sa situation. Enfin, un peu revenu de son extase, il regarda & toucha plusieurs fois ce qu'il tenoit, pour se convaincre que ce qu'il éprouvoit n'étoit pas l'effet d'une imagination frappée. Plus il examinoit ce portrait, plus il se persuadoit que c'étoit celui de quelque déesse, ou au moins de la plus belle des mortelles.

Il faut cependant avouer que don Silvio ne
devoit guère se connoître en beauté, parce que sa
tante, pour des raisons qu'on peut deviner, avoit
eu soin de l'éloigner de tout ce qui eût pu le séduire : de sorte qu'il n'avoit jamais vu d'autres
femmes que dona Mencia & sa femme de
chambre, qui se disoit âgée de trente-cinq ans,
la grosse Maritorne & quelques villageoises.
Mademoiselle sa sœur qui auroit été une fort
jolie petite fille, si elle n'avoit disparu à l'âge
de cinq ans : on soupçonna qu'elle avoit été enlevée par une Egyptienne qu'une personne digne
de foi, avoit vu rôder dans ce tems-là, aux environs du château.

Don Silvio fut très-sensible aux charmes de la
belle qu'il possédoit en peinture. Transporté de
joie & d'amour, il s'écrioit : Je viens enfin de
la trouver, celle que j'ai cherchée avec tant d'ar-
deur, celle que je dois aimer à jamais, celle qui
est destinée à me faire goûter des délices dont ne
jouissent que les dieux. Ah ! fée bienfaisante qui
t'intéresses à mon sort..... Qui que tu sois, c'est
à toi seule que je dois ce bonheur imprévu. Quelle
autre que toi a pu me faire trouver ce divin portrait dans un désert, où peut être aucun mortel
n'a mis le pied avant moi. Comble ton bienfait ;
parois à mes yeux ; que je puisse me jeter à tes
genoux, & apprendre de toi où je pourrai trouver

celle

telle dont le portrait à suffi pour allumer dans
mon cœur un amour éternel. Duffé-je la chercher
dans la mer de vif-argent, au milieu des monftres de la fée Lionne, ou même dans l'anneau de
Saturne; je jure, par tous les dieux qui font
propices à l'amour, de ne pas gouter les douceurs
du fommeil que je ne l'aie trouvée.

CHAPITRE VIII.

Réflexions qu'on peut lire fans s'ennuyer.

TEL compte prendre des poiffons, & ne prend
que des écreviffes, difoit à fon maître le prudent
Sancho. Rien n'eft plus commun que de chercher
une chofe & d'en trouver une autre. Saul, en
cherchant les âneffes de fon pere, trouva une
couronne. Don Silvio cherchoit des papillons,
& trouva une belle fille, ou, du moins, fon
portrait.

Notre chevalier étoit amoureux, amoureux
à l'excès. Il n'étoit occupé que du moyen de
rencontrer l'original de fa miniature. Quoiqu'il
connût les traits de fon amante, il ne favoit ni
qui elle étoit, ni où elle réfidoit.

Il eft aifé de deviner ce qu'une autre perfonne

qui fe feroit trouvée à la place de don Silvio, auroit fait ou penfé. Mais notre Héros ne réfléchiffoit & n'agiffoit jamais comme le commun des hommes.

Cette miniature ne pouvoit-elle pas avoir été une fimple idée de peintre, ou ne pouvoit-elle pas repréfenter une perfonne morte depuis longtems. Cette dernière fuppofition admife, don Silvio auroit été alors dans le cas du prince Seif-el-Mulouc qui, deux mille ans trop tard, devint amoureux d'une des maîtreffes du roi Salomon.

De telles idées n'occupèrent point notre chevalier. Plus il réfléchiffoit à la rencontre du portrait, plus il étoit perfuadé qu'elle devoit être le commencement de la plus fingulière des aventures.

Mais que faire en pareille occafion ? Où trouver la belle princeffe ? A qui la demander ? Le papillon bleu, qui auroit pu lui en dire des nouvelles, étoit malheureufement difparu. S'enfoncer, au hafard, dans la forêt, pour l'y chercher, lui paroiffoit une témérité, parce qu'il avoit lieu de fe méfier des méchancetés d'une de fes ennemies invifibles qui auroit pu auffi aifément le détourner du vrai chemin, que fa bonne fortune pouvoit le conduire fur le bon.

Après beaucoup de réflexions qu'il interrompit fouvent, pour regarder le portrait qu'il poffédoit

Il crut sagement ne devoir faire aucune démarche avant de s'être informé au papillon bleu du sort de la princesse. Il ne doutoit point qu'elle ne fût une fée, & comme il avoit déjà éprouvé des marques de sa reconnoissance, il lui paroissoit très-naturel qu'elle continuât à lui en faire sentir de plus en plus les effets.

Pendant ce soliloque, son petit chien Pimpim qui, à la faculté de parler près, ne le cédoit, ni en gentillesse, ni en esprit au toutou de la princesse Mirabelle, rencontra son maître après l'avoir long-tems cherché dans la forêt. A leur rencontre, ils éprouvèrent, l'un & l'autre, un égal degré de joie. Don Silvio qui commençoit à s'appercevoir que l'heure du dîner approchoit, fut charmé d'avoir un guide pour sortir du bois où il ne s'étoit jamais tant enfoncé. Chemin faisant, il pensa que la fée qui lui avoit fait trouver le portrait, avoit eu dessein de savoir s'il éprouveroit quelque émotion à l'aspect de sa figure véritable. Je suis aimé d'une fée, s'écrioit-il. Eh bien! Ce n'est pas la premiere fois qu'un mortel a joui de cet honneur... Qu'importe?... En suis-je moins heureux?

Cette trouvaille donna un air si distrait à notre jeune chevalier, que sa tante auroit certainement soupçonné quelque chose, si de son côté, elle n'avoit eu de sérieuses occupations qui lui ôtoient

le loifir d'obferver l'humeur & la conduite de fon
neveu. Mais elle ne le tenoit plus fous des loix
auffi auftères depuis que fa dix-huitième année
étoit révolue, & d'ailleurs, elle avoit, depuis
quelques femaines, certaine affaire en tête qui
l'obligeoit à fe rendre très-fouvent dans la petite
ville voifine. Nous conjecturons que cette affaire
devoit être d'une grande importance, parce que,
quand elle revenoit, elle avoit, contre fon ordinaire, un air penfif: elle ne faifoit prefque plus
d'attention à l'intérieur de fon ménage : elle parloit feule, & ne difoit mot en compagnie. Quand
elle adreffoit la parole à fes domeftiques, elle
difoit une chofe pour l'autre. Excepté fon neveu, tous ceux qui l'entouroient voyoient, cette
étrange révolution & ne pouvoient en revenir.
On fit là-deffus toute forte de conjectures; mais
la circonfpection de Dona Mencia, & la difcrétion de la dame Beatrice, fa femme de chambre,
tinrent tous le plus profond fecret. Nous garde-
rons auffi le filence fur cela, jufqu'à ce que le
tems, qui découvre tout, ait porté les chofes à
leur perfection. Les fecrets de cette nature fe
trahiffent ordinairement eux-mêmes.

❖

CHAPITRE IX.

Suite de l'aventure du papillon. On fait connoître un nouveau personnage.

LE fidèle Pimpim avoit si bien pris son tems que son maître & lui arrivèrent précisément à l'heure qu'on se mettoit à table. Un profond silence regna pendant le dîner. On n'avoit pas lieu de craindre que don Silvio le rompît le premier : il étoit trop occupé des affaires de son cœur, pour remarquer combien sa tante paroissoit avoir de choses dans l'esprit. Il ne vit pas qu'elle étoit plus parée qu'à son ordinaire, & qu'elle se regardoit de tems en tems, en faisant de petites minauderies, dans une glace qui étoit vis-à-vis d'elle. Pédrillo, qui servoit à table, trouvoit ce jeu-là si plaisant, qu'il se mordoit les lèvres pour ne pas éclater de rire.

Après le dîner, dona Mencia annonça à son neveu que ses affaires l'obligeoient d'aller en ville & d'y passer la nuit. Don Silvio étoit trop honnête pour témoigner la moindre marque de curiosité. Ils se séparèrent très-contens l'un de l'autre. Le chevalier disparut d'abord après le départ de sa tante, sans que personne s'apperçut où il alloit. Comme il avoit coutume de faire la fieste dans son château de verdure, on ne fit attention à son absence qu'à l'heure du souper. On le chercha alors dans la maison, dans le jardin, dans le bois, dans les champs voisins; & toujours inutilement. On fit retentir dans les environs le nom de don Silvio; mais il ne donna point de réponse.

Le Pédrillo dont nous avons parlé, étoit un jeune garçon du village qu'on avoit donné pour laquais à don Silvio. Il formoit, avec une cuisi-nière, un palfrenier & la belle Maritorne, tout le domestique du château, quand la dame Béa-trice en étoit absente. Les quatre bonnes gens étoient inquiets & consternés de ne pas voir revenir leur jeune maître qu'ils aimoient beau-coup. Effectivement, le chevalier avoit un cœur excellent & le caractère très-doux. Après qu'ils l'eurent cherché au clair de la lune jusqu'à onze heures ou minuit, ils s'imaginèrent qu'il pouvoit être allé trouver sa tante. La ville n'étoit éloignée du château que de trois lieues. Ils se couchèrent tranquillement.

Pédrillo étoit assidu auprès de son maître, & n'ignoroit pas tout à fait son penchant pour les fées. Ce fidèle domestique réfléchit mûrement, & pensa que quelque aventure pouvoit avoir fait égarer son maître dans le bois où il se prome-

noit ordinairement. Il se leva le lendemain de
très-bonne heure, & parcourut encore toute la
forêt sans plus de succès que la veille. Il étoit
prêt à s'en retourner, lorsqu'il apperçut, dans
un rocher, une caverne couverte de lauriers
sauvages & de chèvrefeuille.

Quoique Pédrillo eût un extérieur très simple,
il ne manquoit pas d'esprit: il étoit presque aussi
versé que son maître dans les livres de chevalerie. Après avoir examiné de loin la caverne,
il la trouva assez propre à être le séjour d'un
partisan des fées, pour espérer d'y trouver son
maître. Pédrillo ne se trompa pas. A peine fut-il
à l'entrée de la grotte, qu'il vit don Silvio endormi sur un lit de mousse couvert de fleurs.
Le petit Pimpim dormoit à ses pieds, une guittare étoit suspendue au dessus de sa tête, &
le portrait de la princesse ou du papillon étoit
attaché à son cou.

Pédrillo, qui n'avoit pas encore vu ce bijou,
fut ébloui par l'éclat des pierreries qui l'ornoient.
Quoiqu'il ne se connût pas beaucoup en bijou-
terie, il jugea pourtant que les diamans qu'il
voyoit valoient au moins dix villages comme
celui de son maître. Il examina long-tems ces
raretés sans comprendre où don Silvio les avoit
trouvées. Sa curiosité devint si pressante, qu'il
put à peine s'empêcher de réveiller le cheva-

lier. Il est certain qu'il l'auroit fait, s'il n'eût
été le paysan le plus maniéré de toute la Valence.
Il prit cependant la guittare, en pinça, & chanta
de toutes ses forces sans parvenir à son but. Eh!
morbleu! dit-il, par un mouvement d'impatience, cela n'est pas naturel. Si ce sommeil
n'est pas un sommeil enchanté, je suis au bout
de mon savoir. Peut-être que ce joyau est enchanté.... Si cela étoit, il vaudroit mieux que
je le lui ôtasse, ou même que je le cassasse, que
de le laisser ainsi ronfler.... qui sait?.. pendant
des siècles.

En disant ces mots, il étendit la main sur
le portrait, & donna, par hasard, un coup de
coude à son maître qui s'en éveilla. Silvio ne
put pas d'abord ouvrir tout à fait les yeux. Il
ne reconnut pas Pédrillo, & ne vit qu'une
figure humaine qui vouloit lui ravir le trésor de
son cœur... Maudite magicienne, s'écria t-il, ne
te suffit-il pas d'avoir dépouillé cette princesse de
sa divine beauté, & de l'avoir transformée en
papillon? Veux-tu encore m'enlever l'unique
chose qui puisse me faire supporter l'excès de
mon malheur. Mais, apprends qu'avant de me
la ravir, tu dois m'arracher ce cœur..... ce
cœur où elle est gravée avec des traits de
flamme.

De grace, monsieur, dit Pédrillo, en faisant

C. P. Marillier del.   Bério

un faut en arrière vers l'entrée de la grotte, expliquez-moi ces paroles. Je ne suis ni sorcier ni magicien ; je suis un des bons chrétiens de notre paroisse. Je suis au désespoir de vous trouver ici, & dans un pareil état. Que dites-vous de magiciennes, d'excès, de papillons transformés en princesses, &c. Vous trouver endormi ici.... Je n'en augure rien de bon.

Es - tu Pédrillo, repartit le chevalier qui pendant ce tems - là s'étoit frotté les yeux. Si tu es Pédrillo, comme ta figure semble l'attester, je me tranquillise. Les reproches que je viens de faire ne te regardent pas : je te prenois pour un autre.... Mais, que voulois-tu faire de ce portrait ?

De quel portrait, monsieur ?

De ce portrait, coquin, que tu étois sur le point de m'enlever, lorsqu'une main invisible m'a tiré du sommeil, pour prévenir cet affreux désastre ?

Sur mon honneur, seigneur Silvio, je crois que vous rêvez, pour ne pas dire pis. Nous vous cherchâmes hier toute la soirée, jusqu'à l'heure que les revenans ont coutume de se montrer aux hommes. J'ai ce matin parcouru le bois tout seul ; &, après m'être donné bien de la peine, je vous ai trouvé endormi dans cette caverne. Quand j'ai vu que vous étiez

enseveli dans un si profond sommeil, j'ai cru
que ce bijou pouvoit être un talisman qui vous
retiendroit assoupi jusqu'à ce que quelqu'un le
brisât. J'ai lu beaucoup de ces exemples dans les
livres qui composent la bibliothèque de madame
votre tante. Parce que vous m'êtes cher, monsieur, je vous plaignois : j'étois fâché de vous
voir subir le sort de Démonion que la déesse
Diné fit dormir cent ans de suite pour pouvoir
l'embrasser autant de fois qu'elle le désireroit.
Que le diable empoisonne cette vieille amou-
reuse ! Vous savez son histoire, monsieur : elle
se trouve dans un vieux livre, sans couverture
& sans titre, dont j'ai hérité, pour trois piècettes,
à la mort de ma grand-mère. Si vous ne l'avez
pas lu, je vous le prêterai : vous y verrez des
choses bien intéressantes.... Pour en revenir,
monsieur, je ne pouvois me résoudre à vous
voir dormir pendant des siècles : je me préparois à briser le talisman, & voilà tout. Je ne
soupçonne pas que ma bonne volonté ait dû
mériter votre courroux.

Quelqu'envie qu'eût don Silvio de se fâcher,
il ne put s'empêcher de se radoucir & de rire
au discours de son domestique..... Ecoute,
Pédrillo, lui dit-il ; ton intention n'étoit pas
absolument répréhensible. Je t'assure cependant que tu étois sur le point de me jouer un

mauvais tour. Il est certain que je suis enchanté
par ce bijou que tu as pris pour un talisman :
mais j'aimerois mieux perdre mille vies, que
de souffrir que cet enchantement fût levé : j'ai
appris cette nuit des choses de la dernière importance. Ne demande pas ce que c'est : tu le
sauras quand il en sera tems. J'ai besoin de tes
services : voilà tout ce que je peux te dire en ce
moment.

Pédrillo ne comprit pas un mot de ce que son
maître venoit de lui dire. Il n'en fut que plus
curieux : mais il ne vouloit pas qu'on s'en apperçût, puisqu'en venant au château, il tint à peu
près ce discours à don Silvio....... Je ne vous
demanderai rien, monsieur, je ne vous ferai
aucune question, puisque vous me l'avez défendu. Je connois l'étendue de mes devoirs, je
sais combien je dois être soumis. Premièrement,
vous êtes mon seigneur, parce que je suis de
votre village. En second lieu, vous êtes mon
maître, parce que je suis à votre service & à vos
gages. Quoique ce soit madame qui règle la maison, je sais bien que c'est à vos dépens. J'ai l'air
nigaud ; mais..... Pour en revenir, monsieur, à
notre premier propos, je vous certifie que je ne
témoignerai aucune envie de savoir ce que vous
ne pouvez m'apprendre...... Mais je me trouve
aussi dans de singulières dispositions. Je me crois

enchanté comme vous. Autrefois je comprenois
tout ce que vous me difiez ; & depuis que j'ai
touché cette efpèce de talifman , je ne vous entends non plus que fi vous parliez arabe. Je veux
mourir tout à l'heure, fi j'ai faifi un feul mot de la
converfation que nous venons d'avoir enfemble....
Si l'on favoit où vous étiez cette nuit , lorfque
nous vous cherchions avec tant de foins , on
pourroit peut être ..... deviner...... Je n'en
dis pas davantage : car vous pourriez vous imaginer que je.... Si j'euffe été curieux , j'aurois pu
favoir pourquoi madame fait , depuis huit jours ,
de fi fréquens voyages à la ville. ... Entre nous ,
monfieur .... j'ai quelque crédit auprès de la
dame Beatrice. Hem ! Vous ne vous en feriez pas
douté ?.... Je vous promets que , quoiqu'elle ait
un long chapelet pendu à fa ceinture, & que fa
démarche reffemble à celle d'une bigote, elle en
fait long. Je paffai hier devant fa chambre : la
porte étoit entr'ouverte : elle m'apperçut, m'appela & me dit de lui attacher fon fichu. Je fus
fouvent traité de mal-adroit; mais le ton qu'elle
mettoit à me dire de petites injures, me fit
bien fentir qu'elle avoit envie de m'agacer tendrement. C'étoit, fans contredit, le moment de
tout favoir, fi j'en avois eu envie..... Oh ! Ne
voilà-t-il pas ?.... Vous croyez que je veux vous
tirer les vers du nez..... Eh bien, Je me taifai,

monſieur... Non, monſieur, je ne dirai plus mot. Pédrillo promit de ſe taire & ne ceſſa de parler, que quand ils furent arrivés au château. Silvio ne l'avoit pas écouté : ſon eſprit étoit occupé de ſes affaires particulières. A leur arrivée, la cuiſinière fit une omelette, une fricaſſée de poulets & une friture d'eſcargots pour le dé-jeûner de ſon maître qui mangea de ſi bon appétit, que Pédrillo en eut beaucoup meilleure opinion que le matin où il l'avoit entretenu d'en-chantement, de princeſſes & de papillons.

CHAPITRE X.

Dans lequel il eſt queſtion de Fées, de Salamandres, de Princeſſes & de Nains verts.

Dès que la plus grande chaleur du jour fut paſſée, don Silvio ſe rendit, avec ſon domeſtique, dans le jardin. Après s'être aſſis, l'un & l'autre, ſous un berceau de jaſmin, le chevalier recom-manda à Pédrillo de l'écouter ſans l'interrompre. Il lui raconta tout ce qui s'étoit paſſé, depuis qu'il avoit rendu la liberté à la grenouille, juſqu'au moment qu'il avoit été trouvé endormi dans la caverne.

Aussi-tôt que ma tante fut partie, continua don Silvio, je retournai au bois pour y chercher l'endroit où le papillon, en me quittant, me fit trouver ce portrait qui doit faire actuellement le bonheur ou le malheur de ma vie. Je pris Pimpim avec moi, parce que je m'imaginai qu'il choisiroit mieux que moi le sentier que je devois suivre. Je ne me trompai pas, nous trouvâmes ce lieu si cher à mon cœur. Quand je cherchois le papillon bleu, que je ne pouvois plus croire un papillon ordinaire, après ce qui m'étoit arrivé, j'espérois qu'il m'éclairciroit sur mon sort à venir. S'il est une fée, me disois-je, comme je suis fondé à le croire, il sera touché de mon état, de mes inquiétudes, il m'apparoîtra encore, & me fournira les moyens de vivre heureux.

Je parcourus tout le bois : j'y trouvai mille & mille papillons; mais le bleu, celui qui est l'arbitre de mon sort, ne me fut pas visible. La nuit étoit avancée. Pimpim & moi étions las à ne plus pouvoir faire quatre pas. J'apperçus la caverne, où tu m'as trouvé, & je fus d'avis que nous y passassions le reste de la nuit. Je me fis un siège de mousse, & Pimpim s'endormit à côté de moi, tandis que je me livrai aux réflexions qui convenoient à mon état actuel.

Le tems étoit clair : aucun nuage n'interceptoit les rayons de la lune : & je m'avisai de me pro-

mener fous les arbres qui étoient à l'entrée de la
grotte. A peine eus-je fait quelques tours que je
vis que le fommet des arbres étoit éclairé. Je lève
mes yeux furpris vers le ciel; & j'apperçois, dans
les airs, un globe enflammé qui paroît plus élevé
que la lune : il defcend lentement & en ligne
perpendiculaire vers l'endroit où je fuis.... Ah !
Pédrillo, tu ne faurois te faire une image de la
joie que j'éprouvai à cet afpect.

De la joie? monfieur! Oh! ma foi, vous ne
reffemblez pas au refte des hommes. Je ferois
mort de frayeur, moi, fi j'avois vu pareille chofe...
comment ! Monfieur, un globe enflammé...Et
reffentir de la joie?

Tais-toi, je t'en prie. Je t'ai défendu de m'interrompre.... Oui de la joie: & j'avois des raifons
pour en reffentir. Je favois que ce globe étoit
une fée; mon cœur me difoit que c'étoit celle
que je cherchois. Je ne me trompois pas. Le
globe enflammé, qui me paroiffoit plus grand à
mefure qu'il s'approchoit de moi, éclata tout-à-
coup, à grand bruit. Et au lieu d'une boule de
feu, je vis une dame d'une beauté....... Ah !
Pédrillo.... d'une beauté raviffante. Elle étoit
fur un char d'efcarboucle, traîné par deux fer-
pens ailés couleur de feu. Autour d'elle, fur un
nuage argenté, voloient une quantité de Salamandres, fous la forme des génies. Leurs che-

veux bouclés étoient éclatans comme les rayons
du soleil. La couleur de l'aurore brilloit sur
leurs joues, & le reste de leurs corps étoit blanc
comme neige. Le croirois-tu? Tous leurs charmes
étoient éclipsés par l'éclat de la fée qui étoit si
éblouissante que j'en aurois perdu la vue, si elle
n'eût eu la sage précaution de me toucher de sa
baguette.

Don Silvio, me dit-elle, je suis la fée Rayonnante à qui, ces jours-ci, tu as sauvé une vie
dont dépendoit l'état où tu me vois aujourd'hui.
Te resouviens-tu de ta grenouille?....Eh ! bien !
tu sauras que tous les cent ans, nous, sommes
obligées de prendre, pendant huit jours, la forme
d'un oiseau ou de quelqu'autre bête. Tant que
dure ce tems-là, nous perdons l'usage de notre
puissance, & nous sommes exposées à tous les
accidens de la vie animale. Les huit jours de ma
métamorphose étoient écoulés à quelques heures
près, lorsque le plaisir de me voir bientôt sous
ma forme ordinaire, me donna l'imprudence de
sortir de mon fossé. Je m'exposai au danger; &
j'y aurois succombé sans ton généreux secours. La
frayeur que j'avois eue dans le bec de la cigogne,
m'empêcha de te remercier sur le champ. Quand
j'eus repris ma forme ordinaire, les Salamandres,
dont je suis la reine, me prièrent de consacrer à
leurs affaires mes premiers momens. Dès que
j'eus

j'eus le tems de fonger aux miennes, je me fou-
vins de ce que je te devois, & je m'occupai des
moyens de te témoigner ma gratitude. Mes livres
que je confultai m'apprirent que tu étois deftiné
à aimer une certaine princeffe, mais que tu trouverois des obftacles à ton bonheur, & que tu ne
pourrois les furmonter fans un puiffant fecours.
Ton amante eft perfécutée par la fée Fanfreluche,
parce qu'elle n'a pu fe réfoudre à époufer un certain nain, neveu de cette fée. On l'appelle le
Nain-vert, parce que fon teint eft vert. On le
homme auffi le chevalier du Bourdon, à caufe
que cet infecte eft fa monture ordinaire... La
princeffe qui a toujours été inflexible, a été
changée depuis peu en papillon bleu par la cruelle
fée dont je viens de te parler. L'enchantement
de ton amante ne doit ceffer que lorfqu'elle aura
eu la tête & les ailes attachées par celui qui doit
l'aimer... Infortuné don Silvio! le papillon que
tu avois attrapé ce matin, étoit précifément ta
princeffe. Elle te vit dans la forêt & t'aima auffi-
tôt. Si elle voltigea quelque tems devant toi, ce
ne fut que pour fonder ton cœur. Elle s'eft laiffée
prendre de bon gré. Dès qu'elle s'eft apperçue
qu'elle ne t'étoit pas indifférente, même fous la
forme d'un papillon, quand elle fut dans tes
mains, elle tâcha de te faire comprendre combien
fa captivité lui étoit chère. Mais Fanfreluche lui

avoit ôté l'ufage de la parole. Elle ne put proférer qu'un foupir amoureux que tu pris malheureufement pour un figne de douleur. Tu lui rendis la liberté. Elle feroit revenue, fi elle n'eût apperçu le Nain-vert qui venoit à toute bride fur fon bourdon. Elle fut fi effrayée de la grimace qu'il lui fit, qu'elle defira avoir dix mille ailes pour s'envoler plus vîte. J'étois prête à te chercher; j'ai vu le danger où fe trouvoit ta pauvre princeffe, & j'ai volé à fon fecours, après avoir ordonné à une de mes falamandres de mettre en ton chemin le portrait de ta maîtreffe. J'ai pourfuivi le Nain-vert qui, trop foible pour me réfifter, a pris toutes les formes imaginables pour fe fouftraire à mon pouvoir. Il s'eft changé d'abord en un petit nuage, & dès que je m'en fuis apperçue, je l'ai fi fort ferré entre mes mains qu'il eft tombé en goutes. Les laboureurs qui travailloient dans les champs, ont vu qu'il pleuvoit du fang, & en ont auguré des effets finiftres. Le Nain-vert s'eft fi mal trouvé de cette compreffion, qu'il a repris fa veritable forme; mais il ne l'a pas gardée long-tems: je l'ai changé en cure-dent d'ivoire, à condition qu'il ne reprendroit fa forme naturelle que quand il auroit fervi à nettoyer la bouche d'une..... de quatre-vingt ans.

Ho, ho, interrompit Pédrillo, je fuis le très-humble ferviteur de la fée Rayonante; mais elle ne songe pas à ce qu'elle fait. Le Nain vert restera donc toujours cure-dent ; car, seigneur Silvio, je consens à perdre mon nom, si vous trouvez dans l'histoire ancienne & moderne, l'exemple d'une fille de quatre-vingt ans qui ait des dents, ou qui, en ayant, soit.....

C'est l'affaire du nain : tant mieux ; je n'aurai rien à craindre de sa part. Mais, monsieur Pédrillo, je t'avois défendu de m'interrompre. Si tu veux que nous soyons encore bons amis, fais ensorte que je ne te le dise plus.

Oh! non, monsieur, continuez ; ne vous fâchez pas, je serai muet : vous savez que je ne suis pas babillard ; mais je trouvois l'usage d'un cure-dent si inutile à une fille de quatre - vingt ans que....

Tu recommences donc ?

Non, monsieur, je voulois dire que je ne parlerai plus : je ne vous interromperai pas. Je ne l'aurois pas fait, cette fois, si le cure-dent......

Je voudrois que tu fusse cure-dent toi-même, Ecoute ! ou ce sera le dernier mot que tu entendras de moi.

Cette menace intimida Pédrillo qui aimoit beaucoup son jeune maître. Il porta le doigt à la bouche, pour signifier qu'il ne diroit plus un mot : & don Silvio poursuivit en ces termes :

La fée fit une petite pose après son premier récit. Je profitai de ce moment pour me jeter à ſes pieds & lui exprimer, en termes énergiques, la vivacité de ma reconnoiſſance....... Puiſſante fée! lui dis-je, vous qui avez tant fait pour moi, pourriez-vous refuſer d'achever votre ouvrage! Si vous avez pu changer le Nain vert en cure-dent, que vous en coûtera-t-il pour rendre à ma princeſſe ſa forme naturelle?

Il ne dépend pas de moi, répliqua la fée, de détruire un enchantement qui a été fait par une puiſſance égale à la mienne.

Cette action te regarde ſeul. Ne perds pas de tems, don Silvio. Prends avec toi ton fidèle Pé-drillo, le petit Pimpim, & cherche le papillon bleu juſqu'à ce que tu l'aie trouvé. Je crains bien que Fanfreluche ne tâche de venger ſon neveu & ſur toi & ſur ta princeſſe; mais que les difficultés ne t'effraient pas. Sois aſſuré que tu n'imploreras jamais en vain mon ſecours. ..... A ces mots, la fée, le char & les ſalamandres diſparurent. Pour moi, j'étois ſi foible, que je tombai dans un pro-fond aſſoupiſſement : je dormirois peut être en-core, ſi tu ne m'avois éveillé.

Tu ſais maintenant, Pédrillo, ce que la fée m'a ordonné. Je n'ai pas de tems à perdre. Il faut que je me mette en chemin pour chercher ma princeſſe. Je me flatte que tu ne refuſeras pas de m'accompagner.

CHAPITRE XI.

Conversation de don Silvio avec son domestique. Ils se préparent à voyager.

PEDRILLO avoit écouté son maître avec attention. L'histoire de la fée, celle de la princesse & du Nain-vert lui firent grand plaisir : il aimoit les contes & les faits singuliers. Cependant, quand il vit que Silvio prenoit toutes ces choses à la lettre, & qu'il vouloit sérieusement courir le monde pour trouver le papillon bleu, il secoua la tête & parut rêveur.

Ma foi, monsieur, je ne sais que vous répondre ; mais il me semble que vous auriez aussi bien pu rêver autre chose que ce que je viens d'entendre.... Ah ! si je ne savois que vous avez le meilleur des caractères possibles....... Tout autre que moi, Dieu me le pardonne, penseroit presque....

Quoi ! Pédrillo auroit-il des doutes sur ce que je viens de le raconter ?

Moi, Monsieur ? Je n'ai garde. Mais ce globe enflammé, cette grenouille qui est une fée, ce Nain-vert qui devient amoureux d'une princesse,

ce papillon bleu que vous époufez, & qui, après
vos noces, doit être une beauté, & ce cure-
dent.... Si je dois, monfieur, vous dire ce que
je penfe.... mais fur-tout ne prenez pas les
chofes en mauvaife part... je crois que tout
ceci ne vous eft apparu qu'en fonge. On rêve
fouvent des chofes fort extraordinaires. Je pourrois même vous en citer des preuves : par exemple, je rêvai dernièrement....

Tu prends bien mal ton tems. Crois-tu que
je n'aie rien de mieux à faire que d'écouter tes
rêves ? Dis-moi, entêté, fi c'eft en fonge que
j'ai vu la fée Rayonante ; fi c'eft en fonge qu'elle
m'a donné les moyens de retrouver mon incomparable princeffe ; fi c'eft auffi en fonge que je
porte le portrait de cette belle attaché à mon
cou ?...

A ces mots, Silvio ouvrit un petit étui, &
en tira une miniature qu'il fit voir à fon incré-
dule valet. Pédrillo fit une grimace affreufe à la
vue du portrait d'une femme qui, de fon aveu,
étoit mille fois plus belle que ne l'etoit la dame
Béatrice, même les dimanches, quand elle avoit
fon jufte d'étamine, fon jupon à falbalas rouges,
& fes bas verts à coins jaunes.

Par S. Dominique ! s'écria Pédrillo, me voilà
muet. C'eft donc là la princeffe que vous a pro-
mife la fée Rayonante ?... & elle eft métamor-

phofée en papillon bleu?... On ne tient pas
contre de fi fortes preuves. Je n'héfite plus. Je
me rends. J'ajoute foi à tout ce que vous m'avez
raconté. Je fuis bien fûr d'être éveillé, moi,
ajouta-il en fe frottant les yeux; ainfi, je ne
rêve pas.... Oh! voilà d'étranges chofes. De
qui pourriez-vous avoir ce bijou, fi ce n'eft
d'une fée? Je gagerois fur ma tête que la moindre de ces pierres vaut plus que dix fermes de
payfans : car j'ai lu que les plus riches terres ne
font que des bagatelles chez les fées. Les diamans & les émeraudes font plus communs dans
ce pays-là, que les tuiles fur nos maifons. Je
fuis fûr que madame Rayonante a plus de pierreries à fon pot de chambre, que la Reine n'en
a à fon collier. Par là jarni! de pareilles chofes
ne fe trouvent pas en dormant. Je commence
à concevoir que vous étiez bien éveillé, & que
vous ne rêviez point, ainfi que je me l'étois
d'abord imaginé. Il eft donc bien vrai que cette
belle princeffe eft un papillon bleu.... Permettez, monfieur, que je la voie encore une fois...
Ma foi! elle eft bien gentille.... Comme elle
me fourit.... Si.... gracieufement..... Si on
ne favoit pas que ce n'eft que fon portrait, l'on
croiroit qu'elle va parler. Que le diable emporte
les maudites magiciennes qui ont eu la méchanceté de changer un fi joli petit minois en un

D iv

chétif insecte !... Pédrillo contempla ce portrait pendant quelques minutes, & se dit à lui-
même...,. Oh ! oh, monsieur le chevalier,
penses-tu qu'une si belle princesse a été faite
pour tes pareils ? Tubleu.,... parce qu'elle est
si petite, crois-tu qu'elle peut tomber indiffé-
remment entre toutes sortes de mains ?...

Triple ignorant ! Tu t'imagine donc que
cette princesse n'est pas plus grande que tu la
vois en peinture ? Elle n'est là si petite, que
parce que le cadre n'étoit pas plus grand. Quelle
que petite qu'elle te paroisse, je parie qu'elle est
aussi grande que Diane ou que la belle Alie, qui,
vraisemblablement, ne sont pas de la plus petite
taille, puisque le géant Moulineau a voulu les
épouser. Si elle est un peu plus petite que celles
dont je viens de te parler : tant mieux. Elle
n'en ressemble que plus aux Grâces que les poëtes
& les peintres nous représentent moins grandes
que les autres divinités, pour rendre leurs traits
plus délicats. Voilà comme, en devenant les
apologistes de l'amour & des belles, ils méritent souvent d'être leurs favoris.

Cela est vrai, car on dit en proverbe, que
tout ce qui est petit est joli. Quand bien même
cette princesse ne seroit pas plus grande qu'une
poupée de Paris, je parierois qu'elle est la plus
puissante petite machine qu'on puisse voir !...

Pédrillo ! mon ami ! nous perdons ici notre tems en babil inutile. Mon amante eſt peut-être dans le plus grand danger.

C'eſt ce que je voulois dire, monſieur. Il eſt bien fâcheux qu'une ſi belle princeſſe ne ſoit pas un inſtant en ſûreté. Si une hirondelle ou quelqu'autre oiſeau l'enlevoit pour leurs petits, ils la mangeroient, morbleu, ſans avoir égard à ſa dignité de princeſſe. Depuis que j'ai vu ce portrait, je ne doute plus qu'elle ne ſoit vraiment princeſſe.

Ce ne ſont pas de pareils dangers qui m'inquiètent. Je me repoſe entièrement ſur la protection de la fée Rayonante. Ses ſecours préſerveront mon amante de la voracité des oiſeaux ; mais ils ne ſuffiront pas pour l'éloigner des pièges que lui tendra la méchante & vindicative fée Fanfreluche. Tu ſais que cet honneur eſt réſervé à moi ſeul...... Pédrillo ! Ne ſerois-tu pas d'avis que nous partiſſions au plutôt, & ſans attendre le retour de ma tante ? Nous ſommes ici raſſemblés, Pimpim, toi & moi, Partons ſans plus tarder. Partons, mon cher Pédrillo : allons à la découverte de ma charmante princeſſe. Fût-elle aux Antipodes, volons à ſon ſecours. La fée Rayonante aura ſoin du reſte.

Il me ſemble, ſeigneur Silvio, que vous vous préparez bien vîte à un ſi grand voyage. Ne vous fiez-vous pas un peu trop à la protection? Ah! la plaisante chose que la protection d'une fée princesse. Mon cher maître! rapportez-vous-en, je vous prie, à votre fidèle Pédrillo : il n'est pas né d'aujourd'hui........ J'ai souvent été à la ville ; & entr'autres dans une certaine ville : dans cette certaine ville, il y a un certain château, & on voit dans ce château certain gentil minois qui se donne les airs d'une grande dame...... Tenez, monsieur, il y a aussi dans notre monde des espèces de fées qui se donnent le ton de vouloir..... non pas de vouloir réellement, mais en apparence, protéger tout plein d'honnêtes gens qui ont trop de bonne foi & de probité pour se méfier de leurs promesses........ Faites attention, s'il vous plaît, monsieur don Silvio........ Ce n'est pas que je vous soupçonne d'ignorer l'usage du monde .... ni que je croye que votre fée..... Non, non, il se peut qu'elle tienne sa parole.... Mais j'ai souvent ouï dire, à des gens plus expérimentés que moi, qu'il est dangereux, très-dangereux de s'abandonner entièrement à la protection de ces sortes de fées. Elles vous mettent de leurs parties ; elles vous menent sur de hautes montagnes par des avenues magnifiques ; elles vous font admirer les beautés de la nature embellie par l'art. Vous croyez toucher aux nues. Et quand votre vue s'étend un peu loin, la fée réflé-

chit; elle eſt jalouſe de l'éclat qui vous environne;
elle ſe repent de vous avoir mené trop haut; elle
prend un élan & vous précipite du ſommet de
cette brillante montagne, dans un abyme ſemé
de ronces & d'épines......... Ainſi, monſieur,
pour prévenir tout fâcheux accident, je crois que
nous ferions bien de nous pourvoir de toutes
ſortes de bagatelles qu'on eſt charmé d'avoir dans
l'occaſion.

En effet, tu ne raiſonne pas mal. Mais je n'ai
rien à craindre. Je ſaurai me ſouſtraire aux dangers dont tu viens de parler. Je n'ai jamais ni lu,
ni ouï dire qu'un prince ou gentilhomme qui
voyage ſous la protection des fées, ſe ſoit occupé
du ſoin de traîner après ſoi des équipages. Il a
toujours de riches habits, des chemiſes de batiſte,
& autant d'argent qu'il lui en faut. Il paſſe ordinairement la nuit dans des palais enchantés, où
il eſt reçu à bras ouverts. S'il arrive que, par haſard, il s'égare dans les bois ou dans des déſerts,
il trouve à l'heure des repas, une table ſplendi-
dement ſervie par des mains inviſibles. Il ſe
couche dans des grottes charmantes environnées
de tilleuls plantés par les nymphes. On s'endort
enſuite ſur des lits de gaſon couverts de roſes.

Tout cela eſt bien beau, monſieur; mais encore
une fois, je ne voudrois pas m'y fier. Parmi les
fées, on a ſes amies & ſes ennemies. Je me rap-

pelle d'avoir lu que de grands feigneurs, qui cou-
roient ainfi à l'aventure, avoient fouvent reffenti
beaucoup d'appétit, fans rien avoir à manger. La
prévoyance ne nuit jamais. Un moineau que l'on
tient, vaut mieux qu'un faifan qui court dans la
forêt. Si monfieur veut fuivre mon avis, j'irai
prendre quelques chemifes, quelques bouteilles
du favori de madame, & après avoir fait un tour
dans la cuifine......Vous m'entendez?.....Je
mettrai le tout dans un havrefac.....à condition
que vous vous munirez d'une bourfe remplie de
quadruples,........Les chofes ainfi faites, nous
nous mettrons.....puifqu'il le faut......Non,
je ne puis abandonner mon cher maître........
nous nous mettrons en chemin......Faffe le ciel
que nous ne rencontrions ni Nains bleus, ni Nains
verts, qui nous difputent notre belle princeffe!

   Don Silvio, qui étoit fans contredit le meilleur enfant du monde, quoique fort entêté fur
tout ce qui concernoit la protection de la fée
Rayonante, fe laiffa enfin perfuader, & reprit
avec fon prudent valet le chemin du château. Il
craignoit la curiofité des domeftiques; & pour fe
mettre à l'abri de tout foupçon, il mit dans fa
poche le petit étui qui renfermoit le portrait de
fa divinité. Tandis que Pédrillo faifoit fa tournée
dans la cave & dans l'office, fon maître raffem
bloit quelques vieilles bagues qu'il avoit héritées

de monsieur son père. Elles ne valoient pas douze doublons; mais Silvio ne croyoit pas avoir besoin d'autant d'argent pour faire son voyage. Il prit sa chemise à manchettes de dentelles. Son surtout de satin vert brodé en or, & doublé de taffetas couleur de rose. Ses haut-de-chausses, ses bas & son plumet étoient de la même couleur. Avec cet ajustement, il auroit pu disputer la pomme aux plus élégans cavaliers de sa province. Il n'attendoit plus que son compagnon de voyage le fidèle Pédrillo, pour partir secrettement & avant le retour de sa tante.

CHAPITRE XII.

Quelles étoient les affaires que dona Mencia avoit dans la petite ville.

TANDIS que don Silvio s'occupoit des préparatifs de son voyage, dona Mencia, qui n'étoit pas encore de retour, faisoit de son côté des projets bien opposés à ceux de son neveu. S'il s'en fût douté, il n'auroit pas employé tant de tems à sa toilette & à remplir son baguier.

Nous avons dit que dona Mencia faisoit depuis quelques semaines, de fréquens voyages à la ville

voisine. Ces voyages, qui furent d'abord si favorables à Silvio, lui causèrent dans la suite bien
des allarmes. Sa chère tante lui préparoit un coup
mille fois plus funeste que ceux qu'auroient pu
lui porter toutes les Fanfreluches & les Carabosses
possibles.

On se souviendra encore que dona Mencia,
quoique ayant été très-indifférente dans sa jeunesse, ne s'étoit pas tout-à-fait décidée ennemie
de l'amour. Nous pouvons attester que l'inflexibi-
lité des hommes, la condamna à une vertu qui
lui devint insupportable. La chronique scanda-
leuse ajoute même, qu'après qu'elle eut quitté
le grand monde, ses esprits furent plus agités que
jamais. La solitude ne favorisa pas le dessein
qu'elle avoit formé de conserver, jusqu'à sa dernière heure, toute sa fierté & une grande partie
de son innocence. L'amour l'aiguillonnoit au
point qu'elle agaça tendrement le chef de ses
écuries. Ce favori n'auroit peut-être pas résisté à
tant d'avances, si l'embonpoint & la fraîcheur de la
grosse Maritorne ne lui eussent paru préférables au
squelette noble, mais décharné de dona de Mencia.
Que cette anecdote soit vraie ou fausse, il est
certain que notre héroïne fut forcée de chercher
ailleurs que chez elle, un remède qui fût plus
qu'imaginaire. Ses maux étoient sensibles : ils
existoient réellement : il falloit les adoucir par

quelque chofe d'effectif. Quoiqu'elle eût témoigné, dans tous les tems, beaucoup de répugnance à lire Boccace, Catulle, Térence, elle
ne pouvoit plus s'endormir fans avoir, fous fon
chevet, l'art d'aimer d'Ovide. J'imite, fe difoit-
elle à elle-même, l'exemple de faint Chryfoftôme,
qui ne pouvoit faire un pas fans avoir fur lui les
comédies d'Ariftophane.

Si les petites foibleffes que nous venons de
mettre au jour, femblent détruire la bonne opinion qu'on avoit conçue des vertus févères de
dona Mencia, on ne doit pas l'imputer à une envie
démefurée de médire. Trop de difcrétion eft toujours déplacée dans l'hiftoire, où l'on doit tout
facrifier à la vérité.

Nous ajouterons que dona Mencia, malgré
l'auftérité de fa vertu, la décrépitude de fon âge &
la vanité qu'elle avoit de fa naiffance, ne put fe
fouftraire aux vives impulfions de l'amour. Ce fut
un procureur de Telva qui fubjugua fon cœur :
& voici comment.

Le Praticien faifoit de fréquentes vifites, pour
affaires, à une parente de dona Mencia. C'eft
dans la maifon de cette dame que nos deux perfonnages fe connurent. Dès que notre héroïne le
vit, elle le jugea propre à être l'inftrument de fes
projets ; & quand elle eut appris quelques cir-

conftances qui le concernoient , elle s'applaudit
d'avoir fait les premières démarches.

Cet honnête homme s'appelloit Rodrigue Sanchez. Il poffédoit au plus haut degré le talent de
fon état ; car aucun de fes confrères ne friponnoit
avec autant d'adreffe que lui. A cela près, il n'avoit
nulle forte d'efprit. Sa bonne mine & l'élégance
de fa taille , lui tenoient lieu de bien d'autres
qualités dans l'efprit de dona Mencia. Il étoit de
la grandeur ordinaire. Sa chevelure noire & crê-
pue effleuroit fes rondes & larges épaules. Deux
petits yeux étincelans auroient orné fa figure , fi
fes paupières ne les euffent totalement couverts.
Du milieu de fon front , s'élevoit un gros nez
qui fe recourboit fur fa bouche , en forme de bec
de perroquet.

Une figure de cette efpèce , eft-elle dangereufe
pour toutes les belles ? le cas eft , au moins , dou-
teux. Mais il eft certain que M. Rodrigue eut , aux
yeux de dona Mencia , les agrémens d'un Adonis.
Dès leur première entrevue , il eut le bonheur de
lui plaire. Elle oublia dès ce moment la forte
réfolution qu'elle avoit prife de conferver éter-
nellement fa virginité. Rodrigue eut l'art de faire
naître dans le cœur de fa maîtreffe , le defir de
partager avec lui le joug du mariage. Notez qu'il
avoit quarante ans paffés , & toute fon innocence.

Si

Si notre Adonis n'étoit pas affez prévenu pour voir, dans la perfonne de fon amante, une Vénus accomplie, il fut, du moins, fi bien jouer fon rôle ; dès qu'il s'apperçut qu'il étoit queftion d'hyménée, que dona Mencia ne doutoit pas du pouvoir qu'avoient confervé fes vieux appas.

Il eft bon de favoir que M. le procureur avoit une nièce, nommée Mergéline. Elle étoit fille d'un marchand bijoutier, frere aîné de Rodrigue qui, en mourant, avoit laiffé plus de cent mille ducats de bien. Mergéline fut mife fous la tutelle de fon oncle le procureur. Celui-ci adminiftra les fonds qui lui avoient été confiés de façon à s'en approprier la plus grande partie. Il feuilleta long-tems le code pour y trouver quelque article qui pût l'autorifer à ravir le bien de fa nièce. Le penchant de dona Mencia lui donna quelque efpérance de parvenir à fon but.

Mergéline étoit la plus laide efpagnole que l'on ait jamais vu ; mais fes ducats lui prêtèrent mille charmes qui lui attirèrent une foule d'adorateurs. Elle les traitoit avec ce ton de hauteur, & cet air de fuffifance qui caractérife les laides héritières. Ses avides courtifans fupportoient, avec fermeté fon humeur & fes caprices : ils la complimentoient même fur fa chevelure, qui étoit d'un rouge jaunâtre. Les galans expérimentés dans l'art de féduire, la flattèrent tant & fi adroitement,

qu'elle favoura à longs traits ce poifon fubtile &
funefte qu'ils repandent fur les idoles qu'ils en-
cenfent. Mergéline fe perfuada que c'étoit à fes
appas feuls que l'on rendoit hommage; & dès-lors,
elle réfolut de n'accorder fa main qu'à un homme
de diftinction. Ceux qu'elle avoit vus jufques-là,
furent congédiés; & elle déclara net qu'elle vouloit être dame de qualité, ou mourir vierge.

M. Rodrigue ne doutoit pas d'amener fa nièce
à fes vues, s'il pouvoit lui trouver un mari tel
qu'elle le defiroit. Le cas étoit épineux; mais
il étoit ferme dans fes réfolutions. Il fit affi-
dûment fa cour à la parente de dona Mencia,
qui lui apprit que cette vieille demoifelle avoit
un neveu auffi bien né qu'elle. Cette découverte
fit grand plaifir au procureur. Il fe perfuada que
don Silvio étoit le fait de fa nièce. On lui dit que
ce jeune feigneur, fans avoir aucune connoiffance
du monde étoit doué des plus rares qualités, &
fur-tout extrêmement foumis aux volontés de fa
tante. Ce fut alors que Rodrigue mit en jeu tout
ce qu'il put imaginer, pour tirer avantage de la
tendreffe que dona Mencia lui avoit vouée. Jamais foupirant ne fut plus paffionné qu'il le parut.
Notre héroïne fe laiffa perfuader. Auffi tôt qu'elle
eut remarqué fon triomphe, elle eut des remords;
elle fit quelques réflexions fur ce qu'elle devoit à
fa vertu & à fa naiffance. Elle réunit toutes fes

forces pour tirer fon cœur de l'efclavage, & mener la conduite qui convenoit à fon rang. Son
maintien redevint grave : il annonçoit l'orgueil
& l'indifférence.

M. Rodrigue, peu habitué à calmer la févérité
des belles, fe feroit rebuté cent fois, s'il n'eût été
animé par un fentiment moins tendre que celui
de l'amour. Il perfifta. Il combattit courageufe-
ment ; & fes petits yeux frétillans triomphèrent
enfin, & de la vertu la plus auftère, & de l'orgueil
que donnent nombre de quartiers.

La double alliance, entre la nièce & le neveu,
fut propofée & acceptée au moment de la victoire. Rodrigue dreffa lui-même les articles du
contrat de mariage, où il ne s'oublia fûrement
pas.

Dona Mencia avoit trop bien élevé M. fon
neveu, pour douter de fa docilité à tout ce qu'elle
exigeroit de lui. Tandis que fon cœur jouiffoit du
plaifir d'aimer, fon efprit étoit défagréablement
occupé de la fenfation que feroit, dans le monde,
une telle méfalliance. Quoique le mérite de
M. Rodrigue Sanchez lui parût devoit juftifier fes
démarches, elle ne fe feroit jamais réfolue à faire
un fi grand facrifice, fi elle n'avoit efpéré que fon
époux futur feroit un grand généalogifte, qui fe
feroit defcendre en ligne directe d'un fils naturel
d'un des rois de Caftille.

E ij

CHAPITRE XIII.

Portrait à la manière de Callot.

DON SILVIO qui s'occupoit du papillon bleu & du nain vert, ne pouvoit guère prévoir le coup dont il étoit menacé. On avoit bien eu de la peine à lui perfuader que fa tante avoit réfolu de le marier à une petite bourgeoife, pendant qu'il étoit déterminé à parcourir le monde pour trouver une princeffe aîlée qui étoit deftinée à être fon époufe. Ciel! quelle fut fa furprife, lorfqu'il vit arriver dona Mencia accompagnée d'un monfieur & d'une demoifelle qu'il ne connoiffoit pas du tout. Où fuir? où fe cacher? comment éviter cette tante dont on craignoit tant le retour?

Que ferai-je? que deviendrai-je?........ Partirai-je feul?... Mais, par où fortirai-je?... Malheureux Pédrillo! C'eft toi...... Ce font tes préparatifs qui me perdront........ Ce font eux qui expoferont l'adorable papillon bleu à!...... S'il y fuccomboit....... Si quelqu'autre avoit la témérité...... Je n'ofe y penfer fans frémir..... Ne t'avois-je pas dit, Pédrillo, que tes provifions étoient inutiles. La fée qui me protège en a bien

plus à notre fervice que nous n'en pourrons con-
fommer......

L'infortuné don Silvio n'eut pas plutôt achevé
fon monologue, qu'il vit ouvrir la porte de là
falle où il étoit. Sa tante entra. Elle lui dit d'aller
au devant des aimables étrangers qui arrivoient.
Silvio pénétré de douleur, obéit. Pendant ce
tems là, Pédrillo qui revenoit de la cave & de
l'office, étoit allé aider le monfieur & la dame à
defcendre de leur voiture. Il eut toutes les peines
du monde à s'empêcher d'éclater de rire, lorfqu'il
vit M. Rodrigue, & fur-tout mademoifelle Mergéline.

Don Silvio qui étoit naturellement doux, &
poli, fut fi effrayé de leur afpect, qu'il fit trois ou
quatre pas en arrière. Son embarras lui ôta la
faculté de remarquer les fentimens de joie qui
éclatoient dans les yeux de Mergéline lorfqu'elle
le vit.

Pour faire connoître au lecteur quelle devoit
être la fituation de notre jeune chevalier, nous
donnerons une efquiffe du portrait de celle qu'on
lui deftinoit pour femme.

Elle avoit environ trois pieds de haut. La diftance d'une de fes épaules à l'autre étoit égale à fa
hauteur. Son corps étoit fi régulièrement conftruit,
que fa tête en faifoit à peu près la quatrième

partie. Son cou, sa gorge & son estomac se
perdoient insensiblement l'un dans l'autre. Son
visage formoit un quarré parfait. Il manquoit en
hauteur à son front, ce que son menton avoit de
trop en longueur. Venons en à son ajustement. Il
étoit composé d'une robe de satin souci, brodée
en argent. Son corcet, qu'elle laissoit entrevoir,
étoit vert & noué avec de larges rubans d'un gros
bleu. Une plume couleur de feu ornoit sa chevelure. Elle avoit des bas mordorés à coins d'argent, & des souliers cramoisis brodés en or.

Ce fut à cette aimable personne que Silvio
tendit une main tremblante pour la conduire
dans la salle. Apeine y fut-elle, qu'elle courut à
une glace pour réparer le désordre que le voyage
pouvoit avoir mis dans sa parure. Après beaucoup
de complimens qui n'étoient pas des complimens
ordinaires, chacun se plaça. On gardoit un profond silence, on se regardoit, tous paroissoient
embarrassés. Morgéline avoit eu soin de se placer
devant un miroir, dans lequel elle contemploit,
d'un air de satisfaction, & les graces de sa personne & la symétrie de sa parure. Elle jouoit
avec son éventail. Elle couvroit de tems en tems
son visage, avec une modestie qui auroit enchanté tout autre que Silvio. M. Rodrigue jetoit
des regards enflammés sur dona Mencia. Silvio

ouvroit des grands yeux, paroiſſoit diſtrait &
confus. Sa tante ouvroit ſouvent la bouche pour
parler ; mais elle ne ſavoit que dire.

Beatrice vint les tirer d'embarras. Elle ſervit un
goûté délicat. La maîtreſſe de la maiſon en fit les
honneurs avec une dignité qui redoubla le reſpect
que les étrangers avoient pour elle. Mergéline
profita du cérémonial pour étaler les graces de ſa
perſonne & les agrémens de ſon eſprit. On parla
beaucoup de la ſaveur des fruits & du ſucré des
confitures. Dona Mencia ſe mit à détailler d'une
manière circonſtanciée tout ce qui a rapport à
l'art du confiſeur. Cette converſation n'amuſoit
pas du tout M. le procureur. Il n'étoit occupé que
de ſon contrat de mariage & d'un procès dont le
gain devoit lui rapporter des dommages & intérêts
conſidérables. Il prenoit tant de plaiſir à y penſer ,
qu'il tourna inſenſiblement la converſation ſur la
chicane. Don Silvio ne voyoit & n'entendoit rien.
Toutes les facultés de ſon ame étoient réunies ſur
le papillon bleu.

CHAPITRE XIV.

Proposition de mariage.

APRÈS qu'on eut parlé du procès deux heures entières, la dame Beatrice porta des vins étrangers & des liqueurs : on en versa avec prodigalité. Dona Mencia profita d'un instant où mademoiselle Mergéline & M. Rodrigue questionnoient sa femme de chambre sur différentes choses, pour tirer son neveu dans le cabinet voisin. Elle rassembla tous ses esprits pour lui révéler le grand secret. Elle ne savoit comment s'y prendre. Elle regardoit son neveu, arrangeoit son fichu, ôtoit & remettoit ses gans : enfin.... elle parla.

Don Silvio ! vous êtes plus paré qu'à l'ordinaire. Saviez-vous que j'amenois compagnie ?

Non, madame, répondit Silvio, en rougissant. Mais.... je ne savois... je soupçonnois.

Vous n'avez besoin de chercher aucune excuse : vous ne pouviez vous habiller pour une meilleure occasion..... Plus je réfléchis, & plus je crois que nous étions prédestinés l'un & l'autre à quelque chose de singulier...... En disant ces mots, elle se plaça à côté de son neveu, prit une prise de tabac, & fit un préambule qui la conduisit peu à peu à son sujet. Elle déclara enfin en tremblant, qu'elle avoit résolu de perdre sa liberté en faveur de M. Rodrigue, qui est, disoit-elle, un homme d'un rare mérite. Silvio apprit en même tems qu'on avoit promis sa main à mademoiselle Mergéline. Dona Mencia vouloit lui persuader qu'il résulteroit de très grands avantages de cette double alliance. Elle s'attendoit à recevoir beaucoup de remerciemens de la part de son neveu, pour qui elle s'intéressoit tant.

Don Silvio ne fut pas sensible à cette faveur. Le discours qu'il venoit d'entendre, lui ôta pendant quelque tems l'usage de la parole..... Il témoigna par sa réponse moins d'indignation que d'étonnement,

Je vous avoue, madame, que je ne conçois rien à ce que vous venez de me dire. J'ai dix-huit ans. Ma naissance & l'éducation que vous m'avez donnée m'invitent à quitter incessamment la vie oisive & retirée de la campagne. J'ai résolu de chercher dans le monde l'occasion de me distinguer. Un jeune homme comme moi doit voyager ; il doit avoir des aventures : vous même, madame, m'avez inspiré ces nobles sentimens. Vous m'avez toujours dit qu'un homme de qualité devoit tout sacrifier à la gloire & à sa naissance. Ces leçons, que je suivrai à la letre, ne s'accordent pas du tout avec l'établissement que vous me propofez. Je vous déclare, dès ce moment, que je n'y foufcrirai jamais. D'ailleurs, je ne crois pas que la fortune de celle que vous me propofez, puiffe tenter le cœur le plus avide de biens. Comment avez-vous pu concevoir l'idée de m'enrichir à ce prix? c'eft-à-dire, que vous voudriez me concentrer pour le refte de mes jours dans cette folitude, ayant pour toute fociété une femme que je n'ofe envifager : elle m'infpire autant d'horreur que d'effroi. Le moyen de cacher enfuite mon malheur & ma honte aux yeux de l'univers.....

Oubliez-vous, monfieur, le refpect que vous me devez? je m'attendois à plus de foumiffion.

De la foumiffion! reprit vivement Silvio, quand vous voulez m'enchaîner à un monftre. Je vous protefte, madame, que je n'héfiterois pas à me jeter dans le Guadalavar, pour éviter un feul regard de mademoifelle Mergéline.

On fait que vous êtes infiniment prévenu en votre faveur. Je vous promets que vous vous repentirez d'établir fur votre prétendue bonne mine, l'édifice de votre bonheur. Je ne me donnerai pas la peine d'entrer en difcuffion avec vous. Mais, apprenez, monfieur, que dona Mergélina n'eft pas faite pour effuyer vos dédains. C'eft une demoifelle digne des plus affectueux fentimens.... Quand elle n'auroit pas toutes les bonnes qualités

que je lui connois, fachez qu'un fimple gentilhomme qui a tout au plus cent piftoles de revenu,
ne doit pas rejeter en étourdi, un parti de cent
mille ducats.

Vous n'appréciïez pas autrefois, reprit ironi-
quement don Silvio, un homme de qualité felon
fa fortune. Cent mille ducats ne m'éblouiront jamais en faveur de celle que vous me deftinez
pour époufe. Toutes les puiffances réunies ne fau-
roient impofer à mon cœur de fi dures loix. Je
vous ai l'obligation, madame, de m'avoir infpiré
le mépris des richeffes. Je prends le ciel à témoin
que je n'en acquerrai de ma vie par aucune baffeffe.

Quelle baffeffe trouvez-vous à époufer dona
Mergétina ? des malheurs imprévus ont forcé fes
ancêtres à déroger à leur nobleffe qui étoit une
des plus diftinguées du royaume...... Je fais ce
que je dis, don Silvio..... Malgré les plus finiftres événemens, cette vertueufe famille a trouvé
les moyens de fe relever; & elle eft prête à rendre
à ma maifon l'éclat qu'une honteufe indigence
alloit lui ravir.

La pauvreté qu'on n'a pas méritée n'eft point
honteufe, reprit vivement don Silvio. Comptez
fur moi, madame. Je vous promets de conferver
à ma famille tout l'éclat de fon nom. Je me fens
affez de force pour triompher des périls dont elle

est ménacée. Dona Mergélina peut être noble
tant qu'il vous plaira ; mais dût-elle descendre du
Cid ; dût-elle me donner tout l'or du Pérou, je ne
l'épouserai pas.

Comment ! Tu ne l'épouseras pas ? s'écria dona
Mencia, d'un ton foudroyant. Je te dis, moi, que
tu l'épouseras. Oui, tu l'épouseras, ou tu verras
si dona Mencia sait faire valoir les droits que la
nature & ton père lui ont donnés sur toi. . . . Tu
l'épouseras, te dis-je, ou. . . . . . Point d'inutiles
menaces, interrompit Silvio, avec une fermeté
qui déconcerta la vieille dame. Je connois l'étendue de mes devoirs envers vous ; & je connois aussi les bornes de vos droits sur moi. Mariez-
vous tant & aussi souvent que bon vous sem-
blera, avec monsieur Rodrigue Sanchez ; je n'y
trouverai, rien à redire ; mais vous me permet-
trez, à l'âge où je suis, de ne pas m'immoler ;
ou de ne pas consentir à l'engagement dont vous
m'avez fait l'honneur de me parler.

A ces mots, la vieille tante devint toute en
feu. . . . Je t'entends, s'écria-t-elle, en serrant le
reste de ses dents. Je commence à deviner ce que
tu médites. Je connois la noirceur de ton caractère. Tu attends avec plaisir le moment de me
voir seule l'objet de tes reproches. Dès à présent,
je méprise tout ce que tu pourrois dire. Quoi !
Un jeune homme à votre âge, monsieur, vou-

droit favoir mieux que moi ce qui lui convient? je ne veux pas m'échauffer davantage. Puifque ton inexpérience eft l'unique fource de ton ingratitude, je veux bien oublier toutes tes vivacités... Mon neveu!,.. Il n'en fera plus queftion; mais je ne confentirai pas que tu fois la victime de ton frivole entêtement. Sans moi, pareille occafion ne fe feroit jamais offerte. Tu es encore trop jeune pour fecouer un joug que je puis appefantir à mon gré. Souviens-toi que tu es fous mon autorité, & que je faurais te faire obéir, fi.....

Votre conduite, madame, eft une preuve certaine que les cheveux gris ne font pas toujours la marque infaillible de la fageffe. Je ne fuis, ni affez jeune, ni affez vieux, pour m'offrir en facrifice à vos ridicules penchans. Je vous difpenfe des foins que vous voulez prendre de ma fortune. Si je rejette les vœux de mademoifelle Mergéline & fes cent mille ducats, c'eft que j'ai de fortes raifons pour le faire.... Je vois auffi ce que je dis, dona Mencia..... Avec la protection que j'ai, je puis hardiment méprifer toutes vos menaces.....

En difant ces mots, il fortit vîte du cabinet & courut dans le jardin. Il étoit au défefpoir ; il ne favoit que devenir ; il couroit çà & là, en attendant, avec la dernière impatience, l'arrivée de Pédrillo.

C H A T I T R E XV.

Soupçons de don Silvio. Il concerte sa
fuite avec Pédrillo.

Pédrillo étoit curieux & bavard. Il avoit
écouté à une petite porte du cabinet l'entretien
que son maître avoit eu avec dona Mencia. Il
l'avoit vu sortir & l'avoit suivi sans faire de bruit.
Il le regardoit se promener dans une allée de mar-
ronniers - d'inde. Don Silvio marchoit à grands
pas ; il avoit les mains derrière le dos & parloit à
haute voix. Son air & ses gestes annonçoient tant
de colére que son domestique n'osoit l'approcher.
Silvio l'apperçut & lui fit signe de venir.

Tu crains les justes reproches que j'aurois à te
faire sur tes inutiles préparatifs. Peut-être cause-
ront-ils mon malheur & celui du papillon bleu.
Si tu avois suivi mes ordres & mes conseils, nous
serions actuellement bien loin de ce château. Je
ne me flatte plus d'en pouvoir sortir, sans le puissant secours de la fée Rayonante. Tu vois combien j'aurois sujet de te gronder, mais ne crains
rien, mon ami. Tu as fait le mal malgré toi ; je
ne suis pas assez injuste pour te faire porter la
peine de ces contretems. Je ne dois les imputer

qu'à la bizarrerie de mon fort & à la méchanceté de ma mortelle ennemie.

Silvio prit la main de son domeſtique & lui dit de regarder de tous côtés ſi perſonne ne pouvoit les entendre. Après avoir promené autour d'eux des regards inquiets, ils s'aſſirent.

Ecoute, Pédrillo : je veux te découvrir mes plus ſecretes penſées. Je ſuis convaincu que cette vieille fille ou femme que tu as vue ſortir de la voiture, avec deux monſtres, n'eſt pas ma tante dona Mencia de Roſalva. Il eſt vrai qu'à ſon abord j'ai pris l'une pour l'autre. Mais à cette heure, je ne doute plus que ce ne ſoit la fée Fanfreluche qui a pris la figure de ma tante pour s'oppoſer à mon bonheur. J'ai là-deſſus des notions qui ne me laiſ-ſent aucun doute. Malgré les efforts qu'elle faiſoit pour ſe déguiſer, j'ai vu dans ſes yeux quelque choſe d'égaré, que je n'ai jamais apperçu dans ceux de ma tante. Je ne puis te détailler tout ce que j'ai vu d'extraordinaire dans ſa figure; mais je ſuis ſûr de mon fait. Fanfreluche a ſûrement appris la métamorphoſe du Nain-vert. Elle a cru pouvoir mettre obſtacle au bien que la fée Rayon-nante me veut. Elle s'oppoſera, ſi elle peut, à mon bonheur & à celui du papillon bleu. Tel étoit ſon deſſein quand elle eſt venue dans ce château.

Croyez-vous cela? monſieur, répondit Pédrillo,

qui avoit écouté son maître avec attention. Cette
idée m'est déja venue. Dès qu'elle est arrivée, il
m'a semblé voir en elle quelque chose qui n'étoit
pas naturel. Depuis que vous m'avez découvert
votre façon de penser, je parierois que mademoi‑
selle Mergéline est sœur du Nain‑vert, si elle
n'est pas quelque chose de pis. Je veux être dés‑
honoré, si j'ai jamais vu un pareil monstre.

Eh ! bien Ce monstre là avoit des prétentions..?
Il vouloit être ma femme.....

Votre femme! monsieur. Vous, l'épouser! Il
faudroit que vous eussiez perdu l'esprit. Pardon‑
nez‑moi, si je m'exprime si naturellement : c'est
que je sais bien que monsieur n'en fera rien.....
Diantre !.... Vous nous la donnez belle, ma mi‑
gnone...... Vous n'avez qu'à dire....... Quelle
ambition! pour une figure telle que la votre.....
Ah! qu'il seroit dommage qu'un si beau chevalier
trouve, en s'éveillant, cette naine dans ses bras!....
Il n'en fera rien, mademoiselle Mergéline. Vous
pouvez rengaîner vos prétentions........Si vous
voulez absolument *être épousée*, que n'allez‑vous
trouver le nain Mignonet ; il fera votre affaire....
Hi, hi, hi, le beau couple!... Oui·da, on vous
épousera..... *Attendez‑moi sous l'orme*....... J'ai
ouï dire que cette Mergéline étoit fort riche. Je
ne suis qu'un pauvre diable ; mais fût‑elle d'or, je
n'en voudrois pas....... Un peu moins d'argent,

madame

madame Fanfreluche, & beaucoup plus de beauté,
&.... & puis l'on verra.

Silvio rit de tout son cœur de la franchise de
son valet; mais il commençoit à l'impatienter : il
l'interrompit & lui dit....

Mon cher Pédrillo, le cas est peut-être plus sérieux que tu ne le penses. Je te l'ai déja dit : Fanfreluche est méchante & vindicative. Je sais que
son pouvoir est étendu. Si c'est elle qui est venue ce
soir, sous la figure de ma tante, pour me charger
de ce laidron......

Par saint Jacques! interrompit Pédrillo, si madame n'est pas...... si elle n'est pas votre tante,
& qu'elle soit, comme vous le dites, la fée Fanfreluche, il ne nous reste qu'à invoquer le ciel.
Comment voudriez-vous résister à des enchanteurs, à des magiciennes ?..

Doucement, mon ami, reprit Silvio. Le seul
parti qui nous reste, est de décamper cette nuit.

Cette nuit! s'écria Pédrillo, l'effroi dans l'ame.
Eh! monsieur y pensez-vous! Premièrement, la
nuit n'est l'amie de personne. Secondement......
tenez, monsieur, je ne mettrois pas le pied hors
de la porte pour autant de quadruples qu'il y a de
cheveux sur ma tête. Nous rencontrerions à chaque pas des revenans, des sorciers, des loup-
garous. Je vous supplie, je vous conjure à mains
jointes, monsieur don Silvio....

Tome XXXVI.　　　　　　　　F

Tais-toi! ne suis-je pas muni du portrait de la belle princesse? son seul aspect inspireroit de la vénération aux spectres les plus hideux de l'Afrique. En cas d'événement, la fée Rayonnante ne m'a-t-elle pas promis sa protection?..... Tiens, Pédrillo, il y a apparence que la lune nous éclairera cette nuit : & dût-elle s'obscurcir, je ne doute pas que ma protectrice ne nous envoie une ou plusieurs de ses salamandres, avec des flambeaux, pour nous éclairer. Elles dissiperont toutes les embûches que Fanfreluche pourroit nous tendre..., Mon ami! si tu m'aimes, aide-moi à exécuter mon dessein. Si nous échappons une si belle occasion, dieu sait si nous la retrouverons jamais. Sois assuré, Pédrillo, que je serai reconnoissant. Je ne promets pas plus que je ne peux tenir ; mais dès que j'aurai trouvé ma charmante princesse, compte sur ma parole..... ta fortune est faite..... Vois si tu veux me suivre..... si tu m'abandonnes, je partirai seul....... J'aimerois mieux mourir que de passer encore une nuit dans cet abominable château.

Pédrillo n'avoit d'autre défaut que beaucoup de poltronerie. Quand il entendit son maître parler de partir & de s'exposer seul, les larmes lui vinrent aux yeux. Il se détermina, en jetant autour de lui des regards où la terreur étoit peinte, de braver tous les monstres, & de partir en dépit de Fanfreluche.

Je confens, monfieur, dit-il à Silvio d'une voix tremblante, je confens à partir avec vous, & à quelle heure de...... de la nuit vous le jugerez à propos.

CHAPITRE XVI.

Une promenade. Rufe de don Silvio.

A PEINE eurent-ils fixé le moment de leur départ que la voix foudroyante de dona Mencia fe fit entendre. Elle venoit prendre le frais dans le jardin avec fes convives.

Ciel ! monfieur, s'écria Pédrillo, madame Fanfreluche !... Mon faint patron, protégez-moi.... Que le faint ange gardien...... Mais la fœur du Nain-vert.....

Poltron ! Tu vas me perdre. Retire-toi vîte, & prends-garde qu'on ne t'apperçoive. Je veux refter fur ce banc & y attendre tout ce monde.

Pédrillo frémit à ces mots. Il leva les mains au ciel, recommanda fon maître à tous les faints du paradis, & s'enfuit de toutes fes forces.

Don Silvio, malgré toute fa fimplicité, étoit quelquefois ingénieux. Il imagina un expédient pour tromper fa tante fur tout ce qu'il projetoit.

Je veux, difoit-il, la tenir dans une incertitude qui fufpendra tout ce quelle pourroit faire pour me nuire. Je n'affecterai ni trop de réfiftance à fes vues, ni beaucoup de penchant pour Mergéline. comme cela, elle ne preffera pas les chofes. Je laifferai entrevoir, de tems en tems, qu'à la longue on pourroit gagner quelque chofe fur mon efprit & mon cœur.

En faifant ces réflexions, il s'avança à petits pas vers les dames. Il compofa fon maintien de façon à ne paroître ni gai, ni troublé. Il fe mêla adroitement de la converfation. Mais la répugnance que lui caufoit la fœur du Nain - vert étoit extrême. Son dégoût augmentoit à proportion que Mergéline vouloit lui faire fentir combien il avoit de droits fur fon cœur.

La vanité de cette Mergéline fuppléoit à la froideur de Silvio. Elle fe félicitoit de fa conquête, & prenoit pour de l'amour les froides politeffes que le chevalier étoit obligé de lui faire.

Il n'avoit befoin de prendre aucune précaution pour laiffer ignorer fes projets à fa tante; quoique les dernières paroles de leur tête à tête auroient pu donner des foupçons. Quand elle réfléchiffoit que fon neveu manquoit de tout, & qu'il n'y avoit perfonne dans les environs qui pût l'aider, elle fe tranquillifoit. Elle s'informa dans la maifon s'il ne s'étoit rien paffé de nouveau pendant fon

absence : on lui répondit que non ; & ç'en fut
assez pour la tranquilliser. Elle prit pour une pétu-
lance qui convenoit à son âge ; la chaleur qu'il
avoit mise dans son discours. Et les honnêtetés
qu'il fit dans la suite à Mergéline persuadèrent à
dona Mencia qu'il se rendroit immanquable-
ment.

CHAPITRE XVII.

*Ravissement de don Silvio dans les jardins
de la fée Rayonnante. Le quiproquo
qui en résulte. Suite désagréable.*

Nos dames trouvèrent la promenade si agréable,
qu'elles firent semblant de ne pas s'appercevoir
que la nuit venoit.

Cette nuit paroissoit faite pour favoriser l'amour.
Elle étoit aussi paisible que celles que Diane choi-
sissoit, pour aller surprendre dans le sommeil son
fidèle Endymion. Il sembloit que Vénus avoit in-
voqué le dieu du repos, pour que son cher Adonis
goûtât le souverain bonheur, sans être interrompu.

La tendre dona Mencia s'éloigna peu à peu
avec son favori, de son neveu & de mademoiselle.

Mergéline. Elle gagna un petit berceau de charmille, où la moindre lueur ne pouvoit pénétrer. Malgré la grande obfcurité, elle vouloit faire remarquer à M. Rodrigue mille raretés que la nature avoit produites pour la commodité de ceux qui vouloient fe repofer. Il ne dépendit pas entièrement du praticien de n'en pas profiter. . . .

Mergéline fe trouva à fon aife avec Silvio. Elle hafardoit de tems en tems de petites marques de tendreffe. Elle ferroit affectueufement les mains de fon compagnon, qu'elle conduifit peu à peu dans un petit cabinet de verdure qu'elle avoit remarqué pendant la journée. Silvio recevoit fes agaceries. On fe flattoit de le faire fortir ainfi de fa profonde rêverie. Plus Mergéline effayoit de faire impreffion fur fon efprit, plus il s'égaroit dans fes fonges. Les charmes de la nature affoupie fembloient captiver toutes les facultés de fon ame. Il croyoit n'appercevoir le clair de la lune qu'à travers un paravent de gaze. Il voyoit un fopha de fatin couleur de rofe & blanc éloigné de la clarté. Dans ce raviffement, il oublia qui étoit avec lui. Il étoit dans les jardins enchantés de la fée Rayonnante. Il ne voyoit que des allées de jafmin & de chèvrefeuille. Des fleurs immortelles s'épanouiffoient à fes yeux. Les étoiles étoient autant de falamandres qui danfoient fous la voûte azurée du firmament. Le croaffement des grenouilles, habitantes des marais voisins, étoit un concert mélodieux dans lequel on rendoit hommage à sa divine princesse. On y célébroit aussi la gloire de son triomphe. Il étoit si hors de lui-même, qu'il s'écria tout à coup....

Dois-je en croire mes yeux!..... ciel....... est-ce un songe? Mon cœur est enivré des plus pures délices.... Voilà donc l'instant fortuné.... dieu! ne m'abusai-je pas, ou est-ce bien elle que je vois?...... C'en est donc fait, adorable princesse!..... J'ai donc surmonté tous les obstacles qui me privoient de la gloire & du bonheur de vous posséder!..... Ah! Silvio, fortuné mortel! comment as-tu pu anéantir la malice de tes ennemis?........ C'est bien elle : c'est mon amante. L'éclat du rang suprême brille dans toute sa personne. Elle répand sur la nature entière mille agrémens nouveaux.

Silvio continua encore quelque tems sur le même ton.

Mergéline tomba des nues. Elle ne comprenoit rien au langage de don Silvio qui lui avoit ému les entrailles, par la chaleur & la véhémence qu'il y avoit mises. Elle ne connoissoit en beau style que ce qu'elle avoit lu dans quelques romans. On lui avoit parlé si avantageusement de l'éducation du chevalier, qu'elle crut qu'il lui avoit fait une délaration d'amour selon le ton de la bonne

F iv

compagnie. Il ne lui vint pas dans l'esprit qu'on
eût voulu se moquer d'elle : elle étoit trop pré-
somptueuse. Elle n'interrompit pas Silvio, dans
l'espérance qu'il expliqueroit d'une manière plus
intelligible, les belles choses qu'elle avoit enten-
dues.

Mergéline n'étoit pas tout à fait sans expérience
en amour. Avant de savoir quelle seroit un jour
sa fortune, elle avoit bien voulu s'abaisser jusqu'à écouter les galanteries d'un garçon de bou-
tique de son voisinage. Elle fit à don Silvio, parce
qu'il étoit un homme de qualité, les avances qu'on
lui avoit faites autrefois à elle-même. Elle le regarda avec des yeux étincelans & le pressa tendrement sur son sein.

Soit que l'imagination de notre héros ne fût
pas assez échauffée, soit que la fée Rayonnante ne
permît pas que son délire durât plus long-tems,
il sortit tout à coup de son premier accès de léthargie.

Quoi ! s'écria-t-il avec le même effroi qu'éprouva
la princesse Laidronette, lorsqu'elle vit dans ses
bras le Serpent vert, au lieu de son époux. . . . .
Quoi ! . . . . les dieux l'ont-ils pu permettre ! Quel
affreux changement ! cruelle Fanfreluche, que
t'ai-je fait ? Les maux que tu m'envoie, depuis si
long-tems, n'ont donc pu assouvir ta haine & ta
barbarie. Quel mal t'ai-je fait ? Pourquoi me per-

fécutes-tu? Pourquoi arracher de mes bras ma
chère princesse, & y substituer ce détestable nain?
Comment l'horreur que j'ai dû éprouver en em-
brassant ce monstre, ne m'a-t-elle pas rendue
moi-même un monstre abominable. Ne te flatte
pas qu'une pareille offense restera impunie.

Parle! petit monstre, qu'as-tu fait de ma princesse? Où l'as-tu cachée? Veux-tu me la rendre?....
ta vie dépend de ta réponse. Je connois toute la
noirceur de ton ame, je connois tes attentes. Je
me sens assez de force pour terrasser Fanfreluche
& le Nain vert.......... je t'abas à mes pieds,
si, dès cet instant, tu ne me rends ma divine
amante.

La pauvre Mergéline étoit toute tremblante.
Les menaces de Silvio étoient si terribles, que
tout autre que la nièce de M. Rodrigue en auroit
également été saisie d'effroi. Elle fit retentir, dans
tout le jardin, des cris épouvantables. Dona
Mencia & le procureur vinrent à son secours,
dès que leurs affaires particulières leur permirent
de quitter le berceau de charmille. Quel singulier
groupe! La consternation des deux vieux amans,
le désordre qui regnoit dans la parure & le maintien de Mergéline, qui racontoit, en versant un
torrent de larmes, les insultes qu'elle avoit reçues; & la situation de don Silvio, qui continuoit
ses extravagances, pourroit être le sujet d'un

tableau original. On ne douta plus que le cerveau du chevalier ne fût dérangé.

Le bruit avoit attiré les domestiques du château. Dona Mencia leur ordonna de lier les pieds & les mains à son neveu, & de le transporter dans son lit : ce qu'on n'exécuta qu'avec beaucoup de peines.

Pédrillo fut chargé de garder son maître, & la tante courut chercher dans sa pharmacie, quelques vieilles poudres tempérantes qu'elle fit prendre au malade. La vigilante Maritorne fut chargée de faire venir le chirurgien muni de ses lancettes.

C H A P I T R E X V I I I.

Silvio revient à lui. Il cherche avec Pédrillo, le moyen de tromper la prétendue fée Fanfreluche.

D<small>ON</small> S<small>ILVIO</small> tomboit souvent dans de vifs accès de léthargie; mais ils n'étoient pas de longue durée, parce qu'ils avoient leur source dans cette partie du corps que Platon fait siéger entre la poitrine & le diaphragme.

A peine fut-il quelques minutes au lit, qu'il reprit l'usage de ses sens. Combien il fut étonné de se trouver dans son lit !

Pédrillo, tremblant, se tenoit un peu éloigné de son maître. Il craignoit un nouvel accès de folie. Au premier bruit qu'il entendit, il voulut s'enfuir. Ce ne fut que la crainte d'essuyer les reproches de dona Mencia qui le retint. Il se cacha tout doucement sous la table, pour ne pas être exposé à la fureur du malade qu'il veilloit.

Dès que Silvio l'apperçut, il lui dit à voix basse & d'un ton de douceur. . . . . Est-ce toi, mon cher Pédrillo ? . . . . je pensois bien que tu ne m'abandonnerois pas. Va tu n'auras pas lieu de te repentir de m'avoir été affectionné.

Pédrillo pleura de joie. Il ne s'attendoit pas à entendre parler son maître qu'il croyoit frénétique, avec autant de calme & de bon sens. Les marques du plus vif attachement furent prodiguées de part & d'autre. Pédrillo ne cessoit de dire au chevalier combien il étoit enchanté de le voir guéri.

Je ne comprends rien à cela. D'où viennent ces liens ? . . . . . Comment ! j'aurois été malade ? Cela n'est pas possible. Il n'y a pas six minutes que j'étois dans les jardins de la reine des salamandres. Je ne sais pourquoi je suis ainsi garotté, ni comment je suis venu dans cette chambre.

Jufte ciel, fecourez - moi! Que dites-vous,
monfieur, de la reine des falamandres? Vous ne
l'avez certainement pas vue. Vous ignorez donc
tout ce qui vous eft arrivé?..... Il eft vrai qu'on
en a agi avec vous d'une manière fi dure, qu'il
n'eft pas étonnant que vous vous foyez évanoui......

Au moment que je me préparois à endoffer
mon havrefac, pour le porter fecrettement hors
du château, j'ai entendu un grand bruit. Au milieu des cris qui frappoient mes oreilles, j'ai cru
entendre votre voix. J'ai jeté mon paquet dans
une haie, je fuis venu à votre fecours; mais il
étoit trop tard. La cour de la fée Fanfreluche
vous entouroit; & tous crioient très-diftincte-
ment, que vous aviez, fauf votre refpect, la tète
dérangée. Ils fe font emparés de vous & vous ont
garotté, fans que j'aie pu les en empêcher......
Que le diable les enforcèle!..... Je vois bien,
à cette heure, que c'étoit un pur menfonge.....
Parbleu! vous raifonnez auffi jufte que moi.

Ecoute, Pédrillo......... Mais, avant tout,
débarraffe-moi de ces affreux liens : je ne les puis
plus fupporter...... J'ai foupçonné qu'il y avoit
quelque chofe de myftérieux dans l'arrivée de
cette vieille qui fe dit ma tante. Je fais actuellement ce que j'en dois penfer. Il s'eft paffé des
chofes innouïes depuis que tu m'as quitté. Le
tems & le lieu ne me permettent pas de t'en en-

tretenir en ce moment. Nous ne ſommes pas ici en ſûreté. Qui ſait ce qui nous attend encore. Il nous faut éviter, par une prompte fuite, les maux dont nous ſommes menacés.

Quel eſt le moyen, monſieur, d'exécuter votre projet? Comment s'y prendre? Tout le monde eſt encore ſur pied; & il eſt à parier que madame Fanfreluche viendra, de quart-d'heure en quart-d'heure, apprendre comment vous vous portez. Elle a même préparé quelques doſes de térében-thine pour vous les faire avaler, quand vous au-riez recouvré vos eſprits, &.....

Qu'appelles-tu térébenthine? O ciel! de la térébenthine! N'as-tu pas plutôt ouï dire des poudres tempérantes?

Je crois qu'oui, monſieur, mais quelque nom qu'on leur donne, je vous demande en grâce de n'en pas prendre. Qui ſait, qui connoît la vertu de ce qu'on vous offriroit. On ne peut ſe méfier trop des eſprits malins. Ils vous donneroient auſſi bien de l'arſenic ou des ongles rapés que des yeux d'écreviſſes.

Ce n'eſt pas ce que je redoute. J'aurois plutôt à craindre qu'on voulût me faire prendre quel-ques liqueurs enchantées qui m'enflammeroient pour cette déteſtable naine qui eſt, ſi je ne me trompe, la fille ou la nièce de la vieille.......
Pédrillo! tu as de l'eſprit. Imagine quelque

expédient, & fais enforte que nous puiſſions nous
évader cette nuit. Je ne ferai heureux que lorſque
je me verrai loin de ces déteſtables créatures. Je
n'oublierai jamais le tour qu'elles m'ont joué. Je
ne pourrois les enviſager ſans me livrer à quelques emportemens....... Oui, la vieille, fût-
elle dona Mencia elle - même........

    Ne vous échauffez pas, monſieur, interrom-
pit Pédrillo qui avoit été un peu penſif pendant le diſcours de ſon maître....

    Par tous les élémens! Il me ſemble que ma-
dame la fée Rayonante, s'il eſt vrai qu'elle ſoit
autant de vos amies qu'elle vous l'a dit, pourroit, mieux que perſonne, nous tirer d'ici.
Pourquoi ne vient-elle pas vous arracher des
griffes de cette vieille? Ne pourroit-elle pas nous
envoyer un char ſur les nues, ou le petit chapeau du prince Robolt.... En un mot, quelque
choſe qui facilitât notre évaſion?... Ah ! monſieur, voilà préciſément le portrait des grands.
Quand on n'a pas beſoin d'eux, ils promettent
tout. Fiez-vous-y. Dès qu'on en a beſoin, on
ne les trouve plus.... Je gagerois ſur ma tête,
que ſi vous étiez tout à coup métamorphoſé en
ver de terre, vous verriez auſſi-tôt paroître
madame Rayonante. Elle vous plaindroit.....
Elle vous diroit, d'un ton compatiſſant.....
« Mon pauvre chevalier, que je te plains !

» Je partage de tout mon cœur tes peines. C'eſt
» un malheur que nous ne pouvons attribuer
» qu'à la biſarrerie de ta deſtinée. » Oui, oui,
monſieur, je parie qu'elle vous tiendroit ce
langage ?... Seigneur don Silvio, ſi vous m'euſ-
ſiez fait l'honneur de me croire, nous n'en ſerions peut-être pas là.... Sommes-nous un inſtant
aſſurés de notre véritable forme ? Ne courons-
nous pas riſque d'être changés en loups, en
hiboux, en chats, ou en quelqu'autre vil animal ? Cette penſée me fait dreſſer les cheveux....
De grace, monſieur, laiſſez-moi faire, ou dites-
moi comment je dois m'y prendre. J'irai trouver
de votre part la fée Rayonante. Je lui dirai...
Je ne ſais quoi... Mais vous me ferez la
leçon.... Attendez.... Ha, j'y ſuis.... Je
me rappelle qu'on ne leur parle plus.... Elles
font ſavoir leurs volontés par des voies indi-
rectes.... On s'endort ; l'imagination s'échauffe ;
on rêve & puis.... Tu veux me faire mourir,
Pédrillo. A quoi me conduiront tes conſeils ?
Crois-tu que les fées n'aient rien de mieux à
faire qu'à s'occuper des accidens qui nous arri-
vent ? Quand nous ſerons dans l'embarras, &
que nous ne ſaurons plus que devenir, je ſuis
bien ſûr que Rayonante nous aidera. Juſques-
là, il faut faire ce qui dépendra de nous. Il faut
abſolument imaginer un ſtratagême, &...

A merveille, à merveille, dit Pédrillo, en interrompant son maître.... Chut, chut, oui, c'est elle.... Il me vient une bonne idée.... Couchez-vous sur l'oreille & faites semblant de dormir.... là... comme cela... un peu plus avant.... La position est avantageuse.... Faites comme si vous ronfliez, & j'aurai soin du reste.

Il eut à peine fini de parler, que dona Mencia entra dans sa chambre. Elle tenoit d'une main une poudre tempérante, & de l'autre, un verre d'eau.

Comment se porte mon neveu, demanda-t-elle à Pédrillo qui s'avança vers elle sur la pointe du pied ? Je ne croyois pas tant tarder à lui faire prendre ce petit remède ; mais...

Parlez bien bas, madame. Mon maître repose depuis un quart-d'heure ; & vous savez qu'il ne faut pas éveiller le lion qui dort. Le sommeil lui fera plus de bien que tous les *opium* que vous pourriez lui donner.

N'a-t-il eu aucun nouvel accès depuis que tu es seul avec lui ?

Non, madame Fanfreluche, répondit Pédrillo en promenant ses regards effrayés, tantôt sur le visage, tantôt sur les pieds de dona Mencia.

Comment dis-tu, l'interrompit-elle vivement ? Quel nom oses-tu me donner ? Il me semble que

tu t'oublies.... Voudrois-tu trouver à redire
aussi..... Que signifie cela?... Le respect que tu
me dois.....

Ah! madame, je vous demande mille pardons.... Non.... Dieu m'en préserve.... Ce
mot m'est échappé, je ne sais comment : j'ignore
sa signification. On dit souvent une chose pour
une autre sans qu'on s'en apperçoive. Je voulois
dire tout uniment à madame que le meilleur remède qu'on pût donner à mon maître lui feroit
moins de bien que le sommeil. Il y a tout au plus
un quart d'heure qu'il m'a appelé tout-à-coup :
Pédrillo! Monsieur, lui ai-je répondu, qu'y
a-t-il pour votre service? Ecoute, m'a-t-il dit, je
ne sais ce que j'ai ; mais je me sens extrêmement
foible. Il me semble que tous mes membres sont
disloqués. Malgré mes douleurs, je crois pouvoir m'endormir. Je crois qu'un peu de repos
me rendra la santé.... En disant cela, il s'est
tourné comme vous le voyez, & s'est endormi.
N'entendez-vous pas comment il ronfle? Ecou-
tez-bien, madame.

Tu as raison, reprit posément dona Mencia,
après avoir entr'ouvert le rideau. Je suis bien aise
de le savoir tranquille. Garde-toi de l'éveiller.
Lorsqu'il t'appelera, tu lui feras prendre cette
poudre : elle calmera ses agitations jusqu'à l'arrivée du chirurgien qui lui fera une ou plusieurs

Tome XXXVI. G

saignées, s'il le faut. Dans ces sortes de maladies, on ne sauroit trop vîte recourir au souverain remède. Je présume qu'il est exténué, &
que ce n'est que par foiblesse qu'il est assoupi. Il
est certain qu'à son réveil il aura un redouble-
ment.

Madame peut se coucher & dormir tranquillement. Je crois que la plus forte crise est passée.
Vous pouvez compter que je ferai mon possible
pour calmer ses esprits. Dieu sait quelle impression fait sur moi sa maladie. Tout ce qui est dans
cet appartement a été témoin de la frayeur que
j'ai eue. Des gouttes de sueur découloient de
mon front ; & dans ce moment même, ma-
dame, tout mon corps est saisi d'effroi..... Je ne....

N'as-tu pas de honte ? Comment, à ton âge,
peut-on être si peu aguerri ? Qui mettrai-je donc
à la garde de mon neveu, si ta poltronerie le
prive des secours dont il aura besoin?.... Je
te recommande de ne le pas quitter un instant,
& quand le chirurgien viendra....

Oui, madame, mais à condition qu'on n'éveil-
lera pas mon maître. Le chirurgien du grand
Mogol viendroit en personne, que je ne permet-
trois pas qu'on interrompît le sommeil de monsieur. Celui qui viendra me tiendra compagnie :
nous veillerons ensemble. Je ferai enchanté de
ne pas être seul, en cas de vertiges....

Doña Mencia parut satisfaite de cet arrangement. Elle sortit au grand contentement de
Pédrillo qui n'avoit cessé de faire des signes
de croix avec sa langue, sur la prétendue Fanfreluche.

Les convives attendoient des nouvelles du
malade. Ils furent bien aises d'apprendre qu'il
reposoit, & que son évanouissement n'auroit
aucune suite fâcheuse.

Dans quelles cruelles inquiétudes tu viens de
me jeter! dit Silvio à son valet, dès qu'ils furent
seuls. N'apprendras-tu donc jamais à te modérer? Sens-tu tout le mal qui auroit pu résulter
de ton imprudence? Si elle avoit quelque connoissance des soupçons que nous avons sur son
compte, où en serois-je? que deviendrions-
nous?... Divine princesse! pardonnez cet affreux
retard : il n'a pas dépendu de moi de l'éviter.
Mais rien ne peut plus m'arrêter.... Impru-
dent Pédrillo!... où étoit ton esprit, lorsque
tu as appelé cette vieille Fanfreluche? —

Il est vrai, monsieur.... je conviens de mon
tort.... Daignez m'excuser, parce que j'ai ré-
paré ma faute. Tout autre que moi ne s'en seroit
pas tiré. On se seroit coupé à chaque question.
La terreur qu'inspire l'aspect d'un être surnaturel
auroit fait évanouir.... Parlez-moi d'un garçon
déterminé. Cent boulets de canon ne me feroient

pas détourner la tête. Ce que c'eſt que d'avoir
l'eſprit préſent ! Vive le courage, vive l'amour
& le papillon bleu. Ce n'eſt pas peu que de
ſavoir tourner les choſes, de façon qu'on ne
s'apperçoive pas de nos petits défauts. Le curé,
en chaire, dit ſouvent une choſe pour l'autre ;
mais il parle d'un ton ſi aſſuré, & avec tant d'onc-
tion, qu'on ne cherche pas à pénétrer le fond de
ſa morale. Si on épiloguoit tout, que ſait-on......
J'ai ſouvent ouï dire à madame que le meilleur
de tous les généraux étoit celui qui commettoit
le plus de fautes. . ... ou le moins. ...... Attendez...... Je ne m'en ſouviens pas trop. Ah !
monſieur, qu'il eſt dommage que Pédrillo n'ait
pas étudié ! Jarni ! j'appliquerois ſi bien les paſ-
ſages du vieux teſtament.

    Tu bats la campagne. Les momens ſe paſſent.
Toutes les minutes ſont précieuſes. Deſcends doucement par le petit eſcalier. Vois ſi tout le monde
eſt couché. Pendant que tu feras ta ronde, je
m'habillerai bien vîte. Il faut abſolument que
nous ſoyons partis avant l'arrivée du chirurgien.
Qui ſait ſi je le pourrois mettre dans mes intérêts ?

    Oui, monſieur, le cas eſt preſſant. Maritorne
ne tardera pas à venir : il y a plus d'une heure
qu'elle eſt partie. Si elle a trouvé le chirurgien
chez lui, elle l'aménera, il nous ſaignera, nous
ferons malades ; & adieu le voyage.

Il faut espérer que tout ira bien, disoit le jeune écuyer en mettant ses bas........ Si on est au lit, tu iras m'attendre dans le jardin auprès de mon château de verdure. Nous pourrons aisément franchir le mur : il n'est pas haut dans cet endroit-là. Les vents qui ont voulu m'être favorables, en ont renversé la plus grande partie. Tu vois qu'il ne faut mépriser la protection de rien de ce qui se meut.

Où est donc votre clef, Monsieur ?... Ha ha, ha! je me rappelle maintenant qu'on vous a ôté dans le jardin, tous les meubles en métal que vous aviez. On craignoit que vous n'en fissiez un mauvais usage sur vous ou sur ceux qui vous entouroient. Fanfreluche a fait prendre votre épée, votre couteau, vos clefs & votre tire-bouchon. Qui sait actuellement où tout cela sera fourré? Il faudroit pourtant avoir....

N'importe; fais ce que je t'ai dit. Je pourvoirai à tout.

Pédrillo obéit enfin. Un quart-d'heure après, son maître le vit sortir d'une galerie qui aboutissoit au jardin, & enfiler une allée qui conduisoit au château de verdure.

Notre héros étoit prêt à aller joindre son valet, lorsqu'il s'apperçut qu'il étoit sans épée. Voyager *inarmé* sous un ciel étranger, ce seroit une témérité. Silvio s'attendoit à trouver mille obstacles.

G iij

Il est vrai, disoit-il, que je peux beaucoup compter sur la protection de la fée Rayonante. En cas
de besoin, elle me donnera de l'or, des diamans, &c. Mais j'aurois un air embarrassé, si je
ne portois que des armes enchantées. Après
avoir cherché un expédient qui le mit à portée
de se défendre en brave chevalier, il se ressouvint qu'il y avoit dans une chambre voisine quelques vieilles armures. Il y trouva un grand &
vieux sabre couvert de rouille, qui n'avoit été
d'aucune utilité depuis le règne de Ferdinand-le-
Catholique. Don Silvio s'en accommoda, en
résolvant de le changer pour une légère & galante épée, dût-il même donner quelque chose
de retour, dès que l'occasion se présenteroit.

Il conjectura, par le profond silence qui
régnoit, que Fanfreluche, ses convives & ses
domestiques, étoient couchés. Il partit pour le
rendez-vous avec ces sentimens de crainte &
d'espérance qu'on éprouve dans l'attente des événemens incertains. Pédrillo l'attendoit en tremblant. Chaque seconde lui paroissoit un siècle. Il
prenoit pour autant de spectres qui étoient prêts
à l'enlever, pour le transporter dans le séjour
des démons, toutes les feuilles que le zéphire
agitoit,

Mon maître n'arrive pas, se disoit-il, qui
peut le retarder? Si Maritorne étoit de retour

avant notre départ, nous aurions tout à craindre de la malicieuse Fanfreluche.

La bonne fortune de notre jeune héros, avoit pourvu au contretems que redoutoit Pédrille. Soit que la grosse Maritorne craignît les revenans, ou qu'elle aimât la bonne compagnie, elle avoit permis au palefrenier de venir avec elle. Ils s'entretinrent, chemin faisant, de l'accident arrivé à don Silvio, & des circonstances qui l'avoient précédé. Ils parlèrent beaucoup, marchèrent lentement, & furent assez tendres pour se laisser séduire par les agrémens d'une nuit paisible. On devoit traverser une petite forêt dans laquelle on s'assied au pied d'une arbre, pour contempler, plus à son aise, les différentes nuances que formoit sur le feuillage la reverbération de la lune. Après s'être entretenus des beautés de la nature, que faire? L'occasion étoit favorable, le tems calme, le sol délicieux, le galant hardi & la belle foible & sans défense. La fatigue du voyage & la fraîcheur de la rosée, la conduisirent à quelques distractions dont elle ne sortit que pour se livrer à un profond sommeil. Maritorne fut bien étonnée le lendemain matin, quand elle sentit que les rayons du soleil dardoient sur ses grosses joues rubicondes. O amour! se dit-elle alors, tu es un traître, je ne me fierai plus à toi. Qui croyoit dormir si long

tems ! Et ma commiſſion.... juſte ciel ! Je l'ai
oubliée,... M. le chirurgien n'eſt pas averti. Que
dira dona Mencia ? Que deviendra don Silvio ?....
Il eſt peut être mort par ma faute.

CHAPITRE XIX.

*Départ ſecret de don Silvio. Comment
Pédrillo prit un arbre pour un géant.*

IL étoit environ minuit & demi, lorſque don
Silvio, accompagné de ſon fidèle valet, commença ſes voyages. Il avoit eu ſoin d'adreſſer
mentalement des vœux à la ſouveraine de ſon
cœur, avant de ſe mettre en marche. Le petit
Pimpim fut de la partie, ainſi que l'avoit ordonné la fée. Il trottoit gaiement devant ſon maître qui ſuivoit exactement ſes traces. Soit par inſ-
tinct, ſoit par un ordre merveilleux, ce petit animal
conduiſit Silvio dans l'endroit où le portrait de la
princeſſe avoit été trouvé. Pédrillo eut beau faire
des repréſentations, & dire que ce ſentier n'abou-
tiſſoit nulle part, qu'il y avoit long-tems qu'ils
avoient paſſé la rive gauche du Guadalaviar qui
conduiſoit à une des iſſues de la forêt où on
trouveroit un chemin plus commode. Don Sil-

vio lui déclara qu'il ne vouloit d'autre guide que Pimpim.

Je commence à tirer des conjectures favorables de son intelligence. Peut-être, disoit-il, descend-il de quelque chien de fées, ou, au moins, de quelqu'animal bien intelligent..... Il fallut céder, & le pauvre Pédrillo en passa par tout ce que voulut son maître, malgré son invincible répugnance à voyager pendant la nuit dans les bois. Chaque objet présentoit à son imagination frappée un spectre, un fantôme, une hydre.

Que devinrent ses résolutions & son courage, lorsque tout à coup une affreuse obscurité se répandit sur tout l'horizon ? Le ciel sembla se couvrir d'un crêpe qui interceptoit les rayons, de façon qu'ils ne pouvoient se distinguer les uns & les autres d'avec les objets qui les environnoient. Ils perdirent leur chemin dans le bois sans en pouvoir découvrir un autre. Cet accident acheva de déconcerter Pédrillo. Toutes les histoires de revenans qu'on lui avoit racontées vinrent se retracer à son imagination frappée. Il croyoit à chaque pas voir quelque chose de suspect. Sa respiration, qu'il ne vouloit pas faire entendre, étoit gênée & tremblante.

Tu frissonnes comme si tu avois la fièvre, lui dit Silvio, qui s'appercevoit depuis long-tems de ses tranfes ?......

Au nom des habitans de l'Olympe, reprit
Pédrillo, en balbutiant & en prenant un pan de
l'habit de son maître, ne parlez pas si haut,
monsieur. . . . . . . Mais. . . . . . Ne voyez-vous
rien? . . . .

Autant que l'obscurité permet de distinguer
les objets, je vois des arbres. . . . . . . & rien de
plus. . . . . . . Non.

Comment, vous ne voyez pas cet effroyable
géant qui sort de la terre? Regardez-bien : il est
à ma gauche. Il grandit à vue d'œil. Il étend vers
nous ses cent bras. Le voyez-vous à présent?. . . .
Ah! il vient toujours à nous.

Je crois que la tête te tourne. Regarde-bien;
& rougis de prendre un arbre pour un géant, &
d'en avoir peur.

Dieu veuille que ce ne soit pas quelque chose
de pis. . . . . . Avez-vous jamais vu un arbre qui
eût des pieds & des mains.

Ce sont les branches de cet arbre que tu prends
pour les mains du géant. Si ton imagination est
frappée jusques-là, je serois curieux de voir ce
que tu ferois si tu voyois réellement des géans. . . .
Et il est à présumer que nous en rencontrerons. . . .
Tous les arbres de cette forêt se changeroient en
spectres, que je n'en aurois aucun effoi.

Je vous conjure, mon cher maître, de ne pas
parler si haut. Je suis tout saisi quand je vous

entends vous exprimer avec si peu de modération. Et si les géans vous prenoient au mot? Là,
que deviendrions-nous? Seigneur Silvio, cessons
d'aller à sa rencontre : il viendra assez tôt.......
Je regretterois tant d'être mort si jeune. Le fantôme n'aura pas plus d'égard pour moi que pour
un autre......... Ah! pauvre Pédrillo, sans être
coupable, il faut que tu meures : quel dommage!......

Je m'étois bien imaginé, reprit Silvio en riant,
que tu n'étois inquiet que pour conserver tes
jours mais ne crains rien. La fée Rayonante
t'a nommé expressément pour être le compagnon
de mes voyages : ainsi, tu es comme moi sous sa
protection....... Eh bien, vois-tu à cette heure
que ce prétendu géant n'est qu'un arbre. Nous
sommes tous près de lui : tiens, c'est un chêne.
Pour t'en convaincre, je vais en abatre une
branche......

Cher & bon maître, s'écria Pédrillo, en lui
retenant le bras, n'en faites rien. Votre hardiesse
est une imprudence démesurée qui nous perdra
l'un & l'autre........ Que ce soit actuellement
un chêne ou un tilleul, peu importe : on ne
m'en imposera pas : il n'est pas moins vrai que,
il y a un instant, c'étoit un géant. Oui, monsieur, je l'ai trop bien fixé pour en pouvoir
douter.

Pédrillo ! nous n'avançons pas en chemin. Je crois, par tous les diables, que tu voudrois faire de moi un Don Quichotte , & me perfuader que des moulins à vent font des géans. . . . . Vois , comme je les crains . . .

En difant cela , l'écuyer tira fon vieux fabre, & d'un feul coup qu'il donna fur l'arbre, abattit une groffe branche. Pédrillo fe crut mort, & n'ofoit plus refpirer. Il fe jeta ventre à terre, & appliqua fes mains fur fes yeux. Quand il s'apperçut que tout étoit tranquille , & qu'il ne réfultoit rien de fâcheux de la témérité de fon maître , il fe releva peu à peu & reprit courage.

Je n'aurois pas cru , dit-il à voix baffe , que vous euffiez eu autant d'intrépidité . . . Ne chantons pas encore victoire. Ne voyez-vous pas couler du fang de la branche que vous venez d'abattre ?

Tiens, regarde, cherche, examine toi-même , & conviens que tu es le plus imbécille garçon de tout le royaume de Valence.

Ce que je viens de dire n'eft pas auffi fou que vous le penfez. J'ai lu des faits bien plus furprenans. Un certain prince troyen dont le nom ne me vient pas, a été changé en cyprès par un magicien mahométan. Un pape nommé *Silvius* fit abattre cet arbre. Chaque coup de coignée

qu'on y donnoit en faisoit sortir du sang aussi
frais que celui d'un enfant qui vient de naître.
Les personnes employées à cet ouvrage furent
saisies d'une frayeur mortelle. On instruisit Silvius de ce qui se passoit, & il n'en fut pas ému.
Il ordonna que l'ouvrage commencé fût conti-
nué... Eh bien, monsieur, que croyez-vous
qu'il advint?... On entendit les accens d'une
voix qui sortit du cyprès; & on distingua très-
bien ces paroles... Je suis cel * * * qui a été
métamorphosé en cet arbre par un magicien mahométan. Avant cet accident, je n'ai eu le loisir,
ni de me confesser, ni de pourvoir en aucune
autre manière à mon salut. Vous tous qui m'é-
coutez, daignez faire quelques prières pour le
repos de mon ame... Ceux qui étoient présens
fondirent en larmes.

Je vois avec plaisir que tu es bien instruit, &
que tu sais tirer un grand parti de tout ce que
tu as lu. Ta mémoire est heureuse. Tu possèdes
l'art de raconter agréablement : je parierois mon
château avec toutes ses dépendances, que tu serois en état d'entrer en lice avec le premier bachelier de la célèbre université de Salamanque.

Vous êtes bien honnête, monsieur, reprit
Pédrillo en faisant une profonde inclination; soit
que vous vouliez me badiner ou que vous parliez sérieusement, il n'est pas moins vrai que je

suis en état de me tirer d'affaire, vis-à-vis de
bien des docteurs des trois ou quatre facultés.
Je n'avois pas encore huit ans que je savois par
cœur les histoires de Phèdre & les fables de Ta-
cite.... Vous ne vous en feriez pas douté?.. Je
vous dirai même plus : c'est que feu notre curé
(Dieu ait son ame en paix), disoit souvent à
ma grand'mère, que si l'on me faisoit étudier,
je pourrois devenir évêque, ou au moins grand-
vicaire. Qui sait en effet ce qu'il en auroit été,
si monsieur votre père ne m'eût fait venir au château de Rosalva, au moment que mon aïeul se
préparoit à m'envoyer chez son frère qui étoit
bedeau dans un village près de Tolède. J'ai souvent ouï dire qu'il étoit en faveur chez monsei-
gneur l'archevêque.... Ne pensez pas, seigneur
don Silvio, que je croie avoir beaucoup perdu à
l'échange. Les honnêtes gens savent s'accommo-
der de tout. Monsieur sait que je lui suis invio-
lablement attaché depuis son enfance, & que je
l'ai toujours fidèlement servi. Je ne doute pas
que vous ne fassiez ma fortune, lorsque nous
aurons trouvé la belle & puissante princesse que
nous cherchons.

Pédrillo continua encore quelque tems sur le
même ton, sans que son maître qui pensoit à
ses affaires personnelles, s'en apperçût. Le babil
de Pédrillo tenoit beaucoup de celui de ces en-

fans ; qui , fe trouvant feuls dans un appartement obfcur , font faifis par la peur , & fe parlent
haut à eux-mêmes. Quand le valet s'apperçut que
fon maître ne l'écoutoit pas , fes frayeurs redoublèrent. Il fit des vœux à tous les faints du paradis , pour obtenir , par leur interceffion, la grace
de revoir le foleil avant de mourir.

CHAPITRE XX.

Ce qui fe paſſa dans un foſſé , à l'occaſion
d'une falamandre.

Nos voyageurs marchèrent encore quelque
rems fans favoir où ils alloient. Ils atteignirent
enfin , par hafard , une des extrémités du bois ,
d'où ils découvrirent une vafte plaine. Cette perfpective valut un cordial au pauvre Pédrillo qui
commença à refpirer à fon aife. Quelle fut fa
joie , lorfqu'il apperçut une lumière dans le lointain. Il s'imagina que c'étoit un endroit habité.
Nous y trouverons fûrement un cabaret , difoit-
il , où nous pourrons attendre commodément
l'arrivée du jour.

Sa gaieté fut bientôt interrompue , car la lumière fe trouva tout-à-coup à une très-petite

diftance de fon maître & de lui. Cette marche
n'étoit pas naturelle. Dès que don Silvio vit ce
corps lumineux, il s'écria, avec un tranfport de
joie que nous ne pouvons rendre : eh bien ! Pédrillo, qu'apperçois-tu ? me fuis-je flatté en
vain ? N'avois-je pas raifon de me repofer entièrement fur les bontés de l'illuftre fée Rayonante ?

Que dois-je appercevoir, monfieur, demanda
Pédrillo ?

Comment ofe-tu me faire un pareille queftion ? Tu ne vois pas cette falamandre qui a plus
d'éclat que tous les aftres du firmament, & qui
vient poliment au-devant de nous ?

Une falamandre ! où eft-elle donc ?... Pour
moi, je ne vois qu'un homme de feu qui nous
aura bientôt atteint, s'il continue à marcher au
pas redoublé.... Je devine bien pourquoi il fe
trouve ici.... Monfieur, c'eft un mort qui, de
fon vivant, a arraché quelques bornes dans ce
canton, pour aggrandir fes terres aux dépens de
fes voifins. Par punition, peut-être rôdera-t-il ici
des fiècles entiers.

Efclave de la fuperftition ! tu ne verras donc
jamais que des objets hideux. Regarde fixement
& d'un œil affuré ; & tu verras que ce que tu
prends pour un homme de feu eft précifément
une falamandre : oui, une falamandre, te dis-
je,

le, & une des plus belles : une de celles qui donnent de la splendeur au cortège de la puissante fée, ma protectrice. Examine toutes les parties de son corps. Vois sa brillante chevelure flotter sur ses épaules, & descendre en boucles sur ses aîles azurées. Vois ses yeux qui ont autant d'éclat que l'étoile du matin. Vois son air majestueux : ne diroit-on pas que c'est une immortelle qui prend son vol vers l'Ethérée.

Ma foi, seigneur don Silvio, ou je suis fou, ou vous n'êtes pas de sang froid. Je ne vois aucun des objets que vous venez de détailler ; mais je distingue très-bien une masse de feu qui s'élève dans les airs ; tantôt elle s'approche, tantôt elle s'éloigne. Vous pouvez lui donner tel nom que vous jugerez à propos, mais il est certain que j'ai souvent vu dans ma vie des hommes de feu qui avoient précisément...

Pédrillo, si ta simplicité & ta bonne foi ne m'inspiroient de la compassion, je parlerois de manière à mettre fin à tes visions. Je n'aurois jamais pensé que M. Pédrillo s'obstineroit à me disputer quelque chose de si clair. Tu devrois avoir assez bonne opinion de mon discernement pour croire que je pourrois distinguer une salamandre d'un homme de feu, puisque j'en ai vu plus de mille à la suite de la fée Rayonante. Celle qui se présente à sûrement été députée pour traiter avec

Tome XXXVI. H

moi de quelque affaire importante. Il se pourroit aussi qu'elle eût été simplement employée
pour nous servir de guide dans notre voyage.
Quoi qu'il en soit, nous la suivrons ; & le reste
se développera.

Allons, monsieur, ce sera donc une salamandre, puisque vous le voulez ainsi. Il est à présumer que vous vous connoissez mieux que moi en
choses sublimes. Monsieur est sans doute né un
dimanche ; car on dit que ceux qui naissent ce
jour-là, voient des esprits en plein jour.

Ce que tu dis n'est pas impossible. Peut-être
qu'une fée a voulu m'être favorable dès l'instant
de ma naissance... Oui, Pédrillo, tu as raison.
Les esprits élémentaires sont invisibles aux personnes ordinaires ; & moi, je les puis voir, puisque je distingue parfaitement cette salamandre.

Mais, monsieur, je ne suis donc pas une personne ordinaire : car je vois aussi quelque chose.
La seule différence qu'il y ait entre vous & moi,
c'est que cette masse de feu vous paroît être une
salamandre plus belle qu'un chérubin, & qu'à
mes yeux, elle n'a que l'apparence d'un homme
de feu.

C'est l'effet d'une imagination frappée, te-dis-
je. Tu réitères ce qui s'est passé il y a une heure.
As-tu oublié que tu prenois un chêne pour un
géant.

Doucement, monsieur, ne parlons plus de cela. Oublions ce qui est fait. Si je vous laisse votre salamandre, vous pouvez bien me passer mon géant : qui sait à quel degré ils sont parens..... Eh! monsieur, le terrein sur lequel nous conduit votre salamandre me semble baisser....... nous marchions comme dans l'eau..... Que le diable emporte l'homme de feu qui nous guide! Ces drôles-là prennent plaisir à conduire les voyageurs dans des déserts, ou à les faire tomber dans des précipices.

Silvio ne faisoit plus attention à ce que disoit son valet. Il marchoit devant lui à grands pas, suivant toujours la prétendue salamandre. Pédrillo eut à peine achevé de parler, que son maître tomba jusqu'aux genoux dans un trou marécageux. Aussi-tôt que Pédrillo eut entendu le bruit de la chûte, il vola au secours, mais avec si peu de précaution, qu'il se trouva dans un plus grand embarras que son maître. Il étoit sur une petite hauteur, d'où il prit un élan qui l'entraîna au milieu d'un bourbier. Ses plaintes & ses cris donnèrent à penser qu'il s'étoit cassé un bras ou une jambe.

Que t'est-il arrivé, mon pauvre Pédrillo, s'écria le chevalier qui travailloit inutilement à sortir de son fossé, parce que son grand sabre l'incommodoit beaucoup ?

Où êtes-vous donc, mon cher maître, répondit Pédrillo d'une voix mourante?... Avez-vous encore votre forme naturelle, où sommes-nous déja changés en grenouilles? hélas! il me semble m'entendre croasser........ Enfin, nous y voilà donc. J'avois bien dit qu'il nous arriveroit quelque catastrophe. Aurez-vous la bonté de profiter de ce que je pourrai dire une autre fois?..... Où est actuellement la salamandre? Où sont ses boucles flottantes, ses ailes azurées, & ses yeux plus brillans que les étoiles? Elle s'en sera allée au diable, sans s'embarrasser comment nous nous tirerons d'ici.

Le mal n'est pas si grand, lui dit Silvio. Si nous sommes tombés, ce n'est pas la faute de la salamandre. Que ne regardions-nous mieux? elle répandoit assez de clarté pour nous faire éviter ce bourbier. Je ne puis attribuer ce malheur qu'à ton indiscrétion.

Oh! Ne dites pas cela, répondit Pédrillo qui s'étoit tiré de la boue. Je n'ai révélé aucun des secrets que vous m'avez confiés, & vous ne pouvez......

C'en est assez. Dans un voyage tel que celui que nous avons entrepris, on doit s'attendre à toute sorte d'événemens. C'est à nous à les prévenir. Tiens, Pédrillo, je commence à avoir quelques doutes. Ce n'est pas que je ne sois bien assuré d'avoir vu une falamandre ; mais peut-être que nos ennemis, pour fe venger de n'avoir pas fur nous un pouvoir abfolu, ont voulu nous tendre quelques piéges pour nous faire renoncer à notre entreprife.

Si j'ofois parler, je fais bien ce que je dirois.

Et que dirois-tu ?

Que nos ennemis n'ont peut-être pas eu tant de tort que vous le croyez.

Pourquoi ?

C'eft qu'il me femble que c'eft une grande imprudence de notre part de nous expofer ainfi la nuit, en courant les bois & les montagnes fans connoître le chemin & fans favoir où nous allons. Nous rifquons à chaque pas de nous rompre la tête en nous heurtant contre les arbres, ou à être engloutis dans des marais remplis de grenouilles. Et tout cela, monfieur, pour fuir un fac de cent mille ducats qu'il ne tiendroit qu'à nous d'époufer fans qu'il nous en coûte autre chofe qu'un fimple oui.

Le foffé de grenouille a fait une étrange révolution dans ta façon de penfer... Avant d'entrer plus avant dans cette matière, donne-moi du linge, afin que j'en puiffe changer.

Vous avez moins lieu que moi d'être mécontent de la falamandre. Je fuis couvert de boue de la tête aux pieds. Il me faudra une journée entière pour me fécher. Je crois voir près d'ici un endroit où nous pourrions nous affeoir, ... Remarquez, monfieur, ajouta Pédrillo, en ouvrant fon havre-fac, que la prévoyance n'eft pas une fottife. Où en ferions-nous, s'il nous falloit attendre que la fée Rayonante nous envoyât du linge ? ..... Je crois que nous fommes actuellement affez à notre aife pour pouvoir parler de fang froid. Si nous nous repofions ici jufqu'à l'arrivée du jour, & qu'alors nous repriffions le chemin du château. ..., Seroit-ce un mal ? .. Il me femble que nous avons commencé une chofe dont nous ne verrons jamais la fin. J'aimerois mieux chercher une épingle dans un grenier à foin, qu'un papillon dans ce grand monde. On ne pourroit rien faire de plus pour la belle Danaë des grecs. Il eft vrai que le papillon eft princeffe de naiffance, & par conféquent, un animal d'importance ; mais tandis qu'elle n'eft que papillon, elle eft bien moins qu'une marionnette. Quand la princeffe Caçamacha paroît, on eft fur de trouver Lolotte derrière la toile. C'eft une fatisfaction pour le domeftique du galant. Mais un papillon n'a pas de Lolotte à fa fuite. ... Vous riez, monfieur, vous trouvez mon raifonnement drôle ? il n'eft pourtant pas fi fot. .,.... Je conviens que madame Rayonante vous à promis de grandes chofes. Mais promettre eft un article, & tenir en eft un autre, difoit Jean à Pérette.... Dona Mergélina n'eft pas tant à dédaigner, parce que

cent mille ducats sont toujours appétissans. Quand
il y en auroit quelques-uns de moins, qui sait
si cela ne vaudroit pas encore mieux que la princi-
pauté que le papillon bleu doit vous apporter en
mariage? Si on examinoit les choses de bien près,
on verroit peut-être que dona Mergélina est une
nièce de la fée Fanfreluche. Et quoique cette Fanfreluche soit la plus vieille, la plus décharnée &
la plus méchante de toutes les fées, elle peut
pourtant d'un seul coup de baguette, changer en
rubis toutes les tuiles de votre château.

Cela peut être vrai, mais conviens à ton tour
que Mergéline est trop laide pour qu'on puisse lui
accorder le moindre sentiment d'amour.

J'avoue qu'elle n'est pas la plus belle de son sexe.
Cependant si vous l'avez examinée de bien près,
vous devez avoir apperçu sur son visage.....

Beaucoup de dartres, de rousseurs & de marques de petite verole.

Ah! monsieur, vous n'examinez que la super-
ficie des choses. La beauté ressemble à une fleur
qui se fanne d'abord après le printems. La violette
qui n'a qu'une très-médiocre apparence, vaut
mieux que le passe-velours...Vous êtes prévenu
contre mademoiselle Mergéline. Elle n'est pas si
désagréable que vous vous l'imaginez. Je conviens qu'elle est un peu bossue; & qu'au premier
abord on croiroit que ses cheveux sont rouges;

H iv

ſi on les conſidère dans un certain jour, ils paroiſſent plutôt couleur de roſe ; & cette couleur ne lui
ſied pas mal. Bref, ſi j'étois à la place de monſieur,
je ferois comme le borgne. J'ouvrirois un œil du
côté des cent mille ducats, & je fermerois celui
qui ſe trouveroit vis-à-vis de mademoiſelle Mergéline. L'argent dirige l'univers entier. Point d'argent, point de ſuiſſe : voilà ou je m'en tiens. Les
ſoixante-dix ſages de l'Orient viendroient me
dire le contraire que je n'en démordrois pas.

Don Silvio avoit eu la complaiſance d'écouter
une partie du babil de ſon domeſtique qui jaſa
des heures entières. Il calculoit d'avance ce qui
lui reviendroit du màriage que ſon maître contracteroit avec la nièce de la fée Fanfreluche. Aux
dépens des cent mille ducats de Mergéline, il
bâtiſſoit les plus beaux châteaux qui aient été
faits en Eſpagne.

Il étoit ſi occupé de ſes projets, qu'il parla
long-tems ſans s'appercevoir que Silvio s'étoit
endormi. Comme il n'étoit pas habitué à s'entretenir avec lui-même, il ſe tut, tira un flacon
de ſon havreſac, but un coup, & ſuivit l'exemple
de ſon maître.

CHAPITRE XXI.

Réveil désagréable de Pédrillo.

Pédrillo ronfloit encore, lorsque son maître sortant d'un sommeil où il avoit été très-agité, s'élança sur lui tout à coup, & lui dit, en le prenant à la gorge... Maudit nain ! rends moi mon portrait, ou tu es mort.

Hai ! Au secours ! Au meurtre ! Au feu ! Au voleur ! On m'assassine ! S'écria Pédrillo en donnant des coups de pieds & des coups de poing. Il ne devinoit pas pourquoi on le réveilloit de la sorte.

Rends-moi ma princesse, te dis-je, ou....

Eh ! Par tous les diables ! Je crois que c'est vous, monsieur don Silvio ! Etes-vous donc possédé de l'esprit malin ? Pourquoi attenter ainsi à ma vie ? Avec vous, on n'est pas sûr un instant de son existence. Comment ! Qu'est-ce donc, demanda Silvio, honteux & consterné.... Est-ce toi, Pédrillo ? ...

Ce n'est pas de jeu, monsieur mon maître. Vous faites semblant de ne me pas connoître. Où avez-vous appris à surprendre les gens dans le sommeil ? Si vous prenez les choses sur ce pied-là,

je me démets dès ce moment de mon emploi.
Aidera qui voudra votre grandeur à chercher le
papillon bleu.

Où ſuis-je ? Qu'entends-je ? Eſt-ce un ſonge ?
Non. Il eſt bien vrai que je retrouve ici ... mon
ami Pédrillo.

Je vous rends grace, monſieur le gentilhomme.
Pédrillo eſt bien ſenſible à l'honneur que vous
lui faites. Mais ſi c'eſt ainſi que vous traitez vos
amis, vous ne trouverez pas mauvais ... Oh ! Je
parie qu'il y a encore des nains & des ſalamandres
en jeu.

Calmes-toi, mon cher Pédrillo, tu n'as rien à
craindre. Je jure, par ma belle princeſſe, que
mon intention n'étoit pas de te faire mal ... Je
ne ſais comment le Nain-vert m'a échappé au
moment qu'il étoit en mon pouvoir, ni comment
il a pu te ſubſtituer.

Ne l'avois-je pas dit ? Nous y voilà ... le Nain-
vert. Il y a long-tems que j'ai penſé que dès que
nous ſerions hors du château, le diable nous
feroit pourſuivre par tous les dragons, les géans
& les nains-verts de l'enfer. Mais à propos,
monſieur, il me ſemble que le Nain-vert a été
métamorphoſé en curedent. La reine des ſalamandres n'eſt guère jalouſe de tenir ſa parole.
On ne doit médire de perſonne ; mais je veux
être un menteur ſi vous n'êtes pas ſa dupe.

Et vous, vous êtes un insolent M. Pédrillo. Apprenez que vous pourriez vous repentir d'avoir parlé avec tant d'irrévérence...

Il n'y a pas cinq minutes que vous étiez sur le point de m'étrangler, parce que, comme vous le dites vous même, vous me preniez pour le Nain-vert. Je dis, ou le Nain-vert est curedent, ou il n'est pas curedent. S'il est curedent, vous n'avez pu vouloir l'étrangler, parce qu'on n'étrangle pas un curedent: & vous n'avez pu me prendre pour le Nain-vert, parce que je n'ai pas l'air d'un cure-dent. J'ajoute que si le Nain-vert n'est pas cure-dent, la fée Rayonante en a, &c... Ma conclu-sion n'est-elle pas juste ? Monsieur a-t-il quelque chose à répliquer ?

Tu es bien habile, Pédrillo. Mais écoute-moi à ton tour ; & puis nous verrons quelle consé-quence nous aurons à tirer.

CHAPITRE XXII.

Que ne peut l'illusion!

APRÈS que Pédrillo eut promis de se taire, Silvio commença ainsi. — Tu étois à peine endormi que...

Un petit moment, monfieur, vous étiez endormi vous même long-tems avant moi.

Je te dis, moi, que j'étois éveillé : & cela te doit fuffire... Après avoir réfléchi à tout ce qui nous étoit arrivé, une fylphide a paru devant moi.—Une fylphide ! s'écria Pédrillo, en regardant fixement fon maître. — Oui, une fylphide continua tranquillement notre héros; & une des plus belles qui ait jamais paru aux yeux d'un mortel. » Don Silvio, m'a-t elle dit, je fais qui » tu cherches. Viens avec moi : je te préfenterai » à l'objet qui captive ton cœur; mais à condi- » tion que tu ne feras pas infenfible à ce bienfait «. Je ferai tout ce que vous exigerez de moi, m'écriai-je, en me jetant à fes pieds, pour vous témoigner ma reconnoiffance.....» Je ne te » demanderai rien que tu ne puiffes faire, reprit » la fylphide; mais, avant tout, allons voir ta » belle princeffe. Nous ferons bientôt d'accord » fur le refte «. En difant cela, elle détacha une rofe du bouquet qui couvroit fon fein, & la jeta par terre. Au même moment, cette rofe fe changea en un char de nacre de perle, parfemé d'émeraudes : il étoit attelé de douze oifeaux du paradis. Je me plaçai à fes côtés, & quelques minutes après, nous defcendîmes dans un lieu enchanté. Je ne finirois jamais, fi je voulois t'en détailler tous les agrémens.

Oh! monfieur, je vous prie de continuer. Je
me pafferois de manger toute la journée pour vous
entendre raconter.

Repréfente-toi une plaine immenfe, où l'art
des fées a réuni tout ce que l'imagination la plus
brillante peut fe figurer d'agréable. La beauté de
ces lieux furpaffoit tout ce que les poëtes ont dit
de Tarante, de la Theffalie & de l'aimable réduit
de Daphné. Des ruiffeaux argentés ferpentoient
agréablement dans des prés émaillés de fleurs.
On alloit dans de petits labyrinthes entrelacés de
myrthe, de jafmin & de chevrefeuille, par des
allées touffues de tilleuls & d'orangers. Ah !
Pédrillo, tout ce qui annonce la félicité fe trouvoit réuni dans cette délicieufe folitude qui
paroiffoit n'être confacrée qu'à l'amour & aux
amans. Des troupes de jeunes nymphes, en
habits de gaze, folâtroient deffous les myrthes, ou
danfoient avec de petits amours fur des tapis de
fleurs, ou fe baignoient voluptueufement dans
des fources de criftal.

Monfieur, il y a lieu de croire que vous êtes
né fous une heureufe étoile. Tubleu ! Vive la
fylphide. C'eft un être bien différent de cette
maligne falamandre qui fe plaifoit à nous mettre
dans l'embarras, & à nous faire tomber dans les
foffés de grenouilles. Encore fi vous m'aviez
emmené avec vous !.. Lorfqu'il eft queftion de

quelque partie agréable, personne ne pense à
moi.

Ce n'est pas tout, continua Silvio. Il ne faut
pas annoncer la victoire avant la fin du combat,
disoit le sage Solon..... Mes regards se fixoient
sur tous les objets qui concouroient à donner de
l'agrément à ce séjour enchanté. J'apperçus une
nymphe assise sur un banc. Elle jouoit avec un
papillon qu'un fil d'or presqu'imperceptible tenoit
attaché à son bras. Ciel! Que devins-je, quand
en m'approchant plus près, je vis que ce papillon
étoit ma belle princesse. Oui, c'étoit précisément
ce papillon bleu aux aîles d'azur que nous cherchons....» Es-tu le jeune chevalier, me dit la
» nymphe, qui voyage sous la protection de la
» fée Rayonante, dans le dessein de rendre au
» papillon bleu sa forme naturelle »? C'est moi-
même, répondis-je, belle nymphe. Oui, c'est
moi; & je suis prêt à vous sacrifier ma vie, si....
» Oh! Je ne te demande pas ta vie, me dit-
» elle, en m'interrompant. Si tu peux me prou-
» ver que tu es réellement Don Silvio de Rosalva,
» le papillon bleu est à toi «.... Parlez divine
» nymphe, quelle preuve exigez-vous?..» Faites
» moi voir le portrait de la princesse. Si tu es
» Don Silvio tu l'as... Je n'exige aucune autre
» preuve ». --- Ah! malheureux! où étoit dans
ce fatal moment, la fée bienfaisante? Où étoit

ma protectrice ? . . . . Je lui ai donné le portrait.
A peine l'a-t elle eu que j'ai vu : pourrai-je le
dire ! j'ai vu , au lieu de la belle nymphe ,
l'épouvantable Nain-vert. Ce petit monftre ! Il
étoit tranfporté de joie ; il fautoit & danfoit de
plaifir. Il tournoit & retournoit mon tréfor dans
fes affreufes mains. Il me montroit les dents &
me difoit d'un ton moqueur . . . . . » Je pofsède
» enfin ce que je defirois. Apprens , foible
» rival , que la poffeffion de la belle princeffe
» n'eft dûe qu'à celui qui fera muni de ce portrait.
» Il ne te refte plus aucun efpoir. Va : ce n'eft
» qu'à ma joie & à mon raviffement que tu dois
» la confervation de ta vie ; mais fouviens toi
» que j'obferverai rigoureufement tes démarches.
» Je faurai pénétrer tous tes deffeins & les traver-
» fer. Si tu entreprends quelques témérités au-
» près de mon amante, ta perte eft affurée «.

Juge, Pédrillo , juge de ma fureur. Ce difcours
me tranfporta de colère. Je voyois mon cher
portrait au pouvoir de ce déteftable nain. Je
m'élançai tout à coup fur lui, réfolu, ou de
perdre la vie , ou de ravoir ma princeffe.

Votre projet étoit louable , monfieur ; mais
pourquoi falloit il que je fuffe mis en jeu ; & au
moment qu'il fut queftion d'étrangler ?

C'eft ce que je ne puis moi-même concevoir.

Je terraffois le Nain, & quand j'ai été fur le point
de l'égorger, j'ai reconnu ta voix ; & mes yeux
me confirment que c'étoit toi qui te débat-
tois fous mes mains. Le Nain avoit difparu ; &
je me retrouvai dans l'endroit où la fylphide
étoit venue me chercher.

Où étoit donc cette fylphide, pendant que vous
vous querelliez avec le Nain vert ?

Je l'ignore. A peine étois-je defcendu du
char que la fylphide & tout l'équipage ont difparu.

Voilà une hiftoire bien défagréable..... Elle
commençoit fi bien ! Qu'il eft dommage qu'elle
ne finiffe pas mieux ! Mais... s'il m'étoit permis
de faire une queftion... Croyez-vous, monfieur,
que la chofe... que toutes ces circonftances foient
véritablement arrivées ?

En puis-je douter ? J'étois éveillé quand la
fylphide eft venue : je l'ai vue de mes propres
yeux. --- J'avois l'ufage de mes fens & de la faine
raifon. Oh ! oui, je crois qu'il eft très-vrai que
j'étois éveillé ; & fi cela eft....

Voilà précifément la queftion. Je penfe, moi...
Enfin je penfe ce que je penfe.

Tu penfes que ce n'eft qu'un rêve ? Plût à
Dieu ! Mais....

Lorfque vous me dites que vous aviez vu la
fée

fée Rayonante, je crus d'abord que ce n'étoit qu'un songe. Mais quand vous m'eûtes fait voir le portrait de la princesse, je me rendis : on ne peut pas aller contre de si fortes preuves. Si vous pouviez me montrer actuellement une plume d'un de ces oiseaux du paradis qui traînoient votre char, je dirois que tout ce que vous venez de raconter est vrai…. Mais…. Oui, c'est cela même…. Que nous sommes… que je suis imbécille !.. Tournez-vous un peu, monsieur le chevalier… Ne l'ai je pas deviné? Ne voilà-t-il pas le portrait que le Nain-vert vous a enlevé?

O ravissement! s'écria Silvio, lorsqu'il trouva le portrait dans l'endroit où il le portoit ordinairement. — Tu as raison, Pédrillo. Où suis-je? Est-ce bien vrai? N'est-ce pas une illusion? comment as-tu pu faire cette heureuse découverte, mon cher Pédrillo? Tes yeux ont été guidés par la puissante fée Rayonante.

Pour cette fois, monsieur, je crois que vous faites trop d'honneur à votre fée Rayonante. Je parierois tout ce que j'ai que le nain n'a vu ni le papillon bleu, ni votre portrait. Au reste, quand vous vous disposerez à dormir, j'aurai soin de m'éloigner de votre personne, parce qu'il n'est point amusant de terminer, étant éveillé, les querelles que vous avez en rêve avec le Nain vert.

Silvio enchanté de posséder son portrait, applaudit, en souriant, au badinage de son valet. Après s'être entretenus quelques tems de rêves singuliers, ils s'enfoncèrent dans la forêt, pour s'y reposer à l'ombre.

SECONDE PARTIE.

CHAPITRE PREMIER.

Ce qui se passoit à Rosalva.

Nous interromprons un instant le fil historique du voyage de notre jeune héros, pour raconter ce qui se passa après son départ, au château de Rosalva.

Nous en étions à Maritorne qui fut effrayée de se trouver dans le bois au lever du soleil, tandis qu'on attendoit au village son retour & l'arrivée du chirurgien. Elle chercha longtems quelque excuse qui pût au moins pallier sa négligence, lorsqu'on la questionneroit sur les motifs de son retard, mais elle n'en trouva point. Elle étoit prête à se livrer aux fureurs du désespoir, lorsque Jacob son amant s'éveilla. Il demanda avec vivacité à sa maîtresse, quel pouvoit être le sujet de ses lamentations. La tendre Maritorne détailla d'une manière bien touchante l'embarras où elle étoit, & la répugnance qu'elle avoit à retourner chez dona Mencia dont la commission n'étoit pas faite. N'eft-ce que cela, ma mie ? lui dit Jacob. Tu ne dois pas te chagriner pour cette bagatelle. J'aurai bientôt imaginé un expédient qui te tirera d'affaire. Je connois particulierement maître Blas le chirurgien. Il eft amoureux d'une fille fraîche & jolie comme toi, qui demeure dans une ferme fituée à un quart de lieue de fon village. Le chirurgien Blas qui pince très-bien la guittare, va toutes les nuits chanter fous les fenêtres de fa maîtreffe. Cours actuellement chez lui, & tu diras que tu es venue le chercher vers minuit, mais qu'il n'y étoit pas. Tu feras la même hiftoire à dona Mencia, & tout ira bien.... Ecoute! Maritorne, ma mie, ne t'égare pas dans le bois avec maître Blas. Il en fait affez pour faire prendre le mauvais chemin à une jeune fille. Sambleu ! Si j'apprenois quelque chofe.... Je ne me pofféderois plus.....

Maritorne tranquillifa fon amant le mieux qu'elle le put. Ils fe féparèrent après s'être donné de nouveaux témoignages d'amour, & que Jacob eut prouvé à fa maîtreffe qu'il étoit digne de toute fa conftance.

Il étoit environ fix heures du matin, lorfque dona Mencia s'éveilla. Son impatience avoit hâté le terme de fon fommeil. Elle attendoit avec une tendre agitation le moment qui devoit l'enchaîner par les liens facrés de l'hyménée. L'avenir lui promettoit des réveils bien plus doux. Après s'être

mouchée & regardée dans un petit miroir qui
reſtoit ordinairement ſur ſa table de nuit, elle
offrit ſon ame à dieu & ſortit de ſon lit. Elle ſe
reſſouvint alors de l'accès de fièvre que ſon neveu
avoit eu la veille. La crainte que cet accident ne
mît quelques obſtacles à ſon mariage, ou au moins
ne retardât l'accompliſſement de ſes chaſtes deſirs,
lui donna un moment de triſteſſe & d'agitation.
Elle prit un déshabillé galant, un peignoir de
mouſſeline fine attaché ſous ſon menton avec un
ruban ſouci, & vola à l'appartement de ſon neveu.
Il eſt difficile de ſe peindre la ſurpriſe de la vieille
dame, lorſqu'elle ne trouva ni don Silvio ni ſon
domeſtique. Elle parcourut des yeux tous les
recoins de la chambre où elle croyoit qu'un vio-
lent tranſport auroit pu les jeter l'un & l'autre.
Elle viſita en déſeſpérée, toute la maiſon, fit aſ-
ſembler ceux qui s'y trouvoient, & jeta la conſ-
ternation dans leurs eſprits, en leur apprenant que
don Silvio ſon neveu s'étoit enfui. O vous ames
ſenſibles ! Vous, qui fûtes enchaînés ſous les loix
de l'amour ! repréſentez-vous la ſituation de la
tendre & malheureuſe Mergéline. Cette nouvelle
déchira ſon cœur. Ses yeux annonçoient le trouble
& l'inquiétude qui regnoient dans ſon ame. Dona
Mencia reſta longtems immobile. On n'entendoit retentir tout le château que de ſoupirs
d'amertume, de gémiſſemens & de ſanglots.

La dame Béatrice paroiſſoit cependant moins troublée que les autres. Elle avoit depuis long-tems des vues ſur Pédrillo auquel elle ne croyoit pas être indifférente. Elle ne pouvoit s'imaginer qu'il auroit eu la cruauté de partir pour un ſi long voyage ſans lui faire ſes tendres adieux. Je parie, dit-elle, qu'ils ſont dans le cabinet de verdure, ou qu'ils ſe promènent dans le parc. A ces mots, tout le monde ſortit comme un éclair. Chacun alla faire des recherches d'un côté oppoſé. On parcourut le jardin & les bois ſans qu'on pût même découvrir aucune trace. La groſſe Mari-torne, qui arriva pendant le trouble, ſe mêla, ainſi que maître Blas, parmi ceux qui cherchoient. Elle faiſoit ſemblant de n'être occupée que du jeune ſeigneur don Silvio. Elle avoit mis le chi-rurgien dans ſa confidence pour ce qui lui étoit arrivé pendant la nuit : & ce chirurgien avoit reçu d'avance le paiement de ſa diſcrétion. Mari-torne ne pouvoit rien refuſer pour ſe ſouſtraire aux dures réprimandes de ſa maîtreſſe.

Le nombre des affligés en apparence étant ainſi augmenté, on viſita non ſeulement le cabinet de verdure, le jardin & le parc, mais on parcourut les bois & les champs voiſins. Quand on fut obligé de reprendre le chemin du château, le déſeſpoir & les ſanglots redoublèrent. Dona Mencia fit en-trer la troupe dans une grande ſale pour tenir

conseil sur une aventure si extraordinaire. On
agita cent matières différentes. Chacun tiroit des
conjectures & étoit d'un avis opposé. Tout le
monde parloit à la fois. Le bruit devint si grand,
que personne ne s'entendit plus. Cependant la
présence & le ton de monsieur Rodrigue en im-
posèrent ; son avis fut qu'on réfléchît un moment,
& qu'ensuite, on expliqueroit l'un après l'autre
avec modération, à haute & intelligible voix,
son sentiment & le parti qu'il y avoit à prendre
dans un événement de cette importance. Monsieur
Rodrigue étoit grand orateur, & joignoit à la
facilité de s'énoncer, une voix qui auroit été une
assez bonne haute-contre dans le chœur d'une
cathédrale. Maître Blas & lui furent élus chefs du
tribunal. La séance dura jusqu'à deux heures
après-midi. Lorsqu'il fut question de recueillir
les voix, le tumulte recommença ; chacun vouloit soutenir sa thèse ; & ce ne fut qu'après que la
dame Béatrice & maître Blas eurent rétabli le
calme, qu'on conclut : *qu'il étoit impossible de
savoir ce que don Silvio & son domestique étoient
devenus ; & que, comme il étoit trois heures passées, &
que tout le monde étoit exténué de faim & de fatigue,
on serviroit le dîner ; sauf à s'aviser à l'issue d'icelui
sur de nouvelles recherches, & prendre toutes les
mesures convenables en pareil cas.*

I iv

CHAPITRE II.

Déjeûner. Jalousie de don Silvio.

TANDIS que nos voyageurs se reposoient, Pédrillo fit sentir à son maître qu'il étoit de l'avis d'Asclépiade & de plusieurs autres célèbres naturalistes qui pensoient que pour pouvoir soutenir les fatigues d'un long voyage, il falloit chaque jour se conforter l'estomac par un bon repas......

Lorsque nous sommes partis, nous n'avions pas le tems de nous ébattre à table ; ainsi, monsieur le chevalier, j'espère que vous ne trouverez pas mauvais que nous reprenions ici des forces & du courage.

Don Silvio n'eut rien à objecter à l'avis de son valet. Celui ci, après avoir choisi une place commode pour le repas, ouvrit son havresac, & en sortit un bon gros pâté bien conditionné que la dame Béatrice avoit apporté de Xelva pour faire un plat d'entre-mets au repas de noce. ...

Je vois votre surprise, monsieur ; & je devine à votre air que vous ne pouvez comprendre comment ce pâté est tombé entre mes mains. La pauvre dame Béatrice ! ..... Ha, ha, ha ..... comme elle sera étonnée quand elle s'appercevra que les

oiseaux sont dénichés ? Vous voyez , seigneur don
Silvio, qu'il est souvent essentiel de se faire aimer
de toutes les personnes qu'on fréquente. Si je
n'avois pas mérité l'estime & la confiance de la
dame Béatrice , nous pourrions actuellement con-
tenter notre appétit avec des glands & des faines :
ce qui ne me semble pas fort appétissant.

Elle t'a donc donné ce pâté elle-même ? Non
pas précisément ; mais je passai hier au soir près
d'elle quand elle alla à l'office. Elle me fit signe d'y
venir. Nous jasâmes quelque tems ensemble , &
pendant la conversation. . . . . Non , je ne puis
feindre avec vous , monsieur. . . . . . . Hé bien ! Je
vous avou-rai donc ingénument que je voulus lui
voler un baiser. Elle détourna vîte la tête comme
pour l'éviter & me dit des injures analogues à ma
témérité : elle tendit même son bras pour me
donner un soufflet. J'ai employé tout mon savoir
pour l'appaiser & j'y suis parvenu. Pour sceller notre
réconciliation , elle m'a donné une cuisse de dinde.
Au moment que je reçus ce bienfait, j'apperçus
dans l'armoire le pâté sur lequel je jetai un œil
de convoitise. Remarquez bien , je vous prie ,
monsieur , de quelle manière je suis venu à bout
de m'en emparer. Vous ne vous seriez pas douté
de mon adresse ; mais quand il est question de
vous servir, il n'est rien que je ne fasse. Oui, s'il
le falloit, j'irois à Rome voler la mule du pape.

Béatrice ne s'est-elle pas munie de la clef de
l'office ?

Voilà précisément ce qui rendoit le reste difficile.
Après m'être bien assuré que tous ceux qui étoient
dans le château dormoient, j'ai été, sans faire de
bruit, à la porte de sa chambre. J'ai mis mon oreille
au trou de la serrure ; & quand je l'ai entendue
ronfler, j'ai ouvert la porte bien doucement, bien
doucement, je me suis glissé du côté de son chevet
où j'ai trouvé, en tâtonant, l'anneau qui rassemble
ses clefs ; la clef de l'office en mon pouvoir, le
pâté étoit à moi. Ah ! Seigneur don Silvio, quel
plaisir d'empaqueter un pâté dont le parfum porte
au nez de si douces sensations..... Voilà, pour
vous montrer que je n'ai rien oublié, ajouta-t-il,
en tirant de son havresac un gros flacon de vin
de Canarie..... S'il n'est pas le meilleur de son
espèce, je consens à ne boire que de l'eau — Pédrillo cessa quelque tems de parler pour mieux
manger. Le tiers du pâté fut bientôt mangé. Il
décoîffa son flacon, & but plusieurs fois à la santé
de la dame Béatrice. Il devint peu à peu si gai,
qu'il se mit à chanter de toutes ses forces. Il faisoit sauter sa bouteille, en s'écriant : vivent
les fées, vivent les princesses & les papillons.
Qu'il est agréable de voyager quand on est muni
d'un havresac bien lardé —

Pour en revenir, je disois que..... Mais

quoi ! . . . Qu'avez-vous donc, monfieur ? . . . .
Vous ne paroiffez guère difpofé à vous réjouir.
Vous ne buvez ni ne mangez. . . Allons, allons.
Vertubleu ! point de mélancolie. A quoi cela
conduit-il ? à rien. Profitons de la vie. Réjouif-
fons-nous tandis que nous fommes garçons. Qui
fait, fi nos femmes ne nous priveront pas du
plaifir de boire. . . . A ta fanté ma chère Béatrice, à ta fanté. . . . Allons donc, monfieur. On
aura affez le tems de baiffer les oreilles quand il
n'y aura plus rien dans la bouteille.

Mon cher Pédrillo, réjouis-toi tant que tu le
pourras; mais ne fais aucune attention à moi.
Je te félicite de ta gaieté. Si tu étois à ma
place, tu en aurois moins.

Pourquoi, monfieur ? Que vous eft-il encore
arrivé de fâcheux ?

Ah ! Pédrillo, pourrois-je oublier que le terme
de mon bonheur eft encore éloigné. Qui fait
combien j'ai d'obftacles à furmonter ! Je t'affure
que fi les promeffes de la fée Rayonante ne me
foutenoient, je fuccomberois à mon défefpoir
& à la trifteffe de mes penfées.

Nous en préferve le ciel & notre dame de
Guadeloupe, s'écria Pédrillo, en laiffant tomber
fa bouteille ! Réfléchiffez-vous à la terreur que ce
langage peut m'infpirer ? Puifque vos malheurs
ne font que dans l'imagination, vous pouvez les

éviter. Pourquoi prendre plaifir à fe chagriner?
Pour moi, quand je me porte bien, & que j'ai de
quoi boire & manger, je fuis alerte, gai & content. Je ne m'occupe jamais de l'avenir, quand
il ne m'offre pas de riantes images. Je ne m'inquiète pas plus du tems qu'il fera demain, que fi
je n'euffe jamais été ni crotté ni mouillé.

Comment peux-tu exiger que je me livre à la
gaieté, où que j'éprouve même un inftant de repos,
lorfque mon efprit & mon cœur ne font occupés
que des dangers auxquels ma chère princeffe eft
expofée? Hélas! tu fais, Pédrillo, tu fais qu'elle
erre dans le monde fous la forme d'un papillon....
Qui fait?.... Cette forme eft peut-être la plus
funefte à l'amour & la plus dangereufe pour moi.

Dangereufe, monfieur? Quels dangers peut
vous faire courir un papillon? Vous m'avez dit
qu'il étoit à l'abri de la voracité des hiron-
delles, &....

Il eft bien vrai que la fée m'a affuré que j'é-
tois aimé de la princeffe; mais.... qui peut me
répondre de la conftance de fon amour; qui peut
me répondre de fa fidélité? Qui peut m'affurer
que fes feux fi rapidement allumés ne s'éteindront
pas de même, ou que (& c'eft ce qui me fait
frémir) je ne perde tout-à-coup le fruit de l'impreffion que je dois avoir fait fur elle, lorfqu'elle
voltigeoit légèrement autour de moi? Rien ne

pent diffiper mes inquiétudes & mes allarmes.
Grands dieux ! aura-t-elle affez de force pour
réfifter à la féduction ? Ne fuccombera-t-elle pas
aux guerres qu'on lui livrera fans ceffe ? Cruelle
penfée ! Que ne fuis-je à portée d'écarter les té-
méraires qui.....

Pour le coup, feigneur don Silvio, j'y perds
mon latin..... C'eft un fait, vous dis je..... Cependant, j'ai de la peine à comprendre..... En
vérité, monfieur, on s'y perd : on ne fait plus à
quoi s'en tenir. La forme de papillon eft une
forme dangereufe, dites-vous : & vous craignez
la féduction. Vous avez peur qu'on furprenne
fon cœur, tandis qu'elle eft papillon. C'eft en
vérité pénétrer bien avant dans la matière.... Il
n'y a plus à en douter... C'eft de la jaloufie...
Oui, vous craignez que d'autres papillons n'ap-
prochent le vôtre de trop près. ... Hi, hi, hi.
Etre jaloux d'un papillon! C'eft une efpèce de
jaloufie inouïe. Il y a apparence que quand elle
fera princeffe, vous ferez auffi jaloux des puces
qui fe promeneront par-ci par-là dans fes cotillons.

Ecoute, Pédrillo, dit le chevalier d'un air
férieux, je m'apperçois que tu veux faire le
plaifant, & rien n'eft plus infoutenable que les
plaifanteries déplacées.... N'as-tu jamais lu l'hiftoire du Bourgeon ou celle de l'éternel Printems ?

Du prince Bourgeon? Nenni ma foi, je ne le connois pas. C'eſt la première fois que je l'entends nommer.

En ce cas-là, tu ne connois pas non plus l'île des papillons?

Des papillons qui reſſemblent au vôtre?

Oui… Apprends que ces papillons ſont une eſpèce de génies ailés. Leur beauté ſurpaſſe celle des divinités. Ils ſont auſſi tendres que l'amour, mais auſſi légers & auſſi inconſtans. Ils volent de conquêtes en conquêtes. A peine tel papillon a t-il juré à ſa belle, une fidélité éternelle, qu'on le voit empreſſé près d'une nouvelle maîtreſſe à qui il proteſte qu'il n'a jamais aimé qu'elle. En un mot, le même jour, la même heure, le même inſtant voit naître ſa flamme, la voit croître & s'éteindre.

Voilà une plaiſante manière d'aimer….. Ces papillons parlent donc?

Ne t'ai-je pas dit que ce ne ſont pas des papil-lons ordinaires; mais une eſpèce de ſylphes qui, au ſentiment d'un certain naturaliſte Arabe, pro-viennent des amours ſecrets d'une ſylphide & d'un jeune faune. Ces petits individus tiennent de leurs mères la beauté & une jeuneſſe éternelle; l'inconſtance leur vient de l'héritage paternel.

Ah, ah, je me rappelle, s'écria Pédrillo….

Oui, c'eſt cela même, je comprends à merveille. J'ai ſouvent vu dans le cabinet de madame, de ces poupées ailées dont vous parlez. On lit au bas de leur portrait.... Amours de Flore & de Zéphire.... Je n'ai jamais rien vu de ſi beau ; mais je n'ai pas oſé les examiner à mon aiſe, parce que notre vicaire dit que c'eſt pécher que d'arrêter ſes yeux ſur de pareils objets... Celui qui a la hardieſſe de parler ſeul a toujours bon droit.... Entre-nous, monſieur, ce vicaire n'eſt pas plus froid qu'un autre. Devineriez-vous avec qui je le trouvai dernièrement ?... Avec la groſſe Maritorne. Tubleu! ils ne diſoient pas enſemble des *Patenotres*.... Vous pouvez m'en croire, le fait eſt certain.... Le diable m'emporte ſi j'en dis davantage.... Malheur à celui qui parle ſur le compte de ces meſſieurs.

Je t'en conjure, cher Pédrillo.... Confie-moi ce que tu as vu : je te jure un ſecret inviolable.

Pardonnez-moi, monſieur. Je n'oſerois vous le dire.... Si c'eût été la dame Béatrice.... encore cela pourroit paſſer.... Mais.... Maritorne ! la groſſe Maritorne ! Fi ! M. l'abbé, c'eſt indigne.

C'en eſt aſſez, interrompit Silvio en rougiſſant, je n'en veux pas ſavoir davantage.....

Parles-moi de ce que tu as vu en peinture dans le cabinet de ma tante.

C'eft bien dit. Pourrois-je m'en reffouvenir?... Cela me vient... Je n'ofois donc pas regarder fixement ces peintures ; mais j'entrevis, du coin de l'œil, que mademoifelle Flore étoit repréfentée dans un bain à mi-corps. Comme elle fe croyoit feule, elle étoit nue comme un ver. Monfieur Zéphire fon amant étoit affis au-deffus d'elle fur un nuage, & lui lançoit des regards fi vifs qu'on auroit dit qu'il alloit la dévorer des yeux. Une troupe de petits bons hommes ailés voltigeoient autour d'eux & s'entrebattoient à coups de rofes.

Apprends que ces papillons font captifs par un enchantement que la jaloufie de l'amour leur a attiré. Ils perdent leur forme auffi-tôt qu'ils ont l'imprudence de fortir de l'île où ils font nés : ils deviennent papillons, fe mêlent & fe confondent avec tous les infectes qui portent ce nom. Leur penchant infurmontable pour les querelles amoureufes les a fouvent rendus bien redoutables ; car lorfqu'ils parlent...

Ils parlent donc? Que cela doit être plaifant!... Un papillon qui parle!... Par S. Bonaventure, que n'en ai-je un feul en mon pouvoir! J'aurois bientôt fait une fortune brillante..... Il eft vrai que

que dans de pareilles circonstances, monsieur
ne doit pas être bien tranquille. Vous n'avez pas
tant de tort qu'on l'auroit pu penser. Un papillon
qui parle, qui est un sylphe & qui peut, au
moment qu'on y pense le moins, devenir un beau
garçon..... Peste! Il n'y a pas là à badiner. Il est
très-possible que la princesse fasse connoissance
avec un de ces petits Lutins. Et puis ils se repose=
ront sur un arbrisseau. Ils jaseront ensemble.....
Un discours en amene un autre. On se rapproche
insensiblement. On se trouve si près. Et ainsi de fil
en éguille on en vient.... Vous me comprenez?..
L'humanité est fragile. Si le pauvre petit animal
oublioit qu'il est votre amante, un instant suffi=
roit.....

Si je ne savois, répondit Silvio avec emporte=
ment, si je ne savois que tu ne comprends pas la
force de tes expressions, je te punirois sur le
champ, d'avoir eu la témérité de soupçonner la
vertu de mon incomparable princesse. Insolent!
De quel droit oses-tu insulter un être si respectable & si auguste?....... Si je suivois mon pen=
chant.....

Ah! pardon, seigneur don Silvio, pardon! Je
veux mourir, si j'ai eu intention de vous déplaire...
On n'ose pas dire un petit mot que vous ne vous
en fâchiez.... On ne peut abattre un arbre sans
que les branches tombent. De deux choses, l'une.

Tome XXXVI. K

Ou vous êtes jaloux, ou vous ne l'êtes pas. Si vous l'êtes, vous avez sujet de l'être. Si vous n'en avez pas de raisons, eh ! par tous les diables, que faites-vous de la jalousie ?

Si je suis jaloux, comme tu le prétends, je ne le suis que de son cœur ; & je suis loin de penser qu'elle voulût faire un pas qui dérogeât à la vertu la plus austère. Elle est destinée à moi seul : la fée Rayonante m'en a donné sa parole ; & la princesse sait qu'elle ne doit aimer que moi. Ainsi, je suis assuré de sa personne ; & je me mépriserois moi-même, si je pouvois douter un moment de sa sagesse. Notre personne, dans le sens que je l'entends, est toujours en notre pouvoir ; mais nos penchans ne dépendent pas de nous. Un autre pourroit jouir du cœur de ma princesse, tandis que je ne posséderois que ses charmes.

En vérité, monsieur, je ne comprends pas vos distinctions. Vous séparez le cœur de la personne, & la personne du cœur : & il me semble à moi qu'ils sont inséparables, que l'un ne va jamais sans l'autre ; que si je possède la personne, je suis également possesseur du cœur..... Mais je dis que si j'avois une femme qui ne m'aimât pas de tout son cœur, l'oreille me démangeroit terriblement, fût-elle la vertu même. Quand une fois.......... Doucement. Quel bruit ! N'entendez-vous rien, monsieur ?

Non. Qu'entends-tu donc?

Ha, c'étoit quelque chose qui se secouoit dans le feuillage.....Il m'a semblé que le bruit venoit de ce côté-là... Peut-être n'étoit-ce qu'un oiseau... Pourvu que ce ne soit pas un oiseau de proie..... Ecoutons; monsieur...... Je n'entends plus rien. Que disions-nous tout-à-l'heure? Ha, nous parlions de votre jalousie. Je disois donc que....... Ciel! Le bruit recommence... saint ange gardien! Qui est-ce qui vient là? Dieu, secourez-nous:... sainte Vierge, ne nous abandonnez pas........ monsieur!...... une naine!......... une magicienne......

Tais-toi, lâche! lui dit tout bas don Silvio qui appercevoit l'objet qui faisoit peur à son domestique.... Je crois que c'est une fée.

Une fée, dites-vous? Elle est sans doute de l'espèce de celles qui passent par les cheminées. Elle ressemble bien plus à une sorcière qu'à.....

Arrête! Peut-être est-elle de mes amies, les plus belles fée se plaisent souvent à paroître sous la figure de vieilles femmes pour voir de quelle manière elles seront accueillies des jeunes gens.

Ha, ha, je vois à présent ce que c'est... Hi, hi, hi, une bohémienne, monsieur. Examinez-la attentivement, vous verrez que c'en est une. Elle vient à propos pour nous dire notre bonne aventure.

K ij

Ne te déconcertes pas, lui dit Silvio à l'oreille ; mais je t'assure que c'est une fée. En tout cas, il faut prendre le parti le plus sage. Quelle qu'elle soit, nous agirons comme si elle étoit fée : & nous ne risquons rien.

Pendant cette conversation, la prétendue fée s'approchoit toujours. C'étoit, comme l'avoit dit Pédrillo, une vieille bohémienne qui ne rôdoit point sans raison dans cette forêt. Elle fut aussi étonnée que nos voyageurs, lorsqu'elle vit un jeune homme de qualité parcourir ces déferts avec si peu de suite.

CHAPITRE III.

Ce qui se passa avec la Bohémienne.

Dès qu'elle fut près d'eux, don Silvio se leva, la salua poliment, & lui demanda s'il pouvoit faire quelque chose pour son service.

Sainte Barbe ! s'écria-t-elle, que fait un si beau Monsieur, dans ce bois......... Vous êtes-vous égarés, ou cherchez-vous ?...

Eh ! madame la bohémienne, interrompit Pédrillo, pas tant de curiosité s'il vous plaît. Nous ne vous avons fait aucune question, ainsi laissez......

Tais-toi, impertinent ! s'écria don Silvio, en jetant un coup d'œil furieux fur fon valet. Il eft certain, ma bonne vieille, que la rencontre que vous faites, auroit lieu de vous étonner, fi vous ne faviez d'avance quel eft l'objet que je cherche.

Hem ! grand'mère, n'eft-il pas vrai que vous favez dire la bonne aventure ? Regardez un peu dans la main de monfieur, & dites-moi s'il a une phyfionomie heureufe.

Je n'ai que faire de fa main, répondit la vieille, je vois cela dans fes yeux...... Mon beau monfieur, tout jeune que vous êtes, je parie que vous connoiffez déjà l'amour...... Vous rougiffez ?... N'ai-je pas deviné ?

Tubleu ! la mère, vous lifez dans les yeux ? Cela étant, vous voyez fans doute auffi que la princeffe que monfieur aime, eft un papillon ?

Un papillon, reprit la bohémienne ? Je n'ai pas de peine à le croire....... Eft-il bien grand, mon beau monfieur ? Mange-t-il déja feul ? Je me connois affez en papillons de cette efpèce. Il fut un tems où j'en avois un bon nombre en cage à Séville..... Il y a apparence que celui dont vous êtes amoureux, s'eft évadé, puifque vous le cherchez ?

Il me femble, la vieille, que vous en favez là deffus plus que nous, reprit Pédrillo. Oh ! ça,

K iij

puifque vous lifez tant de chofes dans les yeux
de monfieur le chevalier, regardez dans fes
mains & je parie que vous en lirez encore plus.
Ouvrez la main, monfieur, fi vous voulez bien....
Eh bien! commère, que dites-vous de ces linéa-
mens?

Ma foi, répondit la bohémienne, voilà une
main bien blanche & bien potelée. Un moment,
mon beau monfieur.... Si vous vouliez y mettre
un ducat, je vous dirois des vérités qui vous feroient grand plaifir.

Un ducat, demanda Pédrillo? Pefte! quelle
commère... Je crois que vous avez envie de vous
amufer à nos dépens, & de boire quelques coups
à la fanté de mon maître.... Un ducat?..... Si
vous euffiez encore dit un réal, on pourroit le
rifquer..... Me comprenez-vous bien........
Nous favons fans vous ce que.....

Oh! Je parie bien que non, reprit la vieille.

Tenez, ma bonne, voici un ducat. Ne faites
pas attention aux propos de cet imbécille qui ne
fait ce qu'il dit.

Mon jeune monfieur, répondit la bohémienne,
vous êtes fi noble, fi grand & fi généreux dans
tout ce que vous faites, que fi j'etois encore ce
que je fus jadis....J'ai eu mon tems comme une
autre. On vieillit. Je me rappelle qu'on ne m'appeloit que la belle bohémienne, & que les jeunes

Si vous voulez y mettre un Duel, je vous dirai des vérités qui vous feront grand plaisir.

Choffard direx.　　　　　　　　　　　　Delas sc.

meſſieurs de Tolède ſe diſputoient l'avantage de me tenir compagnie & de me donner des ſéré-nades. Alors, les doublons me venoient ſans que je m'en apperçuſſe.

Bha, Bha, que nous importe la manière dont vous paſſâtes vos quarts-d'heures, il y a cent ans. Quand le diable n'étoit encore qu'un enfant, vous aviez des dents dans la bouche..........Mais vous tenez notre ducat & vous n'avez encore rien dit—. Votre main ſeigneur don Silvio ....

Un ſeul petit ducat de plus, mon beau mon-ſieur & je vous apprendrai tout ce que vous deſirez de ſavoir.

Le voici, lui dit Silvio, --- ſans faire attention au mécontentement de ſon valet. Prenez-le, ma bonne. En diſant ce dernier mot, le chevalier préſenta ſa main & le ſecond ducat.

Oh! la belle main! Qu'elle annonce de proſ-pérités!.......Ne te l'avois-je pas dit? Tu es amoureux, mon petit ami; tu es amoureux. Ah! le bon petit cœur. Va, n'en rougis pas. Tu es à un âge où il faut entretenir ſon cœur. La belle choſe que l'amour!... Comment?....laiſſe, laiſſe-moi bien examiner.... Une gentille petite perſonne.... Oui, vraiment tu es amoureux d'une jolie enfant.

L'y voilà. ...... Elle a ma foi déviné, s'écria Pédrillo ... Gentille & petite comme une ma-rionnette.

K iv

Elle eſt bien jeune, ajouta la bohémienne &
un peu volage.

Volage? En effet, dit Pédrillo : car elle voltige
tantôt deſſus les buiſſons, tantôt dans les plaines,
& ſur les montagnes, & dans les forêts, ſans qu'il
nous ſoit poſſible de l'atteindre.

Tout cela ſe paſſera. On vieillit : le tems apprend à penſer ſolidement.... Quoiqu'elle ſoit
légère, elle ne laiſſe pas de t'aimer, n'eſt-ce pas ?

Voilà préciſément ce que nous voudrions ſavoir, répondit Pédrillo : parce que nous avons
certains doutes, certains petits ſoupçons qui font...
que nous ne ſommes pas.,.... bien ſûrs ..... de
ſa..... ſa.....

Arrête, interrompit don Silvio, en le regardant avec dépit, Je t'impoſe ſilence.

Qu'elle en aime un autre, continua la vieille ?
La petite ruſée? Un autre!... Cela eſt terrible ;
mais non pas impoſſible. Voilà pourtant, voilà
comment ſont toutes ces jeunes fillettes. Après
cela, fiez-vous à elles,.... Et elles en aiment un
autre ?....Je gagerois que c'eſt un de ces petits
étourdis à colifichets, un de ces papillons qui volent autour de mille belles fleurs ſans pouvoir ſe
fixer ſur aucune ....,

Holà' madame la bohémienne, s'écria Pédrillo
qui vit pâlir ſon maître. Vous en dites plus que
nous n'en voulons ſavoir.

En voilà affez, dit Silvio en retirant fon bras...
Laiffez-moi... Mon malheur eft affuré : elle l'a
lu même dans ma main.

Qu'importe, pourvu qu'on ne le life pas fur votre
front ? Oh ça, grand'mère, nous voulons changer
de converfation. Que dites-vous de ma main ?
Voilà une piècette. Je crois que vous pouvez me
dire de jolies chofes.

Sous quelle étoile font nés ces gens-là, s'écria
la vieille en regardant dans la main de Pédrillo.
Vous êtes amoureux comme .... je ne faurois le
dire ... Hai, hai, voilà cinq ou fix femmes d'un
trait.

Cinq ou fix femmes ? Ne vous trompez - vous
pas ? Bon dieu ! Que ferai-je de toutes ces
femmes ?

Si elles ne font pas pour toi, elles feront pour
les autres. J'en vois une ici qui, je crois, te pro-
curera des amis.

Quoi ? Vous voyez dans ce moment la perfonne que j'ai dans l'imagination ? & vous la
voyez dans ma main ?

Sans doute.

C'eft ce que nous allons voir. . . Eft elle grande
ou petite ? vieille ou jeune ? maigre ou épaiffe ?
Répondez-moi là-deffus.

Elle n'eft ni grande ni petite.

Bon.

Ni vieille ni jeune.

Vertubleu !

Et on peut ajouter qu'elle a plus d'embon‐
point que de maigreur.

Comment pouvez-vous voir tout cela dans ma
main ? Ne voyez-vous pas auſſi ſes deux grands
yeux noirs ?

En effet. Oui, ils ſont beaux ; mais un peu
frippons. Sa chevelure eſt noire auſſi ; & ſa bouche
eſt garnie d'un ratelier d'ivoire.

En vérité, vous la connoiſſez mieux que moi‐
même. Mais allons plus loin. . . . .
Et que dites-vous de ſa gorge ?

Elle eſt charmante.

Et de ſes jambes ? . . . . . Ha, peut-être que ſes
cotillons vous empêchent de les voir ; mais vous
pouvez m'en croire, il y en a peu d'auſſi fines.

Tu as raiſon. Elle eſt tout-à-fait gentille ; mais
elle n'en eſt que plus dangereuſe pour toi.

Pourquoi, dangereuſe ?

Oh ! Ce n'eſt pas une queſtion à faire.

Tu l'apprendras à tes dépens. Tu ſauras que la
poſſeſſion d'une jolie femme tire ſouvent à conſé‐
quence . . . . Allons, je ne dis plus rien.

Diable ! En voilà aſſez, à moins que vous ne
veuilliez dire tout-à-fait que je ſerai co...

Je ne veux pas préciſément dire cela ; mais
quelque choſe qui en approche . . . Mais je m'ap‐

perçois que je perds ici mon tems. Je penſe que
vous en avez aſſez pour votre argent. J'ai des
affaires ailleurs. Adieu, mes enfans, portez-vous
bien : au revoir.

La bohèmienne ſe retira & laiſſa Pédrillo dans
de cruelles incertitudes. Il ne ſavoit que penſer
ſur le compte de la diſeuſe de bonne aventure.....
Je vous garantis, diſoit-il en courant du côté où
étoit ſon maître, je vous garantis que je n'y
conçois rien... Si cette vieille ſorcière n'eſt pas
une fée, il y a tout lieu de croire que c'eſt un
eſprit malin qui parle par ſa bouche. Elle ne peut
ſavoir naturellement toutes les vérités qu'elle
vient de me dire. Comment a t elle pu ſavoir que
vous étiez amoureux d'une princeſſe, & que cette
princeſſe eſt un papillon. Elle m'a dépeint la dame
Béatrice comme ſi elle eût été préſente... Il eſt
pourtant bien vrai que nous l'avons vue aujour-
d'hui pour la première fois de notre vie. Que
penſe monſieur de tout cela? Quelque effort que
faſſe mon eſprit, il ne peut ſortir de ce labyrinthe.
Tout me paroît obſcur & embrouillé.

Don Silvio étoit triſtement appuyé ſur le tronc
d'un arbre. Il paroiſſoit ne faire aucune attention
aux propos de ſon valet. Enfin, il ſe leva tout à
coup, comme ſortant d'une eſpèce de léthargie,
& dit....

Ecoute, Pédrillo. Je te dirai ma façon de penſer

sur cette aventure singulière : & je suis sûr de ne pas me tromper ; mais avant, dis-moi ce qu'est devenue la bohèmienne.

Elle a disparu, monsieur, & je ne sais comment. Ça été l'affaire d'un instant. Je n'ai fait que regarder derrière moi pour voir où vous étiez, & je ne l'ai plus vue. Je t'avoue, Pédrillo, que j'ai eu bien de la peine à me retenir au moment qu'elle m'a annoncé, en termes ambigus, l'infidélité de ma princesse. Ce qu'elle m'a dit d'abord n'a fait aucune impression sur moi, parce que tu lui découvrois, inconsidérément une partie de la chose ; mais quand elle a ajouté que j'étois sacrifié à un papillon, je me suis senti tout hors de moi-même : je n'aurois pu me contenir, & j'ai pris le sage parti de m'éloigner pour réfléchir solidement à tout ce qui venoit de m'arriver... Fais bien attention à tout ce que je vais te dire. Par la mine, les gestes, le ton & l'équivoque des paroles de cette vieille femme, j'augure que ce que nous avons pris ce matin pour une sylphide ou une salamandre, étoit précisément cette bohèmienne sous différentes formes. Toutes ces apparitions ne sont que des essais de méchanceté. On voudroit, en me faisant peur, me forcer à renoncer à mes desseins. Je suis moralement sûr que cette vieille bohèmienne est la fée Caraboffe elle-même : car elle en avoit la démarche, le

ton & le maintien. Quoi qu'il en foit, rien ne
fera capable d'ébranler les fermes réfolutions que
j'ai prifes. » Non, ma chère princeffe, continua-
» t-il, en élevant la voix & fixant les yeux fur le
» portrait qu'il avoit, rien ne pourra éteindre la
» flamme que votre beauté a allumée dans mon
» cœur ! Duffiez-vous avoir de l'indifférence,
» être inconftante, ou même infidèle, je ne
» pourrai ceffer de vous adorer ! Loin de moi,
» la penfée qui pourroit vous repréfenter ingrate,
» lorfque la fée bienfaifante qui nous protège
» m'a affuré de toute votre tendreffe... Hélas !
» peut-être êtes-vous retenue loin d'ici ; dans une
» folitude où vos douleurs & votre deftinée vous
» ont entraînées. Peut-être cachée dans le centre
» d'une rofe prête à s'épanouir, humectes-tu fes
» tendres feuilles de tes larmes. Peut-être gémis-
» tu de te voir abandonnée de ton amant....
» Ciel ! moi, t'abandonner ! Ah ! divine prin-
» ceffe, aimable fouveraine de mon ame ! Duffent
» mes ennemis trancher mes jours par la mort la
» plus affreufe, ils ne pourront empêcher que
» mon ombre animée par un amour éternel, ne te
» cherche, ne te fuive, & ne vole à ton fecours en
» quelque circonftance & en quelque événement
» que tu puiffes te trouver. Sans envier le féjour
» des dieux, j'irai dans ton fein chercher un
» nouvel Elifée «.

Don Silvio prononça ces mots avec tant d'énergie, avec un ton si touchant & si pathétique,
que Pédrillo ne put retenir ses larmes. Par ma
foi, monsieur, s'écria-t-il, en s'essuyant les yeux,
vous avez merveilleusement l'art d'attendrir.
Comment, toutes les belles choses que vous
venez de dire, ont elles pu venir dans votre
imagination? Il est bien dommage que vous ne
soyez ni curé ni vicaire. Si vous eussiez prêché avec
ce pathétique, vos auditeurs vous auroient souvent interrompu par leurs sanglots. Je voudrois
bien avoir retenu tout ce que vous avez dit. Je
ne me rappelle que de la rose épanouie, des
larmes, des ombres qui doivent être immortelles.
Vous avez aussi parlé des dieux, de leur séjour,
de la tendresse & de Sainte Elisabeth. Je ne comprends pas comment vous avez pu rassembler tout
cela. Mais pour en revenir au principal...

Le principal & même le seul objet qui doit
nous occuper, c'est le papillon bleu. Il faut le
chercher & le trouver. Fais ton paquet, & continuons notre route... Mais je vois ici plusieurs
sentiers... Lequel prendrons-nous? Où est Pimpim? C'est à lui à le choisir... Il me semble qu'il
y a quelque tems que je ne l'ai vu?

Cette question fut un coup de foudre pour
Pédrillo, qui se rappela que Pimpim n'avoit pas
reparu depuis l'aventure du fossé. Comme il

craignoit que fon maître ne lui pardonnât pas fa
négligence , il affura que le petit chien ne pouvoit pas être loin ... Je l'ai porté toute la nuit ,
ajouta-t-il , car le pauvre animal n'auroit pu nous
fuivre. Il étoit ce matin à côté de moi quand la fée
Caraboffe eft venue. Je m'en vais l'appeler : dès
qu'il m'entendra , il viendra ... Pédrillo appela
Pimpim de toutes fes forces. Don Sivio le feconda ;
mais leurs cris furent inutiles. Ils ne furent pas
plus heureux que les Argonautes , lorfqu'ils
cherchoient le charmant Hilas que les nymphes
avoient caché dans leur grotte. Ils parcouroient
les plaines & les vallons , les bois & les prairies :
ils faifoient retentir le nom de Hilas dans toute
la contrée ; mais Hilas étoit dans les bras de la
plus belle des nymphes, où il avoit perdu l'ufage
de fes fens; au moins celui de l'ouie. Ce qui étoit
arrivé aux argonautes arriva à nos voyageurs ;
mais avec cette différence : au lieu de repofer fur
le fein d'une belle nymphe , Pimpim étoit enve-
loppé dans le fale tablier de la vieille & dégoûtante
bohèmienne. Après avoir quitté les voyageurs ,
elle avoit trouvé ce pauvre petit animal épuifé
de fatigues & prefque mort. L'ayant trouvé petit
& joli , elle l'emporta.

Ce nouvel accident jeta don Silvio dans la plus
noire mélancolie. Il étoit abattu de trifteffe : fes

forces l'avoient presque entièrement abandonné.
Pédrillo n'eut pas de peine à lui persuader que
Pimpim avoit été volé par la fée Caraboffe; mais
il ne pouvoit le faire renoncer aux projets infenfés
que fon défefpoir avoit fait naître.

Peut-être étoit-ce le moment de propofer à fon
maître de retourner du côté de Valence ; mais
depuis la converfation qu'il avoit eue fur le pâté
& les coups de vin de Canaries qu'il avoit bus, il
avoit renoncé à retourner fur fes pas. Il auroit
même été fâché que don Silvio en eût parlé. D'ailleurs, Pédrillo n'envifageoit jamais que le moment
préfent. Un beau jour lui faifoit oublier tous les
défaftres qu'il avoit effuyés, & toutes les penfées
finiftres qui lui étoient venues dans une nuit
obfcure. Pédrillo tenoit beaucoup de Séneque.
La feule différence qu'il y avoit entre ce jeune
Efpagnol & le philofophe que nous venons de
citer, c'eft que le premier ne fe donnoit pas la
peine de concilier les oppofés qui affailliffoient
fon jugement.... Il employa alors toute fon éloquence à perfuader à fon maître que Pimpim fe
retrouveroit... Repofez-vous de ce côté-là, lui
dit-il, fur les foins de la fée Rayonante. Qui fait
quelles font fes vues fur la perte que nous croyons
avoir faite. Il eft fûr que fi la fée, votre bonne
amie, veut être honnête vis-à-vis de nous, il faut
,qu'elle

qu'elle tienne sa parole. Il faut bon gré, malgré que nous ayons notre princesse, & je n'en démorderai pas.

Cette fermeté tranquillisa un peu notre héros affligé. On sentoit dans le bois un air frais qui venoit d'un lac voisin. On tourna de ce côté-là, en faisant des vœux pour le retour de Pimpim.

CHAPITRE IV.

Don Silvio se lasse de chercher le Papillon bleu : il s'endort après un bon goûté champêtre.

DON Silvio n'avoit entrepris ses voyages que pour chercher le papillon bleu ; ainsi il n'est pas étonnant que tous ceux qui se trouvoient sur son passage fixassent son attention.

Pédrillo crut une fois que les fées Fanfreluche & Carabosse avoient projeté ensemble, de réunir dans le bois tous les papillons du monde pour intriguer don Silvio. On les voyoit sortir par centaines & par milliers de dessous les broussailles. Notre chevalier, qui croyoit à chaque instant appercevoir sa princesse, se mit en tête de poursuivre ces petits insectes jusqu'à ce qu'il eût at-

trapé son amante : Pédrillo avoit beau murmurer , jurer & pester , il fallut suivre son maître.

Après avoir beaucoup couru , il leur sembla
que les papillons enchantés ne prenoient plaisir
qu'à les fatiguer. Parmi ces insectes, il y en avoit
presque de toutes les couleurs : on en voyoit de
gris-blancs , de gris de lin , &c. Mais aucun d'eux
ne parut être princesse.

Monsieur le chevalier , dit Pédrillo tom-
bant de fatigue au pied d'un chêne , je voudrois
que la fièvre prît à tous les papillons , excepté à
votre princesse. Je n'en puis plus , Monsieur , &
je vous proteste que si Madame Rayonante ne
s'intéresse pas plus à nous qu'elle a fait jusqu'à
présent , je renonce à l'honneur & au plaisir de
chercher avec vous le papillon bleu.

Pédrillo , mon ami , je suis si foible que je ne
puis aller plus loin. Regarde , je te prie, s'il n'y
a pas de ton côté un endroit commode où nous
puissions nous reposer. Lorsque j'aurai repris mes
forces , je te dirai ce que j'ai dans l'imagination.

Tâchez , Monsieur , d'aller douze pas plus loin.
Il me semble voir là-bas une sortie qui donne sur
un champ... plus loin , plus loin derrière ces
oliviers... Je crois que nous y trouverons un aspect agréable.

Ils trouvèrent en effet un terrein charmant.
D'un côté s'élevoit une haie de rosiers jaunes &

blancs, couverte de mille autres fleurs champê-
tres. On voyoit au loin des gorges féparées par
des prairies où couloient cent petits ruiffeaux qui
auroient pu fervir de modèles aux copiftes de la
nature. Les eaux qui ferpentoient à droite & à
gauche fe réuniffoient dans un fleuve dont les
rives étoient couvertes d'arbres fruitiers que la
main des nymphes fembloit avoir pris plaifir à
tailler. L'enfemble de cette riante contrée formoit une perfpective fi agréable, que l'œil étonné
du fpectateur croyoit admirer les peintures qui
décorent le féjour des dieux.

Quel lieu! s'écria don Silvio, qui paroiffoit
reprendre une nouvelle exiftence. Qu'il eft doux
de s'y repofer; mais qu'il feroit cent fois plus
doux encore d'y paffer fa vie, fi... Grand dieu! Je
n'ofe m'arrêter à une penfée fi raviffante. L'idée
de la réalité m'ôte l'ufage de la raifon.... Un femblable plaifir feroit trop vif... & le cœur de
l'homme feroit trop foible pour goûter cette félicité fuprême... Qui ne croiroit que les nymphes
ou les fées ont formé ces agréables mêlanges,
cette charmante diverfité pour nous ranimer!...
Pédrillo! Porte-moi un flacon de l'eau qui coule
fous ces rofiers : je fuis altéré... En difant cela,
le chevalier s'étendit fur le gazon qui lui parut
plus doux que le duvet.

Pédrillo revint avec un flacon rempli d'une

eau plus claire & plus transparente que le cristal.
Courage, monsieur, cria-t-il de loin à son maître ; voilà de l'eau en abondance ; & qui plus est,
voilà deux bouteilles de vin de Malaga. Il est
vrai qu'elles nous coûtent bien cher, mais la
liqueur n'en aura que plus de saveur... Va !... A
la santé de notre princesse ! Ce qui n'est pas encore fait se fera... Ne perdons pas tout espoir,
monsieur. Il n'y a pas long-tems que nous sommes en voyage... Peut être nos affaires se feroient
mieux, si nous montrions moins d'empresse-
ment. On sait que les femmes ont des caprices.
Je parie que si nous marchions plus lentement,
que nous nous rafraîchissions plus souvent, &
que nous fissions semblant d'être moins amoureux de la princesse, elle viendroit elle-même,
& se laisseroit prendre avec aussi peu de résistance que cette bergère, qui pour fuir son amant
se sauva dans une grotte. Au reste, elle n'agiroit
qu'à son avantage. Croyez-vous qu'elle aime
mieux être papillon que princesse & votre femme?
Oh! que non : elle ne me trompera pas. Ainsi,
nous avons encore des ressources ; & en dépit de
la maudite Carabosse, nous nous réjouirons ici :
nous y prendrons de nouvelles forces...... Allons,
de la gaïté! seigneur don Silvio : *bonum vinum*
lætificat cor hominis. Or ça, mettons la main à
l'œuvre........ Qui sait si nous ne dînerons pas

demain dans un château d'albâtre & fur des affiettes de nacre de perles incruftées de rubis?

Pédrillo étoit engageant, & l'appétit preffoit notre jeune Héros qui confentit enfin à manger. Don Silvio prouva dans cette occafion, que le fage Zoroaftre avoit raifon quand il difoit, dans je ne fais quel livre, qu'un pâté froid & une bouteille de vin entre les mains de quelqu'un qui a bon appétit, eft un remède infaillible contre toutes les calamités de la vie...... Les efprits agités du jeune chevalier paroiffoient fe tranquillifer à mefure que le pâté & le vin diminuoient. Les vapeurs fpiritueufes du Malaga diffipèrent peu à peu cette noire mélancolie qui l'avoit tant abattu; & elle fit place à des idées plus riantes. L'agrément de la perfpective & la variété du payfage qui furpaffoit tout ce que l'art peut produire, auroient également touché l'ame de quelqu'un moins fenfible que don Silvio........ Il fe laiffa aller à un doux fommeil. Il fembloit que le dieu du repos qui vouloit lui être propice, eût ordonné aux zéphirs de le rafraîchir & de le couvrir de feuilles de rofes.

Pédrillo but & mangea à fon aife. Quand il en eut affez, il prit fon havrefac, le porta à trente ou quarante pas, le cacha derrière une haie, où il le crut en fûreté, & s'endormit auffi.

CHAPITRE V.

Plaisante aventure.

Pédrillo avoit fait environ deux ou trois heures de sommeil qui l'avoient entièrement remis de ses fatigues, lorsqu'il se leva & sortit de derrière son buisson, pour voir ce qu'étoit devenu son maître. Une bergère insensible qui auroit rêvé à des plaisirs qu'elle méprise, & qui à son reveil, se seroit trouvée entre les bras d'un berger, n'auroit pas éprouvé plus de surprise que Pédrillo, lorsqu'il apperçut deux jeunes beautés cachées à moitié derrière un rosier, qui contemploient en silence & avec la plus grande attention, don Silvio dormant encore. Elles étoient parées commes les bergères qui habitent les bords du Lignon, & n'avoient pas au delà de dix-sept ou dix-huit ans. Elles étoient si belles que Pédrillo douta si elles n'étoient pas quelques-unes de ces nymphes ou de ces sylphides que son maître avoit coutume de voir quand il dormoit. Rêvai-je, se dit-il à lui-même : mon imagination veut-elle tromper mes yeux?..... Un petit moment..... Frottons les un peu.....Claquons des mains.... Bon.....C'est bien moi....Attendez....C'est

un fait. Je fuis bien éveillé. Ce font bien mes yeux
que je touche. J'ai beau les ouvrir, les fermer, les
r'ouvrir & les refrotter. Je vois toujours ces deux
belles créatures..... fuppofé qu'elles foient des
créatures. Je croirois plutôt qu'elles font des fées,
& des plus belles qu'on ait jamais vu.

Pédrillo ne put fe laffer de promener fes regards
fur ces deux jeunes beautés. Plus il les confidéroit,
plus il fe difoit qu'il n'avoit jamais rien vu de fi
beau... Une d'elles paroiffoit un peu plus grande
& plus dégagée que l'autre. Son déshabillé étoit
d'une toile des Indes blanche comme la neige &
couverte de guirlandes de fleurs d'Italie. Ses cheveux étoient parfemés de diamans. Mais l'éclat de
fes yeux fembloit ternir fes pierreries. La blancheur de fon teint & de fes bras furpaffoit
l'albâtre.

Tant de fplendeur éblouit Pédrillo qui ne douta
plus que ce ne fut la fée Rayonante. Il en fut
entièrement convaincu, lorfqu'il apperçut, à une
certaine diftance, quelques gens en habits cha-
marés qu'il prit pour des falamandres. Les doutes
qu'il avoit eus de tems en tems fur l'exiftence de la
fée Rayonante & fur la vérité des faits qui en pro-
venoient, s'évanouirent dans cet inftant. Il étoit
enfin perfuadé que le papillon bleu étoit une
grande princeffe, & l'apparition de la fée de qui
dépendoit le dénoûment de ces aventures, lui fit

croire que son jeune maître triompheroit dans peu de tous les nains ses ennemis, & qu'il deviendroit le plus fortuné de tous les princes.

Occupe de si flatteuses espérances, il se glissa tout doucement du côté des fées. Quand il vit qu'elles se parloient, il s'arrêta à quelques pas d'elles, se cacha dessous des feuillages, & prêta une oreille atentive, comme un jeune faune qui épie le rendez-vous de quelques nymphes qui doivent dans une belle nuit, prendre le plaisir du bain....

Convenez, disoit la petite qui étoit une brune piquante que Pédrillo ne put fixer sans sentir des battemens de cœur qu'il n'avoit jamais éprouvés, convenez que vous ne fixez pas ce beau jeune homme sans émotion. Que cette attitude lui est avantageuse! Que sa chevelure est belle! Que sa physionomie est séduisante! Quel teint! C'est la blancheur du lys & la couleur de la rose. Je vous proteste qu'Endimion n'étoit pas si beau..... Ne desireriez-vous pas en ce moment, être une autre Diane?

Que tu es folle, repondit la prétendue fée! D'où peuvent te venir..... Je l'avouerai, cependant.... Laure, en effet il est beau.... mais s'il s'éveilloit.... partons, Laure.....

C'est bien dit. Madame a raison, répondit malignement la petite. Il peut d'un instant à l'autre s'éveiller ; & que penseroit-il s'il nous surprenoit si près de lui ?

Mais, reprit la fée , je voudrois bien savoir qui il est. . . . son air , son ajustement semblent annoncer qu'il n'est pas de la classe ordinaire.

Oh! Vous avez raison. Il n'est pas de la classe ordinaire. Une dévote qui l'auroit trouvé, comme nous , couché au milieu des roses , l'auroit pris pour un ange.

Je ne saurois m'imaginer qui il est. Je ne connois personne dans le voisinage. . . . .

Cela est naturel , reprit la petite brune. Il y a tout au plus trois semaines que vous résidez dans ce pays-ci, & vous n'y connoissez que don Gabriel que vous aviez vu à Valence.

Ne parle pas si haut. Je crains à chaque instant qu'il s'éveille ; & je ne voudrois pas pour le monde entier qu'il nous vît ici.... mais, ma chère Laure , imagine-tu quel motif a pu conduire ici ce jeune homme, qui paroit être de qualité . . . ici. . . tout seul. . . . .

Pas si seul, mes belles dames , s'écria Pédrillo. Ah!

Voilà des fées bien peureuses, ajouta le valet qui n'avoit pu résister à l'envie demesurée de parler.

Les belles ne purent savoir d'abord d'où étoit partie la voix qui leur avoit causé tant de frayeur.

Mais, quand elles eurent apperçu Pédrillo qui étoit d'une taille avantageuse & d'une figure prévenante, elles revinrent à elles-mêmes,

Je vois bien, continua-t-il, que vous voudriez savoir quelle est l'espèce de découverte que vous venez de faire. Si vous voulez me promettre le secret, car il est de la dernière conséquence qu'une certaine vieille tante que nous avons, ne sache pas ce que nous sommes devenus, je vous le dirai. Il y a là-dessous du mystère, mais je crois ne rien risquer en le découvrant à de si belles dames. Oh! non : car vous ne ressemblez pas du tout aux nièces de la fée Fanfreluche.

Expliquez-vous un peu plus clairement, mon ami, dit Laure en jetant sur lui un regard que l'intelligent Pédrillo ne manqua pas d'observer. Expliquez-vous; mais soyez bref, car je crains que ce jeune monsieur ne se réveille.

Vous pouvez être tranquille sur ce point. Il n'a pas fermé l'œil la nuit dernière ; & quand il est en train de dormir, le ciel & la terre se réuniroient qu'il ne s'éveilleroit pas. Il s'est endormi de fatigue, parce que depuis minuit nous avons fait au moins vingt-quatre milles.

Vingt-quatre milles? reprit-elle avec étonnement. Et à pied?

On va vîte, ma belle demoiselle, lorsqu'on

voyage en féerie. On s'éloigne de son pays sans savoir comment ; & souvent on a fait un mille qu'on ne croiroit pas avoir fait quatre pas.

Cela peut-être, reprit Laure ; mais peut-on savoir ce que vous appelez voyager en féerie ?

Un petit moment, mademoiselle. Vous faites-là une question à laquelle on ne peut répondre en si peu de tems. Mais, pour abréger, je vous dirai que nous cherchons une princesse, ou, pour parler plus cathégoriquement, un papillon dont mon maître est amoureux. Dès que cet insecte sera trouvé, il doit se changer en princesse & être épousé par mon maître. Voilà tout le mystère. Sur-tout, mademoiselle, gardez le plus profond secret. Nous avons des mesures à garder vis-à-vis de certains nains qui ont des vues sur notre princesse... S'ils apprenoient quelque chose de nos projets, tout seroit perdu.

Que pense madame de notre rencontre, demanda Laure à sa maîtresse? Il me semble que je fais un songe enchanté.

Qui est donc votre maître, demanda la dame?

La plus belle, la plus noble & la plus généreuse de toutes les dames d'Espagne. Je puis vous dire cela mieux qu'un autre, parce que je suis son frere de lait......

Je vous demande uniquement quel est son nom.

DON SILVIO DE ROSALVA, répondit Pédrillo. Son château eſt à trois milles en deçà de Telva. Son père s'appeloit don Pédro de Roſalva. Il étoit mon parrain : c'eſt pourquoi je fus baptiſé ſous le nom de Pédro. Quand j'étois petit on m'appeloit Pédrillo ; & il y a apparence que je m'appellerai comme cela toute ma vie, à moins que le ſeigneur don Silvio ne trouve ſa princeſſe, & qu'alors il me faſſe préſent d'un des marquiſats, comtés ou duchés qu'elle lui apportera en mariage.

Pédrillo diſoit tout cela avec tant de franchiſe & d'un air de ſi bonne foi, que nos belles ſoup-çonnèrent qu'il y avoit en effet quelque choſe de ſingulier & d'extraordinaire dans ce qu'elles voyoient & entendoient.

Vous nous dites, mon ami, que votre maître eſt amoureux d'un papillon qui doit ſe changer en princeſſe ?..... Ne voulez-vous pas, plutôt, dire qu'il eſt amoureux d'une princeſſe qui a été métamorphoſée en papillon par quelque enchan-teur ?

Préciſément, répondit Pédrillo ; & nous atten-dons qu'elle revienne princeſſe. Mais, pour vous parler vrai, il me ſemble que la fée Rayonante qui a promis ſa protection à mon maître, agit pour nous, avec beaucoup de négligence & de lenteur. Je crains bien que toutes nos eſpérances ne ſoient mal fondées.

Quelle eſt donc cette fée que vous appelez Rayonante, demanda Laure?

Que nous importe, répondit la dame. Nous n'avons pas de tems à perdre. Je crains que la nuit nous ſurprenne avant que nous ſoyons arrivées à Liriâs : & mon frère ſera inquiet.

En diſant ces mots, elle jeta encore un regard ſur don Silvio, & partit. Laure qui l'avoit remarqué, fit intérieurement mille commentaires ſur les œillades. Pédrillo crut devoir conduire ces belles dames juſqu'au chemin où leurs mulets les attendoïent. Le ſavoir vivre avoit moins de part à cette démarche que l'amour. L'aimable Laure avoit fait plus de progrès ſur ſon cœur en un inſtant, que la dame Béatrice dans pluſieurs années. Il étoit éperdûment amoureux, de la belle brune. Il croyoit avoir mille choſes à lui dire; mais l'émotion lui ôtoit l'uſage de la parole. Elles étoient déjà loin, qu'il étoit encore dans la même place où il les avoit conduites. Il les ſuivit de yeux auſſi loin que ſa vue pût s'étendre.

CHAPITRE VI.

Qui étoient les dames que Pédrillo prit pour des fées.

ON ne peut trouver étonnant que Pédrillo n'eût pas l'esprit présent, dès le moment qu'il commença à remarquer les coups d'œil que Laure lui lançoit. A peine les dames furent-elles parties, que le prudent valet fut fâché de ne s'être pas informé à son tour de leur nom & de leur demeure.

Il ne seroit pas juste que le lecteur fût la dupe des distractions de Pédrillo. Ainsi, nous nous ferons un devoir de satisfaire bien vîte sa curiosité. Nous nous éloignerons en cela de la marche ordinaire des romanciers qui attendent des occasions souvent trop éloignées, pour le développement des sujets qu'ils traitent. Ils veulent absolument faire trouver leurs personnages rassemblés dans un cabaret ou dans un coche.

La dame que Pédrillo prit pour une fée, parce que sa chevelure étoit ornée de bijoux, s'appeloit dona Felicia de Cordena. Elle n'avoit alors que dix-huit ans & étoit veuve de don Michel de Cordena, qui avoit eu la sage précaution de mourir après deux ans de mariage, âgé de soixante-neuf ans. Il laissa à sa femme, qu'il institua son unique héritière, des biens immenses. Pour acquérir cette grande fortune, le défunt avoit passé une grande partie de sa vie dans le Mexique.

Ces deux riches époux avoient choisi Valence pour leur séjour. Cette ville réunit tant d'agrémens & est si avantageusement située, que les Espagnols l'ont surnommée *la Belle*. Dès que dona Félicia fut maîtresse de son sort, elle résolut de se retirer à la campagne pour pouvoir s'y occuper avec plus de liberté des fantaisies romanesques dont elle avoit nourri son imagination. La lecture des Poëtes avoit produit le même effet sur son esprit que les contes des fées sur celui de Silvio. Ce chevalier prenoit plaisir aux métamorphoses, aux enchantemens, à la magie, aux nains, &c. Au lieu que Félicia n'aimoit que les tableaux que font les poëtes, des amans & des bergeries d'Arcadie. Elle n'auroit jamais consenti à passer de ces agréables chimères dans les bras d'un vieillard sexagénaire, si elle n'avoit espéré que la fortune de son époux la mettroit dans le cas d'effectuer ce qu'elle ne voyoit que dans son imagination.

Dona Félicia joignoit à une rare beauté, tous les talens qui rendent les laides supportables,

Elle jouoit parfaitement du luth. L'harmonie, la flexibilité & la justesse de sa voix ravissoient tous ceux qui l'entendoient chanter. Elle dessinoit & peignoit également bien. Et pour réunir tous les arts agréables, elle s'amusoit quelquefois à faire des sonnets, des idyles & des églogues.

On peut se faire une idée de la révolution qu'opéra dans les esprits de Valence la mort du vieux mari d'une femme si accomplie. Toutes les belles craignirent de se voir abandonnées de leurs amans; & les jeunes courtisans se faisoient honneur de travailler à une si brillante conquête. Par précaution, les poëtes firent succéder les épithalames aux élégies, quoiqu'il ne fût pas question alors de second mariage. Tout le monde étoit en haleine, excepté celle qui étoit l'objet de tant de préparatifs. A peine le tems de son deuil & l'hiver furent-ils passés, qu'elle quitta la ville, sans paroître se soucier du désespoir que causeroit son départ à ceux qui avoient formé des prétentions sur elle. Dona Félicia se retira avec son frère dans une terre qu'il possédoit dans la plus agréable contrée d'Espagne.

La bienséance & l'amitié que cette jeune veuve avoit pour son frère, la déterminèrent à choisir cette retraite, quoiqu'elle possédât elle-même dans le voisinage une terre très-considé-

rable d

rable & fort bien située. Nous ne devons pas
oublier que ce frère paſſoit pour un gentilhomme
plein d'honneur & de mérite.

Dona Félicia avoit fait conſtruire dans ſa terre
une eſpèce de bergerie dont elle vouloit faire
une nouvelle Arcadie. C'étoit le lieu favori où
elle alloit de tems en tems faire des parties de
plaiſir. Elle revenoit préciſément de ce petit
hermitage, accompagnée de ſa fidèle Laure,
lorſqu'elle paſſa au milieu de ce riant boſquet
où don Silvio s'étoit endormi. La fraîcheur qu'on
y reſpiroit l'engagea à mettre pied à terre pour
y cueillir des roſes ſauvages. Un bouquet de
ces fleurs qui viennent ſans ſoin & ſans culture
au milieu des champs, lui paroiſſoit préférable
à ceux qu'on forme dans des parterres ſoigneu-
ſement cultivés.

Quelque magique ou myſtique que paroiſſe
aux ſages la ſympathie, nous en emploierons
le mot pour exprimer la ſource ou les effets des
mouvemens qu'on éprouve au premier abord
d'une perſonne inconnue.

Quarante jeune cavaliers s'étoient donnés toutes
les peines imaginables pour toucher le cœur de
la belle Félicia, ſans qu'un ſeul eût été préféré,
ou même regardé d'un meilleur œil. Dans ce
grand nombre, il y en avoit certainement quelques-uns qui avoient du mérite : Eh bien ! dona

Tome XXXVI.　　　　　　　　M

Félicia avoit du difcernement : elle leur rendoit juftice, les eftimoit & les confidéroit à proportion de leur vertu.... mais rien de plus.... Peut-être que dans certain lieu, dans de certaines circonftances, à certains jours, à certaines heures.... dans de certaines difpofitions, auroit-elle eu certaines foibleffes : car, felon le favant Avicenne qui fuivoit à la lettre la morale du R. P. Efcobar, il y a dans la vie des événemens heureux qui viennent à propos au fecours de la vertu chancelante. Quoi qu'il en foit, il eft certain que les galans dont nous venons de parler, auroient foupiré auprès de dona Félicia autant de tems que les Céladons en employèrent à gémir tendrement aux pieds de leurs divinités, qu'ils n'auroient pas ému fon cœur, il étoit réfervé à don Silvio, enfeveli dans le fommeil, d'infpirer à la belle veuve ce fentiment qu'on fent & qu'on ne peut décrire. Les fenfations qu'elle éprouva dans le court efpace d'une minute, firent fur fon cœur des impreffions plus douces que tout le beau langage de fes adorateurs de Valence. Si l'état extatique où elle étoit, lui eût permis de réfléchir fur elle-même, elle auroit fenti qu'elle ne pouvoit goûter le bonheur fuprême qu'en donnant fon cœur à ce jeune inconnu, & en partageant avec lui fa fortune.

Nous nous éloignerions trop du fil de notre histoire, si nous voulions chercher la véritable source de la sympathie. Nous laissons à nos lecteurs le soin de faire là-dessus les hypothèses qu'ils jugeront à propos.

Soit donc que dona Félicia & don Silvio se soient aimés avant de se rencontrer, soit qu'il y eût un rapport inné entre leurs ames, soit que leurs génies aient eu une liaison particulière l'un avec l'autre, il est certain que la sympathie exista aussi réellement dans leur nature, qu'il est vrai que la pesanteur, l'élasticité & la force magnétique résident dans toutes les choses existantes. Ainsi, on ne peut faire un crime à la belle dona Félicia d'avoir ressenti pour notre jeune héros ce qu'elle n'avoit jamais éprouvé pour personne.

Nous avons eu recours à toutes ces comparaisons pour ne blesser la délicatesse de personne. Si on est curieux de savoir notre sentiment sur la sympathie, nous croyons en avoir dit autant qu'il en faut pour mettre nos lecteurs à portée de nous commenter facilement. Sans nous occuper plus long-tems de ces subtilités, nous reviendrons à nos belles que nous avons laissées dans le chemin de Lirias.

❧

M ij

CHAPITRE VII.

Qu'on ne doit pas omettre.

Les goûts font fi différens que nous ne répondrons pas qu'il n'y ait de nos lecteurs qui s'intéreſſeront plus vivement pour Laure, quoiqu'elle ne fût qu'une belle de la feconde claſſe, que pour fa maîtreſſe. Quoi qu'il en foit, nous avons des raifons pour ne pas faire ici le détail de fes aventures. On voudra bien fe reſſouvenir que nous avons dit de cette brunette tout ce qui eſt néceſſaire pour la repréſenter aimable, vive, jolie & fpirituelle.

Le fameux père Sanchez remarque dans fon chaſte & favant livre *de Matrimonio*, ou du Mariage, que l'amour agit différemment fur une jeune veuve & fur une jeune fille. Là première, dit il, devient gaie, vive, enjouée & pétillante. L'autre, au contraire, conferve un air réfervé, une efpèce de mélancolie qui eſt, ajoute-t-il, l'effet de la fecrète horreur qu'éprouve l'ame, quand elle eſt fur le point d'être arrachée de l'état célefte des anges pour fe trouver enfevelie dans un abyme de plaifirs groſſiers & charnels qui entraîne cette défagréable incorporation qui peuple l'univers par le péché.

Le profond refpect que nous avons pour la fainte inquifition nous impofe filence. Nous ne taxerons point d'erreur le grand Sanchez : mais nous blâmerons la nature qui, fans avoir aucun égard à l'autorité de celui-ci, qui a inventé de nouveaux péchés, s'eft écartée de fa route ordinaire vis-à-vis de dona Félicia & de fa jolie confidente. Chemin faifant, la première gardoit un profond filence ; & la jeune fille, fans fonger au danger où elle étoit de perdre fon innocence, fe livroit à tant de gaieté, que la fœur d'un Séraphin auroit voulu être à fa place pour fuccomber à la tentation.

Elle avoit fait une partie du chemin, n'avoit fait entendre que quelques foupirs qui n'étoient, pour mieux dire, que des fragmens de foupirs, parce que dès qu'elle les remarquoit, elle les renfermoit dans fon fein.

Enfin ; la pétulante Laure ne put plus fe taire : elle crut même avoir gardé trop long-tems le filence. Elle entama la converfation par une queftion qui en devoit produire une autre, & peu à peu elle forma un entretien fuivi.

CHAPITRE VIII.

Entretien entre dona Félicia & fa confi-
dente.

Vous êtes bien mélancolique, madame?
Mélancolique?

Oui, & même un peu penfive... Je ne fais
quel terme on doit employer pour dire qu'on remarque fur la figure de quelqu'un un trouble charmant.... Un trouble qui plaît.

Je ne fais ce que tu veux dire... Je fuis telle
que j'ai été toute la journée.

Pas tout-à-fait, madame.

Pourquoi n'aurois-je pas la même férénité?

Je n'en fais rien... Mais il me femble avoir
entendu dans le moment un petit foupir.

Un foupir?

Oui... Il reffembloit à celui que laifferoit
échapper un jeune demoifelle de quatorze ans
qui feroit témoin des empreffemens qu'auroit un
beau cavalier pour fa fœur aînée.

Tu rêves. Quelle fingulière comparaifon! Tu
prends pour un foupir le mouvement innocent
de la refpiration. Et tout cela pour converfer fur
un fujet que tu médites depuis un quart-d'heure

Je vous remercie, madame, vous augurez trop bien de mon ingénuité... Puisque vous n'avez pas l'air inquiet, & que vous ne voulez pas avoir soupiré, nous changerons de conversation.

La tête me fait un peu de mal.

Il faut avouer que l'endroit où vous avez cueilli ces roses est un lieu bien agréable.

Très-agréable.

Un séjour charmant... Je crois que madame n'est pas fâchée d'y avoir mis pied à terre. Convenez que le petit Endimion, que nous y avons trouvé endormi, surpassoit en agrémens personnels la plus élégante jeunesse de Valence.

Tu parles de ce jeune homme avec bien de l'intérêt ? Je pourrois croire....

Madame pourroit le conjecturer si je n'en parlois point du tout.

Je t'entends... Mais je ne puis dire avoir trouvé en sa personne cette beauté surnaturelle que tu parois y avoir remarquée.

Je n'ai pas parlé de beauté surnaturelle, Madame... Je m'entends très-peu en choses surnaturelles... Vous lui accorderez au moins quelque chose de séduisant que n'a pas don Alexis qui passe pour le phénix du royaume.

Je ne sais si c'est faire l'éloge de quelqu'un que de le comparer à don Alexis. Je n'a jamais

M iv

regardé ce jeune homme que comme un étourdi
& un petit fat dont le plus grand mérite est d'a-
voir les mains douces & potelées, les dents blanches, & de savoir entretenir les femmes qui
pensent comme lui de modes & de colifichets.

Je ne sais pourquoi ce don Alexis est venu se
présenter à mon imagination. Je crois qu'il ne
seroit pas long-tems le courtisan favori ; si notre
don Silvio s'avisoit de faire un petit voyage à Valence. Si ma supposition s'effectuoit , le bel Alexis
pourroit bien se borner à faire sa cour aux sui-
vantes de celles qui se disputent actuellement sa
conquête.

Je ne sais de quel œil tu as regardé ce don Silvio ; mais tu me parois bien prévenue en sa faveur. Je le crois aimable. Je ne sais s'il est beau
ou laid...

Aimable... Oui , voilà l'expression : c'est ce
que je voulois dire. Quant à sa beauté... Elle
n'est pas accomplie. Par exemple, des cheveux
blonds...

Tu veux dire châtains ?

Oui , châtains. Mais comme il a un teint ex-
trèmement délicat,.. un teint de femme , je croirois que des cheveux blonds...

Il me semble que la nature a mieux dirigé les
choses que tu n'aurois fait. Ses cheveux s'accordent à merveille avec la couleur de son visage.

Je crois pourtant que s'il avoit quelque chose
de plus mâle dans la physionomie, il n'en feroit
que mieux. Je m'imagine que si on l'habilloit en
femme, Dona Leonore qui certainement est
connoisseuse, s'y méprendroit.

Il est vrai qu'il n'a pas les traits d'un Hercule ;
& cependant on voit dans sa physionomie quelque chose de grand & de noble... Tu l'as assez
bien considéré pour avoir observé tout cela aussi
bien que moi.

Il me semble, au contraire, que vous l'avez
mieux examiné dans une minute que moi dans
un quart-d'heure. Que dites-vous de sa bouche ?
Elle paroît riante ; mais un peu trop petite...

Je ne sais pourquoi tu t'entêtes à critiquer précisément ce qu'il a de mieux.

Je vous demande pardon, madame : je n'en
parle qu'au hasard... Si je ne craignois de vous
déplaire...

Me déplaire ? Tu n'y penses pas, chère
Laure... A te dire vrai, je ne sais moi-même ce
que je dis. Pourquoi m'arrêtai-je si long-tems à
cela ? Quelle que soit la beauté de don Silvio,
que nous importe ?

Vous avez raison, madame ; il suffit qu'il soit
aimable ; c'est l'essentiel : tout dépend de ce
point. Il me semble avoir lu quelque part qu'on
embellit tout ce qu'on aime.

Si cela eft vrai, tu es amoureufe; car felon le portrait que tu en fais, il eft bien plus beau que la ftatue d'Apollon qui eft au Vatican.

Il a encore cet avantage fur la ftatue dont vous parlez : c'eft qu'il refpire; & à mon avis, ce n'eft pas peu.

Finiffons notre apologie & nos comparai-fons... Te rappelles-tu ce que nous a dit le garçon qui paroiffoit être fon domeftique?

Si on doit ajouter foi aux paroles de cet homme, don Silvio eft d'une naiffance diftinguée. Il eft fils de don Pédro de Rofalva, dont j'ai fouvent ouï parler monfieur votre père, comme d'un très-brave officier. Mais pour vous dire mon fenti-ment, je crois que ce nommé Pédrillo nous en a impofé.

Cela peut être. Pourquoi le crois-tu?

C'eft que Pédrillo ajoute que fon maître eft amoureux d'un papillon, qu'un nain eft fon rival, & qu'il a pour protectrice une certaine fée qui doit changer ce papillon en princeffe, ainfi du refte. Tout cela me paroît incroyable; mais ce garçon a raconté ce que je viens de vous dire d'un ton fi naïf, avec un air fi vrai, que je puis croire qu'il n'en a pas voulu faire une plaifan-terie.

Je t'avoue, chère Laure... Eh ! Pourquoi t'en ferois-je un myftère ! que je m'intéreffe au fort de

ce jeune homme... Si fon domeftique dit vrai,
il eft évident que la tête lui tourne

Il faudroit donc que Pédrillo fût auffi fou que
fon maître ; car je vous protefte qu'il a parlé de
papillons, de princeffes, de nains, de fées & de
marquifats, avec autant de fang froid que s'il
eût parlé des chofes les plus ordinaires.

Il y a là-deffous de l'incompréhenfible : cependant on peut deviner, par le difcours confus
de ce laquais, que fon maître eft parti de chez
lui fecrétement, & que c'eft une aventure amoureufe qui a occafionné cette fuite. N'as-tu pas
compris auffi qu'il étoit obfédé par une vieille
tante qui traverfoit fon penchant ? Peut-être que
les duretés de cette vieille tante l'ont rendu fou.
Il eft toujours dangereux de réfifter aux grandes
paffions.

Rien n'eft plus ordinaire que de voir l'amour
& la raifon fe contrarier. Si nous ne convenons
que Pédrillo eft auffi amoureux ou auffi frénétique que fon maître, toutes nos differtations feront
inutiles.... Il eft bien affligeant de fe repréfenter
un fi beau cavalier dénué de bon fens... Une
penfée auffi trifte eft bien capable de produire le
foupir qui vous eft échappé... Pour cette fois,
madame, vous ne le nierez pas. C'eft un de ces
foupirs fi bien étouffés qu'on ne peut les nier. Je
l'ai vu naître, croître & s'élever. Il faifoit mou-

voir la gaze qui couvre votre gorge. Vos lèvres se
font entr'ouvertes, & il s'est envolé sur les aîles
de l'amour.

Que tu es folle, ma chère Laure !

Je ne suis point folle ; & je pense que don Silvio peut être attaqué d'une espèce de folie, sans
être précisément fou, sans avoir ce degté de fré-
néfie qui tient de la fureur, & qui effraie. Peut-
être que sa maladie ne produit aucun autre mauvais effet que de le faire rôder çà & là. Pour cela,
il peut n'en être pas moins aimable & digne de
captiver le cœur d'une jeune dame qui le trouveroit endormi sous des rofiers, dans un lieu tel
que celui où nous venons de le rencontrer.

Te voilà perfuadée que je dois abfolument
aimer ce jeune inconnu... Définis - moi cette
forte de folie qui fait courir le monde à l'aventure.

Il me femble que don Silvio pourroit être une
efpèce de don Quichotte qui, pour me fervir de
l'exprefion de Pédrillo, voyage en féerie, comme
faifoit autrefois le chevalier de la Manche. Un
jeune homme, né vif & pétulant, élevé à la campagne, qui n'auroit jamais vu le monde ni aucun
objet qui pût fatisfaire la délicatefse de fon goût,
ne pourroit-il pas avoir la fantaifie de rôder ainfi
à l'aventure ; &, s'il avoit lu des romans & des
contes de fées, ne pourroit-il pas fe perfuader

que les palais enchantés & toutes les magnifi-
cences qu'ils renferment exiftent réellement, &
que les fées, les nains, les ceintures bleues &
les baguettes magiques font dans la nature?

Ce feroit une fingulière erreur. Mais il me
femble qu'en effet elle eft poffible. Dans ce
cas, que devons-nous conjecturer de fon amour
pour une princeffe qui eft métamorphofée en
papillon?

Je parierois, madame, que cette princeffe eft
une jeune payfanne qui a fafciné fes yeux. Son
imagination échauffée l'a élevée au rang de princeffe; & enfin, par l'enchantement imaginaire
de quelque nain ou de quelque magotine, elle
a été métamorphofée en papillon. Je fuis perfuadée que fi don Silvio voyoit une jeune dame qui
eût l'adreffe de toucher fon cœur, le papillon
dont il eft amoureux, reprendroit auffi-tôt fa
forme naturelle fans le fecours d'aucune baguette
magique ni d'aucun talifman.

Ma curiofité me réveille. Je fuis fâchée de n'a-
voir pas attendu le terme de fon fommeil.

Puifque fon château n'eft éloigné que de
quelques milles de celui de Lirias. Il fera facile
d'apprendre des détails fur tout ce qui le concerne. Qui fait fi le génie qui prend foin de fa
deftinée ne le conduira pas à notre demeure,

puisque les nôtres ont tourné nos pas dans le lieu où il se reposoit.

Quand Laure eut prononcé ces mots, elles atteignirent la cour du château de Lirias, où nous les laisserons mettre pied à terre & continuer aussi long-tems qu'elles le desireront, leur entretien sur le jeune inconnu qui paroissoit avoir donné de l'émotion à la belle veuve.

CHAPITRE IX.

Mystères ontologiques.

Si jamais humain s'est trouvé dans de cruelles alternatives, c'est Pédrillo, lorsqu'il eut perdu de vue les beautés dont nous venons de parler. Nous serions dans un aussi grand embarras que lui, si nous entreprenions de peindre sa surprise. Il se fit mille questions à la fois sans être plus éclairci. Etois-je éveillé ou rêvois-je, se disoit-il? Les dames que j'ai vues sont-elles des fées ou des mortelles? Se sont-elles envolées, ou ont-elles disparu? Tout cela étoit autant de problêmes qu'il ne pouvoit résoudre. Après avoir long-tems combattu en lui-même, il renonça à l'espérance de découvrir la vérité, & se laissa aller à une tristesse qui fut la suite de ses doutes sur sa propre existence.

Douter des choses qui nous affectent le plus, c'est sans contredit, la plus cruelle situation de la vie. L'homme est trop foible pour s'arrêter longtems à cette idée. Aussi Pédrillo crut-il sentir la dissolution de son être. S'il eût été cartésien, il auroit pu résoudre ses doutes en se faisant cet argument : *je pense, donc j'existe*. Quoi qu'il en soit, le fameux Descartes lui-même auroit peut-être été aussi embarrassé que le pauvre Pédrillo, s'il se fût trouvé dans les mêmes circonstances.

Il est à présumer que si le domestique de don Silvio eût été métaphysicien, il seroit devenu dans le moment où nous le représentons, à force d'analyses, de distinctions & de combinaisons, fondateur d'un nouveau système philosophique qui auroit détruit dans peu ceux des dualistes, des matérialistes, des idéalistes, des platoniciens, des péripatéticiens, des aristotéliciens, des stoïciens, des épicuriens, des réalistes, des paracléfistes, des machiavelistes, des rose-croix, des cartésiens, des newtoniens, &c.

Nous ne pouvons penser sans frémir aux suites funestes qu'auroit entraîné, dans la société, le système de Pédrillo qui auroit été établi sur l'idée

de la non-exiſtence de toutes choſes. De là , plus
de mœurs, plus de loix, plus de religion. Comment
les curés pourroient-ils exiger des offrandes & la
dîme d'un homme qui n'exiſteroit pas? comment
pourroit-on juger & condamner un accuſé qui
prouveroit , par un long raiſonnement, qu'il
n'étoit pas, dans le tems qu'on l'accuſe d'avoir
commis le crime pour lequel on veut le punir?
Il eſt heureux pour l'humanité , que Pédrillo n'eût
pas une teinture de philoſophie ſpéculative. Au
lieu de raiſonner long-tems ſur la cruauté de ſa
ſituation, il s'occupa des moyens d'en ſortir...
Mon maître, ſe dit-il enfin, doit être d'autant
plus impartial dans cette affaire , qu'il a dormi
tout le tems qu'a duré l'aventure : il pourra mieux
que perſonne me tirer de ce labyrinthe.

Nous n'examinerons point ſi le remède que
trouva Pédrillo convenoit à ſa ſituation. Pour
éviter toutes les recherches que nous pourrions
faire ſur l'eſprit *agiſſant & ſouffrant* , nous ferons
une petite pauſe pour paſſer à un chapitre plus
intelligible.

CHAPITRE

CHAPITRE X.

L'illusion peut être avantageuse.

Pédrillo se détermina à éveiller son maître, qui devoit l'aider à sortir de la perplexité où il se trouvoit. Le valet prit mal son tems. Don Silvio étoit occupé d'un rêve si agréable qu'il n'en auroit jamais voulu sortir--. Malheureux ! s'écriat-il en s'éveillant, dans quelle circonstance viens-tu me troubler ?

Par tous les diables ! Seigneur don Silvio, il n'est pas question de rêver actuellement. Il y a des histoires bien réelles sur le tapis......... Je vous prie, mon cher maître, je vous conjure, au nom des bontés que vous avez toujours eues pour moi, de me dire bien sincèrement si je suis véritablement Pédrillo ou non. Ceux qui ont dit que tout étoit au mieux, ont dit une sottise.

Tu extravagues, mon cher Pédrillo. Qui peut te faire penser que tu sois un autre que toi même ?

Dites-moi seulement, avant toute chose, si je suis bien moi. Les raisons de ma demande vous seront développées avec le tems ; mais il faut d'abord répondre à ma question, & répondre directement. Vous verrez que l'affaire eft plus importante que vous ne vous l'imaginez.

Pourquoi, imbécille, ne ferois tu plus Pédrillo? Il y a vingt-cinq ans que tu l'es fans avoæ perdu ta forme ordinaire.

Regardez-moi bien, monfieur, confidérez-moi de la tête aux pieds, & atteftez-moi la vérité de mon exiftence avec autant de franchife que j'ai attefté que vous étiez gentilhomme.

Il eft auffi certain, te dis-je, que tu es Pédrillo, qu'il eft vrai que je fuis gentilhomme.

Allons, puifque vous le dites, il faut le croire. Tout eft dans l'ordre. A vous dire vrai, monfieur, j'ai bien une efpèce de preffentiment, de certaines notions qui me confirment que vous avez dit la vérité. Mais il m'eft arrivé des chofes fi fingulières, fi étonnantes, qu'il ne feroit pas étrange que j'euffe oublié jufqu'au nom que je porte.

Que t'eft-il donc arrivé? Sois bref: je t'en fupplie.

Monfieur, reprit Pédrillo d'un air grave, cela ne fe raconte pas fi vîte. Il eft plus aifé à un docteur de faire cent queftions dans une minute, qu'il ne l'eft à un écolier d'y répondre dans un jour. Si vous m'accordez du tems, je vous promets de vous raconter clairement tout ce qui s'eft paffé. J'ai encore tout cela bien préfent à la

mémoire. Il me semble vous voir dormir; il me
semble voir cette petite brunette vous contempler en souriant, vous fixer d'un air fripon, &
me lancer des coups d'œil d'une vivacité.. ... ...
Ah! j'en fuis tout pétrifié......... Au moment
qu'elles font montées fur leurs mulets,.. .. ..que
je meure fi je ne croyois pas que cette même
petite brunette portoit mon cœur en croupe....

N'abufes pas de ma patience, lui dit Silvio
qui n'entendoit rien à tous ces propos. Racontes-
moi avec ordre tout ce qui t'eft arrivé depuis
l'inftant où je me fuis endormi.

Voilà précifément mon deffein; mais à condition que vous ne vous impatienterez pas. J'ai
tant de chofes à raconter, que je ne fais en
vérité par où commencer. Mon efprit eft fi plein
de ce que j'ai vu..... Mais puifque vous voulez
que je commence, apprenez donc, monfieur,
qu'il n'y avoit pas long-tems que vous étiez endormi, que j'ai été furpris par des baillemens,
aaaah, des baillemens, aaaah, fi ennuyeux, que
j'étois obligé de chercher à me diftraire, parce
que je ne voulois pas m'endormir. Mon projet
étoit de veiller pendant le fommeil de monfieur.
J'ai lutté long-tems, mais en vain. Enfin, j'ai pris
le parti de boire encore trois ou quatre coups de
Malaga. Peu à peu le flacon diminuoit fans que
mon envie de dormir fe diffipât. Je fentois mes

N ij

yeux s'appéfantir. Fatigué de refter tant de tems
à capituler avec le fommeil........

En vérité, fi tu ne viens plus vîte au fait,
je mourrai avant d'avoir entendu la fin de ton
hiftoire. Allons, tu as dormi; & puis tu t'es
éveillé : ou bien n'as-tu vu qu'en fonge toutes
les fingularités que tu veux me raconter? Tu
aurois pu dire tout cela en trois mots. Avançons.

Oui, vraiment, avançons. Le moyen d'avancer
fi vous m'interrompez à chaque mot!... Où en
étois-je ?.. Ha, ah, c'eft où je m'endormois.

Pourquoi donc t'arrêter à l'article du fommeil,
puifque te voilà réveillé?

Ne faut-il pas s'endormir pour fe réveiller?
Puifque vous le voulez ainfi, continuons. Je me
fuis donc enfin réveillé; & à vous dire vrai, je
dormirois peut-être encore, fi je n'euffe été interrompu par de certaines chofes... qui preffoient..
Je ne fais comment tourner cela pour le dire poliment.

Vîte, vîte.

Chaque chofe en fon tems, monfieur; or donc
je ne pouvois me débarraffer du fommeil. Je me
tournois & me retournois, tantôt d'un côté,
tantôt de l'autre.... Ma foi je me fuis avifé de
me frotter les yeux...

Tu me fais mourir. Falloit-il que ma malheureufe deftinée me donnât pour compagnon...

Je ferois fâché, monfieur, d'abufer de votre patience. Les chofes viennent peu à peu. Pour raconter mon hiftoire d'une manière intelligible, je ne puis omettre aucune des circonftances qui l'ont précédée, parce que vous jugerez de là que je jouiffois de toute ma raifon. Mais puifque cela vous ennuie, j'abrégerai pour venir au fait.

A merveille, Pédrillo, je t'écoute avec plaifir.

Apprenez donc, mon cher maître, qu'au fortir de mon fommeil, au moment que je me propofois d'aller découvrir ce que vous faifiez, j'ai vu... Devinez ce que j'ai vu?

Tu as vu dans une fontaine le plus fot, le plus imbécille, & le plus infupportable valet qui 'ait exifté en Efpagne.

Vous n'y êtes pas, monfieur. J'ai vu... J'ai vu... une fée... Mais la plus belle fée qui aît habité dans le monde des fées. Elle étoit mille fois plus belle que madame Rayonante, fi ce n'étoit elle-même. Elle furpaffoit tout ce que vous m'avez dit des Bellines, des Charman-tines, &c.

Une fée, dis-tu? Et d'où peux-tu favoir qu'elle étoit fée?

D'où je peux le favoir? Vertubleu? monfieur, me prenez-vous pour un ignare, pour un homme qui n'a jamais rien vu? Quoi! je ferois depuis tant de tems à votre fervice, & je ne faurois pas

N iij

diftinguer une fée d'avec un autre être? Pédrillo
ne connoît pas une fée! je vous dis, monfieur,
que fon vifage étoit auffi refplendiffant que s'il
eût été taillé tout entier dans une efcarboucle.
Elle répandoit tant de clarté à deux ou trois milles
à la ronde, qu'on auroit dit que le ciel étoit parfemé de foleils. Si ce n'étoit pas une fée, vous
pouvez hardiment jeter au feu tous vos contes
de fées, & dire qu'il n'en fut jamais & que
jamais il n'y en aura.

Cela fuffit. Dans quel endroit l'as-tu vue, &
que faifoit-elle?

Ce qu'elle faifoit? Tubleu! Elle vous regardoit, vous obfervoit, vous examinoit & vous
fixoit. Elle étoit debout tout près de vous. Elle
fe baiffoit de tems en tems, & vous regardoit
toujours avec complaifance.

Étoit-elle feule?

Oh! voilà la principale circonftance. Si elle eût
été feule, le cas n'auroit pas été fi embarraffant; &
je crois que j'aurois depuis long-tems fini mon
hiftoire. Avec cette fée étoit une autre petite fée
ou nymphe qui me regardoit toujours, & mes
regards étoient fixés fur fa jolie petite taille.

Ne pourrois-tu pas me dire à-peu-près comment
étoit fa figure, ou à qui elle reffembloit? Je
pourrai peut-être deviner qui elle eft.

C'est une drôle de petite nymphe, ses yeux sont noirs comme du jais.

Je te demande comment étoit faite la fée, s'écria don Silvio d'un air impatient.

C'est ce que je disois, monsieur. Elle étoit tout à-fait gentille. Ni trop grasse ni trop maigre; mais d'un embonpoit appétissant; fraîche comme les roses qui l'entouroient; un teint d'incarnat, fleuri comme les prairies que vous voyez... Une gorge... des bras... Ah! monsieur, comme tout cela me paroissoit potelé. Je ne puis vous dire quelle étoit ma situation : je l'ignore moi-même. La dame Beatrice comparée à cette nymphe n'est qu'une pagode. Si j'avois vu la brunette la première, la femme de chambre de madame votre tante n'auroit jamais fait faire tic tac dans mon cœur.

Je veux, te dis-je, que tu me parles de la fée; & tu ne penses qu'à celle qui l'accompagnoit.

Eh! De quelle autre pourrois-je vous parler, monsieur? Je n'ai pas même eu le tems de la considérer à mon aise. Je donnerois toutes choses au monde que vous l'eussiez vue vous-même. Je l'aurois regardée des années entières sans me lasser...

Mais la fée?

La fée?

Oui.

N iv

Pour ce qui regarde la fée, elle étoit debout vis-à-vis de vous, comme j'avois l'honneur de vous le dire tout-à-l'heure. La petite alloit & venoit. Je decouvrois à chaque inftant dans fa figure, quelque chofe de joli qui me donnoit des diftractions... Ne vous ai-je pas dit, dès le commencement que la fée étoit d'une beauté furprenante! Je penfe que les diamans & les efcarboucles qui étoient parfemés dans fa frifure, valent au moins deux ou trois royaumes. Sa tête jetoit tant d'éclat qu'on ne pouvoit la regarder fans être ébloui... mais la plus petite...

Bon. Mais, N'a-tu rien ouï? Ne fe parloient-elles pas? Que difoit la fée?

Elles difoient de bien belles chofes. J'ai retenu mot à mot toute leur converfation. — Il faut convenir, difoit une d'elles, que le jeune cavalier qui s'eft endormi fous ces rofiers a une figure bien prévenante. — Cela eft vrai, madame, répondoit l'autre. Il n'y a pas à Valence un feul homme d'auffi bonne mine. — Mais, qui pourroit-il être, a ajouté la fée? — Madame, a répondu la petite, il y a apparence qu'il a été tranfporté ici par quelque pouvoir magique. Nous connoiffons tous les meffieurs du voifinage, & il n'y en a aucun d'auffi bien fait..

Si elles ont dit tout cela, mon cher Pédrillo, il y a à parier que ce n'étoient pas des fées. Ce font des aventurières. Les fées ne s'exprimèrent jamais ainsi.

Je l'ai soupçonné comme vous, monfieur, & c'eft ce qui m'a enhardi à les approcher & à leur parler; mais les grands yeux de la petite & les diamans de la fée m'ont ébloui... A propos, j'oubliois une circonftance effentielle : c'eft qu'il y avoit des falamandres qui les attendoient dans le chemin que vous voyez là-bas.

Dès falamandres ? Tu m'étonnes.

Oui, monfieur, des falamandres habillés de fept à huit couleurs. Elles étoient auprès des mulets qui devoient tranfporter les fées.

Tu te trompes : ce n'étoient pas des fala- mandres. Je vous promets que fi, monfieur; des falamandres vivans en corps & ame. Dès que les deux dames ont été remontées fur leurs mulets, ils fe font envolés & ont difparu dans un clin d'œil.

Pédrillo, ou tu veux t'amufer aux dépens de ton maître, ou les vapeurs du malaga ont fafciné tes yeux au point de te faire prendre pour des vérités les chimères que tu me racontes. Depuis qu'on lit les hiftoires des fées, & depuis que les fées elles-mêmes exiftent, on n'a jamais lu ni ouï dire qu'elles voyageaffent fur des mulets. Si tu difois encore, qu'elles étoient dans une voiture d'or ou fur un char d'ivoire traîné par des mulets ailés, à la bonne heure, on te croiroit fans diffi-

culté. Mais, quand tu me diras qu'une fée ne
voyage pas avec plus d'appareil qu'une femme
ordinaire, on te répondra que tu ne t'y connois
pas. Ta prétendue fée est sûrement une dame
qui possède quelques terres dans ce canton. Ta
nymphe aux yeux noirs est sa femme de chambre.
Et ceux que tu as pris pour des salamandres étoient
quelques laquais ou quelques piqueurs qui se-
roient, je te jure, bien embarrassés s'il leur falloit
courir d'un pole à l'autre dans l'espace de quatre
ou cinq minutes.

Monsieur, reprit tristement Pédrillo, je me
flattois de mériter plus de confiance de votre part.
Je n'aurois pas pensé que vous me croiriez capable de vous en imposer. Si les salamandres que
j'ai vu auprès des mulets n'étoient pas des salamandres, peu m'importe; mais pourquoi vou-
drois-je vous tromper & dire une chose pour
l'autre. L'homme de feu que vous avez pris la
nuit dernière pour une salamandre, n'étoit pas
la dixième partie aussi salamandre que celles que
j'ai vues ici. La dame étoit positivement une fée,
si ce n'étoit même votre princesse; car elle ressembloit beaucoup au portrait que la fée Rayonante vous a donné.

Tu rêves encore, mon cher Pédrillo.

Ma foi, monsieur la chose est telle que j'ai
l'honneur de vous le dire... Faites-moi voir, s'il

vous plaît, le portrait de la princesse... Peste! elles
se ressemblent comme deux gouttes d'eau. Il n'y
a de différence que dans la grandeur, car il est
certain que ce portrait ne couvriroit pas même la
main de celle que je viens de voir... Je jurerois
que c'est elle-même.

Pédrillo, si toutes les chimères qui accom-
pagnent ton histoire, ne suffisent pas pour te convaincre que tu n'as vu qu'en songe tout ce que tu
viens de me raconter, tu n'as qu'à m'écouter, & ton
illusion se dissipera... Je suis aussi certain qu'il
est vrai que j'existe que ce portrait ne ressemble
à personne qu'à ma princesse. Or, il est impossible
qu'elle puisse cesser d'être papillon avant que je
l'aie trouvée & que je lui aie arraché la tête &
les ailes; donc il est également impossible que
la personne que tu as vue soit ma princesse. Voilà
le plus clair des argumens possibles. Euclide ne
l'auroit pas proposé avec plus de netteté.

Je n'entends rien aux argumens, monsieur,
mais ce que j'ai vu, je l'ai vu. Lorsque je tiens
un oignon, tous les licenciés & bacheliers de
l'université de Salamanque voudroient me persuader que cet oignon est un gigot de mouton,
que je ne les croirois pas. Pourquoi cela? Parce
que mes yeux sont mes yeux, & que personne ne
peut mieux savoir que moi que ce que je vois, est
ce que je vois. Monsieur croira ce qu'il jugera à

propos de l'hiftoire que je viens de lui raconter.
Le tems développera qui de nous deux a raifon.
Je penfe que la fée ne s'en tiendra pas à une feule
vifite. Elle m'a paru faire une petite mine qui fi-
gnifioit qu'elle méditoit quelque chofe ; & je
crois qu'elle a été fâchée d'apprendre que vous
étiez amoureux d'un papillon enchanté.

Tu lui as donc confié que j'étois amoureux?
Si je ne devois pas le dire, répondit Pédrillo effrayé, je vous en demande mille pardons, monfieur. Je ne fais moi-même comment cela m'eft
échappé. Mais la petite brune avoit un ton fi
mielleux, qu'elle m'a féduit. La friponne! il y a
apparence qu'elle m'avoit enchanté. J'ai penfé
que puifqu'elle étoit une fée, elle favoit d'avance
de quoi il étoit queftion; & qu'il feroit dangereux de ne pas répondre pofitivement à toutes
fes queftions.

Elle t'a donc queftionné?... Et tu lui as tout
avoué?

Oui, monfieur, mais feulement en gros, fans
entrer dans aucun détail. J'ai même fi bien brodé
les chofes qu'elle n'y auroit rien compris, fi elle
n'eût été une fée. Mais comme j'ai déjà dit, la
petite avoit l'air de tout favoir avant que j'euffe ouvert la bouche. Je parie qu'elle ne m'a queftionné
que pour voir fi je lui répondrois fincèrement

Que difoit à tout cela celle que tu croyois être
une fée?

Elle paroiſſoit inquiète & vouloit s'en retourner. Que penſera mon frère, diſoit-elle de notre
longue abſence? Il eſt tard, partons. En diſant
cela, elle a jeté ſur vous un regard plein de vivacité, & elle paroiſſoit avoir des inquiétudes

O ciel! s'écria Silvio en pâliſſant. Il me ſemble
voir tomber un voile de devant mes yeux. Pédrillo, j'ai un ſecret preſſentiment que cette fée
eſt la ſœur du Nain-vert.

Faſſent les dieux que vous n'ayez pas deviné!
Je me rapelle pour ſurcroît de malheur que ſon
juppon de deſſous étoit de tafetas vert, & que ſon
corſet étoit doublé d'une étoffe de la même couleur. Parbleu! Je ſuis un grand nigaud de lui avoir
dit tant de choſes. Mon intention n'étoit pas
mauvaiſe .... Mais ce petit minois frippon ....
Qui pourroit-il être?

Plus je réfléchis aux circonſtances qui accom-
pagnent ton récit, mieux je vois que mes conjectures ſont vraiſemblables. Non, je ne puis plus
douter que ce ne fût cette déteſtable Mergéline.

Mais, monſieur, cette fée étoit plus brillante
que l'Aurore, plus belle que Vénus; & Mergéline,
ſauf le reſpect que je vous dois, eſt la plus laide
de toutes les créatures. Comment accorder cela?

La fée Fanfreluche, ſa tante, a aſſez de pouvoir
pour lui donner la forme qu'elle juge à propos;
& ce n'eſt pas ſans deſſein qu'elle lui a donné,

cómme tu me l'affures, de la reffemblance avec
mon adorable princeffe. Cet article eft très-vrai,
monfieur. S'il dépend de cette tante Fanfreluche de
donner à fa nièce le degré de gentilleffe qui lui
plaît, pourquoi ne la rendit-elle pas belle le jour
qu'elle vint à Rofalva. Elle vous croyoit fans doute
partifan des boffes & des cheveux couleur de feu.
C'étoit en vérité avoir bien mauvaife opinion de
votre goût.

On a eu des raifons pour tout cela, reprit don
Silvio. Crois-tu que cette laide ne s'imagine pas
être une beauté accomplie ? Elle ne penfe pas que
ma belle princeffe ait fur elle le moindre avantage.
L'amour-propre eft la paffion dominante des fées.
Il a l'art de métamorphofer fans avoir recours aux
baguettes ni aux talifmans. Quand je me rappelle
ce qui s'eft paffé dans le jardin de la fée Rayonante, & que je me reffouviens de l'aventure
que j'ai eue avec la fylphide : j'ai tout lieu de
craindre......

Fort bien, monfieur, interrompit Pédrillo. Si
la belle dame qui vous a regardé fi attentivement
eft dona Mergelina, ce n'eft pas ma faute ; je n'ai
pu l'empêcher ; mais je vous demande grace pour
la petite aux yeux noirs qui l'accompagnoit......
Je ne fais de quel œil je l'ai regardée...... mon
cœur me dit tout bas que la forme fous laquelle
je l'ai vue étoit véritablement fa forme naturelle.

Je confens à me laiffer couper les oreilles s'il eft poffible de trouver dans l'univers deux yeux, une bouche, un petit nez qui lui aillent auffi bien que ceux qu'elle avoit. En un mot, je ne fouffrirai jamais qu'on lui joue un mauvais tour. Si vous voulez la faire métamorphofer, je confens qu'elle devienne oranger & rien autre chofe : encore y mets-je cette condition qu'on me changera en abeille, & qu'aucun autre infecte de cette efpèce, foit frélon, guèpe, ou bourdon, n'aura le privilège de l'approcher au moins de cent pieds cubes à la ronde.

Que l'amour eft ingénieux ! Je te confeille cependant, mon ami, de ne pas te repaître d'efpérances chimériques. Le Nain-vert a fouvent pris la forme d'une belle nymphe. N'oublie pas ce qui m'eft arrivé ce matin à moi-même. La feule chofe qui me confole, c'eft qu'elles m'ont laiffé le portrait de ma princeffe.

Je penfe, monfieur, que c'eft à moi que vous devez en avoir l'obligation. Quand elle fe font approchées de vous, elles avoient fûrement projeté de vous l'enlever ; mais je fuis venu à tems. Le petit lutin me faifoit des mines...... Elles chuchotoient entr'elles fans vous perdre de vue. Mais elles ont été ftupéfaites quand je me fuis avancé. Un autre n'auroit peut-être pas eu tant de hardieffe au moins ?

Fort bien, reprit Silvio en se levant pour continuer sa route. Je suis heureux de m'en être si bien
tiré... La soirée me paroît agréable, nous pourrons
faire quelques milles avant l'obscurité. Nous
découvrirons peut-être dans peu ce que signifie
l'apparition que tu as eue.

Pédrillo qui n'étoit jamais court dans la conversation, saisit l'occasion que lui présentoit le mot
signifié pour disserter en chemin sur-tout ce qu'on
appelle signification & pressentiment. Il rappela
toutes les histoires qu'il avoit ouï raconter dans
son enfance, sans remarquer que son maître ne
l'écoutoit pas. Pourvu qu'il pût satisfaire son envie
de parler, il ne se soucioit guère qu'on ne l'écoutât
pas. Il avoit cela de commun avec certains poëtes
qui, quand ils vont voir leurs amis, commencent
à se placer, tirent leurs manuscrits & les lisent
sans remarquer qu'ils ennuient leurs auditeurs,
que l'un d'entr'eux dort, que l'autre baille, &
que tous sont insensibles à leur enthousiasme.

CHAPITRE

CHAPITRE XI.

Dans lequel don Silvio paroît avantageusement.

Nos voyageurs avoient à peine fait une demi-lieue, qu'ils entendirent partir assez près d'eux, deux coups de pistolets qui furent immédiatement suivis de plusieurs cris de désespoir.

J'entends une voix qui appelle du secours, dit don Silvio : il faut y aller, & voir si nous pourrons rendre quelque service au malheureux.

Pédrillo étoit aussi courageux & aussi intrépide au grand jour, qu'il étoit poltron pendant la nuit. Il suivit courageusement son maître. Dès qu'ils eurent fait soixante pas, ils apperçurent dans un champ bordé de haies, trois jeunes cavaliers à cheval, qui étoient poursuivis à perte d'haleine, par sept autres dont les quatre premiers étoient bien montés. Don Silvio, sans faire attention au danger, vola hardiment au secours des plus foibles. Il jeta aussi-tôt les yeux sur un jeune homme de bonne mine qui combattoit contre trois avec la valeur qui est naturelle à un espagnol, lorsqu'il en vient aux mains pour sa maîtresse. Un moment

Tome XXXVI. O

plus tard , la bonne volonté de notre héros
eût été inutile. Un des adverſaires du jeune cavalier étoit ſur le point de porter un coup mortel à
ſon ennemi , lorſque don Silvio ſe précipita entre
les deux combattans , & détourna adroitement le
glaive qui alloit décapiter le jeune écuyer.

Quoique notre jeune chevalier fût de ſang froid ,
& qu'il ne parût nullement avide de carnage , il
combattit avec tant de bravoure , & vainquit
avec tant de facilité , qu'il inſpira du reſpect & de
la terreur à ſon adverſaire.

Pédrillo de ſon côté , n'étoit pas oiſif. Il eſt
vrai qu'il n'avoit pour toute arme qu'un gros bâton
d'épine , mais il ſut s'en ſervir avec tant de dexté-
rité , qu'il eut la ſatisfaction de voir tomber à ſes
pieds deux de ſes ennemis. La victoire ſe déclara
tout-à-fait en faveur du parti que ſoutenoient nos
voyageurs. Les ennemis abandonnèrent deux de
leurs camarades dangereuſement bleſſés , & ſe
ſauvèrent par une prompte fuite.

Dès que le combat fut fini , don Silvio chercha
des yeux le jeune cavalier pour qui il s'étoit ſi
généreuſement intéreſſé , afin de le féliciter ſur
ſon triomphe ; mais celui-ci avoit couru vers une
jeune dame qui s'étoit évanouie à peu de diſtance
du champ de bataille , dans les bras de ſes femmes.
Il eut mille peines à la faire revenir à elle-même.
On n'auroit pu deviner , à la conduite du jeune

homme, & par les soins qu'il prenoit pour cette
dame, si elle étoit sa sœur ou son amante. Aussi-tôt
qu'elle eut repris l'usage de ses sens, il lui dit: » ma
chère Hiacinte , si votre liberté & la vie de votre
ami ont quelque prix à vos yeux, rendez grace à ce
brave chevalier: il est mon libérateur : nous
devons tout à sa générosité.

A ces mots , don Silvio s'approcha de la dame
avec un air noble & honnête. Son maintien étoit
celui d'un héros modeste & généreux qui jouit
intérieurement du plaisir d'avoir servi l'humanité.
Après avoir salué respectueusement la jeune
dame , il lui témoigna, en termes que nous ne
pouvons rendre , sa satisfaction d'avoir con-
tribué à sa délivrance. La belle étoit foible , &
ne pouvoit encore répondre que par ses gestes :
mais don Eugenio , c'est ainsi que s'appeloit le
jeune cavalier , & don Gabriel , son ami , qui lui
devoient l'un & l'autre la vie, lui témoignèrent
leur reconnoissance avec la plus grande énergie.

Don Silvio considéra attentivement la jeune
dame , & fut étonné de sentir à son aspect une
certaine émotion , parce qu'il étoit fortement
persuadé qu'aucune femme au monde ne pouvoit faire impression sur son cœur, où la belle
princesse régnoit avec tant d'empire. La jeune
personne ne paroissoit avoir que dix-huit ou dix-
neuf ans. Elle n'étoit pas d'une beauté accomplie;

mais elle avoit dans la phyſionomie un air de candeur & d'honnêteté qui fait plus d'impreſſion ſur les ames ſenſibles que la parfaite régularité des traits. Au premier abord, on ne pouvoit s'empêcher de s'intéreſſer à elle. Son regard étoit touchant, ſa voix flexible & ſonore. Le nuage de triſteſſe qui couvroit ſon viſage ne pouvoit dérober aux yeux du ſpectateur le ſourire d'innocence qui ſe formoit ſur ſes levres demi-cloſes.

Don Silvio parut ſentir l'effet que devoient produire ces charmes. Eugenio s'en ſeroit infailliblement apperçu, & en auroit pris de l'ombrage, ſi la douleur des bleſſures qu'il avoit reçues au combat, ne l'eût tout-à-fait abſorbé. On travailla ſur le lieu même à mettre le premier appareil. Spectacle cruel pour une amante! Hiacinte ne levoit pas les yeux de deſſus don Eugenio. Dieux! Quel fut ſon effroi, lorſqu'elle vit couler le ſang à gros bouillons. On auroit dit que ſon ame s'anéantiſſoit. Son cœur trop ſenſible ne put réſiſter à ce ſpectacle. Elle fit un effort pour prononcer le nom d'Eugenio, & perdit une ſeconde fois connoiſſance. D'où notre jeune Héros préſuma que Eugenio & la belle Hiacinte s'aimoient tendrement. Il ſe perſuada que cette dame étoit une princeſſe, & que ſon amant avoit un rival qui avoit voulu lui ôter la vie pour ſe rendre maître de ſa maîtreſſe. Cette idée redoubla l'intérêt qu'il avoit pris au sort de ces jeunes inconnus.

Les deux blessés & les autres témoins de l'évanouissement d'Hiacinte volèrent à son secours. Ils oublièrent le danger où ils étoient pour ne penser qu'à soigner la belle. Ce ne fut qu'à force de respirer du sel d'Angleterre, qu'elle recouvra ses esprits. Après s'être livrés à la joie, don Eugenio & don Gabriel firent panser leurs plaies. Dès que cette douloureuse opération fut faite, on parla de partir. Le jour commençoit à baisser; & pour ne pas s'exposer, on résolut de passer la nuit dans la première auberge qu'on rencontreroit. D'ailleurs la dame étoit encore si foible, qu'on n'auroit pu lui faire faire un mille sans s'exposer à altérer sa santé. Elle & les deux blessés n'avoient besoin que de repos. Don Silvio leur offrit de les accompagner pour plus de sûreté. Eugenio reçut avec joie cette marque d'amitié & d'honnêteté. Il étoit inquiet de savoir qui étoit le brave chevalier auquel il devoit la vie. Après beaucoup de complimens, don Eugenio se plaça dans la voiture à côté d'Hiacinte, & donna son cheval de monture à notre jeune chevalier.

Pédrillo qui n'avoit pas ouvert la bouche depuis la fin du combat, paroissoit stupéfait. Il promenoit ses yeux étonnés sur tous les objets qui l'environnoient, & recevoit d'un air satisfait

tous les complimens que lui faisoit don Eugenio
sur sa bravoure. Ce ne fut qu'à force de sollicita-
tions qu'il consentit à monter dans une seconde
voiture où il y avoit des femmes qui lui impo-
soient du respect & qui restreignoient l'envie
qu'il avoit de parler.

CHAPITRE XII.

Ils arrivent dans une auberge.

ON avoit marché si lentement qu'il étoit dix
heures lorsqu'on arriva devant une auberge dont
la porte étoit fermée. Nos voyageurs firent tant
de carillon que l'hôte se douta que c'étoit des
gens de qualité qui, se trouvant trop tard en
route, vouloient passer la nuit dans sa maison.
Lorsqu'on lui demanda à souper, il répondit que
tout son gibier avoit été consommé la veille, que
les oiseaux de proie avoient dépeuplé son co-
lombier, que les belettes avoient détruit sa vo-
laille & mangé les œufs qu'il conservoit; mais
que le lendemain à l'heure du dîner il auroit de la
viande de boucherie toute fraîche. J'aurai l'honneur, ajouta-t-il, de vous servir un repas délicat
tel que des personnes de votre état le méritent.

Ma maifon eft toujours la retraite des voyageurs de qualité. Avant-hier nous eûmes l'honneur de loger monfieur le comte de Leyra, & lundi dernier madame la duchefe de Medina Sidonia avec toute fa fuite.

Monfieur l'aubergifte auroit parlé toute la nuit fi on eût été difpofé à l'écouter ; mais la perfonne la plus intéreffante de la compagnie avoit befoin de repos ; & on fe confola des défaftres arrivés dans la baffe-cour de l'hôte.

Pédrillo & le valet de chambre de don Eugenio allèrent à l'écurie pour faire panfer les chevaux & les mulets de leurs maîtres. Il n'y trouvèrent aucune efpèce de fourrage : l'année avoit été pluvieufe.

Dona Hiacinte demanda la permiffion de fe coucher après avoir renouvelé fes remercîmens aux défenfeurs de fa vie.

Don Silvio accompagna les deux bleffés dans leur chambre, leur fouhaita une bonne nuit & fe retira.

Eugenio & fon ami don Gabriel étoient inquiets de favoir qui étoit Silvio. Ils avoient hafardé, autant que la bienféance le leur avoit permis de petites queftions auquel notre héros n'avoit jamais répondu qu'à double fens. Ils conjecturèrent que ce jeune homme étoit un aventurier d'une efpèce fingulière. Sa bonne mine & fa valeur parloient en faveur de sa naissance ; mais il n'avoit pas cet air aisé, maniéré & prévenant qu'on appelle le ton de la bonne compagnie, & dont les jeunes gens de qualité font usage dans les principales villes d'Espagne. Nos gentilshommes remarquèrent encore la singularité de l'accoûtrement de don Silvio. Le grand sabre qu'il portoit à son côté, n'échappa pas à leur vue. Tout cela formoit un assemblage si burlesque qu'ils ne savoient guère à quoi s'en tenir.

Pendant que les deux cavaliers prenoient des mesures pour satisfaire leur curiosité, notre héros s'applaudissoit d'avoir pu rendre quelque service à une des plus aimables princesses du monde ; & aux jeunes princes ou chevaliers qui l'accompagnoient. Comme don Silvio ne doutoit pas qu'il n'y eût dans le voisinage quelque puissante fée qui s'intéressoit au sort de ceux qu'il avoit secourus, il se flatta que cette immortelle lui accorderoit sa protection, & qu'elle prendroit quelque part à sa destinée. Ces réflexions le conduisirent insensiblement à penser à sa chère princesse. Il embrassa son divin portrait, réfléchit à sa triste métamorphose & aux pièges que lui tendoit la fée Fanfreluche. Il passa deux heures à gémir & à déplorer son infortune. Des songes agréables succédèrent peu à peu à ces sinistres pensées, & il s'assoupit dans une meilleure assiette.

CHAPITRE XIII.

Tête-à-tête.

Tandis que la princesse dormoit ainsi que les jeunes cavaliers de sa suite, Pédrillo, que, comme nous l'avons déjà remarqué, toutes les circonstances présentes intriguoient, ne put résister à l'envie de faire connoissance avec mademoiselle Thérèse. Heureusement qu'il n'y avoit alors personne dans l'hôtellerie qui fût en état de lui disputer l'avantage d'un tête à-tête.

Pédrillo profita de l'occasion & se lia avec la femme de chambre de la belle Hiacinte. Il fut la trouver à la cuisine, où elle étoit allée voir le souper frugal qu'on lui préparoit. Tandis qu'on lui réchauffoit un vieux civet de lièvre, il entama la conversation. D'abord mademoiselle Thérèse ne parut pas faire attention à ce que disoit Pédrillo. En affectant un air indifférent, elle avoit pour but de savoir peu à peu du valet qui étoit son maître. Pédrillo étoit aussi rusé qu'elle. Il résolut de lui faire acheter aussi cher qu'il le pourroit le secret qu'elle avoit envie de pénétrer; Il combina bien les choses, & se promit à lui-même de ne rien dévoiler jusqu'à ce

qu'elle lui eût raconté l'histoire de dona Hiacinte. Je n'enfreindrai pas, se disoit-il, la loi
que mon maître m'a imposée. Je serai discret.

La belle Thérèse s'apperçut qu'elle avoit affaire
à un garçon déterminé, & qu'il seroit impéné-
trable jusqu'à ce qu'elle l'eût instruit, la première, des aventures de sa maîtresse. Elle perdit,
par degré, de son sérieux, de son flegme & de
sa réserve. Elle satisfit la curiosité de Pédrillo
en racontant, d'une manière circonstanciée, tout
ce qui regardoit la belle inconnue. Le valet
apprit donc que dona Hiacinte ne possédoit rien
au monde que des charmes. Sa beauté lui tenoit
lieu de richesses & de naissance. On soupçonnoit
même qu'elle avoit été trouvée. La personne à
qui elle devoit sa première éducation, n'avoit
pu lui donner aucune connoissance sur les auteurs de ses jours. Pédrillo apprit avec étonnement que la belle Hiacinte avoit joué la comédie
pendant quelques années sur le théâtre de Grenade. Tous ceux qui l'avoient vue avoient été
épris de ses charmes. On pouvoit compter au
nombre de ses adorateurs l'élégant Ferdinand,
comte de Mazora. Ce jeune seigneur, dit Thérèse, a fait toutes les démarches possibles & des
dépenses infinies pour captiver le cœur de ma
maîtresse. Mais elle y a été insensible. Don
Eugenio de Lirias est le seul cavalier qui ait pu

émouvoir son cœur. Elle l'aime passionnément. Il y a lieu de croire qu'ils se marieront ensemble. Le projet de don Eugenio étoit, en faisant quitter le théâtre à ma maîtresse, de la mettre pour quelques mois au couvent à Valence. Ce tems-là révolu, il l'auroit insensiblement produite dans le monde sous un autre nom. Don Ferdinand, dont le cœur est toujours agité, apprit, quelques jours avant leur exécution, les projets de l'amant de ma maîtresse. Il fut informé du tems du départ de dona Hiacinte. Il quitta Grenade, résolut de poursuivre don Eugenio, & de se rendre possesseur de ma maîtresse. Toutes ses mesures étoient si bien combinées, qu'il nous a atteint aux environs de Montasa. Son projet n'a pas réussi. Notre bonne fortune a voulu que don Eugenio que nous croyions à Valence, vint au devant de nous avec son ami don Gabriel. Il ne s'imaginoit pas trouver son amante entre les mains de son rival. A peine fut-il près de nous, qu'il déclara hardiment qu'il consentiroit plutôt à perdre la vie que la belle Hiacinte. Il auroit vraisemblablement perdu l'une & l'autre, si sa bonne fortune ne lui eût suscité un puissant secours dans la personne du jeune chevalier, & dans celle de l'intrépide Pédrillo.

Après que la complaisante Therese eut achevé l'histoire de la belle Hiacinte, elle exigea que Pédrillo lui racontât à son tour les aventures de

son maître. Celui-ci avoit préparé des excuses.
Il se prévaloit de l'importance du mystère ; il
alléguoit la fidélité qu'il devoit à son maître &
le danger qu'il encourroit s'il commettoit une
indiscrétion de cette nature. Therese déploya
inutilement toute son éloquence. Elle eut recours
à mille expédiens qui auroient dû exciter la reconnoissance de Pédrillo. Celui-ci répondoit
toujours qu'un secret de l'importance du sien
ne pouvoit, tout au plus, être confié qu'à une
seule personne pour laquelle on n'avoit rien de
caché. Il exigea un prix si considérable, pour
dévoiler son secret, que mademoiselle Therese,
sans être une Lucréce, l'auroit pu trouver excessif.
Elle se trouva effectivement embarrassée. Elle
opposa ses réflexions à celles de Pédrillo, &
n'omit rien pour l'amener à un accommodement
plus raisonnable. Le valet persista à dire qu'il ne
pouvoit détailler les aventures de son maître que
dans un tête-à-tête. La demoiselle fut obligée de
sacrifier ses scrupules aux desirs qu'elle avoit d'apprendre l'histoire de don Silvio. Après avoir fait
promettre au valet qu'il n'abuseroit pas de sa confiance, ils se renfermèrent ensemble dans un cabinet, où on ne sait s'ils tinrent conscientieusement
leurs paroles.

CHAPITRE XIV.

Examen remarquable.

DON SILVIO avoit à peine dormi deux heures qu'il fut éveillé, ainsi que le rapporte l'histoire, par des légions de puces. Le lecteur ne nous accusera-t-il point d'écrire des futilités? Il n'eût dépendu que de nous d'employer quelque cause plus noble & plus élevée pour tirer notre héros du sommeil; mais nous aimons mieux sacrifier notre gloire, que de nous écarter de la vérité.

Tandis que notre héros s'occupoit à faire la guerre à ces insupportables insectes, il crut entendre dans la chambre voisine de la sienne, & qui n'en étoit séparée que par une mince cloison, la voix d'une femme. Il prêta l'oreille & entendit très-distinctement ces mots : *je n'y consentirai qu'à condition que vous me ferez voir le portrait de la princesse. Mais comment cela pourroit-il être possible*, répondit une autre voix. *Supposez que je me hasarde à aller dans sa chambre, pourrai-je arracher ce portrait qui est attaché à son cou, sans l'éveiller. Ciel! que deviendrois-je! où en serions-nous?*

Oh! point d'excuse. . . . . . . je n'aurois pas cru. Je vous le répète : je veux avoir le portrait; ou ne vous imaginez pas que je . . . . .

Ici les voix se baissèrent, & don Silvio qui en avoit trop entendu ne put se résoudre à écouter plus long-tems..... Quoi! s'écria-t-il, en se laissant tomber sur son chevet : on trame quelque chose de secret contre moi, contre ce qui m'est mille fois plus cher que la vie! Ah! Rayonante, hâte-toi de venir à mon secours, sinon, ma perte est assurée. Don Silvio prononça ces mots d'un ton si élevé, que Pédrillo & Thérèse se turent. La demoiselle, après avoir entendu appeler trois fois son confident, crut que le parti le plus sage étoit de se retirer. Elle ouvrit un petit cabinet attenant à sa chambre pour s'y cacher. Elle n'auroit pas voulu, pour les choses les plus précieuses, qu'on l'eût trouvée tête-à-tête avec un homme. Thérèse ne fut pas assez adroite pour se dérober à la vue de don Sivio, qui entra tout à coup dans l'appartement où étoit son domestique. Le génie le plus subtil auroit été embarrassé s'il se fût trouvé dans la place de Pédrillo. Tous les argumens qu'il auroit pu pousser, tant *in festino* qu'*in baroco* lui eussent été inutiles. Le simple instinct tira notre valet d'affaire.

Est-ce vous, monsieur, s'écria-t-il, en faisant semblant de sortir d'un profond sommeil...... Que vous est-il arrivé? Pourquoi vous vois-je de si bonne heure sur pied?

Habille toi promptement & suis-moi dans ma

chambre, répondit le chevalier, d'un air qui fit trembler son domeſtique..... Don Silvio ferma à clef la porte par laquelle mademoiſelle Thérèſe étoit ſortie.

Si vous me laiſſez ſeul, dit Pédrillo après avoir réfléchi un inſtant, je ſerai prêt dans un clin d'œil.

Ne perds pas de tems ſi tu ne veux pas encourir ma diſgrâce.

Pédrillo ne douta plus que ſon maître n'eût entendu l'entretien qu'il avoit eu avec Thérèſe. Il jura contre cette demoiſelle, & maudit mille fois le jour où il l'avoit vue pour la première fois. Cette Thérèſe qui lui paroiſſoit, deux heures auparavant, ſous un aſpect enchanteur, ne préſentoit plus à ſon imagination qu'un objet odieux. Il prit le parti d'en impoſer à ſon maître, à force de menſonges.

Après avoir pris la ferme réſolution de ſe laiſſer plutôt écorcher vif que de convenir du moindre mot, il entra dans la chambre du chevalier. Dès que don Silvio l'apperçut, il lui dit de fermer la porte au verrou. Et il commença ſon interrogation avec le ton dur & ſérieux d'un préſident de l'inquiſition.

Qui eſt la perſonne qui étoit avec vous dans votre chambre, il y a un inſtant?

Quelle perſonne, monſieur, répondit Pédrillo,

qui faifoit femblant de ne rien comprendre à la queſtion de fon maître ?

Coquin, s'écria Silvio, c'eſt préciſément ce que je veux ſavoir.

Je n'ai vu aucune autre perſonne que la vôtre, monſieur, lorſque vous avez ouvert la porte pour m'éveiller ; car j'imagine que vous ne voulez pas parler des punaiſes qui m'ont aſſiégé. Les maudits infectes ! je veux ne pas être honnête garçon, s'ils n'ont pas fait un tintamare dont je ſuis encore étourdi. Une demi-douzaine de matoux s'étoient donné rendez-vous au-deſſous de mes fenêtres, pour donner des ſérénades à la jeune chatte de l'hôtellerie...

Il n'eſt pas queſtion de plaiſanter. J'ai vu ſortir une perſonne de votre chambre : je l'ai entendue converſer avec vous ; & je veux ſavoir qui elle eſt.

Monſieur, reprit triſtement Pédrillo, je veux mourir tout-à-l'heure ſi je ſais que répondre à vos queſtions. Je ne vous contredirai pas. Si vous avez vu quelque choſe, c'eſt que vous êtes le bien-aimé des fées, & qu'elle vous ont favoriſé au point que vous voyez ſouvent beaucoup où les autres ne voient rien. Si j'ai vu quelques choſes, ce n'étoit qu'en rêve...

Maraud, dit don Silvio en tirant ſon ſabre, ne

ne crois pas que ton effronterie! conviens fur le champ de la vérité, ou tu es mort.

Ah! mon cher bon maître, s'écria Pédrillo, en fe jetant à fes genoux; au nom de dieu, épargnez ma jeuneffe, je confens à vous dire tout ce que je fais... Pourquoi me traiter avec cette cruauté?... Je vous fers depuis tant d'années... J'aurois traverfé les flammes pour vous plaire... Je vous conjure, à mains jointes, de rengaîner cet effroyable fabre. Je vous avouerai tout... Il eft pourtant bien trifte de mourir pour n'avoir rien vu! Oh! bienheureux faint Jacques, fi je mentois cette fois-ci... En vérité, monfieur quand vous m'auriez trouvé couché auprès de la femme de chambre de madame Hiacinte, vous ne me traiteriez pas avec plus d'inhumanité.

Vain détour. Me crois-tu affez infenfé pour m'imaginer que la femme de chambre d'une princeffe, voulût fe familiarifer avec un garçon de ton efpèce? Je te répète pour la dernière fois que le feul moyen de fauver ta vie, eft de m'avouer tout ce que tu fais. Sois fincère, je ne te ferai aucun mal. Mais je ne veux pas être trompé.

Je ne puis que vous répéter, monfieur, que je ne fais rien.

Réponds à mes queftions... N'y avoit-il perfonne avec toi dans la chambre?

Dix mille escadrons de punaises, comme j'ai déja eu l'honneur de le dire à monsieur, & pas une ame de plus.

Qui est donc la personne qui s'est esquivée quand j'ai entr'ouvert la porte?

Je l'ignore, seigneur don Silvio, parce que j'étois encore endormi lorsque vous m'avez appelé.

Il m'a semblé voir une femme; mais je n'ai pu fixer ses traits...

Morbleu! monsieur, c'étoit donc un esprit. Il n'y a rien d'impossible. En entrant dans cette maison je me suis méfié de quelque chose. Si vous avez véritablement vu quelque chose, & que cette chose ait disparu, ce ne peut être qu'un revenant qui a été assassiné dans cette chambre. Je ne voudrois pas pour un royaume en avoir vu autant. Je serois mort à l'instant.

Pédrillo parla d'un air si naïf & si simple que don Silvio pensa qu'il le soupçonnoit mal-à-propos... Mais, continua-t-il, si tu n'as rien vu, tu peux avoir entendu.

Vous savez, monsieur, que quand on est seul dans le coin d'une maison étrangère, on occupe son imagination de différentes choses. Quand bien même, j'aurois entendu quelque bruit, je ne m'yderois pas arrêté. Je n'oublierai jamais

combien vous vous moquâtes hier de moi, parce
que je voyois le géant à qui vous coupâtes bras &
jambes. Mais puisque vous convenez vous-même
que ce cabaret n'est pas une retraite bien assurée,
je ne rougirai pas de vous dire que j'ai senti,
pendant une grande partie de la nuit, une pesanteur sur mon estomac. Il me sembloit que
je portois un poids de cinquante livres, qui
m'ôtoit l'usage de la respiration. Quelque tems
après, j'ai cru entendre parler plusieurs personnes
à voix basse. J'aurois volontiers prêté l'oreille à
ce qu'elles disoient : mais j'ai eu tant de frayeur,
que je me suis enfoncé sous ma couverture où le
sommeil est venu à mon secours...Si je fais autre
chose que ce que je viens de vous dire, vous
pouvez me tuer, me faire tout ce que vous jugerez à propos...

Pédrillo, mon ami, répondit le chevalier,
avec un ton qui rassura son valet, je suis satisfait... Je n'exige rien de plus. Si tu savois quelle
est la cruauté, la malice & la noirceur de certaines
personnes, que je ne peux pas nommer, tu ne
seras pas étonné du courroux que je viens d'avoir.
Apprends que j'ai entendu former un complot
contre moi dans ta chambre. On se proposoit de
me ravir le portrait de mon adorable princesse.
Je suis assuré que tu n'es pas coupable d'une si
noire trahison; mais je te jure par mon sabre,

que j'ai entendu ta voix. Il y a apparence que l'une de celles qui veulent ma perte contrefaisoit ta voix afin de te faire passer dans mon esprit pour le plus scélérat des hommes.

Voilà qui est diabolique, monsieur : c'est porter la raillerie trop loin. Un honnête garçon qui se repose innocemment n'est donc pas en sûreté. Un impertinent Nain-vert ou quelqu'autre magicien n'a qu'à prendre la forme & la figure d'un galant homme, & aller ainsi commettre des vols & des assassinats, jusqu'à ce que l'innocent soit roué ou pendu... Mais, monsieur, que disoit le sorcier qui contrefaisoit ma voix.

Tranquillise-toi, Pédrillo. Je suis convaincu de ton innocence. Nous sommes parvenus l'un & l'autre à faire échouer leurs desseins. Referme vîte ton havresac : je ne veux pas rester une heure de plus dans cette maison.

Voudriez-vous partir sans prendre congé de la dame & des cavaliers à qui nous sauvâmes hier la vie. Ils étoient si occupés de leurs blessures qu'ils n'ont pas eu le tems de nous remercier en regle. Il me semble que la noble action de sauver la vie à quelqu'un mérite au moins un *dieu vous le rende.*

Je n'exige aucune reconnoissance de ce que j'ai dû faire. J'ai l'honneur d'être chevalier : mais quand je ne serois que d'une naissance ordinaire,

je réitérerois tous les jours la même action pour un
turc, pour un juif, ou pour un païen, si l'occasion
s'en présentoit. Quoique je sois curieux de connoître ces étrangers, & que j'eusse projeté d'attendre leur réveil, je suis obligé de changer de
résolution... Que je suis heureux de m'être éveillé
assez-tôt pour prévenir les désastres que j'allois
essuyer! Je suis sûr qu'une main invisible m'a tiré
du sommeil. Je ne suis pas à mon aise dans cette
maison. La fée Rayonante ne m'a promis sa protection qu'à condition que je chercherois ma princesse. Rappelles-toi que nous n'avons essuyé de
contre-tems que lorsque nous avons été dans
l'inaction.

Exceptez le trou aux grenouilles, où votre salamandre nous a fait cheoir.

Je crois que tous ces désastres ne nous sont
arrivés que parce que je n'ai pas strictement observé le vœu que j'ai fait de ne prendre aucun
repos avant d'avoir retrouvé ma chère princesse.
Enfin, Pédrillo, je ne puis me déterminer à rester
une heure de plus dans cette maison où Fanfreluche a peut-être des amis. Esquivons-nous
le plus doucement qu'il nous sera possible. L'aurore va paroître. Tout le monde dort encore. Si
nos ennemis sont sur pied, la fée Rayonante nous
enveloppera d'un nuage au travers duquel ils ne
pourront nous appercevoir.

P iij

Comme il vous plaira, monsieur, répondit Pédrillo, enchanté d'en être quitté à si bon compte...... Je parie bien que les puces qui nous ont tant inquiétés, ne sont pas des puces naturelles, mais autant de hérissons enchantés qui avoient ordre de nous écorcher vifs.

Le valet qui ne vouloit pas donner à son maître le moment de la réflexion, se hâta de fermer son havresac. Ils sortirent doucement du cabaret sans se mettre en peine du paiement de leur écot. Ils prirent tant de précaution, que personne ne les entendit. Mademoiselle Thérèse s'étoit mise au lit sans se douter qu'elle ne reverroit pas Pédrillo à son réveil.

CHAPITRE XV.

Ce qui se passoit à Lirias.

DON SILVIO ne se trouvoit jamais au milieu de plusieurs chemins qu'il ne gemît sur la perte de Pimpim qui étoit si bon guide. Il fut obligé de se déterminer lui même à choisir sa route : il prit celle qui l'avoit conduit au cabaret.

Puisque nos voyageurs marchèrent pendant quelque tems sans qu'il leur arrivât rien de remarquable, nous les laisserons suivre paisiblement leur chemin, pour raconter ce qui se passoit à Lirias.

Dona Félicia ne trouva pas son frère au château. Elle questiona les domestiques qui lui dirent que don Eugénio étoit monté à cheval avec son ami don Gabriel, & qu'ils n'avoient emmené pour toute suite que le valet de chambre du premier. Il étoit déjà tard & les cavaliers n'arrivoient point : dona Félicia en fut extrêmement inquiete. La prudente Laure fit ingénieusement tomber la conversation sur don Silvio. Ce souvenir charmoit toujours sa maîtresse. L'amour que son aspect lui avoit inspiré ne lui permettoit

plus de taire fes fentimens à Laure, qui avoit
affez d'efprit & de difcrétion pour mériter fa
confiance. La grande affaire étoit de favoir fi la
naiffance, les mœurs & le goût de don Silvio
répondoient aux fentimens de la belle Félicia,
que mille doutes agitoient : elle en fit part à fa
confidente. L'une & l'autre conclurent qu'il
n'étoit pas poffible que la nature eût pris plaifir
à donner à don Silvio un extérieur fi féduifant,
fans l'avoir doué des qualités du cœur. On tourna
même à l'avantage de notre héros les petits aveux
qu'avoit faits fon valet. On ne favoit cependant
que penfer de l'enchantement dont Pédrillo avoit
parlé, non plus que du papillon, de la princeffe
& du nain-vert. Que devoit-on penfer de l'efprit
d'un jeune homme qui raconte avec franchife &
d'un air de bonne foi que fon maître étoit amoureux d'un papillon qui, avec le fecours d'une
fée, devoit changer de forme ?

Cet article étoit au-deffus de l'intelligence de
dona Félicia : mais Laure eût l'adreffe d'en tirer
affez d'avantage pour tranquillifer fa maîtreffe.
Elle difoit que Pédrillo devoit avoir beaucoup de
rhétorique, puifqu'il employoit l'allégorie dans
fes difcours. Laure remarqua que fa maîtreffe
auroit mieux aimé que Silvio fût atteint d'un peu
de folie, que de favoir qu'il aimoit une autre
perfonne qu'elle. La confidente fut chargée de

s'informer qui pouvoit être celui qui se donnoit le nom de *don Silvio de Rosalva*.

Un hasard heureux ou malheureux lui évita la peine de faire beaucoup de perquisitions. Il y avoit quelque tems qu'un laquais du château de Lirias s'étoit cassé la jambe ; & maître Blas, dont nous avons déjà parlé comme du plus habile chirurgien des environs, venoit souvent panser le malade.

Mademoiselle Laure entroit précisément dans une chambre où il étoit, lorsqu'il finissoit de raconter l'histoire de don Silvio qui avoit fait beaucoup de bruit dans le voisinage de Rosalva. Elle n'eut aucune peine d'apprendre tout ce qu'elle vouloit savoir sur le compte de notre héros. Blas dépeignit au naturel le caractère de doña Mencia. Il parla de l'éducation & de la manière de vivre du jeune chevalier ; il dit que la vieille tante projetoit de le marier avec un petit monstre nommé Mergéline Sanchez ; & que c'étoit sans doute pour éviter une alliance si désagréable, qu'il s'étoit évadé avec un valet nommé Pédrillo. Le chirurgien assura qu'aucun homme ne surpassoit le jeune chevalier en vertu, en savoir & en beauté. C'est moi, ajouta-t-il, qui lui a enseigné la musique. Après un mois de leçons, il auroit pu être mon maître. Le chirurgien ne parut pas être informé que don Silvio eût une

intrigue amoureufe ; mais il n'oublia pas de dire
qu'il avoit toujours remarqué dans fa conduite
quelque chofe de fingulier & de romanefque ;
que dans une converfation qu'ils avoient eue enfemble il y avoit quelques femaines, il s'étoit apperçu que le chevalier croyoit à l'exiftence des
fées. Maître Blas rapporta tout ce qui pouvoit
concourir à tranquillifer dona Félicia. Elle étoit
d'autant plus fatisfaite, qu'elle voyoit que le penchant de don Silvio s'accordoit affez bien avec le
fien—. Peut-être, fe difoit-elle, eft-il amoureux
d'une princeffe qu'il n'a jamais vue ? Il fe fera
perfuadé que cette princeffe a été métamorphofée
en papillon par une fée qui s'intéreffe au fort de
fon rival. Cette idée parut extravagante à dona
Félicia. Elle chercha avec Laure les moyens de
connoître particulièrement don Silvio. Mille
obftacles fe préfentoient. Leur pis aller fut de
s'abandonner au hafard & d'attendre.

CHAPITRE XVI.

Comment don Silvio fut battu par des bergères.

DON SILVIO continuoit sa marche avec son compagnon, en parlant des événemens qui anéantissoient les efforts de ses ennemis. Ils s'arrêtoient de tems en tems dans des lieux agréables, pour y renouveler leurs forces. Ayant trouvé à l'entrée d'un petit bois de cyprès un siège de mousse qui étoit à couvert des rayons du soleil, ils s'y reposèrent. Leurs yeux se promenoient sur des prairies immenses, qu'arrose le Guadalaviar, lorque Pédrillo fit tout-à-coup une exclamation, qui sembloit annoncer à notre Héros le terme de ses malheurs----.

Vive la joie, seigneur don Silvio ! Nous avons trouvé notre princesse. Voyez-vous ce papillon bleu qui folâtre autour de ces rosiers sauvages ?

Pédrillo ne se trompoit pas tout-à-fait. Il voyoit effectivement un papillon bleu ; & Silvio ne douta pas que ce ne fût son amante.

Je passerai de ce côté-là, monsieur, tandis que vous irez bien doucement de celui-ci. Il ne nous

échappera pas. Mais pourquoi tant de précautions ?
Dès que la princesse vous appercevra elle volera
dans vos mains.

Le papillon parut se conformer à l'opinion de
Pédrillo. Il voloit en formant de petits cercles au
devant du chevalier qui ouvroit ses mains trem-
blantes pour le recevoir. Quel fut son état, lorsqu'il apperçut un autre papillon gris-blanc qui
voloit directement du côté de sa princesse avec
une effronterie peu commune. Silvio devint
furieux. Il ne savoit comment s'y prendre pour
punir le téméraire. Après un moment de réflexion, il se précipita entre les deux insectes, &
eut assez d'adresse pour abattre d'un coup de baguette son audacieux rival. La princesse prit la
fuite. Plus elle étoit poursuivie, & plus vîte elle
s'envoloit.

Il arriva par hasard que deux ou trois filles du
village voisin, étoient assises sur le bord du fleuve,
où elles se reposoient apparemment des fatigues
de la journée. L'une d'elles cueilloit des fleurs
sauvages, dont les autres s'amusoit à former des
guirlandes.

Le papillon voltigea si long-tems d'une fleur
à l'autre, qu'il tomba entre les mains d'une des
bergères. Celle-ci lui lia les pieds avec un brin
de fil, & s'amusa à le faire voler devant elle.
Silvio qui étoit assez près pour observer tout cela,

dit à fon valet...... Voilà enfin l'explication du
rêve que j'eus hier matin. Ne vois-tu pas une
nymphe qui joue avec le papillon bleu?

Une nymphe, monfieur? c'eft une fille qui
vient couper de l'herbe aufli bien que celles qui
font affifes à côté d'elle.

Nos voyageurs firent une longue differtation
pour favoir fi cette fille étoit une nymphe ou une
mortelle. Notre héros étoit entêté : il fallut que
Pédrillo fît femblant de penfer comme lui.

Le chevalier s'avança à grands pas du côté de
la prétendue nymphe, & exigea qu'elle lui rendît
le papillon.

Que me donnerez-vous, jeune chevalier, lui
dit la payfanne en riant ?

Tout ce que tu voudras, répondit Silvio.

Fort bien, reprit la nymphe. Eh bien! donnez-
moi le petit étui qui eft pendu à votre cou. Joi-
gnez-y un demi réal, & le papillon eft à vous.

Maudit Nain-vert, s'écria Silvio tranfporté de
colère, en tirant fon vieux fabre, ne crois pas te
mocquer de moi impunément! duffé-je verfer
jufqu'à la dernière goutte de mon fang, tu me
rendras ce papillon.

Quel fut l'effroi de la bergère, lorfqu'elle fe
vit menacée d'un coup de fabre! Pédrillo fentoit
bien que toutes fes repréfentations feroient inutiles. Il fe jeta précipitamment fur fon maître

pour arrêter le coup qui alloit être porté. Les autres bergères accoururent au secours de leur compagne, se jetèrent en furie sur Silvio & sur son valet, & les assommèrent à coups de poing. L'amant de celle qui avoit été prise pour le Nain-vert, labouroit dans un champ voisin. Il entendit les cris de sa maîtresse, vola à elle & s'élança sur nos deux voyageurs qu'on laissa étendus, demi-morts, sur le champ de bataille.

TROISIÈME PARTIE.

CHAPITRE PREMIER.

Dans lequel l'auteur parle du plan de cette histoire.

DEPUIS que les contes existent, nous doutons qu'il y ait jamais eu un protégé des fées, soit prince, gentilhomme ou paysan qui se soit trouvé dans une situation aussi critique que notre chevalier. Il est bien vrai qu'on a fait ordinairement essuyer des calamités aux héros des contes des fées. Ils sont souvent obligés de se battre avec des dragons, des tigres, des ours, des léopards, &c. Ils sont exposés à être dévorés par des popances. Des fées édentées leur font perdre leur chemin, mettent leur vertu aux plus terribles épreuves, & après toute sorte de revers, les changent en perroquets, en matous, en grillons, &c. On feuilleteroit toutes les histoires qui commencent par : *il y avoit une fois* ; on parcourroit tous les écrits de ce genre qu'on ne trouveroit pas un seul exemple que le favori d'une reine des falamandres & l'amant d'un papillon enchanté, ait été rompu de coups par des bergères & par un vigoureux laboureur. Le lecteur érudit en tirera des conféquences à l'avantage de notre difcernement. Il ne dépendoit que de nous de faire voyager notre héros fur un char de faphirs attelé d'oifeaux du paradis. Nous aurions pu lui faire mettre, tous les foirs, pied à terre dans des palais enchantés pour y être fplendidement fervi par la main des grâces. Si nous lui euffions donné le chapeau rouge du prince Robolt ou la mule de la fée Mouftache, ou la bague de Gigès, ou enfin, la baguette de la fée Crufio pour le tirer de tous les périls qu'il rencontreroit, une jeune perfonne de dix ans auroit penfé que nous écrivions un conte. Mais notre hiftoire eft originale. On ne pourra nous reprocher d'y avoir fait entrer une feule anecdote qui ne foit dans l'ordre de la nature, & qui ne puiffe arriver journellement. Par exemple, il eft très-poffible qu'une grenouille foit avalée par une cigogne. Il n'eft pas furprenant qu'on trouve un portrait dans un endroit où il eft à préfumer que quelqu'un l'a perdu. Nous avons laiffé voyager notre héros à pied, fans nous inquiéter de fon adreffe à franchir les foffés, & à éviter les marais. Il n'a d'autre lit que la terre & d'autre gîte qu'un mauvais cabaret de village où les puces le meurtriffent. Au

lieu

lieu de lui faire boire du nectar ou de l'ambroisie dans des vases de cristal de roche ; au lieu de le faire combattre contre des géans ou des nègres enchantés, nous venons de lui faire donner les étrivières par de grossiers paysans. Telle est la simplicité de la marche de notre histoire. Il seroit à souhaiter que tous les écrivains pussent se flatter avec justice de n'avoir pas sacrifié les traits du crayon à l'éclat du vernis. Notre but, en décrivant ces aventures dignes de foi, n'a pas seulement été d'égayer l'esprit, ainsi que pourroient se l'imaginer quelques lecteurs superficiels qui auront de la peine à concevoir à quelle autre fin pourra servir l'histoire de don Silvio de Rosalva.

Nous pourrions démontrer, en citant les ouvrages des plus habiles hommes que, depuis l'âge de quatorze ans jusqu'aux années climatériques, l'homme est atteint d'une certaine fièvre qui ne se dissipe que par les violentes secousses du diaphragme. Le sang s'éclaircissant ainsi, ranime les esprits vitaux. Cette maladie a, à peu, près les mêmes propriétés que le venin de la tarentule qui agit sur celui qui a été piqué par cet insecte jusqu'à ce que les musiciens jouent une certaine danse dont la vertu sympathique rétablit le malade. Nous attendons la seconde édition de cet ouvrage, à laquelle le bon goût du public donnera lieu, pour placer ici une longue dissertation fur les matières dont nous venons de parler. En attendant, nous defirerions qu'on établît en Europe une académie de plus, & que cette compagnie de gens lettrés propofât un prix de cinquante ducats pour celui qui traiteroit le mieux la queftion fuivante : s'il ne feroit pas plus avantageux pour les hommes en général & pour la librairie qui, de l'aveu des politiques, eft une des branches les plus confidérables du commerce, de compofer des livres dans le goût de ceux du bachelier de Salamanque, de Gargantua, &c. où on peint d'après nature, les fourbes, les hypocrites, les fots & les fripons, que de couvrir beaucoup de papier de penfées morales, qui feroient un très-grand tort à la fociété, fi on ne les employoit ordinairement à emballer les bons livres.

Nous aurions voulu faire faire ces remarques à quelques-uns de nos perfonnages : par exemple, à Pédrillo, qui a la permiffion de tout dire ; mais l'occafion ne s'en eft pas préfentée. Nous nous fommes impofé ce joug. Si quelqu'un y trouve à redire, nous lui faifons très-poliment nos excufes.

CHAPITRE II.

Dans lequel Pédrillo paroît à son avantage.

PÉDRILLO fut le plus maltraité dans l'affaire que son maître & lui eurent avec les bergères. Il resta près d'un quart-d'heure couché sur l'herbe sans connoissance. Le premier usage de ses sens fut employé à souhaiter que toutes les nymphes, sylphides, faunes, nains, princesses & papillons, ainsi que tous les contes des fées qui ont été écrits depuis la création du monde, & ceux qui pourroient être faits dans l'intervalle qui doit précéder la fin de l'univers, fussent à tous les diables avec les auteurs, les imprimeurs, les lecteurs & les Mécènes de ces sortes d'ouvrages. Il maudit même les oies qui avoient produit les plumes dont on s'étoit servi pour écrire ces histoires. Il jura contre la fonte qui avoit servi à la construction des caractères & contre la couleur qui avoit teint le papier. Plût à dieu, s'écria-t-il, que la sainte inquisition fît brûler ce fatras d'écrits diaboliques qui a fait tourner la tête au plus noble & au plus brave gentilhomme de l'Espagne! Oui, ajouta-t-il, ce sont ces infames rapsodies

qui ont expofé mon jeune maître à recevoir tant
de coups de bâton pour un vil infecte, pour un
papillon bleu. Il fentit alors que tout ce que don
Silvio lui avoit dit de la fée Rayonante & de
l'enchantement de fa prétendue princeffe n'étoit
qu'illufion.

Par Lucifer ! Où a-t-on jamais ouï dire qu'une
fée ait laiffé roffer jufqu'à la mort fon protégé par
des bergères & de groffiers habitans de village ?
Encore, fi ç'eût été par des popances (1) ou par des
dragons... je n'en ferois pas fi fâché... Mais,
par de pareils perfonnages ! Je veux être dévoré
fur le champ, fi votre maudite Rayonante, qui
nous a caufé ces maudits contre-tems, n'eft pas
une fée de l'efpèce de celles... Ah ! fi je voulois
parler...

Pédrillo continua à jurer jufqu'à ce qu'il s'apperçut que fon maître, qui étoit étendu près de
lui, avoit perdu connoiffance. Ce fpectacle effraya
le timide valet, & lui fit oublier toutes fes douleurs corporelles. Il appela don Silvio, le fecoua
& lui tâta le pouls. Après s'être apperçu qu'il ne
donnoit aucun figne de vie, il fit retentir dans la
plaine des cris plus pitoyables que ceux du prince
Boffu lorfque la Dindonnière refufa de l'époufer.

_____

(1) Popances, efpèce de monftres ou d'ogres qui vivoient
de chair humaine.

Pédrillo se rappella dans sa frayeur qu'il avoit encore dans son havresac, qu'heureusement ses ennemis n'avoient pas apperçu, un flacon de vin de Madère. Il courut le chercher & le répandit sur son maître sans regretter la liqueur qui se perdoit. Cette effusion rappela les esprits de don Silvio. Son évanouissement n'avoit été causé que par un rude coup qu'il avoit reçu sur l'estomac, quoiqu'il eût déjà plusieurs contusions à la tête. Il ouvrit les yeux à demi, & dit, d'une voix prête à expirer : où suis-je? Es-tu encore en vie, Pédrillo?

Oui, mon cher maître, répondit le valet, qui sembla reprendre une nouvelle existence... Vous vivez aussi!.. Dieu en soit loué! Si vous fussiez mort, ainsi que je commençois à le craindre, je me serois jeté dans le fleuve pour ne pas vous survivre.

Fasse le ciel que je puisse récompenser ton zèle & ta fidélité. Mais... O ciel! Dis-moi si tu sais ce qu'est devenue ma chère princesse?

La princesse? répondit Pédrillo; elle est allée au diable : je l'ai vu s'envoler avec autant de rapidité qu'un aigle..... Morbleu! je voudrois qu'elle nous eût..... Mais qu'avez-vous donc, monsieur? Mon cher maître, que vous arrive-t-il encore?..... Dieux secourez-nous! Que faire! Abominables fées!

Pédrillo renouvela ses exclamations, parce que le chevalier ayant cherché le portrait de son amante, ne le trouva pas & retomba évanoüi. On ne put le faire revenir qu'avec beaucoup de peine. Sa douleur étoit sans bornes. Il s'y livra entièrement dès qu'il eut recouvré ses esprits & sa raison. Pédrillo, qui, un instant auparavant, s'étoit déchaîné contre Rayonante & toutes les fées possibles, & qui avoit résolu d'éteindre, à force de raisons, l'amour que son maître avoit pour un papillon, ne savoit plus comment s'y prendre, quand don Silvio dit qu'il ne lui restoit plus d'autre ressource pour terminer ses malheurs, que de se jeter dans le Guadalaviar. Cette dure extrémité saisit Pédrillo. Il fit un effort pour rappeler son courage; il embrassa les genoux de son maître, les arrosa de ses larmes, & proféra mille juremens contre les fées & les féeries. Quand il vit que ses paroles ne produisoient aucun effet, il se mit à pleurer & à s'arracher les cheveux: c'étoit à qui crieroit le plus. Il fit son possible pour surpasser son maître. Il s'imaginoit que don Silvio se lasseroit enfin, & que lorsque le premier accès de son désespoir seroit passé, il pourroit gagner quelque chose sur son esprit.

Dès qu'il remarqua que le chevalier commençoit à se tranquilliser, il employa tout ce qu'il put imaginer pour rétablir le calme dans

le cœur de fon jeune maître. Il l'affura que fi,
contre fon attente., le portrait étoit tombé entre les mains du nain-vert, la princeffe n'en
étoit pas moins en sûreté. Je l'ai vûe s'envoler,
ajouta-t-il. Elle entraînoit le fil qui lioit fes pieds.
La fée Rayonante veut éprouver votre patience,
& rien de plus. Reprenez courage; ne défefpe-
rons de rien; les chofes peuvent tourner différemment. Il ne faut pas fe laiffer abattre tandis
qu'on a un fouffle de vie. Les autres princes &
chevaliers ont eu des peines telles que les vôtres,
& même qui les furpaffent. Que n'a pas fouffert
l'oifeau-bleu jufqu'à ce qu'il fe foit débarraffé de
la laide Truitone, & qu'il foit devenu poffeffeur
de fa chère Florine ? Que n'en a-t-il pas coûté
au prince Hekerik pour devenir l'époux de Bril-
lantine, que le magicien noir avoit métamorphofée en fauterelle, quoiqu'elle fût la meilleure de toutes les princeffes? Vous n'avez pas
encore été renfermé dans un cachot; on ne vous
a pas retenu, comme le frère de la princeffe
Rofette, dans un cloaque rempli de crapauds
& de lézards. Vous n'avez pas été métamor-
phofé en infecte comme le prince de l'ifle-heu-
reufe. Vous n'avez pas encore effuyé le danger
d'être mangé par des popances. Réfléchiffez un
peu, monfieur, & vous verrez que j'ai autant

de fujet de me plaindre que vous. Je ne fais pourquoi, étant auffi-bien que vous l'un des favoris de la fée Rayonante, j'ai reçu cent fois plus de coups que vous.

Je crois que la princeffe qui m'en dédommagera eft encore à naître. Vous, monfieur, vous recevez des coups, & vous en favez la raifon ; mais perfonne ne me donne une définition raifonnable de ceux que j'effuie. Pauvre Pédrillo ! telle eft ta deftinée. Je me foumets à tout, pourvu que je vous voie content. Je refterai à votre fervice jufqu'à ce que la dernière de mes côtes foit fracaffée.

Cette repréfentation dictée par le bon cœur de Pédrillo, eut fon effet. La certitude que la princeffe vivoit encore & jouiffoit de fa liberté, ranima l'efpérance de notre héros. Il reprit fes efprits & témoigna à fon valet combien il étoit fenfible à fon affection. Il lui jura qu'auffi-tôt que fes vœux feroient comblés, il le récompenferoit libéralement de tous les maux qu'il auroit foufferts pour lui. Les circonftances préfentes ne faifoient envifager que dans un grand lointain l'accompliffement de toutes ces promeffes. Pédrillo n'en fut pas moins touché. Il auroit volontiers oublié tous les coups de bâton qu'il avoit reçus, fi la vivacité des douleurs eût agi avec moins de force. Il rappela tout fon courage

pour égayer son maître. Quand ils eurent trouvé
une place à l'ombre, ils s'y arrêtèrent afin de se
remettre des vives secousses qu'ils venoient d'é-
prouver. Les regrets qu'avoit don Silvio d'avoir
perdu le portrait de sa maîtresse, lui faisoient
oublier ses autres malheurs. A chaque instant il
renouveloit ses plaintes sur l'objet qui lui étoit
le plus à cœur. Ses soupirs augmentoient à mesure que ses larmes se tarissoient. Cette anxiété
dura jusqu'à ce que l'exemple de Pédrillo & son
appétit, l'invitèrent à goûter des provisions qui
restoient dans le havresac. Dans de si tristes con-
jonctures, une bouteille de Malaga parut fort à
propos. Ce jus divin excita la gaieté du pauvre
Pédrillo, qui envisageoit avec inquiétude la tristesse de son maître.

Seigneur don Silvio, dit-il, c'est dans le malheur que se montre une belle ame : c'est alors
qu'il faut savoir se résigner. Il n'y a aucun mérite
à paroître joyeux & content quand tout va selon
nos desirs. Courage! monsieur. Un lâche ne mé-
rita jamais de posséder une jolie femme. La fortune roule comme une boule ; elle va tantôt à
l'un & tantôt à l'autre. Ce jour étoit le jour de
la tempête; nous avons été roués de coups. Demain nous aurons un ciel serein, nous boirons,
nous nous égaierons. Ainsi va le monde. Le
tems amène la fin des revers, quand on peut le

voir couler fans murmurer. Le même champ
produit les rofes & le chardon. On parle fi long-
tems de la fête du village qu'elle arrive enfin.
Nous nous entretenons fi fouvent du moment où
nous poffèderons notre chère princeffe, que nous
en ferons fûrement un jour paifibles poffeffeurs.
Je goûte une partie du plaifir que vous aurez
lorfque vous verrez votre charmante maîtreffe,
non plus fous la forme d'un papillon, fous l'enveloppe d'un vil infecte, mais dans toute fa
grandeur, comme une vraie princeffe. Sa tête
fera couverte d'une riche couronne d'or, & fon
corps fera vêtu d'une robe traînante, parfemée
de perles & de rubis qui lui donneront plus d'é-
clat que n'en répand le foleil lorfqu'il nous paroît au milieu de fa courfe. Vive l'efpérance!
C'eft alors qu'on goûtera des plaifirs. Les environs de fon palais feront couverts de joueurs de
violons. Tous les jours feront des jours de fêtes;
on ne fera occupé qu'à danfer, à fauter, à boire,
à manger & à jouer. On fe divertira tant que les
Franfreluches & les Caraboffes en mourront de
dépit. De la gaieté! Point de mélancolie, vous
dis-je. Par la fambleu! Quand nous aurons la
princeffe elle-même, que nous importera fon
portrait! Si j'étois à votre place, voilà comme je
penferois. Je pourrois vous certifier que le Nain
vert n'a pas plus votre portrait que je pourrois

vous jurer qu'il ne trouvera jamais à curer les dents d'une pucelle octogénaire. Votre prétendue nymphe n'étoit qu'une bergère, qu'une simple paysanne. Si vous ne voulez pas m'en croire, nous pouvons nous informer. Le village n'est peut-être qu'à une lieue d'ici. Allons-y dès ce soir. Nous heurterons de porte en porte, jusqu'à ce que nous l'ayons trouvée : & alors il faudra qu'elle nous rende notre portrait, ou il n'y aura pas de justice dans le pays.

Si les choses étoient telles que tu me les racontes, d'où pourroit venir l'étrange rapport qu'il y a entre l'aventure qui vient de nous arriver, & le rêve que je fis hier au matin ?

Votre rêve, monsieur, est encore aussi présent à ma mémoire que si je l'eusse fait moi-même. Je n'y vois rien qui se rapporte à la scène qui vient de se passer. Où est la sylphide qui vous est apparue ? Où est le char formé de douze éméraudes & attelé de six oiseaux du paradis, sur lequel vous avez été transporté dans un palais enchanté ? Les circonstances qui sont les principales, ne se trouvent point dans notre aventure. Vous avez vu en songe que le papillon étoit attaché avec un fil d'or au bras de la nymphe, & nous venons d'être témoins que le fil qui lioit le papillon, étoit un gros brin de chanvre que la paysanne destinoit à raccommoder ses cotillons. Le teint de votre nymphe étoit blanc comme l'albâtre, & notre bergère étoit noire comme une égyptienne. J'ai ouï dire toute ma vie que le visage des nymphes étoit formé de lys & de roses. Quelle qu'elle soit, je suis sûr que ce n'est pas en rêve que j'ai reçu cent coups de bâton. Mais qu'y faire ? la chose est passée : il faut se taire. A la santé de la princesse. J'espère qu'elle aura assez de reconnoissance pour nous tenir compte en tems & lieu de tout ce que nous avons souffert pour elle.

CHAPITRE III.

Situation critique.

NOTRE héros, qui ne pouvoit plus soutenir le babil de son valet, prétexta, pour le faire taire, qu'il avoit envie de dormir quelques heures jusqu'à ce que le fort de la chaleur fût passé. Il attrapa si bien le ton de ronfler naturellement, que Pédrillo s'endormit tout de bon.

Le chevalier avoit l'esprit trop agité pour goûter un instant de repos. Mille idées différentes agitoient son cœur & son esprit. Il commença à soupçonner que tout ce qui l'avoit occupé jusqu'à

ce moment, n'étoit que chimère… Mais disoit-
il, si l'apparition que j'ai cru avoir de la fée
Rayonante, étoit seulement l'effet d'une imagination frappée? Je serois bien fou : plus il
réfléchissoit, plus il croyoit s'être nourri de futilités. Il ne trouvoit pas vraisemblable que la fée
Rayonante eût assez de mauvaise foi pour se livrer
à la discrétion de quelques vils paysans, après lui
avoir promis sa haute protection. Ces doutés le
jetèrent dans une frayeur inexprimable, & mirent
tant de désordre dans sa tête, qu'il fut sur le point
de perdre le reste de bon sens que les fées & les
féeries lui avoient laissé.

La réalité du portrait qu'il avoit possédé étoit
l'unique soutien de son cœur & le fondement de
ses espérances.

Si tout ce que j'ai vu n'est qu'illusion, s'écria-
t-il, je suis entièrement convaincu, ô adorable
inconnue, que l'amour que j'ai pour toi n'est pas
une chimère. Que ce soit une fée qui ait placé
ton portrait dans mon chemin, ou que je l'y aie
trouvé par hasard; que tu sois princesse ou simple
villageoise; que tu me sois destinée ou que tu
doive combler les vœux d'un mortel plus heureux
que moi, rien ne pourra arracher de mon cœur
ton image chérie. Tu me parois plus belle que
toutes les nymphes. Qui pourroit m'attacher au
monde, si son plus bel ornement est perdu pour

moi! Sans toi, ma vie ne seroit qu'un tissu de
malheurs : je ne puis goûter de plaisirs qu'à
t'adorer.

Ces réflexions qui paroissent peut-être insen-
sées au lecteur, produisirent sur notre héros un
effet merveilleux. Il s'assoupit sans s'en appercevoir : c'est ce qui pouvoit lui arriver de plus heureux dans la situation où il étoit alors.

Don Silvio trouva deux avantages dans son
sommeil. Il oublia ses malheurs & jouit du plaisir
de faire un rêve agréable. Sa chère princesse se
présenta à lui sous sa forme naturelle. Elle étoit
parée comme une divinité. Un nuage couleur
de rose lui servoit de siège. Elle s'entretint pendant quelque tems avec le chevalier : elle ranima
son courage, & l'invita à braver généreusement
tous les obstacles que susciteroient leurs ennemis
communs. Elle l'assura que le terme de sa métamorphose étoit prochain, & que bientôt elle ne
lui apparoîtroit que sous sa forme naturelle. Cette
charmante princesse dit à son amant d'un ton
tendre & affectueux, qu'elle voudroit être mille
fois plus aimable pour le dédommager de toutes
les peines qu'il se donnoit pour parvenir à être
son époux. Don Silvio alloit lui témoigner sa
reconnoissance en beaux termes lorsqu'elle disparut.

Le rêve n'eut rien de désagréable que cette

dernière circonstance. Mais le plaisir d'avoir vu
sa princesse, les manières douces & honnêtes
qu'elle avoit employées pour consoler son amant
le rendirent insensible à toute espèce de chagrin. Il
oublia le passé, & forma la résolution de braver
tout ce qui pourroit lui arriver de funeste. Il ne
desira rien tant que de continuer son voyage
pour arriver peu à peu à l'époque de son bonheur.
Pédrillo fut éveillé. Dès qu'il eut appris le rêve
qu'avoit fait son maître, il parla en ces termes.

Par saint Pantaleon : voilà qui est plaisant!
Comme nos rêves s'accordent!.... Vous avez
eu l'apparition de la princesse, & moi, j'ai eu
celle d'une très-jolie sylphide. Il m'a semblé la
rencontrer sous ces rosiers où vous dormiez hier.
La dame ou la fée n'y étoit pas. Nous avions
tant de choses à nous dire que j'ai oublié de lui
demander son nom. Ah! comme le tems s'écou-
loit! Le soleil s'est couché sans que nous nous
en soyons apperçus. Je me croyois un sylphe.
Dans l'univers entier je ne pourrois vous faire
la description de mon état. J'étois dans un enchantement..... dans une extase..... dans un
délire... En un mot, je n'avois jamais été dans
une si agréable position. N'avois-je pas dit que le
sort se lasseroit de nous persécuter, qu'il viendroit un tems où la fortune nous souriroit. Les
revers que nous avons essuyés ne sont sûrement

pas venus par hafard. Qui fait ce qui nous attend.
La fée Rayonante veut peut-être réparer fes torts.
Je vous affure, monfieur, que fi le Nain-vert
tombe entre mes mains, comme je l'efpère, les
coups de bâtons que nous avons reçus, lui
feront rendus avec ufure.

CHAPITRE IV.

Les prédictions de Pédrillo commencent
à s'accomplir.

APRÈS avoir marché quelque tems, nos
voyageurs entrèrent dans un bois de châtaigniers.
A mefure qu'ils avançoient, ils croyoient être
dans un parc. On voyoit de diftance en diftance,
des cabanes de feuillages, des jets d'eau, des
grottes & des débris d'édifices. Ils fe trouvèrent,
peu à peu, dans un labyrinthe formé de rofiers,
de myrthes & de chevrefeuilles. L'afpect de
tout cela étoit fi agréable que nos voyageurs fe
crurent aux environs de quelque palais de fées,
& par conféquent à la veille d'éprouver quelque
chofe de fingulier. Pédrillo s'écrioit fouvent,
n'avois-je pas dit, n'avois-je pas dit que Rayonante fe comporteroit à l'avenir avec plus d'honnêteté?

nêteté. Voyez, monfieur, fi nous n'aurions pas eu tort de nous jeter dans l'eau pour combler les vœux de nos ennemis. Heureux! fi nous n'y euffions été changés qu'en crocodiles ou en cochons de mer. Au lieu que nous avons l'efpérance de paffer la nuit dans un château de criftal ou de diamans, où nous ferons couchés fur des matelas de foie, & fervis par des fylphides couvertes de pierreries.

En difant ces mots, il arrivèrent dans une allée d'orangers au bout de laquelle s'élevoit un fuperbe corps de logis. Les croifées des balcons étoient entr'ouvertes, & laiffoient voir une partie des ornemens intérieurs, de quelques falles magnifiquement meublées. Le foleil dardoit fes rayons fur les glaces, & la reverbération formoit un éclat dont les yeux de Pédrillo furent éblouis.

Malgré la joie qu'il reffentoit d'approcher un fi belle édifice, il ne pouvoit furmonter une certaine crainte intérieure. Tout ce que je vois, fe difoit-il, n'a-t-il point été opéré par magie? A mefure que nos voyageurs s'approchoient du pavillon, les battemens de cœur de Pédrillo redoubloient. Don Silvio que rien n'intimidoit, douta quelques momens de ce qu'il devoit faire. Ses ennemis lui avoient déja tendu tant de pièges

qu'il craignit que toutes ces pompeuſes apparences ne fuſſent de nouveaux eſſais de méchanceté, & qu'on ne lui reſervât des cataſtrophes
encore plus funeſtes que celles qu'il avoit éprou-
vées juſqu'alors. Cependant les promeſſes que
ſa chère princeſſe venoit de lui faire, calmèrent
un peu ſes inquiètudes.

Il avoit jeté quelques coups d'œil ſur une ſalle
où il n'avoit pu appercevoir aucune autre eſpèce
d'êtres vivans que quelques perroquets qui ſe promenoient ſur les baguettes dorées qui encadroient
les tapiſſeries. Après quelques réflexions il réſolut
d'y entrer & d'attendre patiemment l'iſſue de
ſa découverte.

Quel fut ſon étonnement lorſqu'en mettant
le pied dans cette ſalle dont la richeſſe des
ameublemens ſembloit annoncer la demeure de
la plus grande des fées, il vit une quantité de
chats de toutes les couleurs, dont une partie étoit
étendue ſur des couſſins de brocard d'or! Ces
animaux prenoient leurs commodités comme s'ils
euſſent été les maîtres de ce ſuperbe édifice & de
tout ce qui y étoit contenu. Les uns ſe promenoient tranquillement entre des vaſes de porcelaine remplis de fleurs, & paſſoient avec adreſſe
ſur les pagodes qui ornoient la cheminée, le
autres paroiſſoient empreſſés autour d'une bell

chatte blanche qui avoit au cou un double rang
de perles. Elle étoit nonchalamment couchée sur
un sopha couleur de rose, brodé en argent.

Quelqu'un plus habile que don Silvio se seroit
alors rappelé le conte de la chatte blanche. Notre
chevalier ne fut pas plutôt entré dans la salle que
les chats lui firent entendre, par leurs miaule-
mens, qu'il étoit le bien-venu. Il crut être dans
le même palais où un certain prince dont l'hiftoire ne rapporte pas le nom, avoir passé trois
ans dans la société d'une très-savante, très-tendre,
très-belle & très-vertueuse chatte blanche qui,
après un certain tems, devint la plus belle princesse du monde.

Nous ne dirons point quelle étoit la joie de
don Silvio. Il se flattoit d'avoir une réception
telle qu'il la méritoit. Ses espérances étoient fondées sur ce qu'il savoit du bon cœur & de la
générosité de la chatte blanche. Cela suffisoit
pour lui persuader qu'elle prendroit part à tout
ce qui le regardoit.

Le chevalier s'approchoit du sopha sur lequel
la chatte blanche se reposoit dans l'intention de
lui parler avec tout le respect dû à une chatte
d'une si grande naissance & douée de tant de belles
qualités, lorsqu'une porte s'étant tout à coup
ouverte, laissa voir, au grand étonnement de
Pédrillo, la petite sylphide qu'il avoit rencontrée

dans le bois, le jour précédent. Si cette apparition imprévue jeta l'étonnement dans l'esprit de Pédrillo, il faut convenir que la jeune sylphide ne fut pas moins surprise de revoir ce valet. Elle eut à peine jeté un coup d'œil sur nos voyageurs qu'elle ferma la porte avec précipitation, & s'enfuit en jetant les hauts cris, comme si elle eût rencontré des fantômes.

Don Silvio ne savoit que penser de cette manière singulière de paroître & de disparoître au même instant; mais Pédrillo le tira sur le champ d'embarras.

Nous y voilà, s'écria ce dernier. Notre rêve est accompli. Je vous en félicite, monsieur. N'ayez aucune inquiétude. Elle ne s'est enfuie si vîte que pour instruire la fée de notre arrivée.

De qui parles-tu donc, lui demanda Silvio, à voix basse.

Je parle de la sylphide qui vient d'entr'ouvrir la porte. C'est précisément celle que je surpris hier à vous contempler, tandis que vous dormiez. C'est encore elle que j'ai vue ce matin en songe.

Pédrillo! je m'abuse, ou nous sommes dans le palais de la chatte blanche. Cette chatte est en même tems une grande princesse & une bonne fée. Si la sylphide que tu viens de voir est employée dans ce château, il y a apparence que la fée que tu vis hier avec elle, étoit la chatte blanche elle-même.

— Vous vous trompez, monsieur. Ne croyez pas que cette chatte que vous voyez couchée sur ce canapé, soit la fée.....

Ne parle pas si haut. Et souviens-toi qu'on ne peut avoir trop de circonspection lorsqu'on se trouve dans des endroits qu'on ne connoît pas.

Don Silvio n'avoit pas fini de parler, que son valet fit un grand cri en se débattant. Un des perroquets de la salle, auquel apparemment la physionomie de Pédrillo étoit inconnue, ou par des raisons qu'on n'a jamais découvertes, lança en passant un coup de griffe sur la joue de ce valet. Nos voyageurs qui n'avoient pas vu l'animal, conjecturèrent, après un moment de réflexion, que le coup avoit été donné par un magicien ou quelqu'être invisible.

Reçois ce petit soufflet comme une correction qu'on t'a voulu donner. Apprends à modérer ton caquet. Cette main invisible a eu intention de te rendre service.

Voilà une étrange manière d'obliger les gens. Si c'est une main qui m'a frappé, il y a apparence qu'elle ne s'est pas coupée les ongles depuis sept ans. Si pour chaque mot qu'on dit ici on reçoit une cicatrice, il faut que je me réserve à faire coudre ma bouche ou à avoir le grand & le petit alphabet imprimés sur ma figure.

Tu ferois très-bien de mettre de la modération dans tes discours. Si tu te conduis ici avec ton imprudence ordinaire, je ne te réponds pas qu'il ne t'arrive des catastrophes encore plus désagréables.

Cela suffit, monsieur, puisque vous le trouvez bon, je jouerai le rôle d'un muet, d'un muet parfait... Mais,,. Hem...

Qu'as-tu donc?

Attendez... J'entends quelqu'un... Eh? Ne l'avois-je pas dit?,. Oui, ma foi.. La fée, la fée elle-même...,

---

CHAPITRE V.

Apparition de la fée. Il est dangereux de rencontrer quelqu'un qui ressemble à sa maîtresse.

IL y a une demi-heure que nous cherchons des expressions assez fortes pour rendre au naturel l'état d'un homme que le plus haut degré de surprise a frappé. Malheureusement tous les termes qui nous viennent ont été mille fois em-

ployés depuis qu'Homère écrivoit fon Iliade ; &
il n'y en a aucun qui puiffe rendre ce que nous
fentons. Pour donner une idée de ce que nous
éprouvons, nous fommes obligés de faire quelques
lourdes comparaifons. Nous dirons donc qu'un
jeune homme qui, par imprudence, auroit mis
fa main dans le trou d'une caverne où elle auroit
été emportée par un coup de foudre, ou qu'un
jeune marié qui, le lendemain de fes noces,
trouveroit à fes côtés un monftre, au lieu de fa
jeune & belle époufe, feroit moins étonné que
le fut don Silvio, lorfqu'il apperçut dans ce palais
enchanté l'image de fa belle princeffe qu'il croyoit
encore papillon. Il ne pouvoit concevoir pourquoi
il y avoit une reffemblance fi frappante entre fon
amante & la fée.

Dona Félicia : (nous ne tairons pas plus long-
tems que c'étoit la prétendu fée que notre héros
voyoit à Lirias) avoit eu foin de fe parer à fon
avantage. Son ajuftement, en développant fes
charmes, lui donnoit un air fi fingulier, que fi
elle avoit eu une baguette d'ébène, une perfonne
de fang froid l'auroit prife pour la fée Lumineufe.

Elle étoit à fa toilette lorfque Laure vint lui
annoncer que don Silvio étoit venu à Lirias, fans
qu'on fût comment ; & qu'il étoit entré dans l'un
des appartemens. Dona Félicia crut ne pouvoir
trop imiter dans fa manière de fe mettre l'air

enchanté qui règne chez les fées , pour hâter l'impreſſion qu'elle vouloit faire ſur le cœur du chevalier,

Elle l'aborda avec beaucoup de nobleſſe &
d'honnêteté, quoiqu'elle eut à peine aſſez de force
pour cacher le trouble qui s'élevoit dans ſon cœur.
Elle ſe félicita hautement ſur le haſard qui avoit
conduit dans ſon château un jeune cavalier dont
tout l'extérieur annonçoit beaucoup d'éducation.
Elle lui fit entendre que ſon frère , qu'elle attendoit de moment en moment ſeroit enchanté de
faire connoiſſance avec lui. Si don Silvio n'avoit
eu à combattre que l'étonnement où il étoit de
trouver tant de reſſemblance entre la fée & ſa
princeſſe, il l'auroit peut-être vaincu; mais la
nature qui jamais ne perd ſes droits , lui joua un
tour dont il ne put ſe tirer. Le trop crédule Silvio
avoit pris pour de l'amour & les impreſſions que
le portrait avoit faites ſur lui, & les deſirs qu'il
lui avoit inſpirés. Il ſe trompoit. Tous les mouvemens qu'il avoit éprouvés n'étoient que les
foibles préſages de l'amour que l'original devoit
lui faire naître.

La première rencontre de leurs yeux ſembla
être le moment où leurs ames s'unirent pour
jamais. La puiſſance de cette union ſympathique
s'empara de toute l'exiſtence de notre héros.
Ses premiers projets parurent s'évanouir. Il crut

Croyez Monsieur, que l'appui les Couleurs
de Marie vous a fait penser que vous estiez
dans le Palais de la Belle Blanches.

Mauillier inv.   1786.   R. Delvaux

prendre une nouvelle vie. En un mot, il étoit si hors de lui-même, qu'il ne pût repondre que par des monosyllabes aux politesses de la prétendue fée.

Dona Félicia auroit éprouvé bien moins de satisfaction, si don Silvio eût étudié les complimens qu'il lui faisoit. Ce qui se passoit dans son cœur suppléoit à ce qui manquoit d'énergie dans les repliques de notre héros. Parce qu'elle étoit femme & qu'elle avoit beaucoup d'empire sur elle-même il ne lui en coûta presque rien pour dissimuler. Elle eut l'adresse de cacher son trouble, & l'attention de donner à don Silvio le tems de se remettre de son agitation. Après avoir avancé un fauteuil pour le chevalier, elle s'assit sur le canapé, mit la petite chatte sur ses genoux, & parla de la récréation que lui donnoient les animaux qui étoient dans l'appartement.

Convenez, monsieur, que le premier aspect des courtisans de mimi vous a fait penser que vous entriez dans le palais de la chatte blanche?

Belle fée, on ne sauroit être trompé plus avantageusement, répondit Silvio........ puissiez vous pénétrer les replis de mon ame & y lire, ce que je n'aurai, ni la force, ni la témérité de vous exprimer.

Dona Félicia ne jugea pas à propos de répondre à cette tendre & respectueuse déclaration. Elle

aima mieux parler de la façon de vivre & des
belles qualités de la petite chatte blanche. Quelque puérile que fût cet entretien, il paroissoit
très-important à don Silvio qui écoutoit avec la
plus grande attention tout ce que proféroit cette
bouche de rose. Chaque regard de la jeune veuve,
les mouvemens qu'elle faisoit, toutes les paroles
qu'elle proféroit augmentoient le ravissement
dans lequel il paroissoit être plongé. Son imagination ne pouvoit lui représenter rien de plus
parfait que l'objet qui étoit sous ses yeux. Il fut
privé dans un seul instant du pouvoir de fixer son
cœur sur le papillon. Tous les fantômes qui occupoient son imagination, avant son entrée dans
le château de Lirias, se dissipèrent. Il ne se rap-
pelloit plus sa situation passée que comme un
songe dont l'illusion finit avec le sommeil. Il
oublia l'insecte qu'il avoit aimé, & tout ce qu'il
avoit dit, pensé, craint & espéré quelques heures
auparavant. Tandis que la belle dona Félicia fut
présente, il ne vit qu'elle. Don Silvio pouvoit se
plaire dans cette situation; mais la jeune veuve
commençoit à être embarrassée. Le sujet de leur
entretien étoit épuisé. Les perroquets descendirent
sur le perron, & se mêlèrent heureusement de
la conversation qui, sans eux, eût été languis-
sante.

CHAPITRE VI.

Retour de don Eugenio.

DONA FÉLICIA parloit de son frère & de l'inquiétude qu'elle commençoit à avoir de ne le pas voir revenir, lorsqu'on ouvrit la porte qui étoit au fond de la sale. Don Eugenio de Lirias, la belle Hiacinte, & don Gabriel, entrèrent. La jeune veuve courut au devant de son frère, en faisant une exclamation qui peignoit le plaisir qu'elle avoit de le revoir. Elle se tourna ensuite du côté de don Silvio pour lui présenter don Eugenio. Notre héros fut enchanté d'apprendre que ce jeune seigneur étoit le frère de son adorable fée.

Cette rencontre imprévue fut très-agréable de part & d'autre. Après que don Eugenio eut présenté à sa sœur la belle Hiacinte, il témoigna à notre héros le plaisir qu'il avoit de le revoir...

Vous ne savez peut-être pas encore, dit-il à sa sœur, tout ce que nous devons à ce jeune chevalier? Vous apprendrez bientôt ce qui concerne cette histoire qui ne doit plus être un mystère pour vous. Je me contenterai de vous dire en ce moment, que vous voyez dans la per-

sonne de cet aimable inconnu , quelqu'un qui
a eu le courage & la générofité d'expofer fa vie
pour fauver celle de votre frère.

Vous devez ajouter , reprit notre héros , que
votre valeur & celle de votre ami a prévenu la
générofité dont vous parlez, & en a rendu les
effets inutiles. Si j'avois prévu tout ce que j'ai
appris dans ce moment fortuné, & que j'euffe eu
mille vies , je les aurois facrifiées pour fauver la
vôtre.

Don Eugenio auroit répondu à un compliment fi flatteur, s'il n'eût été curieux d'obferver
quelle impreffion faifoit fur fa fœur l'afpect de
la belle Hiacinte.

Dona Félicia s'occupoit depuis une demi-heure
de la manière dont elle s'y prendroit pour faire
agréer à fon frère le penchant qu'elle avoit pour
don Silvio. Après quelques réflexions, elle dreffa
le plan de fa confidence. Il étoit ingénieux : l'a-
mour l'avoit dicté. Elle fut tranfportée de joie ,
lorfqu'elle apprit combien notre chevalier s'étoit
acquis de droit fur l'efprit de don Eugenio. Silvio avoit été le libérateur d'un frère qu'elle aimoit tendrement. C'en étoit affez pour juftifier
fon affection ; elle efpéroit encore tirer avantage
des myftères qu'on avoit promis de lui révéler
au fujet de la belle Hiacinte. Dona Félicia fe flattoit d'obtenir fans peine le confentement d'Eu-

genio, parce qu'elle préfumoit que celui-ci feroit bien aife d'avoir fon agrément, fuppofé qu'il eût quelque vue fur la belle inconnue qu'on lui avoit préfentée. Dès qu'elle s'apperçut de l'amour de fon frère, elle ne ceffa de louer Hiacinte. Eugenio en fut fi flatté, qu'il ne put attendre fans impatience le moment où il devoit répandre dans le fein de fa fœur, les myftères qu'il fe propofoit de lui communiquer.

Il eft inouï qu'il ait regné dans une fociété autant de fympathie que dans celle-ci, quoique ceux qui la compofoient ne fe connuffent pour ainfi dire qu'indirectement, & qu'ils fuffent tous liés par des intérêts différens : l'amour agit avec tant d'harmonie, qu'il produifit dans un feul moment, cette confiance mutuelle qui ne s'acquiert ordinairement qu'après des années de peines, de foins & d'affiduité.

Don Gabriel prenoit part à la fatisfaction commune, fans aucun intérêt perfonnel. Le calme qui regnoit dans fon ame lui permettoit de contempler les autres, avec le difcernement d'un fage & la bonté d'un ami. Tout ce qu'il voyoit lui paroiffoit énigmatique, mais il fe promettoit d'être furpris agréablement, lorfque les myftères fe développeroient.

Quand chacun fut remis de fon trouble & de fa furprife, on prit place. Deux petits nègres,

richement vêtus, portèrent des rafraîchissemens.
Don Gabriel, très-amusant dans la société, avoit
soin de soutenir la conversation par le récit de
toute sorte de jolies histoires. Quand il en étoit
tems, il avoit l'attention de faire un tour de jardin pour ménager des tête-à-tête aux amans.

Don Eugenio se prévenoit de plus en plus
pour notre héros. Celui-ci prononçoit à chaque
instant le nom de féerie. Le maître du château
lui fit les plus vives instances pour l'engager à
demeurer quelque tems à Lirias. Il lui fit entendre, de la manière la plus obligeante, qu'il seroit
enchanté de se lier étroitement avec une personne dont l'époque de la connoissance avoit
quelque chose de singulier.

Silvio accepta ses offres avec joie, & se con-
forma à la façon d'agir de tous les héros des contes des fées, qui ne refusèrent jamais de s'arrêter
dans un palais enchanté.

Dona Félicia se retira avec la belle Hiacinte,
& don Eugenio conduisit son convive dans un
appartement superbe qu'il le pria d'occuper pendant le séjour qu'il vouloit faire à Lirias. Il se
retira & laissa notre chevalier en liberté jusqu'au
souper. Don Eugenio attendoit avec impatience
que mademoiselle Laure vînt lui dire que dona
Félicia étoit seule dans son cabinet.

CHAPITRE VII.

Réciprocité.

ARISTOTE a remarqué qu'une des positions les plus désagréables de la vie, est celle où se trouve un amoureux qui doit mettre un tiers dans sa confidence, & lui découvrir son penchant. Dona Félicia & don Eugenio son frère, se trouvèrent dans cette situation critique. Ils auroient eu l'un & l'autre bien des obstacles à surmonter, si les circonstances eussent été différentes. On se seroit débattu sur cette maxime : *Si tu étois dans ma place, tu penserois comme moi.* Mais la douceur de leur caractère bannit tous les obstacles qu'ils auroient pu se susciter l'un & l'autre. Dona Félicia n'avoit pas absolument besoin du consentement de son frère pour épouser don Silvio ; & elle pouvoit objecter à don Eugenio que son amour étoit déplacé, parce que celle à qui il donnoit son affection, n'avoit ni naissance, ni titre, ni fortune, & peut-être, ni bonnes qualités : il l'avoit connue lorsqu'elle étoit comédienne. — Je conviens de tout ce que vous me dites, auroit sans doute répondu don Eugenio. Tous mes amis, & le monde entier, peuvent

me faire les mêmes objections : & ils ne me répéteront jamais que ce que ma raison m'a dit
mille fois. Tout insensé que je paroisse à vos
yeux, je ne le suis pas au point de croire qu'ils
ont tort. Mais que peuvent toutes les représenta-
tions contre la voix de mon cœur, contre un penchant dont je ne suis ni peux souhaiter d'être le
maître ? La moitié de ces raisons, seroit de trop
pour arrêter un sentiment d'habitude ; mais l'empire de la sympathie, ma chère sœur il
faut l'éprouver pour sentir sa puissance.

Dona Félicia auroit trouvé ce raisonnement
très-peu plausible, si elle n'eût connu par expérience, cette même sympathie que son frère
auroit employée pour justifier une démarche que
les faux délicats appellent étourderie ou foiblesse.

Pour l'avantage de leur tendresse, ils se trouvèrent l'un & l'autre dans le même cas. L'affection qu'avoit dona Félicia pour Silvio, l'instruisit
qu'une sympathie irrésistible régnoit entre son
frère & Hiacinte. Eugenio n'étoit pas assez injuste
pour exiger que sa sœur étouffât des sentimens
dont il connoissoit le pouvoir. Ainsi, ils ne s'occupèrent que du moyen d'applanir les difficultés
qui pourroient s'élever, & de remettre l'esprit
de don Silvio dans son assiette naturelle.

Les nouvelles qu'on avoit apprises du chirurgien Blas, sur le compte de notre héros, firent
penser

penfer à don Eugenio qu'on feroit revenir, fans beaucoup de peine, le jeune homme à lui-même.

Ce font les occafions, dit-il à fa fœur, qui l'ont conduit à tant d'extravagances. Je crois m'être apperçu que vous ne lui êtes pas indifférente. Vous avez à la vérité une rivale ; mais elle n'eft pas dangereufe : elle n'eft que papillon. Vous n'aurez pas à lui difputer long-tems la victoire. Ce n'eft pas qu'il faille d'abord heurter de front les chimères du jeune homme. Il eft queftion de gagner fa confiance : la nature & l'amour feront le refte. La fenfibilité s'emparera peu à peu de fon ame, & en bannira les préjugés dont elle eft actuellement nourrie.

Dona Félicia trouva le raifonnement de fon frère très-jufte. Elle avoit tracé le même plan pour ramener fon amant à lui-même. Après avoir témoigné fa reconnoiffance à don Eugenio, elle fit l'éloge de Hiacinte, & dit, avec le ton de candeur & d'honnêteté qui lui étoit ordinaire, qu'il n'étoit pas poffible que cette belle inconnue fût d'une naiffance obfcure. Eugenio n'eut garde de la contredire. Quand ils furent convenus de confier à Hiacinte & à don Gabriel une partie de leurs fecrets, ils fe féparèrent, enchantés l'un de l'autre & allèrent tenir compagnie à leurs convives en attendant le fouper.

Tome XXXVI.   S

CHAPITRE VIII.

Qui l'emportera ?

L'ÉCLAT que repandoient les meubles de la
salle à manger, la quantité de bougies qui y étoient
allumées, la magnificence du service, la saveur
des mets, le bon choix & la variété des vins auroient
pu causer de l'étonnement à don Silvio, s'il ne se
fût pas cru dans le palais des fées. Son cœur &
son esprit n'étoient occupés que de la belle Félicia.
Elle seule avoit droit de captiver ses regards. Une
simple chaumière lui auroit paru aussi brillante que
l'étoit dans ce moment-là le château de Lirias, si
elle eût été habitée par la veuve.

Toute la société s'apperçut du désordre qui
régnoit dans l'ame de notre héros. Son amour
n'échappa à personne. Dona Félicia qui ne pouvoit
être trop assurée de sa victoire, résolut de ne rien
épargner pour faire passer au chevalier une soirée
agréable. On avoit eu soin de placer les musiciens
qui devoient donner un concert pendant le souper,
de façon qu'ils ne fussent pas apperçus. On avoit
ordonné aux symphonistes de ne jouer que des

pièces choisies : ce qui fut exécuté à souhait. Jamais
on ne mangea avec plus d'appétit. Tous les convives furent gais. Chacun sembloit se disputer l'a-
vantage de paroître aimable. Don Silvio qui ne
voyoit pas les musiciens, attribuoit aux talens des
sylphides, habitantes ordinaires des palais des
fées, la mélodie qui frappoit son oreille. Il parut
prendre tant de plaisir à la musique, que dona Félicia, fit faire bien vîte les préparatifs d'un grand
concert.

Au sortir de table, on passa dans une sale de
concert où tout étoit disposé de façon à faire
ressortir avec avantage, les sons de chaque instrument. On auroit dit que les plus grands ar-
tistes avoient travaillé aux décorations de cet
appartement : l'aspect des tableux portoit à l'ame
les plus agréables sensations. Dès que la compagnie
entra, les musiciens commencèrent le concert
par l'exécution de quelques morceaux à grands
effets qu'ils eurent soin de modérer pour en venir
insensiblement à des expressions moins bruyantes,
mais plus douces & plus sensibles. On pria dona
Félicia de jouer sur le clavecin quelque chose de
sa composition. Elle étoit trop honnête pour re-
fuser à ses amis la satisfaction de l'applaudir. Tant
de belles qualités extasièrent Silvio. Don Eugenio
ne pouvoit voir de sang froid qu'on ne prodiguât
des applaudissemens qu'à sa sœur. Il connoissoit

les talens de son amante. Félicia fut priée par son
frère d'engager la jeune Hiacinte à jouer de concert avec elle. Celle-ci y consentit......... Quel
duo! Chacune n'étoit occupée qu'à donner de
l'éclat au goût de sa rivale & à faire ressortir son
talent. Don Gabriel que la prévention n'aveu-
gloit pas, sut rendre justice à la beauté de leurs
voix. Elles employoient tour à tour le vif & le
touchant, le gai & le pathétique. On jugea avec
raison que Pâris eût été embarrassé dans le choix,
s'il eût dû donner la pomme à l'une de ces deux
musiciennes. Hiacinte ne pouvoit être surpassée
que par dona Félicia, & celle-ci ne pouvoit l'être
que par Hiacinte. Les dames eurent tant de com-
plaisances, & les spectateurs trouvèrent le tems
si court, que le lever du soleil avertit qu'il étoit
tems de se retirer.

On se sépara après s'être mutuellement souhaité
un paisible sommeil. Nous ne savons pas si don
Gabriel, qui avoit atteint la cinquantième année
de son âge, & qui avoit vécu pendant tout ce
tems là comme un stoïcien qui envisage de sang
froid le tumulte des passions orageuses, passa la
nuit sans agitation. Mais nous pouvons attester
que don Silvio ne s'étoit jamais trouvé moins
disposé à dormir. Il étoit si préoccupé de son
enchantement, qu'il ne s'apperçut pas qu'au lieu
de rencontrer dans son appartement son fidèle

Pédrillo, il y trouva deux jeunes valets-de-
chambre qui s'empressèrent à le déshabiller. Il
étoit prêt à se mettre au lit, lorsqu'il se rappela
que ce n'étoit pas son intention. Quand les deux
jeunes gens qu'il avoit pris pour des sylphes
furent sortis, il reprit ses habits, plaça un fauteuil
au milieu de la chambre & s'y assit, ayant l'orient
en perspective, pour y rêver à son aise sur tout
ce qui avoit fait de si vives impressions sur lui.
Il croyoit sentir en respirant la sensation d'un
air magique. Il sortit peu-à-peu d'une espèce d'en-
gourdissement, & quand il fut revenu à lui-
même, il se demanda ce qu'il devoit penser de
tout ce qui lui étoit arrivé dans ce palais. Il étoit
bien persuadé qu'il n'avoit rien vu qui eût rapport aux rêves qu'il avoit faits & aux apparitions
qu'il avoit eues avant d'aborder le château de
Lirias ; mais quelle idée devoit-il se faire de la
maîtresse de cette maison ? Est-ce une fée, une
mortelle, une divinité, ou la princesse elle-
même ? Si je compare sa figure aux traits du portrait qui me sont toujours présens à l'esprit, je
ne peux m'y tromper........ Cependant........
Comment seroit-il possible..... Peut-être n'est-
elle qu'une parente de ma princesse ; ou, peut-
être est-elle née sous la même étoile & avec la
même constitution..... N'a-t-elle point eu des
raisons secrètes pour en prendre la ressemblance.

S

Si je m'étois trompé? Si une douce erreur m'avoit séduit? Quand on cherche un objet qu'on aime, on croit souvent le voir où il n'est pas....

Après avoir pesé toutes les raisons du pour & du contre, il s'en tint à cette dernière réflexion, qui lui parut la plus sensée, & qui s'accordoit le mieux avec la foi qu'il avoit jurée à son amante. Il résolut de l'admirer dans la personne de dona Félicia. Ma princesse, ajoutoit-il, doit avoir plus de perfections que les divinités, puisque celle qui n'en est qu'une foible image réunit toutes les qualités des mortelles les plus accomplies. Malgré la vénération qu'il avoit pour son amante, il ne pouvoit s'empêcher de trouver du plaisir à penser à dona Félicia. Il commença à se méfier de lui-même & des charmes de la belle, quoiqu'il ne crut rien appercevoir dans son cœur qui altérât son amour pour la princesse. Il lui venoit nombre d'idées singulières qu'il approuvoit & rejetoit tour à tour. Après avoir long-tems réfléchi sur ce qu'il devoit faire, il crut que le parti le plus sûr étoit de s'éloigner de ce dangereux château, dès qu'il le pourroit, sans manquer aux devoirs de l'honnêteté.

CHAPITRE IX.

Ce que peut un sage.

Il y avoit déjà quelques heures que le soleil étoit levé lorsque notre héros se ressouvint qu'il ne s'étoit pas couché. Essayer de dormir ayant l'esprit si agité, ce seroit inutile. Ainsi, pour donner une plus ample carrière à son imagination, il descendit dans le jardin. Nous ne savons pas à quoi ses réflexions l'auroient conduit, si don Grabriel qui étoit accoutumé d'aller tous les matins respirer la fraîcheur, ne l'eût rencontré dans une allée. Il tenoit par hasard un ouvrage de métaphysique. Ce livre le conduisit à un entretien sur l'existence des êtres invisibles. Don Silvio en raisonna avec chaleur, & donna tout à la fois des preuves d'une imagination si vive & si embrouillée que don Gabriel admiroit, en même tems, son esprit & ses erreurs.

Si don Gabriel eût été du nombre de ces philosophes opiniâtres, qui veulent que tout le monde cède à leur opinion & se conforme à leur système, Silvio auroit passé d'un sophisme à l'autre ; mais il étoit doux, honnête & sensé. Il

S iv

fut paroître se conformer à quelques-unes des erreurs de notre chevalier, pour mériter sa confiance & le faire renoncer à ses préjugés les plus absurdes & les plus dangereux.

Le lecteur ne nous sauroit aucun gré, si nous rapportions ici la conversation des deux personnages qu'on vient de nommer. Nous dirons seulement que leur entretien roula sur des thèses de métaphysique, & qu'elle dura jusqu'au moment où on se réunit dans un petit cabinet de verdure, attenant à l'appartement de dona Félicia, pour y déjeûner au frais.

Si don Gabriel ne put pas dissiper tout-à coup les chimères du jeune chevalier, il les ébranla vivement. Celui-ci promit de se former un nouveau système qui seroit fondé sur les leçons qu'il venoit de recevoir, & sur les vérités qui le frapperoient à l'avenir.

CHAPITRE X.

L'amour l'emporte toujours.

DOM SILVIO s'étoit proposé d'opposer beaucoup de fermeté à tout ce qui pourroit porter atteinte à ses sentimens pour le papillon bleu..... Je saurai bien résister, disoit-il, aux impressions que pourroit faire sur mon cœur la ressemblance que je crois trouver entre ma princesse & dona Félicia.

Cette résolution lui donna un air si gêné, quand il se présenta devant la belle veuve, qu'elle s'en apperçut au premier coup-d'œil, sans paroître cependant y faire beaucoup d'attention. Elle en devina la cause avec cette précipitation qui est naturelle à l'amour, & se flatta que sa présence dissiperoit bientôt le nuage qui sembloit envelopper le cœur de don Silvio.

Les moralistes ont souvent dit, & répéteront encore long-tems, qu'ils ne connoissent d'autre remède contre l'amour que de fuir aussi vîte qu'il est possible, lorsque l'on s'en sent attaqué, ou que l'on se croit sûr de l'être. Ce remède est sans doute excellent; mais on ignore la méthode de s'en servir avec succès : c'est ce qu'il auroit fallu décrire. On remarque qu'il n'est pas dans le pouvoir d'une personne enclinée à l'amour, d'en éviter les atteintes. On soutient même, en s'appuyant d'un nombre infini d'autorités, qu'il n'est pas possible qu'un être qui a de l'aptitude à aimer, desire d'avoir des aîles pour en éviter les occasions.

Il est vrai que don Silvio avoit résolu de partir de Lirias aussi-tôt qu'il le pourroit ; mais cette résolution n'étoit que conditionnelle. L'amour avoit droit de l'interpréter.

La belle Félicia communiquoit à l'air dont elle étoit environnée, une espèce de force attractive qui saisit si fort notre héros, dès qu'il se trouva dans le tourbillon, qu'il en éprouva un saisissement qui . . . . . Nous laissons à nos lecteurs le soin de porter l'allégorie aussi loin qu'ils le jugeront à propos. Nous ajouterons que cette force magnétique, qui prend sa source dans les traits d'une jolie femme, a la vertu de bannir toutes les pensées, les opinions & les souvenirs qui pourroient s'opposer à ses effets.

Don Silvio fournit dans l'espace de quelques minutes, un exemple de cette observation. Il s'étoit proposé de ne pas lever les yeux sur dona Félicia. Après un instant de réflexion, il crut ne pas pouvoir se dispenser de la regarder du coin de l'œil. Bientôt il hasarda un regard en ligne directe. Cet essai fut souvent réitéré. Sa timidité s'évanouït, il contempla la veuve à son aise, & se livra sans réserve à tout ce que l'aspect avoit d'agréable & de séduisant. Il goûta le plaisir d'aimer, oublia toutes les résolutions qu'il avoit prises, ne pensa plus à la protection de la fée Rayonante, & ne crut plus qu'il existât un papillon ou une princesse enchantée qui eût quelques droits sur lui.

Dona Félicia se trouvoit à peu près dans la même situation. La force magnétique qui entraînoit don Silvio vers elle, agissoit aussi puissamment sur la belle que sur notre héros. Si nous devons nous en rapporter à l'opinion de quelques savans qui ont pénétré plus avant que nous dans les replis de la nature, nous devons ajouter que la puissance attractive agissoit encore plus fortement sur dona Félicia que sur le chevalier. C'est ce penchant réciproque qui hâta le moment de la coadunation de leurs ames. Elles se confondirent l'une dans l'autre dès le moment que leurs yeux se rencontrèrent. Il auroit été aussi difficile de les démêler, qu'il le seroit de séparer deux gouttes de rosée qui se trouvent réunies dans le sein d'une rose prête à s'épanouïr.

Pendant que la société fut réunie, la conversation ne tarit point. On en vint insensiblement

à l'époque où don Eugenio & notre héros fe rencontrèrent. On parla de la part qu'avoit la belle
Hiacinte à cette connoiſſance. Chacun vouloit
être inſtruit d'un myſtère qui intéreſſoit, pour
ainſi dire, autant les amis que les amans. On pria
la jeune inconnue de raconter l'hiſtoire de ſa vie.
Quoique don Silvio dût être inſenſible ſur tout
ce qui n'avoit pas un rapport immédiat à dona
Félicia, il ne put réſiſter à la ſecrète émotion qui
ſe fit ſentir en lui, lorſqu'on parla des aventures
de Hiacinte. Mais ſon trouble paroiſſoit moins
provenir de l'amour, que d'un ſentiment de ten-
dreſſe & d'amitié.

Hiacinte n'avoit aucune raiſon pour taire à
ceux qui étoient préſens les circonſtances de ſa
vie, quoiqu'elle eût des choſes importantes à
leur découvrir. La paſſion de don Eugenio, &
tout ce que ce jeune ſeigneur avoit fait pour elle,
devinrent les principaux événemens de ſon hiſtoire. Elle céda aux inſtances de ſon amant; &
notre héros écouta ſon récit avec d'autant plus
d'attention, qu'il ne doutoit pas que les fées
n'euſſent beaucoup de part à tout ce qui lui étoit
arrivé.

CHAPITRE XI.

Histoire de Hiacinte.

IL est vrai , & je suis très disposée à le croire , dit la belle Hiacinte, que moins une femme fait parler d'elle, plus elle mérite d'être estimée. Mais je serois bien à plaindre si cette règle étoit sans restriction. Je consens à raconter les aventures de ma vie dans un âge où la plus grande partie de mon sexe commence à peine à sortir de dessous les aîles d'une mère sage & bienfaisante. Je serois inconsolable, si j'avois donné lieu à mon premier essor.

Je réclame votre indulgence en faveur d'une personne qui ne connoît que la vérité, & qui vous racontera tout ce qui lui est arrivé avec cette bonne foi que les personnes de mon état sacrifient ordinairement à leur amour-propre.

Je ne vous parlerai point de mon origine, parce qu'elle m'est inconnue. Je ne sais à qui je dois mon existence ; mais je me rappelle d'être tombée très jeune entre les mains d'une bohémienne d'un certain âge qui m'a élevée. Je me ressouviens confusément d'avoir habité dans une

grande maifon où j'étois entourée de femmes.
Un petit garçon de ma taille fe récréoit avec
moi. Je ne fais s'il étoit mon frère, où s'il ne
venoit dans l'endroit où on m'élevoit que pour
y jouer avec un autre enfant. Toutes ces circonftances fe retracent fi foiblement à mon efprit, que je n'ofe les donner pour des vérités.

La bohémienne fe difoit ma grand-mère; mais
je ne fentois aucun mouvement dans mon cœur
qui m'attachât à elle. Cette vieille n'omettoit
rien pour me donner une éducation relative aux
vues qu'elle avoit fur moi. J'avois à peine fept
ans qu'on difoit que je danfois très - joliment les
bafques. La naïveté avec laquelle je répondois
à toutes les queftions qu'on me faifoit, & l'a-
dreffe que je mettois à exécuter toute forte de
jeux, m'attirèrent la bienveillance des perfonnes
chez lefquelles elle me menoit pour gagner de
l'argent. Mes premiers fuccès engagèrent ma prétendue grand-mère à ne rien épargner pour développer les talens qu'elle croyoit voir naître en
moi. A l'âge de douze ans, je jouois de la guittare
& du théorbe. Je chantois la mufique à livre ouvert. Je prophétifois l'avenir à de certaines perfonnes, en examinant le dedans de leurs mains
ou du marc de café.

Quoique je paruffe n'être occupée que de frivolités, j'obfervois cependant avec la plus grande

attention tout ce qui fe paffoit autour de moi,
par-tout où je me trouvois.

Un jour que nous affiftions à une fête de Tolède, où, de concert avec mes camarades, j'amu-
fois une nombreufe fociété par mon chant & ma
danfe, j'apperçus dans la compagnie deux meffieurs de bonne mine qui me fixoient avec attention. Quel dommage, difoit l'un, qu'elle faffe le
métier de bohémienne! Avant qu'elle fe connoiffe
elle-même, elle fera la victime de la féduction.
Croyez-moi, répondoit l'autre, elle a plutôt la
mine de féduire les autres que d'en être féduite.
Elle n'en fera que plus à plaindre, répondit le
premier. La vertu, qui eft précieufe dans tous les
états, eft un défaut dans le fien.

Ce difcours que j'entendis fans qu'ils s'en ap-
perçuffent, fit une grande impreffion fur mon
ame. Plus j'avois de peine à en concevoir le fens,
plus je m'efforçois de le pénétrer.

La vieille bohémienne qui n'étoit occupée
qu'à donner de l'éclat à ma gentilleffe, ne fe
mettoit guère en peine de me faire connoître la
vertu. Elle ne la connoiffoit pas elle-même. Malgré cela, je n'ignorois pas tous les points de la
faine morale. Un certain inftinct qui me rendoit
attentive à obferver les mœurs, la conduite de
mes camarades & les mouvemens de mon propre
cœur, me fit diftinguer le bien d'avec le mal.

Les contes & les romans étoient les seules sources
où je pusse puiser le goût des mœurs. Cette légère connoissance de moi-même, & le souvenir
du discours que les deux messieurs de Tolède,
avoient tenu sur mon compte, me donnèrent
une secrète horreur de mon état, & beaucoup
de mépris pour ceux qui le suivoient. Je suis sans
doute bien malheureuse, me disois-je, puisque
les personnes sensées me trouvent à plaindre.
Comment ne le serois-je pas, puisque pour un
vil salaire, je me donne en spectacle aux gens de
la lie du peuple, & que je suis destinée à servir
de jouet aux personnes de toute condition? Ces
pensées me rendirent si méprisable à moi-même,
que je perdis tout à fait le goût de mes occupations ordinaires.

J'étois précisément occupée de ces sages réflexions, lorsque la vieille me conduisit dans un
château où elle avoit coutume d'aller tous les
ans. La maîtresse de cette maison étoit une veuve
d'environ trente ans, qui faisoit son occupation
principale de l'éducation d'une fille fort aimable
qui étoit à peu près de son âge. Cette dame parut
touchée de mon extrême jeunesse, de mon innocence & du trouble qui obscurcissoit mes yeux.
Elle me prit à l'écart, me fit différentes questions,
& me parut très-satisfaite de mes réponses. Elle
me demanda si je n'avois pas envie de rester
avec

avec elle. Sa sérénité, son air doux & compatis-
sant me captivèrent. Elle lut ma réponse dans
mes yeux. La joie étoit peinte sur tous les traits
de mon visage. Mon cœur étoit si serré par le
plaisir, que je ne pus proférer un seul mot pour
exprimer ma reconnoissance. Cette vertueuse
femme fit ses propositions à la bohémienne, &
n'oublia rien de ce qui pouvoit la déterminer à
consentir à notre séparation. La vieille avoit des
vues bien différentes, & fut inébranlable. Elle
dit à la dame que je lui étois si utile, qu'elle ne
pouvoit se passer de moi que moyennant une
somme considérable. La fortune de cette dame
ne répondoit pas à sa générosité. Elle ne put satisfaire l'extrême avidité de la bohémienne. Quand
je fus sur le point de quitter la maîtresse de ce
château, mes pleurs inondèrent mon visage. Elle
fut si touchée de la sensibilité de mon ame, qu'elle
se déterminoit à faire ce qu'on appelle l'impossible
pour me garder. La vieille fit de nouvelles repré-
sentations. Après avoir fait valoir les droits de la
tendresse maternelle qu'elle devoit méconnoître,
elle allégua d'autres raisons que je n'osois contredire. Il fallut se résoudre à partir. La vieille qui
craignoit d'être poursuivie, me fit traverser les
plus épaisses forêts & les montagnes les plus es-
carpées. Elle se reconnoissoit dans les routes les
moins fréquentées, tant elle avoit la routine de

Tome XXXVI. T

son état. Nous arrivâmes pendant la nuit à Séville.
J'étois inconfolable. Mes larmes couloient nuit &
jour. La bohémienne fut obligée de laiffer un libre
cours à ma douleur, avant de me faire envifager
ma deftinée fous un point de vue qui, felon elle,
devoit être fort agréable.

Dès notre arrivée à Séville, on changea notre
façon de vivre. La vieille loua une affez jolie maifon dans laquelle elle fit meubler un appartement
que j'occupai feule. Elle n'oublia rien de ce qui
pouvoit contribuer à mes plaifirs. Je recevois tous
les jours des préfens en colifichets. On me donna
des maîtres pour me perfectionner dans l'art de
la mufique.

Un matin, la bohémienne, munie de nouveaux préfens, vint dans ma chambre, & me
tint ce langage.

Ma fille, me dit-elle, voici le tems où j'ofe me
promettre de recueillir les fruits des dépenfes que
j'ai faites pour vous donner de l'éducation. Après
avoir employé les termes de la flatterie pour élever
mes charmes fort au deffus de ce qu'ils étoient,
elle m'affura que ma félicité dépendoit de l'ufage
que j'en ferois. Tu vois par moi, ajouta-t-elle,
que la vieilleffe & la décrépitude font les plus
terribles fléaux de la vie. On ne peut tirer avantage que de la jeuneffe. Je ne puis te laiffer aucune
fortune; mais tes graces & tes talens te tiendront

lieu d'une mine d'or, si toutefois tu en fais un
bon usage. Ce préambule fut suivi d'une conversation sur les sentimens du cœur. Elle croyoit que
ses conseils feroient d'autant plus d'impression sur
moi, que j'étois sans expérience. Elle rappela
toute la vivacité de son imagination pour animer
la mienne. Mon silence lui apprit que ses tenta-
tives ne faisoient aucune impression sur moi. La
bohémienne attribuoit plutôt mon indifférence à
la timidité qu'à l'insensibilité. Elle crut que le
tête-à-tête d'un jeune homme seroit plus persuasif
que ses infâmes leçons. Elle ne tarda pas à me
présenter un petit fat qui passoit pour l'un des
plus aimables cavaliers de Séville. Ce monsieur, me
dit ma marâtre, brigue de puis long-tems l'avantage de vous connoître. Vous serez charmée de
vous lier intimement avec lui. Elle prétexta des
occupations & nous laissa seuls. Le jeune homme
débuta par me faire de pompeux complimens qui
furent suivis d'une longue déclaration d'amour.
Je n'y répondis pas un seul mot. Croyant que je
ne l'avois pas compris, il voulut se permettre
quelques libertés qui lui attirèrent mon courroux. Je lui dis, d'un ton imposant, qu'il me
sembloit qu'il avoit conçu bien vîte de l'inclination pour moi, pour une personne qu'il ne connoissoit pas. Votre manière d'aimer, ajoutai-je,
ne s'accorde pas avec mes sentimens. Je vous

déclare que les gens de votre efpèce ne me paroî-
tront jamais dignes d'avoir des droits fur mon
cœur. En difant ces mots, j'allai prendre ma
guitare & je chantai quelques vieilles romances.
Le jeu dura long-tems, & déplut à mon courtifan
qui, après avoir beaucoup bâillé, prit fon chapeau, me fit une profonde révérence & fe retira.

Bientôt après le départ de cet original, je vis
entrer la bohémienne dans ma chambre. Elle
étoit gaie....... Avec de telles difpofitions, me
dit-elle, je préfume que tu feras mon bonheur.
On n'eft pas forcé d'aimer ceux qui ont du penchant pour nous; au contraire, rien n'eft plus
dangereux pour une jeune perfonne qui doit
conftruire elle-même l'édifice de fon bonheur,
qu'une paffion férieufe. Ma chère fille, on ne
vous demande que de la complaifance. Vous
faites bien de mettre à un haut prix la bienveillance que vous voulez accorder plutôt à l'un qu'à
l'autre. C'eft actuellement le bon tems; fachez en
profiter. Votre quatorzième année fera bientôt
révolue......... Elle continua fur le même ton
fans que j'euffe la force de lui répondre.

On diroit à vous entendre parler, interrompis-
je enfin, après bien des mouvemens d'impatience, que je dois revoir ce jeune homme?

Pourquoi non?...... Oui, ma petite amie

tu le verras encore..... Je t'en préfenterai vingt
autres qui te plairont davantage.

Au lieu de répondre à ce difcours odieux , je
verfai un torrent de larmes. Ce n'eft qu'après
un quart-d'heure de filence que je lui dis , en fan-
glottant, que, quoique je fuffe bien jeune , la
mort me répugneroit moins que les baffeffes auxquelles elle vouloit que je me livraffe. Après ces
mots elle me quitta brufquement fans paroître
s'appercevoir que les difcours qu'elle m'avoit
tenus , m'avoient pénétrée de honte & de défefpoir. Eperdue , je me jetai fur une chaife ; je
levai les mains au ciel & le conjurai de ne pas
m'abandonner. La bonne dame que j'avois vue
au château , fe préfentoit toujours à mon imagination. Elle me reverra avec plaifir , me difois-je ;
elle me recevra. J'ignorois les moyens de m'é-
vader ... Je ne favois ni le nom de cette dame ,
ni celui de fa demeure. La bohémienne avoit
toujours refufé de me le dire. Elle évitoit même
d'en parler en ma préfence. Je me reffouvins
enfin confufément que le château dont j'aurois
voulu favoir le nom , étoit fitué à quelques milles
de Calatrava. Je ne doutai pas que , fi j'étois une
fois dans cette ville , on ne m'indiquât la demeure
que je cherchois. Cette penfée remit un peu de
calme dans mon ame ; & je réfolus d'exécuter
mon projet auffi-tôt que je le pourrois.

T iij

CHAPITRE XII.

Suite de l'histoire d'Hiacinte.

J'AI eu lieu de présumer dans la suite, que mes compagnes, que je ne voyois presque plus, s'étoient prêtées avec plus de docilité que moi, aux vues de la vieille. On affectoit depuis quelque tems de me taire tout ce qui se passoit dans la maison. Je ne voyois que du mystérieux ; je n'entendois que des chuchottemens. La détestable bohémienne leva pourtant le masque. Les jeunes victimes s'accommodoient très-bien de leur nouvelle façon de vivre. Elles ne purent me vanter assez la félicité dont elles jouissoient. La plus âgée avoit porté le désordre au point de me badiner sur ce qu'elle appeloit ma cruauté, & d'insulter à ma continence.

J'étois gênée ; je jouois le role de la vertu sur le théâtre de la débauche. Le moyen de rompre mes chaînes ! La vieille ne me quittoit presque pas. Elle me dit un soir, qu'il falloit que je passasse une partie de la nuit dans son appartement ; qu'il y auroit bonne compagnie ; & que c'étoit un cadeau à me faire que de me procurer des connoissances

qui pourroient à l'avenir m'être utiles. Elle parla
long-tems : je fis peu d'attention à ce qu'elle dit,
parce que je n'étois occupée que de ma fuite. Je fus
bien surprise de voir entrer chez moi sept à huit
jeunes gens qui me saluèrent avec plus de fami-
liarité que s'ils eussent été mes frères. Comme
ma physionomie leur étoit inconnue, ils s'assem-
blèrent autour de moi, & me fixèrent d'un air
effronté. La vieille qui s'apperçut de mon trouble,
me tira à l'écart pour me dire que tous ces jeunes
messieurs étoient des personnes de qualité, qui
lui faisoient l'honneur de venir quelquefois passer
la soirée chez elle, & qu'ils n'avoient d'autres
vues que de s'amuser innocemment. Ils veulent
se recréer entr'eux, ajouta-t-elle ; faire un petit
souper & danser jusqu'à dix ou onze heures. Ils
paient bien. Ma maison est une demeure honnête.
Personne ne trouvera mauvais que j'y reçoive
bonne compagnie.

Je parus croire ce qu'elle venoit de me dire.
Je lui répondis par un signe de tête.

On se conduisit jusqu'au souper avec assez de
ménagement. Je crus, pour la première fois, que
la vieille n'avoit pas voulu me tromper. Je chantai.
On se mit à table. A mesure que le repas avançoit,
la conversation devenoit deshonnête. Epargnez-
moi la honte de faire le récit de cette horrible
scène ! Il me seroit impossible de vous peindre

ma fituation. Ma rougeur & mon embarras devinrent le fujet de leurs farcafmes. Quel fut mon
effroi, lorfque j'entendis deux de ces élegans fe
dire : nous furmonterons fa rigueur. Je voulus
fuir, mais on m'arrêta. Je courus vers la bohémienne, je me jetai à fes genoux & la conjurai
d'épargner mon innocence. Elle ne fit que rire
de mes allarmes. Va, me dit-elle, jeune étourdie,
tu ne connois pas le bonheur, & tu ne le con-
noîtras de ta vie. Venez, don Fernand, venez
confoler cette pauvre enfant.... Ces mots chan-
gèrent mon inquiétude en un défefpoir affreux.
Je me précipitai du côté de la table, & m'emparai
d'un coûteau en m'écriant que je le plongerois
dans mon fein fi quelqu'un avoit la hardieffe de
m'approcher. Cette réfolution donna lieu à mille
fades plaifanteries que je n'ai pas le courage de
répéter. Accablé par la douleur, je me laiffai
tomber fur une chaife. Oh ! pour le coup, dit
malignement l'un des fcélerats, voilà du tragique !
Il faut tirer au fort celui qui domptera ce dragon
furieux. Je n'étois plus à moi. Je me flattois que
l'étrange révolution que cette fcène opéroit dans
tout mon être, hâteroit le moment de ma def-
truction. Mes vœux auroient fans doute été
comblés, fi l'un des cavaliers qui étoient dans
l'appartement, pour lequel tous les autres fembloient avoir des égards, n'eût dit, d'un ton

ferme, que je ne méritois pas un pareil traite-
ment. Ces mots produisirent l'effet que j'en attendois. La même personne fit signe à la vieille
de me faire sortir. On me conduisit dans une
petite chambre. Je me jetai promptement sur un
lit de repos, en donnant un libre cours à mes
larmes. On me laissa seule l'espace d'une heure.
Dès que j'eus recouvré l'usage de mes esprits,
je pensai sérieusement à ma fuite. Tous les
obstacles me sembloient levés. Mes vœux se
bornoient à être éloignée d'un séjour si coupable.
Il étoit nuit. Mon impatience redoubloit. Je ne
voulois pas retarder davantage l'exécution de
mon projet. Sans savoir positivement où se tour-
noient mes pas, j'allai vers la porte. Elle étoit
fermée à clef. La crainte ne peut rien contre le
désespoir. J'ouvre ma fenêtre : je veux sortir au
péril de perdre ma vie ; des barres de fer s'op-
posent à mon passage. Abimée dans le plus noir
chagrin, je retombe sur mon lit. Mes gémisse-
mens redoublent. J'accuse le ciel d'injustice.
Grand dieu ! m'écriai-je, ce peut-il que je sois la
fille d'une mère si criminelle, d'un monstre d'op-
probre & d'ignominie ! cela n'est pas possible.
Ah ! peut-être dois-je le jour à une mère tendre
& vertueuse qui pleure encore la perte d'une
fille qui devoit faire sa félicité, qui devoit la

secourir, soutenir ses vieux jours & hériter de toutes ses vertus!

Je goûtois un plaisir cruel à faire ces réflexions. De moment en moment ma situation me devenoit plus insupportable. Je cherchai dans ma mémoire à confirmer mes conjectures; mais je n'y trouvai que des choses obscures & vides de sens. Il ne se présenta rien à mon imagination qui pût me faire chérir mon existence. Je me confirmai à moi-même la résolution que j'avois faite de résister fortement à tout ce qui pourroit porter mon cœur à la corruption.

Telle étoit la situation de mon ame, lorsque la bohémienne revint. Elle me dit, avec un ton d'affabilité qui m'étonna, que je devois me préparer à la suivre dans une autre demeure, parce que, selon les apparences, la sienne me déplaisoit. Elle ajouta qu'où elle me meneroit, bien loin de dépendre de quelqu'un, je donnerois des loix. Je lui entendis dire beaucoup d'autres choses qui devoient me donner une haute idée du bonheur qui m'attendoit. Après avoir voulu me persuader qu'elle n'avoit eu d'autre dessein que d'éprouver ma vertu, elle me dit que c'étoit à ma sagesse que j'étois redevable des bienfaits que j'allois recevoir. Je me ressouvins aussi-tôt de la personne qui avoit paru être touchée de mes peines. J'en voulus parler à la vieille ; mais elle ne me fit que des réponses vagues auxquelles je ne pus rien comprendre. Le desir que j'avois de m'éloigner de cette maison ne me permit pas de réfléchir aux dangers qui pouvoient m'attendre. Au reste, les résistances que j'aurois faites pour ne la pas suivre auroient été inutiles. Elle jeta à la hâte un voile sur ma tête. Et me conduisit hors de sa maison. Il étoit minuit. Aucun nuage n'obscurcissoit les rayons de la lune. Après avoir traversé à pied quelques petites rues écartées, nous montâmes dans un carrosse qui nous attendoit. Je fus surprise d'y trouver une de mes camarades. J'appris qu'elle étoit destinée à me servir. Après avoir marché près d'une heure, la voiture s'arrêta devant une petite maison de peu d'apparence. Nous descendîmes & fûmes reçues à la porte, par une femme d'un certain âge qui tenoit une bougie allumée. Elle étoit vêtue d'une longue robe de gros drap gris. Une paire de lunette couvroit son nez. Un long chapelet pendoit à sa ceinture. C'étoit le véritable accoûtrement d'une Béate (1). Je crus d'abord entrer dans un couvent. Mais cette idée s'évanouit, lorsque la soi-disant béate, m'ayant fait entrer

_____

(1) On appelle Béates, en Espagne, des femmes qui, sans être enrôlées dans aucun ordre particulier, font les vœux de religion, & vivent dans la retraite.

dans un appartement de cinq pièces de plain-
pied, me dit que c'étoit-là la demeure qui
m'étoit deſtinée.

Chaque pièce qui compoſoit ma demeure
étoit magnifiquement meublée. On y voyoit des
glaces de veniſe, des pagodes de porcelaine de la
chine & des tableaux des plus grands maîtres. Je
n'avois pas eu le tems de revenir de ma ſurpriſe
que la bohémienne entra & me dit : je te laiſſe
livrée à toi-même, ma chère Hiacinte. Tu es
aimable & jolie ; tu as de la diſpoſition à être ver-
tueuſe, je t'en félicite. Si tu profites des bienfaits
dont la nature t'a comblée, tu pourras te faire
un ſort plus avantageux que celui que j'aurois pu
retirer de tes ſervices. Elle me quita ſans attendre
ma réponſe. La béate la ſuivit après m'avoir fait
une profonde révérence & ſouhaité une bonne
nuit. A peine me trouvai-je ſeule avec Stella,
que je réfléchis ſur cette étrange aventure. J'in-
terrogeai ma compagne qui me dit, pour toute
réponſe, que le marquis de Villa-Hermoſa (c'eſt
le nom de la perſonne qui avoit paru s'intéreſſer
à moi au moment de la criſe) étoit ſorti avec la
bohémienne, après que je fus renfermée dans ma
chambre ; & qu'il n'étoit revenu qu'après une
heure d'intervalle. C'en fut aſſez pour m'apprendre que la malheureuſe bohémienne m'avoit
livrée à ce jeune ſeigneur. Je paſſai le reſte de

cette cruelle nuit fur un fopha. Mille affreufes
penfées rouloient dans mon efprit. Je traçai le
plan d'une conduite qui pût infpirer de l'indulgence, des égards, de la pitié & de la vénération.
Si le marquis m'aime, me difois-je, je n'ai rien
à redouter de fa part. S'il efpère me gagner
par des prefens, il fe trompe. Malheur à celui
que l'avidité conduit au crime! La feule idée
qu'il y eût quelque chofe au monde capable de me
féduire, de me faire oublier ce que je me devois
à moi-même, révolta mes efprits. Je me flattai
d'avoir affez de force pour triompher de la féduction. Si mon cœur fe laiffe furprendre; s'il eft
vrai que l'amour ait fur nous un empire defpo-
tique, je faurai me taire, je renfermerai en moi
le feu qui me dévorera; je ne manquerai pas à la
vertu. Tendres & vertueux auteurs de mes jours!
qui que vous foiez, ma confcience m'attefte que
je ne ferai jamais indigne de porter le nom de
votre fille.

De toutes les idées que j'avois, celle-ci me
parut la plus flatteufe. Elle élevoit mon ame au
deffus de l'état vil où je me trouvois; elle me
donnoit une certaine force d'efprit que je ne pouvois attendre de mon âge. C'eft dans ces difpofitions que me trouva le marquis. Dès fa première
vifite, il me découvrit fes vues. Quoique, quelques
heures avant, il eût paru prendre part à ma déf-

tinée, je ne reſſentis rien en moi-même qui me
parlât en ſa faveur. Il étoit bien fait. Sa figure me
parut noble ; mais ſon air de prétention aſſez
naturel aux hommes de bonne mine, me donna
du mépris pour lui. Il n'avoit peut-être jamais
penſé qu'une femme pût s'oppoſer à ſes vœux.
Tant de préſomption bleſſa mon amour-propre.
Comment, une jeune perſonne, qui n'étoit connue
que pour la fille d'une bohémienne, pouvoit-elle
être ſuſceptible des ſentimens qui caractériſent
la nobleſſe de l'ame. Je n'abuſerai point de votre
complaiſance pour vous répéter les déclarations
qu'il me fit & ce que je lui répondis. La franchiſe
avez laquelle je lui déclarai mon indifférence
ſembla renverſer ſes projets. Je lui dis naïvement
qu'il ne pouvoit mériter de reconnoiſſance de ma
part, qu'en me procurant du ſervice chez une
honnête dame. Il eut de la peine à concilier cette
demande avec mon ton de fierté.

Le marquis de Villa Hermoſa réitéra ſouvent
ſes viſites. Il fut toujours froidement reçu. J'in-
ſiſtois ſur ce qu'il me donnât la liberté... Que
ferois-tu de ta liberté, me dit-il une fois d'un
air de mépris?

Elle me ſouſtraira aux efforts des méchans.

Ecoute, Hiacinte, puiſque tu es ſi franche,
je te parlerai à mon tour avec naïveté. Je t'ai
trouvée dans une maiſon abominable. J'aurois cru

te faire une injuſtice, ſi je t'euſſe comparée à tes compagnes. Tu m'as plû. Ton innocence m'a pré-venu en ta faveur. J'ai cru que ton caractère ré-pondroit à tes charmes. Je t'ai achetée... Achetée, monſieur?... Oui. A qui appartenoit le droit de me négocier? Savez-vous que cette bohémienne qui ſe dit ma grand-mère ne l'eſt pas... Qui ſont donc tes parens? Je l'ignore, monſieur, mais mon cœur m'atteſte que je dois le jour à des perſonnes honnêtes. Quelque ridicules que vous paroiſſent mes idées, elles ont aſſez d'empire ſur moi pour que les tréſors les plus précieux, & les menaces les plus cruelles, ne faſſent aucun changement dans ma façon de penſer.

Hiacinte, rends-toi. Je ne crois pas à la ſageſſe d'une fille de quinze ans. Ceſſe de jouer la vertu ou crains...

Je me jette à ſes genoux, je le conjure au nom du ciel de me donner la liberté, de m'abandonner à ma deſtinée. Il me relève, ſe proſterne lui-même à mes pieds, & me dit tout ce que la paſ-ſion peut ſuſciter de plus vif. Il eſſayoit de pleurer. Son eſpoir étoit fondé ſur mon inexpérience, ſur ma jeuneſſe, ſur ma pauvreté. Il employa toute ſorte d'artifices pour me toucher ou pour m'in-timider. La pureté de mon cœur ſembloit avoir pénétré ſon ame. Il me quitta, en me diſant d'un air de bonne foi, qu'il me laiſſoit trois jours

pour réfléchir, & que fi après ce tems-là, je perſſiſtois à vouloir le quitter, il ne s'oppoſeroit pas
à mon éloignement. Le reſte de la ſoirée ſe paſſa
tranquillement. Je m'applaudis mille fois de ma
victoire. Le ſouper me fut agréable. Je jouiſſois
d'un calme que je n'avois pas connu juſqu'alors.
Le bonheur de me voir bientôt libre occupoit mon
eſprit, lorſque j'entendis ouvrir la porte avec violence. C'étoit le marquis. Il étoit en robe de
chambre. Son regard avoit quelque choſe de ſi
farouche que j'eus peur. Je jetai un cri effroyable
qui attira Stella dans mon appartement.

Le marquis, ſans dire mot, fit ſigne à ma ca-
marade de le ſuivre. Je réſolus de profiter de ce
moment pour m'évader. Après avoir pris toutes
les précautions néceſſaires pour qu'on ne m'en-
tendît pas, je me tranſportai à la porte de la rue.
Elle étoit fermée à clef. Mes inquiétudes redoublèrent... Le haſard me conduiſit par une petite
allée, dans une chambre ſéparée d'un grand corps
de logis, dont les fenêtres donnoient ſur la rue.
Des grilles de fer s'oppoſoient à mon paſſage. Je
me débarraſſai des habits qui pouvoient contribuer à groſſir le volume de mon corps ; & après
bien des peines je me trouvai dehors. Je ne vous
peindrai point la joie que je reſſentis en ce moment. Jamais le ciel ne m'avoit paru ſi ſerein.
Après m'être recommandée aux protecteurs de
l'innocence,

l'innocence, je me mis à courir sans savoir où
j'allois. La maison que j'avois habitée en dernier
lieu étoit située à l'une des extrémités d'un faux-
bourg ; de sorte que je me trouvai bientôt dans
une grande route & en pleine campagne. Avec
quelle vîtesse je marchois ! Au lever du soleil, je me trouvai à trois milles de Séville. En
entrant dans le premier village qui se rencontra
sur ma route, je demandai du pain & du lait qui
furent payés avec quelques-uns de mes ajustemens. Je continuai ainsi mon voyage, en me re-
posant de tems en tems sous les buissons qui pouvoient me mettre à couvert des rayons du soleil.
A l'entrée de la nuit je cherchai un gîte. Je le
trouvai à Calatrava, où j'espérai qu'on m'indi-
queroit la demeure d'une dame sur qui toutes mes
espérances étoient fondées.

J'arrivai au château que je cherchois, sans qu'il
m'arrivât rien de remarquable. Je crus être destinée à un éternel malheur, lorsque j'appris que
la demoiselle du château étoit morte, depuis
quelques semaines, de la petite vérole, & que
sa mère ayant perdu l'unique objet qui l'attachoit
au monde, s'étoit retirée dans un monastère au-
delà de Tolède. Cette nouvelle fut pour moi un
coup de foudre. Je tombai malade. Ma situation
étoit cruelle. Manquant de tout, sans argent, sans
connoissances, sans aucune ressource; que devenir?

Je crus n'avoir d'autre parti à prendre que du ſervice chez quelqu'un d'honnête ; mais où trouver une perſonne qui voulût recommander une inconnue ?

Pendant que je réfléchiſſois ſur la biſarrerie de ma deſtinée, je vis arriver dans l'hôtellerie une troupe de comédiens. La directrice étoit une femme de bonne mine, dont le premier abord prévenoit en ſa faveur. Elle chercha bientôt l'occaſion de me parler & de faire connoiſſance avec moi. Elle gagna ma confiance. J'ignorois l'art de feindre vis-à-vis de qui que ce fût. Ma miſère actuelle étoit encore un motif qui m'engageoit à ne rien taire de ce qui pouvoit intéreſſer en ma faveur. Je lui fis de bonne foi le détail de tous les événemens de ma vie. Elle m'écouta attentivement ; & après m'avoir donné toute ſorte de marques d'amitié, elle me dit qu'il lui manquoit une actrice dont je pouvois remplir la place, ſi je le jugeois à propos. Elle n'omit rien de ce qui pouvoit me donner du goût pour le théâtre, & me fit des propoſitions très-avantageuſes. Il étoit aſſez naturel qu'une fille qui, juſques-là, n'avoit été employée qu'à la ſuite d'une bohémienne, ſe trouvât flattée de jouer des rôles de reines.

Arſénie redoubla ſes inſtances pour me faire embraſſer un état qui, ſelon elle, n'étoit en lui-même, ni mépriſable, ni indécent. Elle ajouta

qu'il n'étoit tombé dans une efpèce d'aviliffement,
que depuis que quelques comédiennes s'étoient
impofé la loi de renoncer à la vertu, & de tourner
en ridicule celles qui en font profeffion. Je ne
vous cache pas, me dit-elle, qu'une actrice qui
a des talens & de la figure, ne foit plus expofée au danger qu'une femme ordinaire ; mais
elle eft plus digne d'eftime quand elle conferve
la pureté des mœurs au milieu de la féduction.

Enfin, les difcours d'Arfénie, les marques
d'amitié qu'elle me donna, & l'afpect de ma fituation préfente, me déterminèrent à prendre un
état pour lequel elle me crut quelques difpofitions. Lorfque je fus reçue dans la troupe, on détermina que j'irois débuter à Cortuba. Les fpectateurs eurent la bonté de me recevoir favora-
blement. Ils jugèrent de mes talens comme Arfénie en avoit préfumé. Les applaudiffemens
qu'on prodigue à une jeune actrice qui paroît
pour la première fois fur la fcène, font auffi flat-
teurs que dangereux pour l'amour-propre.

Quoi qu'il en foit, mon cœur ne fut pas la
dupe du plaifir que j'éprouvai tout le tems que
dura le fpectacle. Je crus ne devoir attribuer les
applaudiffemens du public qu'à l'impreffion que
pouvoit avoir fait fur lui une figure nouvelle. Je
n'oubliois jamais de rentrer en moi-même, dès
que j'avois fini de jouer les rôles d'Aricie ou de

Roxelane. La feule idée d'avoir paru en public
me chagrinoit. Je craignois d'avoir excité , fous
une forme empruntée, des paffions qui fembloient
devoir faire croire aux fpectateurs que j'autorifois
les leurs. Ma conduite n'en fut que plus réfervée.
Mon cœur fe mit fans peine fous l'égide de la
vertu ; mais il me fut impoffible de prévenir la
calomnie. Je dois avouer qu'Arfénie , qui mérite
toujours mon eftime & ma confiance , m'aida à
feconder mes vues. Elle m'a fervi de mère &
d'amie. Sa conduite n'a jamais démenti le premier
difcours qu'elle m'a tenu. Je me fuis toujours
fait un devoir de feconder fes vues & de fuivre
fes confeils. Nous logions enfemble ; nous ne
nous quittions pas. La douceur de fon caractère
& la pureté de fes mœurs ont été l'appui de mon
innocence.

Nous quittâmes Cortuba pour nous rendre à
Grenade , où nous obtînmes pendant l'efpace d'un
an que nous y reftâmes, les applaudiffemens du public. C'eft là que j'eus le bonheur de faire connoiffance avec don Eugénio. Il jouiffoit de l'eftime
de tous les fages. On le donnoit pour exemple à
la jeune nobleffe de Grenade. Arfénie fe fit un
vrai plaifir de l'admettre dans fa fociété. Je ne
puis taire combien les belles qualités de don Eugénio lui donnèrent de droits fur mon cœur.
J'ajouterai même que peu après l'époque de notre

connoiffance, j'éprouvai pour lui des fentimens qu'aucun homme ne m'avoit infpirés. S'il eft dans ma vie un événement dont je dois m'applaudir, c'eft fans doute de celui d'avoir acquis fa tendreffe. Le monde, qui ne juge fouvent que fur de fauffes apparences, m'a attribué des fautes que je n'ai jamais commifes. Je me fuis flattée que don Eugénio fauroit rendre juftice à ma fimplicité & à ma bonne foi. Je crois que le tems & les circonftances lui prouveront que je n'étois pas indigne de fon attachement.

CHAPITRE XIII.

Don Eugénio continue l'hiftoire d'Hiacinte.

Hiacinte fut fi émue en prononçant ces dernières paroles, que malgré l'effort qu'elle fit pour cacher fon trouble, elle fut obligée de faire une paufe. Permettez-moi, belle Hiacinte, lui dit don Eugénio, de continuer votre hiftoire, puifque vous en êtes à l'époque où les événemens de votre vie commencèrent à être unis à ceux de la mienne.

Il y a près d'un an, continua le feigneur de

V iij

Lirias, que mes affaires m'obligèrent d'aller à Grenade. Don Gabriel, vous fûtes du voyage, J'allai au spectacle, où je vis Hiacinte pour la première fois. Elle me plut & me toucha. Ce furent les effets naturels que durent produire les agrémens de sa personne & la vérité de son jeu. Les applaudissemens que lui donnoit le public ne m'aveuglèrent point sur son compte. Dans les scènes froides, assez communes sur notre théatre, je ne vis qu'une actrice ordinaire. Mais lorsqu'il étoit question de développer une ame noble & généreuse, d'exprimer le sentiment, de faire mouvoir les seuls ressorts de la nature, Hiacinte me parut inimitable. Je sortis de la comédie, frappé des talens de cette belle actrice. Son image me suivoit par tout. Les sons touchans de sa voix retentissoient sans cesse dans mes oreilles. Ni la société de mes amis, ni les parties bruyantes que nous fîmes, ne purent détruire l'impression qu'Hiacinte avoit faite sur mon cœur. Je m'efforçai en vain d'éloigner le souvenir de ses charmes. Il me frappoit au milieu des plus importantes occupations. Après quelques jours d'intervalle, je retournai à la comédie. Hiacinte ne parut pas. De l'avis de tous les spectateurs, son rôle fut supérieurement exécuté par une de ses camarades. Si j'eusse été de sang froid, j'aurois pu, comme un autre, rendre justice à ses talens. Mais dans la situation où j'étois, comment m'auroit-elle plu ? Elle n'étoit pas Hiacinte. En conversant avec un de mes voisins, le hasard voulut que nous parlassions d'Arsénie, qui passoit pour la tante de mon actrice favorite. Ce jeune homme me parla avec tant d'éloge de la façon de vivre & de l'honnêteté de ces dames, que je résolus de leur faire une visite. Je m'apperçus bientôt qu'on ne m'en avoit pas imposé. C'est à vous à juger si je fus attentif à observer Hiacinte. Son air d'innocence sembloit devoir la mettre à couvert de toute idée suspecte. Il étoit impossible de la voir d'un œil indifférent. Sa simplicité, sa franchise & sa bonne foi, lui interdirent l'usage de tous les artifices que les belles mettent ordinairement en jeu, pour subjuguer les hommes d'un certain état. Elle plaisoit sans chercher à plaire. Ses paroles, ses gestes & ses regards, annonçoient le calme de son cœur. Ses charmes se développoient assez d'eux-mêmes..... Votre présence, Hiacinte, me dispense de donner plus d'étendue à votre portrait. La nature ne peut être copiée qu'imparfaitement...... Je n'étois plus maître de mon cœur, & je ne savois pas jusqu'où mes sentimens pouvoient me conduire. Je m'habituai à la voir journellement. Tout ce qui me paroissoit agréable avant de la connoître, me

devint infipide. Je me retirai de toutes les fo-
ciétés. Les quart-d'heures que je paffois éloigné
d'Hiacinte, me fembloient avoir la durée des
fiècles.

Les reproches de mes amis me forcèrent à
leur découvrir le fecret de mon ame. En difcu-
rant avec eux, je fentis que le penchant qui me
lioit à la belle comédienne, devoit faire le bonheur ou le malheur de ma vie. Ceux qui croient
qu'on peut fe roidir contre l'amour, ne le connurent jamais. Je fais qu'on voit naître, fe re-
froidir & ceffer d'un œil indifférent, un attachement contracté par vanité, par défœuvrement,
par caprice, par habitude ou par convenance.
Mais les liens d'une véritable tendreffe, font
indiffolubles. Je me dis à moi-même tout ce
qu'un fage auroit pu m'objecter fur ma paffion.
Je ne favois que trop qu'on ne bravoit pas impunément les préjugés qui condamnoient mon
amour; mais quand on aime comme j'aime, un
regard, une feule larme de tendreffe dédomma-
gent un amant tendre & délicat des plus grands
facrifices, ou plutôt il n'en fait point.

Ma liaifon avec Hiacinte dura plufieurs mois
fans qu'elle s'apperçut des fentimens qui m'atta-
choient à elle. Je voulus voir fe développer
d'elle-même, cette fympathie qui devoit regner
dans nos cœurs. Quelque réfervée que fût ma

conduite, Arfénie lut dans les replis de mon ame. Quoiqu'elle dût juger avantageufement de ma façon de penfer & de mes principes, elle ne me crut ni affez d'amour, ni affez de courage pour vaincre les préjugés du tems. Elle voyoit une barrière infurmontable entre fon amie & moi. J'ai vu depuis combien elle en avoit été allarmée.

Pendant que j'étois à Grenade, le fort, jaloux de mon bonheur, y conduifit don Fernand de Zamora. Dès qu'il vit Hiacinte, il en fut épris. Un tel rival m'auroit donné mille inquiétudes, fi j'euffe moins connu le caractère de mon amante. Je laiffai Hiacinte livrée à elle-même dans les momens les plus critiques. Son indifférence pour don Fernand mit le comble à ma fatisfaction.

J'étois fur le point de mettre Arfénie dans ma confidence, lorfqu'elle fut attaquée d'une fiévre maligne qui fit défefpérer de fa vie. Cet évènement l'engagea à me prévenir fur ce que je me propofois de lui dire. Elle me fit prier de lui accorder une heure d'entretien particulier, pour me donner quelque éclairciffement fur fa deftinée, & pour me parler d'Hiacinte..... Je l'aime comme fi elle étoit ma fille, me dit Arfénie. Je ferai peut-être forcée de la laiffer dans des circonftances épineufes. C'eft cette feule idée qui pourroit me faire regretter une vie tiffue d'évé-

nemens malheureux que je ne puis espérer de
voir finir qu'en ceffant d'être. Mon attachement
pour Hiacinte n'eft fondé que fur les rares qualités de fon ame. Il me feroit bien doux (mais je
n'ofe l'efpérer) de voir fa deftinée unie à la
vôtre. Elle fe trouve, dans la fituation la plus
épineufe de la vie. La jeuneffe & l'innocence
unies à la beauté font des préfens funeftes à mon
fexe, lorfqu'on a eu le malheur de naître dans la
mifère & fans nom. Telle paroît être la deftinée
d'Hiacinte. Celui qui ne rougiroit pas de tomber
aujourd'hui à fes pieds pour lui jurer un amour
éternel, fe trouveroit offenfé, s'il foupçonnoit
que fes amis ou fes parens cruffent fes démarches
fincères. Jugez fi je dois être inquiète fur le fort
de ma nièce. Je ne l'ai jamais crue née pour l'état
qu'elle a embraffé. Elle eft aimable & vertueufe.
Elle ne peut être infenfible. Je defirerois qu'elle
trouvât un honnête homme qui ne rougît pas de
révérer la vertu par-tout ou elle fe trouve... Don
Eugenio! J'ai peut-être déjà lieu de craindre ou
de m'applaudir qu'elle ait rencontré un mortel tel
que je viens de vous le peindre..... Pardonnez,
homme généreux! Ma fituation autorife mon ingénuité. Une perfonne qui bientôt n'aura plus
rien à craindre ni à efpérer des hommes, voit à
travers le nuage épais des préjugés..... Vous ne
doutez pas que je ne me fois apperçue de vos fenti-

mens pour Hiacinte; & vous savez mieux que qui que ce soit, que personne n'en est plus digne. Je vous estime infiniment, don Eugénio, mais que dois-je penser de votre penchant pour ma jéune amie? Je vous conjure les larmes aux yeux d'avoir égard à son innocence & à sa jeunesse.

Je découvris à Arsénie tout ce qui s'étoit passé dans mon cœur, depuis l'instant que j'avois vu Hiacinte. Je lui dis combien j'avois de courage pour sacrifier toute fausse honte à notre commune félicité. Arsénie se chargea de préparer mon amante à recevoir l'offrande de mon cœur. Hiacinte m'écouta avec bonté, & me dit que la confiance qu'elle avoit en moi, prouvoit que son ame n'étoit pas indigne de ma générosité. Mais c'est là, ajouta-t-elle, la seule marque de retour que je puisse vous donner. Les événemens de ma vie ne me permettent pas de souscrire aux bontés que vous avez pour moi. Tandis que je serai incertaine de ma naissance, je ne pourrai, sans me croire criminelle, consentir à une union qui feroit le bonheur de ma vie,

Ce fut en vain qu'Arsénie joignit ses prières aux miennes pour faire consentir Hiacinte à prendre des mesures relatives à ma tendresse. Elle persista à vouloir s'ensevelir dans la retraite si elle avoit le malheur de perdre son aimable tante. Nous obtînmes seulement qu'elle laisseroit le choix des lieux à ma disposition, & qu'elle ne contracteroit aucun vœu sans mon consentement. J'écrivis sur le champ à un de mes amis à Séville, pour qu'on apprît de la bohémienne quelle étoit la naissance de Hiacinte. On me répondit que la vieille femme dont je parlois avoit pris la fuite pour échapper aux châtimens de la police, qu'elle avoit mérités par le déréglement de sa conduite. Sur ces entrefaites, je fus obligé de quitter Grenade pour aller à Valence où les affaires de ma sœur m'appeloient. Je laissai mon amante auprès de sa digne amie dont la mort seule put la séparer.

CHAPITRE XIV.

Soupçons de don Silvio.

HIACINTE reprit le fil de son histoire à l'époque de la mort d'Arsénie, & raconta tout ce qui lui étoit arrivé, depuis ce moment jusqu'à celui où notre héros rencontra don Eugénio, & lui prêta un secours généreux pour arracher sa maîtresse des mains ravissantes de don Fernand de Zamora. Thérèse convint que c'étoit par elle que don Fernand avoit appris le jour du départ d'Hiacinte. Elle convint encore que ce chevalier Espagnol avoit fait toutes les démarches possibles pour la mettre dans ses intérêts, & lui procurer les moyens d'enlever sa maîtresse. Le hasard, comme on le sait, amena don Eugénio, son ami don Gabriël & notre héros qui renversèrent les projets du ravisseur.

La belle Hiacinte n'oublia pas de réitérer ses remerciemens à notre héros, qui avoit bien voulu s'exposer pour la sauver. Don Silvio répondit à ce compliment avec toute l'honnêteté d'un Chevalier de la table ronde. Je suis très-flatté, ajouta-t-il, très-magnifique Hiacinte, d'avoir été l'un des auditeurs de votre histoire. Quant à vos doutes

fur votre naiſſance, je puis vous répondre que
vous n'avez qu'à vous montrer & parler pour
convaincre qu'elle eſt auſſi diſtinguée que votre
mérite. Mais ce qui m'étonne, c'eſt que vous
n'ayez nullement parlé des fées. Eſt-il impoſſible
que les enchantemens n'aient eu aucune part aux
événemens de votre vie ? Cette queſtion faite
avec le plus grand ſang froid, excita les ſpecta-
teurs à rire.

Voudriez-vous, lui répondit Hiacinte, que
j'euſſe fait un conte de fée de mon hiſtoire ?
Si j'euſſe cru vous faire trouver plus d'agrément,
il m'eût été facile de faire une Caraboſſe de la
bohèmienne, une Lumineuſe de la dame du château de Calatrava ; & un Nain-vert de don Fernand.

Selon moi, reprit dona Félicia, votre récit y
auroit gagné. Si un poëte s'aviſoit de dire tout
uniment: Daphnis s'aſſit à l'ombre pour reſpirer le
frais. Il prit de l'eau qui couloit à ſes côtés pour
étancher ſa ſoif, on lui riroit au nez. Mais quand
il dit que la déeſſe des jardins, ordonna aux fleurs
de croître pour ſervir d'oreiller au beau Celadon.
Les zéphirs parſemèrent leurs aîles de feuilles
odoriférantes pour l'embaumer. La jeune Hébé
lui offrit à boire d'une onde pure dans un vaſe
de criſtal ou de nacre de perle : alors nous croi-
rons que ce poëte aura rempli ſa tâche.

Don Gabriel qui s'appercevoit de l'embarras de Silvio, dit que la belle Hiacinte n'avoit fait que l'abrégé de sa vie. Les fées, continua-t-il, peuvent avoir opéré les événemens extraordinaires; & plus j'y réfléchis ─.

Pardonnez-moi, don Gabriel, interrompit Hiacinte. Je n'ai jamais su que les fées se soient intéressées à mon sort. Je ne crois pas que vous veuillez me persuader que toutes les chimères qu'on lit dans les contes des fées, soient des réalités?

Ce peut-il que vous en doutiez, s'écria don Silvio! Il faudroit cesser d'ajouter foi à tout ce qu'ont écrit les historiens.

Ne vous échauffez pas, interrompit don Gabriel en souriant. Hiacinte ne dit cela que par plaisanterie. Si elle parle sérieusement, je me charge de changer sa façon de penser...... Mademoiselle ne connoît peut-être que les contes de la Barbe bleue, du Chaperon rouge ou de la petite Souris? Vous n'avez jamais ouï raconter l'histoire du prince Biribinker? Les faits qui y sont rapportés, sont très dignes de foi, parce qu'ils sont tirés du sixième livre des événemens incroyables du fameux Palaphatus.

Le prince dont vous parlez, monsieur, m'est tout à fait inconnu. Je serois curieux de......

Et vous le seriez bien plus, si vous saviez

combien cette hiftoire eft intéreffante : je puis vous affurer qu'elle furpaffe tout ce qui eft écrit dans les contes des fées.

Vous excitez autant ma curiofité que celle de don Silvio, reprit le chevalier de Lirias. Je fais que perfonne ne peut révoquer en doute les faits que rapporte un écrivain plus ancien qu'Homère. Malheureufement pour les perfonnes qui aiment à s'inftruire, le fixième livre des œuvres de Palaphatus s'eft perdu, & il contenoit l'hiftoire du prince Biribinker.

Si vous fufpectez l'authenticité des faits que je raconterai, je vous citerai au tribunal de don Silvio.

Chacun parut curieux d'entendre une hiftoire dont le nom feul annonçoit quelque chofe d'original. On convint de fe raffembler vers le foir dans le petit bois de myrthes.

Le foleil commençoit à devenir chaud. On enfila une allée couverte, pour regagner le château.

L'hiftoire d'Hiacinte avoit fait naître quelques foupçons à don Silvio. Il n'attendit que le moment d'un tête à tête pour les confier au chevalier de Lirias.

Que diriez-vous, don Eugénio, fi Hiacinte étoit ma fœur ?

Votre

Votre sœur! une de vos sœurs s'est-elle donc perdue?

J'en ai une qui a disparu à l'âge de trois ans.

Ciel! que je serois heureux si vos soupçons étoient fondés!....... En effet je suis étonné de n'avoir pas eu la même pensée, car il règne une ressemblance frappante entre vos deux physionomies. Mais ne vous rappelez-vous aucune circonstance qui ait suivi ou précédé le moment où votre sœur s'est perdue? N'êtes-vous fondé sur aucun indice à croire vos conjectures vraies?

Si l'instinct n'étoit pas trompeur, je penserois volontiers que les sensations que j'éprouvai, lorsque je la vis pour la première fois, étoient la voix de la nature...... Mais....... Don Eugénio, ne nous arrêtons pas d'avantage à cette idée. Nous nous flatterions mal-à-propos.

Eh! Pourquoi?

Il se trouve une circonstance dans l'histoire d'Hiacinte que je ne puis concilier avec mes premiers soupçons, ou plutôt, qui les détruit totalement.

De grâce, expliquez-vous.

Hiacinte a été élevée par une bohémienne... Elle dit que cette bohémienne l'a enlevée à ses parens........ Ma sœur avoit trois ans lorsqu'elle disparut; & actuellement elle doit être de l'âge

d'Hiacinte...... Quant au nom, ha ! Il est
différent ; car ma sœur s'appeloit Séraphina...
Le nom ne fait rien à la chose ; on peut l'avoir
changé. Mais l'idée qu'elle a d'avoir été enlevée
par une bohémienne, détruit toutes mes conjectures, parce que je suis assuré, persuadé & convaincu que ma véritable sœur a été enlevée par
une véritable fée.

Ce discours faillit faire perdre patience à don
Eugénio. Il eut beaucoup de peine à se contenir.
Si ce sont là toutes les preuves que vous avez à
me citer pour me persuader qu'Hiacinte n'est
pas votre sœur, j'ose encore espérer le contraire.
Ne discutons pas sur les noms, & croyez que la
bohémienne mérite autant d'être appelée fée,
qu'une Fanfreluche, qu'une Caraboffe ou une
Magotine.

Pendant que chacun étoit occupé de ses idées
particulières, & qu'Hiacinte faisoit sa toilette,
dona Félicia s'étoit retirée seule dans son bou-
doir, où elle s'abandonnoit aux plus charmantes
réflexions. Elle s'applaudissoit de ses avantages sur
don Silvio. Mais l'amour est si timide que la plus
légère incertitude l'effraie. C'est souvent quand il
touche au moment de sa félicité qu'il craint le
plus. Dona Félicia crut devoir faire agir tous ses
charmes pour bannir le papillon bleu du cœur de

notre héros. Elle voulut lui permettre d'affifter à
fa toilette. On fit entendre à Laure qu'elle pouvoit dire à don Silvio que madame étoit vifible.

Si nous n'avions donné plufieurs fois des
preuves de notre favoir faire, nous profiterions
de cette occafion pour décrire la plus agréable de
toutes les fcènes. Que pouvoit le fouvenir d'un
vil infecte, d'un chétif papillon fur don Silvio
qui fe trouvoit vis-à-vis d'une belle veuve âgée
de dix-huit ans?

Si dona Félicia eut occafion à fa toilette de
faire reffortir tous les charmes de fa figure, elle
n'oublia pas à table de donner des preuves de
fon efprit & de la vivacité de fon imagination.
L'après-dîné fut fi doux qu'on oublia de faire la
fiefte; chacun prit part à une converfation où regnoient l'amitié, l'amour & la confiance. Don
Silvio ne ceffoit de rendre hommage à fa nouvelle divinité. Il auroit même oublié qu'on devoit
lui raconter l'hiftoire du prince Biribinker fi Hiacinte ne l'en eût fait fouvenir. Comme don Gabriel n'avoit en vue, en racontant cette hiftoire
que de détruire les chimères & les préjugés de
notre héros, il prévint fes autres auditeurs fur la
fingularité de fa narration. Cet aveu piqua encore
plus la curiofité des dames. A peine Hiacinte eût-
elle prononcé le mot de Biribinker, qu'on fomma

X ij

don Gabriel de tenir fa parole. Silvio ne fortit de fes douces rêveries que lorfqu'il apprit qu'il étoit queftion d'un conte de fées. On fe rendit dans l'endroit marqué. Chacun prit place dans une hollandoife de jafmin, & l'ami commun commença fon récit par un court, mais pompeux éloge de l'hiftorien Palaphatus.

QUATRIÈME PARTIE.

CHAPITRE PREMIER.

Histoire du prince Biribinker.

DANS un pays dont *Strabon* ni la *Martiniére* n'ont parlé, vivoit jadis un roi dont les actions furent si peu mémorables, que les historiens n'eurent rien à écrire sous son règne. Malgré les précautions que prirent les auteurs pour rendre douteuse à la postérité l'existence de leur souverain, ils n'ont pu empêcher que nous n'apprissions, par des mémoires dignes de foi, certains détails qui concernent le caractère & la manière de vivre de ce monarque. Il étoit bon. Il faisoit quatre repas par jour, dormoit bien, & aimoit si passionnément la paix & le repos; qu'il étoit défendu, sous les peines les plus rigoureuses, de prononcer devant lui les mots d'épée, de fusil, de canon, &c. L'énorme circonférence de son ventre lui donnoit un air si majestueux, que tous les souverains de son tems étoient obligés de lui céder le pas. On n'a pu savoir positivement si le

X iij

furnom de grand qu'il portoit lui avoit été donné
pour faire allufion à fa taille, ou pour quelqu'autre raifon fecrètte. Ce que je puis certifier,
c'eft qu'aucun de fes fujets ne paya ce furnom
d'une feul goutte de fang. Lorfqu'on crut qu'il
étoit tems de marier fa majefté, pour maintenir
la couronne dans fa famille, l'Académie des
fciences & belles-lettres fut chargée de dépeindre
la figure & de tracer le caractère de la princeffe
qu'on jugeroit digne de remplir les vœux de toute
la nation. Après un grand nombre de féances,
meffieurs de l'Académie parvinrent à finir leur
modèle. On envoya des ambaffadeurs dans toutes
les cours de l'Afie; & on trouva, après beaucoup de recherches, une princeffe qui reffembloit
parfaitement à la perfonne qu'on vouloit avoir
pour reine. Son arrivée caufa une joie inexprimable à tous les habitans de l'empire. Les noces
furent célébrées avec tant de magnificence, que
cinquante mille couples des fujets de fa majefté
furent obligés de refter célibataires pour fubvenir
plus aifément aux frais immenfes qu'exigea la
pompe des fêtes. Le préfident de l'Académie qui
étoit, fans contredit, le plus mauvais géometre
de fon tems, eut l'adreffe de fe faire attribuer
tout ce qu'on avoit imaginé de beau & d'agréable
pour le mariage du roi, il crut que fon bonheur
& fa réputation ne dépendoient plus que de la

fécondité de la reine; & comme il étoit beaucoup plus versé dans la physique expérimentale que dans la métaphysique, il employa des moyens secrets pour que la reine accouchât dans le tems qu'il avoit désigné, du plus beau prince qui fut jamais. Le roi en fut d'une si grande joie, qu'il nomma aussi-tôt le président son grand visir.

Dès que l'héritier présomptif de la couronne fut né, on assembla vingt mille jeunes filles de la plus rare beauté, pour choisir parmi elles la nourrice du prince. Chacune se flattoit de parvenir à ce poste honorable & lucratif, parce que le médecin avoit expressément ordonné qu'on choisît la plus belle. M. le docteur ne sentoit pas la difficulté d'exécuter un pareil ordre : aussi fut-il fort embarrassé lui-même dans le choix. Il ne savoit guère pourquoi il donnoit la préférence plutôt à l'une qu'à l'autre. Il avoit passé trois jours entiers à faire son examen, qu'il n'étoit encore parvenu qu'à réduire au nombre de vingt-quatre les vingt mille aspirantes. Cependant le cas étoit urgent, le jeune prince jeûnoit; & M. le médecin étoit prêt à se déterminer en faveur d'une grande brunette, parce qu'elle avoit la bouche plus petite & la gorge plus belle qu'aucune de ses compagnes, lorsqu'on vit arriver inopinément, une abeille d'une grosseur prodigieuse avec une

X iv

chèvre noire. Elles demandèrent l'une & l'autre
à parler à la reine.

« Grande reine, dit l'abeille, j'ai appris
» que vous cherchiez une nourrice pour votre
» fils, le plus beau de tous les princes. Si vous
» avez affez de confiance en moi pour me pré-
» férer à toutes ces créatures à deux pieds, vous
» n'aurez pas lieu de vous en repentir. Je ne
» nourrirai votre fils que de miel de fleurs
» d'orange. Vous le verrez croître, embellir, &
» prendre un embonpoint qui vous enchantera.
» Son haleine répandra un parfum plus agréable
» que celui du jafmin : fa falive fera plus douce
» que du vin de Canarie, & fes langes. . . . . »

« Puiffante reine, interrompit la chèvre, mé-
» fiez-vous de cette abeille. Je vous donne ce
» confeil en amie. Il eft vrai que fi vous êtes ja-
» loufe, que votre jeune prince foit un douce-
» reux, vous pouvez le lui confier; mais le fer-
» pent eft caché fous les fleurs. Elle le pourvoira
» d'un aiguillon qui lui attirera des malheurs in-
» finis. Je ne fuis qu'une chèvre; mais je jure,
» par ma barbe, que mon lait lui fera plus falu-
» taire que fon miel. Il ne produira en effet, ni
» nectar, ni ambroifie. Je vous promets en re-
» vanche qu'il fera le plus vigoureux, le plus
» fage & le plus heureux des princes qui furent
» jamais allaités de lait de chèvre »

Tous les spectateurs étoient étonnés d'entendre parler ainsi une chèvre & une abeille. La reine s'apperçut la première qu'elle avoit à faire à deux fées : ce qui la rendit quelque tems incertaine sur le parti qu'elle devroit prendre. Comme elle étoit un peu avare, elle se déclara en faveur de l'abeille ; si l'abeille tient sa parole, disoit-elle, le prince répandra tant de douceurs, qu'on pourra économiser le sucre qui se consomme à l'office.

La chèvre irritée de ce qu'on dédaignoit ses services, proféra quelques mots dont on ne put comprendre le sens, & l'on vit paroître aussi-tôt un char magnifique, traîné par huit phénix. La chèvre noire disparut, & laissa paroître une petite vieille qui s'éleva dans les airs, en faisant à la reine & au jeune prince les plus terribles menaces. Le médecin ne fut pas moins mécontent que la chèvre du choix qu'on avoit fait d'une abeille pour nourrir le fils de sa majesté. Il crut indemniser la belle brunette en lui proposant de devenir sa gouvernante. Mais il attendit trop à lui faire cette proposition : elle avoit déjà trouvé une place plus lucrative. Le docteur fut obligé d'en choisir une autre parmi les dix-neuf mille neuf cent soixante & seize, parce que les vingt-quatre plus belles étoient retenues par les principaux seigneurs de la cour.

Les menaces de la chèvre noire firent tant de

peur au roi, que le même soir il fit affembler
fon confeil d'état, pour délibérer fur le parti
qu'on devoit prendre dans une circonftance fi
critique. Sa majefté qui étoit habituée à fe faire
lire tous les foirs des contes, connoiffoit le caractère des fées, & n'ignoroit pas que leurs menaces font à craindre.

Après que les plus fameux jurifconfultes du
pays furent affemblés, & que chacun eut pro-
pofé fon avis, il fe trouva que trente fix confeil-
lers étoient de trente-fix opinions différentes, &
que chacune de ces opinions avoit trente-fix
difficultés. On tint plufieurs féances dans lefquelles on difputa avec beaucoup de vivacité.
Le jeune prince auroit infailliblement atteint
l'âge de virilité avant qu'on eût pu être d'accord
fur ce qu'on devoit faire, fi le bouffon de la
cour n'eût confeillé au roi d'envoyer une ambaf-
fade au grand magicien Caramouffal, qui de-
meuroit fur le fommet du mont Atlas, & qu'on
y venoit confulter, comme un oracle, de toutes
les parties du monde. Comme ce bouffon paffoit
pour le perfonnage le plus fenfé de la cour, il
avoit l'oreille du roi, & fon avis fut reçu. Quelques jours après, on fit partir l'ambaffadeur qui,
pour ménager les fonds du tréfor royal, fit fi peu
de diligence, qu'il n'arriva qu'après fix mois de
marche à la demeure de celui qu'il venoit con-

fulter, quoiqu'elle ne fut éloignée que de deux cens lieues de la ville capitale des états de son maître.

A peine l'ambaſſadeur eut-il mit pied à terre, qu'il fut admis, avec ſa ſuite, à l'audience du grand Caramouſſal, qui le reçut aſſis ſur un trône d'ébène. L'ambaſſadeur, après avoir relevé ſa mouſtache & craché trois fois, ouvrit une grande bouche pour réciter une harangue que ſon ſecrétaire avoit compoſée, lorſque Caramouſſal le prévint & lui dit : « monſieur l'ambaſſadeur, je » vous diſpenſe de votre harangue, je devine à » votre figure qu'elle eſt très-éloquente; mais » j'ai, moi-même, tant à parler, qu'il ne me » reſte pas un inſtant pour écouter les autres. Je » fais d'avance ce qui vous amène ici. Dites au » roi votre maître qu'il s'eſt attiré une puiſſante » ennemie dans la perſonne de la fée Caproſine. » On pourra cependant mettre le jeune prince à » l'abri des malheurs dont elle l'a menacé; ſi » on a ſoin d'empêcher qu'il ne voie aucune lai- » tière avant qu'il ait atteint l'âge de dix-huit » ans. Mais comme on ne peut prendre trop de » précautions, & qu'il eſt preſque impoſſible qu'on » échappe à ſa deſtinée, je ſuis d'avis qu'on donne » au fils du roi le nom de Biribinker. Les vertus » myſtérieuſes de ce nom le tireront heureuſe- » ment de tous les dangers auxquels il pourroit

» être exposé ». Après avoir dit ces mots, Cara mouffal congédia l'ambaffadeur qui arriva dans fa patrie au bruit des acclamations de fes con- citoyens.

Le roi parut très-mécontent de la réponfe du grand Caramouffal. Pour mon ventre, s'écria-t-il, je crois que le magicien du mont Atlas fe moque de nous..... Biribinker !.. Quel diable de nom! A-t-on jamais ouï dire qu'un prince s'appelât Bi- ribinker ? L'ordre de ne pas laiffer voir de laitière à mon fils ayant qu'il ait atteint fa dix-huitième année, ne me paroît guère plus raifonnable que le nom qu'on veut lui faire porter. Depuis quand la vue des laitières eft-elle plus à redouter que celle des autres perfonnes de leur fexe. Encore, s'il eût recommandé qu'on ne lui laiffât voir ni danfeufe, ni dame d'honneur de la reine, je n'y trouverois pas à redire.... Mais, des laitières!.. Cependant, toutes réflexions faites, puifque le grand Carmouffal le veut, que le prince s'appelle donc Biribinker. Il fera du moins le premier de ce nom : ce que je crois fuffifant pour lui donner du relief dans l'hiftoire. Je prendrai toutes les précautions néceffaires pour qu'à cinquante lieues à la ronde de ma réfidence, il ne fe trouve, ni vache, ni chèvre, ni laitière.

Le roi, qui ne réfléchiffoit pas aux fuites défa- gréables qui réfulteroient de l'exécution d'un

pareil projet, étoit sur le point de faire publier
son édit, lorsque le conseil aulique lui représenta
qu'on ne pouvoit, sans une espèce de tyrannie,
forcer les fidèles sujets de sa majesté à prendre
leur café sans crême. Le premier bruit de cette
ordonnance avoit déjà excité les murmures du
peuple. Il commençoit à crier hautement *à l'in-*
justice. Le roi fut obligé, à l'exemple de beaucoup
d'autres rois, dont on lit l'histoire dans les contes
des fées, d'éloigner de sa résidence le prince héré-
ditaire, qui fut confié aux soins & à la vigilance
de l'abeille, sa nourrice, avec prière de ne rien
épargner pour le préserver des embûches que pourroient lui tendre, & la fée Caprosine & les laitières.

L'abeille transporta le jeune prince au milieu
d'une forêt qui avoit au moins deux cent lieues
de circonférence. Le bois étois si désert qu'il n'y
avoit pas une seule taupe dans toute son enceinte.
La nourrice construisit une très-grande ruche de
marbre rouge, autour de laquelle elle planta de
longues allées d'orangers. Elle étoit reine d'un
essaim de cent mille abeilles qui étoient sans
cesse occupées à faire du miel pour la nourriture
de son serrail & pour celle du prince. Elle plaça
autour de la forêt des essaims de guêpes, éloignés
d'un de l'autre de cinq cens pas, qui avoient ordre
de veiller soigneusement à la garde des frontières.

Le prince grandissoit à vue d'œil, & surpassoit
en beauté & en rares qualités tout ce qui a jamais
existé. Il ne crachoit que du sirop, ne pissoit que
de l'eau de fleurs d'oranges, & ses langes contenoient des choses si délicieuses, qu'on les en-
voyoit à la reine sa mère, pour en tirer de quoi
perfectionner les desserts de la cour, les jours de
gala. Dès qu'il commença à parler, il bégaya des
sonnates & des épigrammes. Son esprit devint
peu à peu si mordant & si subtil qu'aucune
abeille de la ruche n'étoit en état de disputer
avec lui.

Lorsque ce jeune seigneur eut atteint l'âge de
dix-sept ans, il écouta un certain instinct qui lui
dit qu'il n'étoit pas fait pour passer sa vie dans
une ruche d'abeilles. La fée Melisotte, (c'est le
nom de sa nourrice) fit son possible pour l'égayer
& pour le distraire. De très-habiles chats étoient
obligés de lui miauler tous les soirs un concert
Italien, ou un opéra de Lulli. Il avoit un petit
chien qui dansoit sur la corde. Une douzaine de
perroquets, & autant de pies, avoient ordre de
lui réciter des contes & de le récréer par leurs
saillies. Tous ces amusemens devinrent insipides
à Biribinker qui ne songea plus qu'aux moyens
de se procurer la liberté. Mais comment tromper
la vigilance de ces fiers satellites, que Melisotte
a commis à la garde des frontières ? Ces sen-

tinelles ne sont à la vérité que des guêpes, mais
des guêpes qui repandroient la terreur dans l'ame
d'un Hercule. Leur taille répond à celle d'un jeune
éléphant, & leur aiguillon est aussi grand & plus
dangereux qu'une hallebarde. Ces réflexions ac-
cablent Biribinker : sa captivité le désespère : ses
jambes n'ont plus la force de le soutenir ; il se
jette au pied d'un arbre. Un bourdon presque
aussi gros qu'un ours s'approche de sa personne
& lui parle en ces termes :

Prince Biribinker, votre tristesse m'annonce
que ce séjour vous déplaît. Je vous proteste que
je suis mille fois plus malheureux que vous. Il y
a quelques semaines que la fée Melisotte me fit
l'honneur de me choisir pour son favori ; mais je
vous avoue que je suis hors d'état de m'acquitter
encore de cette dignité. Soit dit entre nous, le
serrail de notre reine est composé de plus de cinq
mille bourdons qui ne sont certainement pas dé-
sœuvrés. Je ne me plaindrois pas si elle me traitoit
comme mes camarades ; mais la préférence qu'elle
me donne, me devient insupportable. Il n'y a
pas moyen d'y tenir davantage. Prince, il ne
dépendroit que de vous de nous procurer la liberté
à l'un & à l'autre.

Comment cela ?

Je n'ai pas toujours été bourdon ; & vous seul
pouvez me rendre ma forme naturelle. Le jour

commence à baiffer. La reine eft occupée dans fon cabinet à des affaires de la plus grande importance : mettez-vous en califourchon fur mon dos, & puis je m'envolerai ; mais avant toutes chofes, promettez-moi de faire ce que je vous demanderai. Le prince le lui promit & fe plaça fur le dos du bourdon, qui fendit les airs avec tant de rapidité, qu'avant fept minutes, ils furent hors de la forêt.

Actuellement vous êtes en fûreté, dit l'animal au cavalier. Le pouvoir du vieux magicien Padamnaba, qui m'a mis dans l'état où vous me voyez, ne me permet pas de vous accompagner plus loin. Mais écoutez bien, & obfervez ce que je vais vous dire. Si vous fuivez le chemin qui eft à gauche, vous arriverez dans une vafte prairie, au milieu de laquelle vous verrez un troupeau de chèvres bleues qui paît autour d'une petite chaumière. Si vous entrez dans cette cabane, vous êtes perdu. Prenez toujours le chemin qui fera à votre gauche, & marchez jufqu'à ce que vous découvriez un château à moitié écroulé. Ce qu'il en refte fuffira pour vous retracer ce qu'il fut autrefois. Après avoir traverfé plufieurs cours, vous appercevrez un grand efcalier de marbre blanc qui vous conduira dans un long corridor. Vous y verrez à droite & à gauche, nombre de falles magnifiquement ornées & illuminées avec

goût

goût. Je vous avertis que fi vous entrez dans quelqu'un de ces appartemens la porte s'en fermera
aussi-tôt d'elle-même; & qu'aucun humain n'aura
le pouvoir de vous rendre la liberté. Allez jufqu'à
l'extrêmité du corridor : vous y verrez une porte
fermée qui s'ouvrira à votre approche, fi vous
prononcez le nom de Biribinker. Entrez dans cet
appartement, & paſſez-y la nuit : voilà ce que
je vous demande, Seigneur, je vous fouhaite un
bon voyage. Si vous avez lieu de vous applaudir
d'avoir fuivi mon confeil, n'oubliez pas que vous
me devez de la reconnoiſſance.

A ces mots le bourdon s'envola, laiſſant le
prince étonné de ce qu'il venoit d'entendre. Impatient de voir vérifier les merveilles qu'on lui
avoit prédites : il marche toute la nuit; ç'étoit en
été, & il faiſoit un très-beau clair de lune. Dès
la pointe du jour, il apperçut le pré, la chaumière & les chèvres bleues. Biribinker fe reſſouvint très-bien de la défenfe que lui avoit faite le
bourdon ; mais, à l'afpect de la chaumière, il lui
fut impoſſible de fe conformer à l'avis de celui
qui l'avoit fagement confeillé. Il entra dans la
cabane, où il ne trouva qu'une jeune laitière
vêtue d'un corcet & d'un cotillon plus blancs que
l'albâtre. Elle étoit fur le point de traire quelques
chèvres qui étoient attachées à une crèche de
diamans. Le vafe qu'elle tenoit étoit formé d'un

Tome XXXVI.   Y

seul rubis. Au lieu de paille, l'étable étoit jonchée
de fleurs de jasmin. La rareté de ces bijoux auroit
dû fixer, au moins un instant, l'attention du
jeune prince ; mais ses yeux n'étoient fixés que
sur la jeune inconnue. En effet, Venus n'étoit
pas plus belle, lors même que les zéphyrs la
transportèrent sur le rivage de Paphos, & Hébé
étoit moins séduisante au moment qu'elle versoit
du nectar aux dieux. Les joues de la laitière étoient
plus fraîches & plus vermeilles que la rose qui
vient d'éclorre. Le rang de perles qu'elle portoit
au cou, rehaussoit encore la blancheur de sa gorge.
Tous les traits de son visage, qui étoient parfaitement bien proportionnés, annonçoient de l'esprit & de la bienfaisance ; son sourire étoit
ravissant. Un seul de ses gestes auroit captivé un
cœur. L'expression de la tendresse & de l'innocence, étoit répandue sur tout son être. Cette
charmante personne parut agréablement surprise
de la rencontre du prince Biribinker, indécise
sur ce qu'elle devoit faire, elle s'arrêta & le contempla d'un regard mêlé de pudeur, de timidité,
de plaisir & d'innocence. Oui, oui, s'écria-t-elle,
au moment que le prince tomba à ses génoux,
c'est lui ; je n'en puis douter..... Quoi! s'écria
le prince transporté de joie, qui conjecturoit, par
les mots qu'elle venoit de prononcer, qu'il étoit
connu, & qu'on ne le regardoit pas d'un œil

indifférent, est-ce que le trop heureux Biribinker.... Dieux! s'écria la laitière, en reculant
d'effroi, quel nom odieux viens-je d'entendre!
comment mes yeux & mon cœur ont-ils pu me
tromper jusques-là. Infortunée Galactine!... A
peine eut-elle achevé de parler qu'elle sortit de la
cabane, & s'enfuit avec une vîtesse surprenante.
Le prince resta un moment immobile & consterné. Il ne pouvoit comprendre pourquoi son
nom avoit inspiré tant d'horreur à la belle laitière.
Toute réflexion faite, il prend le parti de la poursuivre; mais ses efforts sont vains : la fugitive
court avec tant de légèreté, que ses pieds ne
font qu'effleurer l'herbe; & bientôt un bois touffu
la dérobe entièrement aux yeux du malheureux
Biribinker. Il pénètre dans le bois, parcourt vingt
sentiers divers, & passe la journée à chercher
inutilement les traces de celle qui a ravi son
cœur.

Le soleil étoit déjà couché, lorsque le prince
se trouva opinément à la porte d'un vieux château
à moitié écroulé. Il voyoit çà & là des restes de
murs de marbre, & des colonnes renversées,
incrustées de diamans. Il se heurtoit à tout moment contre des escarboucles & des rubis. Tout
contribuoit à faire connoître à Biribinker qu'il
étoit à la porte du palais dont son ami le bourdon lui avoit parlé. L'espérance de retrouver sa

Y ij

laitière; dans cette superbe masure, l'enhardit à
y entrer. Après avoir traversé trois grandes cours,
il se trouva au pied de l'escalier de marbre blanc
qu'on lui avoit indiqué. Sur chaque marche de
cet escalier étoient deux lions qui, toutes les
fois qu'ils respiroient, jetoient tant de flammes
par les yeux & les narines, qu'on y voyoit
comme en plein jour. Mais à peines ces animaux
féroces apperçurent-ils le jeune prince, qu'ils
s'enfuirent en faisant des rugissemens horribles.

Biribinker monta avec intrépidité, & arriva
dans une longue galerie. Il y vit, en passant, les
salles dont on lui avoit parlé; mais il se donna bien
de garde d'y entrer. Chacune de ces salles qui étoit
magnifiquement ornée, conduisoit à des appartemens encore plus superbes. A l'extrémité du corridor, le prince trouva une porte d'ébéne fermée.
Le trou de la serrare étoit remplie par une clé
d'or, qu'il essaya inutilement de tourner. Mais
dès qu'il eut prononcé le nom de *Biribinker*, la
porte s'ouvrit d'elle-même. Il entra dans un grand
salon dont les murs étoient couverts de glaces.
Un lustre de diamant, garni de cinq cens lam-
pions, remplis d'huile de cannelle, étoit suspendu
au dessus d'une table d'ivoire, de forme ovale,
soutenue par des tréteaux d'émeraude. On voyoit
deux buffets d'azur, couverts d'assiettes d'or, de
gobelets & de coupes du même métal. Quand le

prince eut confidéré avec attention tout ce qui s'offroit à fes regards, il apperçut une porte qui le conduifit dans plufieurs autres appartemens, qui fe furpaffoient tous en magnificence. Tant de beautés l'extafioient, il ne pouvoit ceffer de les admirer. Les avenues du château, lui avoient annoncé un édifice abandonné ; mais l'intérieur ne lui permettoit pas de douter qu'il ne fût habité : cependant il ne voyoit ni n'entendoit ame qui vive. Il leva un peu de tapifferie dans la dernière chambre, fous laquelle il trouva une petite porte qui donnoit dans un cabinet, où l'art même des fées, paroiffoit être furpaffé. On y étoit éclairé par un mélange agréable d'ombre & de lumière ; & il n'y avoit pas moyen de découvrir d'où venoit ce crépufcule enchanté. Les murs de granit noir & poli, repréfentoient différentes fçènes de l'hif-toire de Vénus & d'Adonis. Une odeur délicieufe femblable à celle qu'on refpire dans un parterre, lorfque Zéphyr vient ranimer les fleurs que le foleil a defféchées, étoit répandue dans tout le cabinet. Une douce harmonie frappoit agréable-ment l'oreille, comme fi elle eût été produite par un concert, affez avantageufement placé pour ne laiffer entendre que ces fons touchans qui fubjuguent les cœurs fenfibles. L'unique meuble de ce cabinet, étoit un lit de repos, le plus voluptueux qu'on puiffe imaginer, dont

Y iij

les rideaux entr'ouverts étoient soutenus par un petit amour de marbre blanc & noir : on peut assurer qu'il ne lui manquoit que la parole. Cet aspect excita un trouble secret dans l'ame de notre jeune prince. L'image de la belle laitière vint frapper son imagination, avec une nouvelle force. Il exprime en termes pathétiques, la douleur qu'il ressent de l'avoir perdue. Il gémit, il l'appelle, il renouvelle ses recherches ; mais tout est inutile. Excédé de fatigue, il retourne dans le cabinet, & se résout à profiter du lit de repos pour rétablir ses forces. A peine est-il déshabillé qu'un besoin indispensable le force de regarder sous le lit. Il y trouve un vase de cristal de roche qui porte encore les marques de l'usage auquel on l'a autrefois employé. Le prince commence à y répandre de l'eau de fleurs d'orange ; & aussi-tôt le vase lui tombe des mains, disparoît, & il le voit remplacé par une jeune nymphe d'une beauté ravissante. Elle sourit à ce jeune héros, s'apperçut du trouble que lui avoit causé cette étonnante métamorphose, & lui dit, soyez le bien venu, prince Biribinker ! N'ayez aucun regret d'avoir obligé une jeune fée qui, depuis deux cens ans, est l'infortunée victime de la jalousie d'un barbare. Parlez moi sincèrement : ne croyez-vous pas que la nature m'a destinée à un usage bien plus noble que celui auquel vous étiez prêt à m'employer ? Elle exprima ces mots en lançant un regard dont la direction acheva de déconcerter Biribinker. Il avoit, comme nous avons dit, beaucoup d'esprit & d'intelligence, mais autant d'étourderie. Il sentit bien qu'il étoit de son devoir de répondre quelque chose d'obligeant à la fée. Etant accoutumé de donner une tournure singulière à tout ce qu'il disoit, son imagination ne put le préserver de dire une sottise. Il est heureux pour vous, belle Nymphe, répondit-il, que je n'aie pas eu intention de vous obliger, dans le tems que je vous ai rendu un service si important. Je sçais trop bien ce que la bienséance....

Oh! trêve de complimens, répliqua la fée. Ils sont déplacés dans un moment où tout m'engage à vous donner des preuves de ma gratitude. Je me dois entièrement à vous. Nous n'avons que cette nuit à rester ensemble. Vous avez besoin de repos. Vous êtes déja dèshabillé : couchez-vous. Il y a dans la grande salle un canapé sur lequel je passerai commodément la nuit.

Madame, reprit le prince, sans savoir ce qu'il alloit dire : je serois en ce moment....... le plus heureux des mortels, si je.... .. n'étois pas le plus malheureux. Je vous avoue que j'ai trouvé ce que je ne cherchois pas, en cherchant ce que j'avois perdu. Et si la douleur de vous avoir trouvée pouvoit...... Non la joie, voulois-je dire....

En vérité, interrompit la fée, je crois que vous rêvez. Je ne conçois rien à votre manière de faire des complimens... Convenez, prince Biribinker? que vous êtes amoureux d'une laitière?

Puisque vous avez le talent de déviner, repondit le prince, je ne puis vous nier que...

Vous êtes amoureux d'une laitière que vous avez trouvée ce matin dans une chaumière, ou plutôt dans une étable.

Mais d'où vient, je vous prie..... Comment pouvez-vous...?

Elle étoit sur le point de traire une chèvre bleue qui se reposoit sur une litière de fleurs de jasmin. Le vase qu'elle destinoit à recevoir le lait, étoit de rubis... Tout cela n'est-il pas vrai?

Comment se peut-il, s'écria le prince, qu'une personne qui, il n'y a qu'un quart d'heure (pardonnez-moi le mot) étoit encore..... Je ne puis me déterminer à le dire.... Vous me concevez sûrement.

Et la laitière s'enfuit, lorsqu'elle entendit le nom de Biribinker.

Comment pouvez-vous savoir toutes ces particularités? Il y avoit deux cens ans, selon votre calcul, que vous étiez dans l'état où je vous ai trouvée, lorsque j'ai eu l'honneur de faire inopinément connoissance avec vous.

De mon côté, cette entrevue n'étoit pas inopinée. Mais différez encore quelque tems votre curiofité. Vous êtes fatigué, & vous n'avez rien pris d'aujourd'hui. Venez avec moi dans le falon. Le couvert y eft mis pour nous deux. Je me flatte que votre fidélité pour la belle laitière 'ne vous empêchera pas de me tenir compagnie, au moins à table.

Biribinker fentit très-bien ce reproche; mais il fit femblant de ne pas s'en appercevoir. Après avoir fait une profonde révérence, il endoffa quelques habits & accompagna la fée dans le falon.

Dès qu'ils y furent, la belle Criftalline (c'eft ainfi que fe nommoit la fée) s'approche de la cheminée, prit une baguette de bois d'ébène, garnie aux deux bouts d'un talifman de pierres précieufes, & dit je n'ai plus rien à craindre. Je fuis actuellement maîtreffe de ce palais qu'un grand enchanteur conftruifit, il y a cinq cens ans. Je regne fur quarante mille efprits élémentaires, que le même magicien deftina à le fervir.

Criftalline frappa trois fois fur la table; & Biribinker vit au même moment cette table couverte de mets délicats & recherchés. Les flacons du buffet fe rempliffoient d'eux-mêmes.

Je fais, dit la fée, que vous ne mangez que du miel. Goûtez, je vous prie de celui-ci; & dites-moi, fi vous en avez jamais mangé de meilleur—. Le prince jura que ce ne pouvoit être

que de l'ambroifie des dieux. On le prépare, ré-
pondit-elle, des exhalaifons les plus pures de
certaines fleurs qui ne fe fannent jamais, & qui
n'éclofent que dans les jardins des fylphes......
Que dités-vous de ce vin, continua-t-elle, en lui
en offrant une coupe ? Je vous protefte, s'écria le
jeune prince, tout hors de lui-même, que la
belle Ariane n'en verfa jamais de meilleur à Bac-
chus—. On le preffe, repliqua la fée, des raifins
qui croiffent dans les jardins des fylphes. C'eft à
ce jus délicieux dont ces efprits font un ufage
continuel, qu'ils doivent leur jeuneffe & leur
gaieté immortelle.

La fée ne parla pas d'une des propriétés de ce
nectar ; mais le prince en reffentit bientôt les
effets. Plus il en buvoit, plus il trouvoit de charmes à fa compagne. Après le premier coup, il
s'apperçut qu'elle avoit des cheveux du plus beau
blond ; au fecond, il fut frappé de la beauté de
fon bras ; le troifieme lui fit découvrir une foffette
à la joue gauche ; & le quatrième conduifit fes
regards fur une gorge dont la blancheur & le con-
tour l'enchantèrent. Cette belle perfpective &
l'attrait de porter à la bouche une coupe qui fe
rempliffoit d'elle-même, à mefure qu'il la vi-
doit, le conduifirent infenfiblement à une douce
rêverie, qui lui fit oublier toutes les laitières du
monde. Que dirons-nous ? Biribinker étoit trop

poli pour laiſſer coucher une ſi belle fée ſur un
ſopha ; & la fée étoit trop reconnoiſſante pour
laiſſer le prince ſeul dans un des appartemens d'un
vaſte palais ; où quarante mille eſprits rôdoiént
nuit & jour. En un mot, la politeſſe & la reconnoiſſance furent pouſſées à l'excès de part &
d'autre ; & Biribinker ſe montra digne de la
bonne opinion que la fée avoit conçue de lui,
dès le premier moment qu'elle l'avoit vu.

Criſtalline, dit l'hiſtoire, s'éveilla la premiere,
& rougit de voir un prince ſi extraordinaire en
bonne compagnie. Seigneur Biribinker, lui dit-
elle, je vous ai de grandes obligations. J'ai été
délivrée par vous, du plus déſagréable de tous les
enchantemens. Vous m'avez vengée d'un jaloux.
Il ne reſte plus qu'une ſeule choſe à faire ; &
après cela, vous pouvez compter ſur l'éternelle
reconnoiſſance de la fée Criſtalline.

Qu'exigez-vous donc encore, demanda le
prince, en ſe frottant les yeux ?

Ce palais, répondit la fée, appartenoit, comme
je vous ai dit, à un enchanteur. Il avoit un pouvoir preſque illimité ſur tous les élémens. Mais
il ne poſſédoit aucun droit ſur les cœurs. Malgré
ſon âge & ſa longue barbe, qui lui deſcendoit
juſqu'à la ceinture, il étoit l'être le plus amoureux qui fut jamais. Il s'éprit de moi. Et je puis
dire, que s'il n'eut pas le talént de ſe faire aimer,

il eut celui de se faire craindre. Remarquez, s'il vous plaît, la bizarrerie du sort. Je lui refusai mon cœur, qu'il s'efforça inutilement de gagner ; & je lui abandonnai ma personne qui ne lui étoit bonne à rien. Il devint jaloux par ennui, mais si jaloux, qu'il étoit insupportable. Son domestique étoit composé de sylphes de la plus grande beauté. Si je prenois avec eux quelques innocentes libertés, le magicien étoit transporté de colère & de rage. Si par hasard il en trouvoit un dans mon appartement ou sur mon sopha, le sylphe & moi étions rigoureusement punis. J'exigeois du cruel magicien qu'il se fiât à ma vertu & à ma bonne foi ; mais elles ne lui paroissoient pas un garant assez sûr de ma fidélité. Il se défit de tous ses sylphes pour n'être servi que par des gnomes & des nains contrefaits, dont l'aspect seul me faisoit trouver mal, tant il m'inspiroit de répugnance. Cependant, comme l'habitude rend tout supportable, je me fis peu à peu à leur figure : de façon que je trouvai passable ce qui d'abord m'avoit paru horrible. Chacun d'eux avoit quelque chose de révoltant dans sa configuration. L'un portoit une bosse semblable à celle d'un chameau ; l'autre avoit un nez qui descendoit en forme d'arc, jusqu'au dessous de son menton. La bouche d'un troisiéme ressembloit à celle d'un faune, & divisoit sa tête en deux hémisphères. En un mot, une imagination chinoife ne fauroit inventer rien de plus grotefque que la figure de ces nains. Cependant le vieux Padmanaba ne s'appercevoit pas que parmi ces gnomes il s'en trouvoit un plus dangereux que le fylphe le plus accompli. Ce n'eft pas qu'il fût moins hideux que les autres; mais la nature, en fe jouant, l'avoit doué d'une forte de mérite, d'une certaine qualité qui lui feyoit autant qu'elle déparoit fes confrères..... Je ne fais fi vous me comprenez, prince Biribinker?

Pas trop, répliqua le prince; mais continuez: peut-être ferez-vous plus intelligible dans la fuite.

Grigri (c'eft ainfi que s'apeloit le gnome) ne tarda pas à croire qu'il me déplaifoit moins que fes camarades. Il eft tout fimple qu'on cherche à fe recréer quand on s'ennuie; & Grigri avoit un talent merveilleux pour amufer les dames. Padmanaba s'apperçut bientôt de la férénité & de l'air de contentement qui régnoient fur mon vifage; & il ne douta pas qu'ils ne fuffent occafionnés par des plaifirs différens de ceux qu'il me procuroit perfonnellement. Malheureufement il parvint, par une fuite de calculs & de fyllogifmes, à découvrir les myftères. Après nous avoir épiés pendant long-tems, il prit fi bien fes mefures, qu'il nous furprit enfemble dans ce même cabinet. Grigri y étoit occupé à me faire fes agaceries &

fes careffes ordinaires. Prince, vous ne fauriez vous faire une idée de la colère de Padmanaba : il écumoit de rage. Qu'il fe facha contre lui-même de n'avoir pas le mérite de Grigri : à la bonne heure. Mais il étoit injufte de nous en punir.

En effet, reprit Biribinker, rien de plus déplacé. Je parie que s'il eût eu les bonnes qualités de Grigri, vous l'euffiez préféré à un nain.....

Un moment. Vous allez apprendre la fuite. Après qu'il nous eut fait tous les reproches que lui dictoit fa cruelle jaloufie, il me changea.... Vous favez en quoi...... Et le pauvre Grigri en bourdon.......

En bourdon ? s'écria Biribinker. Voilà qui eft fingulier...... Il fe pourroit très-bien que je connuffe monfieur Grigri.

A condition, continua la belle Criftalline, que je ne reprendrois ma forme naturelle que lorfque le prince Biribinker auroit verfé.... Pardonnez, fi ma pudeur m'empêche de m'exprimer plus clairement........ Et au moment que j'eus le bonheur de vous connoître...... je vous pris pour Grigri.

Vous me faites trop d'honneur, repliqua le prince. Si j'avois fu que votre cœur fût épris d'un objet fi......

Vos complimens me gênent & démentent la bonne opinion que j'ai conçue de votre efprit &

de vos talens. Je ne fais pourquoi j'ai tant de
confiance en vous. Je me repofe entièrement fur
votre difcrétion. Mais comment s'eft-t-il fait que
nous foyons devenus fi familiers? La joie que
j'ai eue de vous rencontrer, & la fatisfaction
que m'a procurée votre fociété m'ont peut-être
entrainée à vider une coupe de plus qu'à mon
ordinaire. Je me flatte cependant que vous ne
pafferez pas les bornes que prefcrit la décence.

Réellement, belle Criftalline, vos propos me
paroiffent finguliers. Que votre mémoire eft
courte! Je ne fuis plus étonné que vos prétentions
allaffent jufqu'à vouloir que le vieux Padmanaba
fe repofât entièrement fur votre vertu. Mais ne
parlons plus de cela. Cette converfation vous déplaît. Dites-moi ce qu'eft devenu le bourdon.

A propos, j'allois l'oublier. Le cruel Padmanaba
a prononcé d'une manière fi inintelligible fur la
délivrance du pauvre Grigri, que je ne fais comment vous l'expliquer.

Mais enfin, à quel prix a-t-il mis fa liberté?
Je ne fais, répondit Criftalline, ce que vous avez
fait à cet enchanteur, ni pourquoi il vous a com-
promis dans un tems où votre bifaïeule n'étoit
pas même née. Quoi qu'il en foit, Grigri ne doit
recouvrer fa première forme que lorfque.......
Non....... Je ne puis achever...... Ma délica-

teſſe ne me le permet pas... Si vous ne pouvez me deviner......

Que ſur le champ je ſois moi-même changé en bourdon, ſi je devine un ſeul mot de ce que vous voulez dire. Achevez promptement, je vous prie : il fait grand jour ; & je ne puis m'arrêter.

Comment, s'écria la fée, vous vous ennuyez avec moi ! Ne pourrai-je, pour quelques heures, vous faire oublier une laitière ? Votre intérêt exige que vous me faſſiez la cour : ſachez que je puis, plus que perſonne, contribuer à votre bonheur.

Que dois-je donc faire, repliqua Biribinker ?

Le pauvre Grigri ne redeviendra Grigri qu'à condition que le prince Biribinker... Eh bien ! devinez donc...... S'il n'étoit pas queſtion de la délivrance d'un ancien ami, je ne pourrois me réſoudre à devenir le ſacrifice....

Je m'imagine que Padmanaba n'a pas exigé que je vous ôtaſſe la vie ?

Que vous concevez difficilement !... un amant ſincère n'aimeroit-il pas mieux mourir que de voir ſa belle dans les bras d'un autre ?

Ah, ah, je vous comprends, madame, dit froidement Biribinker. Je ſuis tout-à-fait convaincu de la délicateſſe de vos ſentimens. Mais permettez-moi de vous faire reſſouvenir que ſi

la

la délivrance de Grigri ne tenoit qu'à ce que vous voulez dire, il doit être désenchanté. Quant au surplus, je suis le très-humble serviteur de messieurs Grigri & Padmanaba. Il y a dans ce palais dix-mille gnomes, parmi lesquels on en peut choisir un qui remplira la commission mieux que moi... Mais vous voyez combien cette matinée est belle. Daignez, ô vous dont l'ame est totalement désintéressée, m'indiquer la route que je dois suivre, pour retrouver ma chère Galactine! Je publierai par-tout que vous êtes la plus généreuse, & même, si vous le voulez, la plus grande de toutes les fées.

Vous serez satisfait, répondit Cristalline. Allez chercher votre laitière, puisque c'est là votre destinée. J'aurois peut être sujet de me plaindre de votre conduite : mais en faveur de votre passion, on peut vous pardonner bien des choses. Partez, prince. Vous trouverez dans la cour une mule qui ne cessera de trotter que lorsque vous aurez rencontré votre Galactine. Et si, contre mon attente, il vous arrivoit quelques contretems, vous trouverez dans cette gousse de pois, un remède infaillible contre tous les malheurs.

Que je suis enchanté, dit don Eugénio, en interrompant son ami, que vous tiriez Biribinker de ce maudit château. Quel insipide personnage que cette Cristalline!

Tome XXXVI. Z

En vous apprenant que c'étoit une fée, je vous en difois affez, repliqua don Gabriel.

Je n'imagine pas, dit don Silvio, d'un grand férieux, que vous veuillez nier qu'il y ait des fées eftimables. Oui, meffieurs, il y en a qui font dignes de toute notre vénération. Je fais qu'il y a quelque chofe de fingulier dans leur conduite, qui les diftingue des mortels : mais pour cela, en font-elles moins refpectables ?

Mais que dites-vous, reprit don Eugénio, de la délicateffe & de la vertu de Criftalline ?

Que ce n'eft pas à nous à juger les fées, répondit don Silvio : & fur-tout dans cette occafion. L'hiftoire du prince Biribinker eft le conte le plus extraordinaire que j'aie jamais lu.

Vous m'avouerez cependant, ajouta don Gabriel, que la conduite de Criftalline eft un peu repréhenfible. Au refte, fi vous vous mettez à la place du prince, vous ne trouverez pas la converfation de la fée auffi infipide qu'elle vous l'a paru dans ma bouche. On aime à entendre parler une belle perfonne, dont le fon de la voix eft agréable. Elle perfuade, elle touche fans qu'on faffe attention à ce qu'elle dit.

Si vous n'avez rien de plus gracieux à dire de mon fexe, répondit dona Félicia, vous ferez mieux de continuer votre hiftoire, que l queen-nuyeufe qu'elle foit.

Biribinker, continua don Gabriel, mit la gousse de pois dans sa poche, remercia la fée, & descendit dans la cour. Voilà, lui dit Cristalline qui l'avoit accompagné, la mule la plus extraordinaire qui fut jamais. Elle descend en droite ligne, du fameux cheval de Troie & de l'ânesse de Silène. Du côté paternel, elle a la qualité d'être de bois, & par conséquent, de n'avoir besoin ni de nourriture, ni de reposer sur la litière, ni d'être étrillée; du côté maternel, elle a celle de marcher légérement, sans incommoder son cavalier, & d'être aussi douce qu'un agneau. Vous pouvez monter dessus, & la laisser aller à son gré. Elle vous portera auprès de votre laitière; & si vous n'y êtes pas aussi heureux que vous le desirez, vous n'en pourrez imputer la faute qu'à vous-même.

Le prince examina de tous les côtés ce courfier extraordinaire. Il auroit pu douter de ses rares qualités, si tout ce qu'il avoit vu dans le palais eût été moins merveilleux. Pendant qu'il montoit, Cristalline voulut lui donner une preuve de sa puissance. Elle fendit trois fois l'air avec sa baguette; & aussi-tôt, les dix mille sylphes que le vieux Padmanaba avoit soumis à son obéissance parurent. La cour, l'escalier, la galerie, & même l'air, étoient remplis de jeunes hommes aîlés, dont le plus laid surpassoit en beauté l'Apollon du Vatican. Par toutes les fées, s'écria Biri-

Z ij

binker, quelle brillante cour vous avez-là, madame! Grigri peut rester bourdon tant qu'il vous
plaira. Vous avez dans cette charmante légion
de quoi vous dédommager de son absence.

Vous voyez au moins, répliqua Cristalline,
que ma cour n'est pas dépeuplée. En disant ces
mots, elle lui souhaita un bon voyage, & Biribinker partit au trot sur une mule de bois, en
réfléchissant à tout ce qui lui étoit arrivé de merveilleux dans le château qu'il venoit de quitter.

CHAPITRE II.

Suite de l'histoire du prince Biribinker.

J'OMETTRAI toutes les réflexions que fit Biribinker sur sa mule, continua don Gabriel, pour
vous dire que la chaleur devint si forte vers midi,
que ce prince fut obligé de mettre pied à terre à
l'entrée d'une forêt, & qu'il s'y reposa sur le bord
d'un ruisseau que quelques arbres touffus met-
toient à couvert des rayons du soleil. Il y avoit
tout au plus un quart-d'heure que notre voyageur
prenoit le frais, lorsqu'il apperçut une bergère
qui conduisoit devant elle un troupeau de chèvres
couleur de roses : son projet paroissoit être de

l'abreuver dans le ruisseau dont nous venons de parler.

Faites-vous une idée, don Silvio, du plaisir que dut éprouver Biribinker, quand il reconnut sa belle laitière dans la personne de celle qui conduisoit les chèvres. Elle lui parut cent fois plus belle que lorsqu'il la vit pour la première fois. Galactine, au lieu de fuir, s'approchoit peu à peu du héros de mon conte. Elle s'assit enfin sur l'herbe, près de lui, sans faire semblant de l'appercevoir. Le prince n'osa l'aborder ; mais il lui lança des regards si enflammés, que les cailloux du ruisseau en furent presque vitrifiés. La bergère, d'un air indifférent, s'amusoit à garnir sa houlette de guirlandes. Si elle tournoit quelquefois les yeux de son côté, c'étoit comme par hasard. Le prince observoit alternativement les gestes de son amante, & les interprétoit tous à l'avantage des mouvemens de son cœur. On ne sait ce qui l'enhardit ; mais il s'approcha de Galactine, sans en être apperçu, parce qu'elle étoit occupée à caresser une jeune chèvre. Les yeux de nos amans se rencontrent. Biribinker n'est plus maître de lui-même. Il va se jeter aux genoux de sa belle, & lui fait un discours aussi éloquent que pathétique. Lorsqu'il l'eut fini, la bergère lui dit d'un ton honnête : je ne sais si je vous ai bien compris. N'avez-vous pas voulu me faire entendre que

Z iij

vous m'aimez! — Ciel! si je vous aime, s'écria
le prince avec transport! Souffrez que je vous
adore, que mon ame ravie se prosterne à vos
pieds—. Ecoutez, lui répondit la belle, je ne suis
qu'une bergère, & je ne veux ni être adorée, ni
que votre ame se prosterne à mes pieds : il me
suffit de savoir que vous m'aimez; mais je vous
préviens que je suis moins facile à persuader que
la fée avec laquelle vous venez de passer la nuit—.
Dieux! qu'entends-je. . . . . . Comment est-il possible. . . . . Qui peut. . . . . . D'où savez-vous. . . . .
Ah! trop malheureux Biribinker!

A peine eut-il prononcé ce nom fatal que la
bergère fit un grand cri. . . . Oui, oui, malheureux
Biribinker, s'écria-t-elle, en se levant avec précipitation. Faut-il que ce nom odieux vienne
encore frapper mes oreilles. Vous me forcez de
vous hair & de vous fuir, tandis que. Ici
l'irritée Galactine fut interrompue par l'aspect
d'un géant effroyable. Biribinker ne savoit où
se cacher. Le front de ce monstre étoit ceint de
deux chênes. Il marchoit à grands pas, en se
curant les dents avec un orme. Il alla droit à la
bergère qu'il accosta d'une voix si foudroyante,
que plus de deux cens corneilles qui avoient leur
nid dans sa barbe, en sortirent avec beaucoup de
fracas. . . . . . . Que fais-tu avec ce nain, petite
poupée, demanda-t-il à la bergère ? Suis-moi

inceſſamment, ou bien je te hacherai ſi menu que tu pourras ſervir à faire des pâtés. Et toi, dit-il au prince en l'empoignant, entre dans mon ſac. Après ce diſcours énergique, le géant noua ſon ſac, plaça la bergère ſur ſon pouce & s'en alla. Biribinker crut être précipité dans le vuide immenſe. Il tomboit toujours. Il atteignit, enfin, le fond du ſac ; mais ce ne fut qu'après s'être ſi rudement heurté la tête contre un nœud de la couture du ſac, qu'il reſta quelques minutes ſans connoiſſance. Revenu de ſon étourdiſſement, il ſe ſouvint de la gouſſe que la fée Criſtalline lui avoit donnée. Il l'ouvrit & n'y trouva qu'un couteau de diamant, dont le manche étoit fait de l'ongle d'un griffon. Cet inſtrument étoit ſi petit qu'à peine il le pouvoit tenir entre ſes doigts. Eſt-ce là tout ce que la fée Criſtalline a fait pour moi, ſe dit-il à lui-même ? A quoi veut-elle que me ſerve ce joujou ? A peine eſt il aſſez grand pour que je puiſſe l'employer à me couper la gorge. Qui ſait ? peut-être étoit-ce ſon intention. Avant d'en venir à cette extrémité, il faut tenter toutes les voies. Avec ce ſoupçon du couteau, ne pourrois-je pas faire un trou au ſac. Je ferai ſans doute obligé de haſarder un ſaut périlleux......
N'importe, j'aime mieux m'expoſer à perdre la vie par un ſaut, que de courir riſque que ce monſtre faſſe de moi des ſauciſſes pour la nour-

riture de fes petits. Biribinker ayant formé ce
généreux projet, ouvrit fon petit couteau, fur
lequel étoit gravé un talifman, & travailla avec
tant d'activité qu'en peu de tems, il fît une affez
grande ouverture dans le fac, quoique chaque
brin de fil qui formoit la toile fût plus gros qu'un
cable. Ils paffoient précifément alors dans une
forêt. Le prince crut devoir profiter de ce moment
pour s'échapper. Il efpéroit de pouvoir s'accro-
cher à quelques branches des plus hauts arbres.
Ce projet formé, il fe laiffe aller fans que le géant
s'en apperçoive, attrape une branche; mais elle
fe rompt, & le pauvre Biribinker tombe dans
un grand baffin de marbre, qui fe trouve par
bonheur perpendiculairement au-deffous de lui.
Ce qu'il avoit pris pour une forêt, étoit un fort
beau parc, auquel attenoit un magnifique château. Le prince crut être tombé au moins au
milieu de la mer Cafpienne; ou, pour parler
avec plus de vérité, il ne crut rien du tout. La
frayeur l'avoit tellement faifi qu'il refta immobile; & il y a apparence qu'il n'auroit jamais revu
le continent, fi une nymphe, qui fe baignoit
précifément alors, ne fût venue le fecourir. Le
danger où elle le vit, lui fit oublier l'état dans
lequel elle étoit. En effet, il auroit eu le tems
de fe noyer tandis qu'elle fe feroit habillée. Biribinker, en reprenant fes efprits, fentit que fon

viſage étoit collé ſur le plus beau ſein qui fut jamais; & lorſqu'il put ouvrir les yeux, il ſe vit au bord d'un grand baſſin, entre les bras d'une nymphe dont le déſordre & la beauté réveillèrent le trouble de ſon ame. Cette ſituation lui parut ſi agréable qu'il ne put proférer un ſeul mot. Mais dès que la nymphe s'apperçut qu'il étoit hors de danger, elle ſe dégagea & ſe précipita dans l'eau. Biribinker qui croit qu'elle veut le fuir, fait retentir l'air de cris de déſeſpoir. La nymphe compâtiſſante élève ſa tête. Ses yeux rencontrent ceux du prince : ils rougiſſent l'un & l'autre : elle fait le plongeon & nage entre deux eaux juſqu'à l'autre côté du baſſin où étoient ſes habits. Le prince la ſuit;—Prince, que vous êtes indiſcret !

Pardonnez-moi, belle nymphe, vous venez de me rendre un ſi grand ſervice que je croyois...

Voilà les hommes! de purs ſentimens de pitié ou de généroſité nous conduiſent quelquefois à les obliger : & cela ſuffit ſelon eux pour les au-toriſer à nous manquer...... parce que je vous ai ſauvé la vie......

Que vous êtes cruelle! Vous attribuez à la témérité ce qui eſt l'effet de l'impreſſion qu'ont faite ſur moi vos charmes. Si vous voulez me pri-ver de la vie que vous venez de me rendre, im-moléz-moi à vos traits, faites que je devienne la

victime de votre beauté : & permettez que je
vous contemple jusqu'à ce que je fois changé en
ftatue.

Vous avez fûrement lu les poëtes, répliqua la
nymphe. N'y eut-il pas autrefois une certaine
Medufe...... Vous avez très-bien profité de la
lecture d'Ovide : cela fait honneur à celui qui a
été chargé de votre inftruction.

Cruelle, s'écria Biribinker, comment pouvez-
vous confondre le langage de mon cœur, qui ne
trouve aucun terme affez énergique pour vous exprimer ce qu'il fent, avec les vaines figures de la
rhétorique ?

Ne vous avifez pas de difputer avec moi,
répliqua la nymphe : dans l'élément où je fuis,
j'ai de grands avantages fur les mortels. Retirez-
vous dans ce bofquet de myrthes, tandis que je
m'habillerai.

Permettez qu'à mon tour je puiffe vous être
utile.

Point du tout : j'ai à mon fervice des gens faits
à cet ouvrage.

En difant cela, elle fit fortir des fons d'une
petite conque qui pendoit à fon cou, & dans un
inftant toute la furface de l'eau fut couverte de
jeunes nymphes qui formèrent un cercle autour
de leur maîtreffe. Alors Biribinker put bien moins
fe réfoudre à fe retirer. Mais à peine les nymphes

l'apperçurent-elles, qu'elles lui jetèrent une grande quantité d'eau au visage. Le prince, pour ne pas courir le risque de devenir un autre Actéon, s'enfuit aussi rapidement que s'il eût eu déjà des pieds de cerf. Il portoit à tout moment la main au front, pour s'assurer que les bois n'étoient pas sortis. Lorsqu'il se fut assuré que les cornes dont on l'avoit menacé, ne naissoient pas, il retourna sur ses pas, & se glissa derrière quelques haies de myrthes, pour y être témoin de la toilette de sa belle nymphe. Peu s'en fallut qu'en sortant de dessous quelques arbrisseaux il ne heurtât sa tête contre le front de sa bienfaitrice qui venoit le chercher. La manière dont elle étoit ajustée devoit naturellement le surprendre. Que vous êtes légèrement vêtue, madame, s'écria-t-il !

Cela est vrai, répondit la nymphe ; & cependant je suis couverte de sept voiles.

Je le crois sur votre parole ; mais......

Cette toile est composée d'une espèce d'eau extrêmement subtile, d'une eau séche. Les polypes la filent & les naïades la tissent. C'est ainsi que les *Ondines* se parent. Etant insensible au chaud & au froid, avec quelle autre toile voudriez-vous que je m'habillasse !

Le ciel me préserve de trouver à redire à cette parure, répondit Biribinker. Mais il me semble que vous auriez pu vous difpenfer de faire cette toilette......

Parmi nous, l'ufage l'emporte toujours fur ce qu'on appelle bienféance. On voit très-bien que vous n'avez jamais vu le monde que par le trou d'une ruche ..... Ne parlons plus morale...... Vous n'avez pas encore dîné ; & je fais que quelqu'amoureux que vous foyez de votre laitière, vous n'êtes pas habitué à vous nourrir de foupirs.

Après ces paroles, elle fouffla dans fa conque, & fur le champ, trois nymphes fortirent du baffin. La première portoit une table d'ambre, foutenue par des tréteaux d'améthifte. La feconde couvrit cette table d'une natte faite du jonc le plus fin, & la troifième tenoit un panier d'ofier, rempli de diverfes coquilles couvertes, dans lefquelles fe trouvoient différens mets exquis.

Je fais, dit la nymphe à Biribinker, que vous ne mangez que du miel : goûtez de celui-ci : vous ne le trouverez peut-être pas mauvais, quoiqu'il ne foit produit que par des plantes marines. —Le prince en goûta & le trouva excellent. Après le repas deux naïades apportèrent un petit buffet de faphir garni de vafes à boire : ils étoient faits d'eau compacte, durs comme le diamant, & auffi tranfparens que le criftal. Dès que Biribinker eut goûté de la liqueur qu'ils contenoient, il avoua quelle furpaffoit infiniment les meilleurs vins de la Perfe.

Convenez, lui dit l'ondine, que mon dîné eft auffi délicat que le fouper que vous donna hier au foir la fée Criftalline chez qui vous avez paffé la nuit?

Comment pouvez-vous, belle ondine, vous comparer à une fée qui vous eft tant inférieure?

Voilà encore un mauvais raifonnement. Je n'ai pas dit cela par modeftie; mais fimplement pour entendre votre réponfe.

Comment fe peut-il, belle déeffe, que vous fachiez tant de circonftances fur ma conduite? Dès que vous m'avez vu, vous m'avez appelé par mon nom.

C'eft que je fuis auffi habile que la fée Criftalline.

Vous favez que j'ai été élevé dans une ruche d'abeilles——.

On le fent à vingt pas.

Que je fuis amoureux d'une laitière......

Oh! pour cela, amoureux comme on ne le fut jamais. Vous êtes encore plus épris de fes charmes depuis qu'elle eft devenue bergère : & qui fait jufqu'où votre bonne fortune vous auroit amené, fi le géant Coraculiambarix n'avoit... N'importe; ne vous en mettez pas en peine : vous la reverrez

& vous ferez auffi heureux qu'on puiffe l'être par la poffeffion d'une laitière.

Ah ! s'écria Biribinker qui commençoit à fentir l'effet des liqueurs qu'il avoit bues, peut-on, après vous avoir vue, vouloir poffeder un autre objet que vous ? Je n'ai des yeux que pour ma belle nymphe. Le moment où je vous ai vue, pour la première fois, eft le commencement de mon exiftence. Je ne connois d'autre bonheur que celui d'être confumé à vos pieds par le feu que vos regards ont allumé dans mon cœur.

Voilà qui eft tout à fait éloquent, prince. Goûtez encore de cette coupe : cela ne vous fera aucun mal.

La converfation continua jufqu'au foir. Mais quel dut être l'étonnement de Biribinker, lorf-que le lendemain à fon réveil, il fe trouva fur le même lit de repos, dans le même appartement, dans le même palais & dans la même fituation où il s'étoit trouvé le jour précédent.

La déeffe qui fut, on ne fait comment, le quart-d'heure auquel le prince s'éveilla, s'appro-cha de lui, & parla en ces termes :

Le deftin vous a choifi, mon cher Biribinker, pour obliger les fées malheureufes. Puifque le hafard a voulu que je fois de ce nombre, il eft jufte que je vous faffe connoître qui je fuis, & combien je vous ai d'obligations. Apprenez donc

que je fuis une de ces fées que l'on nomme
Ondines, parce qu'elles habitent dans l'eau. Leur
être eft compofé des atomes les plus fubtils. On
m'appeloit Mirabelle. L'état de fée, joint au rang
que me donnoit ma naiffance parmi.les ondines,
eût été plus que fuffifant pour me faire couler
des jours heureux, s'il étoit poffible d'échapper à
fa deftinée. La mienne me condamnoit à être
aimée d'un vieux magicien qui avoit un pouvoir
fans bornes fur les efprits élémentaires. Je puis
dire avec vérité, qu'il étoit l'homme du monde
le plus défagréable : & fans l'amitié d'un falamandre, qui étoit un des favoris du vieux Padmanaba......

Comment, s'écria le prince, Padmanaba,
dites-vous ? Quoi, cet homme à longue barbe
qui change les fées en vafes de N..... & les
gnomes en bourdons.

Précifément celui-là, reprit la déeffe. Il croyoit
tant avoir à fe plaindre de celle qui m'avoit précédée, qu'il étoit devenu jaloux de fon ombre.
Il congédia tous fes gnomes, & prit à fon fervice
des falamandres dont la nature enflammée étoit
plutôt propre à infpirer de la terreur que de la confiance. Vous vous rappelez, fans doute, d'avoir
lu dans Ovide l'hiftoire de la belle Sémelé; qui
fut reduite en cendres pour avoir voulu embraffer
un falamandre ? Celui que le vieux Padmanaba

choific pour fon favori, crut ne pouvoir s'empêcher d'avoir pour moi les égards qu'exige la poli-
teffe. Il s'imaginoit ne pouvoir employer des
moyens plus efficaces pour faire fa cour à fon
maître. L'enchanteur ne vit plus qu'un rival dans
la perfonne de fon efclave. Il nous faifoit obferver
avec tant de vigilance, qu'il favoit fur le champ
tout ce qui fe paffoit entre nous. Sa jaloufie
augmentoit de jour en jour. Les rivaux de mon
cher Salamandre n'omirent rien pour profiter de
la crédulité de leur maître. Ils l'engagèrent à nous
épier lui-même. On concerta les moyens de nous
furprendre ; & nos ennemis triomphèrent. Quoique ma fituation fût extrêmement délicate, la
préfence d'efprit ne me quitta pas. Je fuppliai
mon vieux mari de ne me condamner qu'après
avoir entendu ma juftification ; & j'étois fur le
point de lui citer le feptième chapitre de la méta-
phyfique d'*Averroës*, lorfqu'il m'interrompit par
ces paroles : je t'ai trop aimée, ingrate ! Je n'ai
pas la force de tirer de toi la vengeance que
demande mon honneur offenfé. Les effets de mon
reffentiment feront bornés à une punition mo-
dérée. Je te bannis, continue-t-il, en me touchant
avec fa baguette, dans l'enclos du parc qui environne ce château. Garde ta forme naturelle &
les prérogatives que te donne ta condition de fée.
Mais fi tu oublies encore la fidélité que tu me
dois,

dois, fois changée en un affreux crocodile. Je suis
fâché de ne pas pouvoir rendre cet enchantement indiffoluble. J'ai tout lieu de craindre que
le tems verra naître un prince qui faura braver
toute ma puiffance. Ce que je puis faire pour
ma fatisfaction, c'eft d'attacher la révocation de
fon enchantement à la vertu d'un nom fi extraordinaire, que peut être mille années s'écouleront
avant qu'on l'ait entendu prononcer dans aucune
langue du monde.

A peine Padmanaba eut-il proféré ces paroles
myftérieufes, que je fus tranfportée par des mains
invifibles, dans le baffin où vous m'avez trouvée.
Peu de tems après mon exil, j'appris que le vieillard, défefpéré de ma prétendue infidélité, avoit
quitté le château fans qu'on fut ce qu'il étoit
devenu. J'ignore auffi quel eft le fort actuel de
mon cher falamandre. Je fus long-tems inconfolable de fa perte. Je lançois des regards fi terribles fur mes nymphes, que quelques-unes en
devinrent paralytiques, & que d'autres accou-
chèrent avant-terme; mais comme les grandes
douleurs ne font pas de longue durée, mes cha-
grins cefsèrent dès que je me rappelai que Padmanaba m'avoit laiffé les moyens de conferver
mon honheur & ma vertu. J'ai vu dans ce parc
une quantité innombrable de princes & de chevaliers qui ont eu la douleur mortelle de ne plus

voir qu'un crocodile hideux, lorſqu'ils vouloient
aborder une aſſez belle fée. Leurs pleurs ont
tellement groſſi le volume d'eau contenu jadis
dans ce baſſin, qu'il reſſemble actuellement à un
petit lac. Pluſieurs d'entr'eux qui, par déſeſpoir,
ſe ſont précipités dans cet élément, y auroient
trouvé la mort, ſi mes nymphes ne les en euſſent
retirés. Vous ſeul, trop heureux Biribinker, vous
ſeul aviez le pouvoir de détruire un enchantement qui m'a expoſée à voir tant de témoins de
mon malheur.... Au reſte, prince, que le ſouvenir de ma confiance ne vous ſcandaliſe jamais.
Lucrèce n'auroit pas été propoſée comme un
modèle de vertu, ſi elle eût mis Tarquin dans
l'impoſſibilité d'attenter à ſon honneur. Une
femme d'une ſageſſe ordinaire auroit fermé ſon appartement au verrou. Lucrèce le laiſſe ouvert : elle
fait plus, elle ſe rend ; mais c'eſt pour apprendre
à l'univers que la plus légère tache qui ternit
l'éclat de la vertu, ne doit être lavée que dans le
ſang. Voilà comme penſent les grandes ames.
L'idée d'obtenir ma liberté & l'eſpoir de triompher déſormais de toutes les difficultés, ont été
mes guides dans la conduite que j'ai tenue avec
vous....

A la bonne heure, madame, répondit Biribinker. Je me démets actuellement de toutes
mes prérogatives en faveur des ſalamandres, des

sylphes, des gnomes, des faunes & des tritons qui sont à même de tenir votre vertu en haleine. Pour moi, je vous demande la permission de me retirer, & je vous supplie de m'accorder votre puissante protection.

Partez quand il vous plaira. Je ne vous ai pas prié de venir en ces lieux. Quant à la protection que vous me demandez, je ne saurois vous cacher que votre bonheur dépend de vous-même Si vous vous comportez comme vous avez fait jusqu'ici, toutes les fées du monde vous protégeroient que cela n'aboutiroit à rien. A-t-on jamais vu un amant tel que vous! Vous courez les champs pendant le jour, pour chercher votre maîtresse, & la nuit vous l'oubliez. Chaque matin votre amour recommence, & chaque soir voit renaître votre infidélité. A quoi peut vous mener une pareille conduite? Il faudroit que votre bergère fût un modèle de docilité, pour se satisfaire de cette façon d'aimer...

Le tems presse, reprit Biribinker. Dites-moi, de grace, comment je pourrai délivrer ma chère Galactine des mains du maudit géant qui me la ravie hier...

Ne nous inquiétez pas du géant, repondit la Nymphe. Un rival qui se cure les dents avec un orme, n'est guère redoutable. Je connois un gnome qui, tout petit qu'il est, pourroit vous faire plus de tort que Caraculiamborix. Ne vous occupez que des moyens d'adoucir votre bergère : le reste viendra de soi-même. S'il vous arrivoit d'avoir besoin de mon secours, cassez l'œuf d'autruche que voici : & je vous promets qu'il vous rendra autant de services que la gousse de la fée Cristalline.

Mirabelle eut à peine achevé ces dernières paroles qu'elle disparut, ainsi que le cabinet & le palais. Biribinker se trouva, sans savoir comment, dans l'endroit où il avoit été enlevé par le geant Caraculiamborix. On ne peut être plus étonné que le fut Biribinker de toutes les choses extraordinaires qu'il avoit vues depuis son évasion de la grande ruche. Il se frotta les yeux, se pinça les bras, se tira le nez, & malgré tout cela, ne put encore deviner s'il étoit bien véritablement le prince Biribinker. Plus il y réfléchissoit, & plus il sembloit que toutes ces merveilles ne lui étoient arrivées qu'en songe. Il étoit prêt à croire son opinion bien fondé, lorsqu'il vit sortir du bosquet une chasseresse dont l'air, la taille & les graces annonçoient Diane. Elle étoit vêtue d'une longue robe de taffetas vert, parsemée d'abeilles d'or. Cet habit relevé jusqu'aux genoux, se croisoit sur l'estomac par le moyen d'une ceinture de diamans. Une partie de ses beaux cheveux étoit nouée avec un rang de perles, & le reste flottoit en petites boucles fur fes épaules. Elle portoit une javeline dans fa main, & un carquois d'or pendoit fur fon dos

Pour le coup, dit Biribinker, je fuis fûr que je ne rêve pas. La belle s'approcha fi près de lui, qu'il la reconnut pour être fa chère Galac- tine. Elle ne lui avoit jamais paru fi ravissante, que dans cet ajuftement qui lui donnoit en effet un air de déeffe. Notre héros oublia tout-à-coup les fées Criftalline & Mirabelle, pour fe jeter aux pieds de fon amante, & lui témoigner, dans les termes les plus vifs, le plaifir qu'il éprou- voit de l'avoir retrouvée. Mais Galactine étoit mieux inftruite de fes aventures qu'il ne fe l'i- maginoit. Comment, dit-elle, en détournant fes yeux avec une efpèce d'indignation qui ne fai- foit qu'ajouter à fes charmes, comment ofes-tu paroître devant moi, après t'être rendu indigne, par des offenfes réitérées, du pardon que j'ai bien voulu t'accorder une fois?

Divine Galactine, que je ne fois pas l'objet de votre courroux! Si vous m'abandonnez, je meurs.

Va prodiguer ailleurs des expreffions qui te font fi familières! Vas! ingrat!..... Perfide!... Tu ne m'aimas jamais.

Jamais? s'écria Biribinker les larmes aux yeux! jamais, au contraire, je n'aimai que vous. Cela eſt ſi vrai, que je jurerois par tout ce que j'ai de plus cher, par vous, que tout ce qui m'eſt arrivé dans un certain château, n'étoit que l'effet de l'illuſion. Je puis vous aſſurer que les diſtractions que vous interprétez à mon déſavantage, n'étoient qu'un jeu auquel mon cœur n'eut pas la moindre part.

Quelles diſtractions! Je ne veux pas d'un amant ſujet à des pareilles abſences. Je n'ai jamais étudié la philoſophie d'Averroës, & je ne ſaurois comprendre comment le cœur de mon amant peut être innocent, lorſque ....

Pardonnez-moi encore une fois, madame, dit Biribinker en ſanglottant.

Moi, vous pardonner!

Ces paroles dites d'un ton ferme, réduiſirent le prince au déſeſpoir—. Qu'entends-je, cruelle, vous voulez donc ma mort? Mes larmes ne ſauroient vous fléchir? Eh bien! Je jure par toutes les divinités que je ne ſouffrirai pas qu'un autre que Biribinker, ...

Oh! le plus odieux de tous les monſtres, s'écria Galactine en fureur, tu m'as fait encore entendre ce déteſtable nom! Fuis pour toujours de devant moi, ou compte ſur les effets les plus terribles de la haine que je te jure.

La colère de Galactine fit trembler Biribinker

jufqu'au fond du fiège de fon ame. Il maudit mille fois fon nom & celui qui le lui avoit donné. Peut-être fe feroit-il fracaffé la tête contre le chêne le plus voifin, fi dans le même inftant, il n'eût vu fix ogres qui s'emparèrent devant lui de fa belle Galactine.

Ces ogres étoient d'une grandeur plus qu'humaine. Autour de la tête & des reins, ils portoient des branches de chênes en forme de guirlandes, & fur l'épaule gauche une maffue d'acier. Biribinker les crut fi redoutables, que malgré fa valeur ordinaire, il défefpera de pouvoir dégager fon amante. Il fe reffouvint alors que la fée Mirabelle lui avoit donné un œuf. Il le caffa en tremblant, & fut plus étonné que jamais d'en voir fortir une infinité de petites nymphes, de tritons & de dauphins, qui grandiffoient à vue d'œil.

Les nymphes firent jaillir tant d'eau de leurs urnes, & les tritons de leurs narines, qu'en moins d'une minute, il fe forma un lac qui n'étoit borné que par l'horifon. Biribinker lui-même fe trouva fur le dos d'un dauphin qui nageoit avec tant de légéreté, que le prince ne fe fentoit pas mouvoir. Tous ces êtres aquatiques fe rangèrent autour de lui, & firent leur poffible pour le divertir par leur mufique & par leurs jeux. Mais Biribinker étoit occupé de la perte de fa maîtreffe, fes yeux étoient continuellement tournés vers l'endroit où les ogres la lui avoient enlevée. Dans sa douleur profonde, combien de fois ne fut il pas tenté de se laisser aller dans l'eau : & il l'auroit fait indubitablement, s'il n'eût été retenu par la crainte de tomber entre les bras de quelques-unes des nymphes qui nageoient autour de son dauphin.

Il y avoit près de deux heures qu'il voyageoit, lorsqu'il s'apperçut que sa compagnie étoit disparue. On entrevoyoit quelque chose dans le lointain qui sortoit de l'eau & qui ressembloit assez à une montagne. Cependant le lac devenoit extrêmement orageux ; & en peu de tems, il s'éleva un ouragan si furieux, & il tomba une pluie si violente, que Biribinker s'attendoit à tout moment à voir terminer ses malheurs avec sa vie.

Cette tempête étoit occasionnée par le mouvement d'une baleine mille fois plus grosse que celles que l'on pêche sur les côtes de Groenland. Cet animal extraordinaire ne respiroit que de quatre heures en quatre heures : mais il s'élevoit chaque fois, un orage si terible qu'il auroit déconcerté le pilote le plus expérimenté. Biribinker battu par les flots du lac, ne put plus se tenir sur son dauphin. Il s'abandonna aux vagues, & devint leur jouet jusqu'à ce qu'étant attiré avec l'air que respiroit la baleine, il entra par une des narines

dans le corps du monſtre. Le prince tomba pendant quelques heures, ſans ſavoir ſur quel corps
il s'arrêteroit. Il vit enfin de fort haut que ſa
longue chûte alloit être terminée dans un lac de
dix ou douze lieues de circuit, qui ſe trouvoit
dans l'une des cavités du ventre de la baleine.
Il auroit apparemment trouvé la fin de toutes ſes
aventures dans cet amas d'eau, ſans le voiſinage
d'une iſle dont le rivage n'étoit qu'à deux cens pas
de lui.

La néceſſité, mère de tous les arts, lui apprit à
nager. Heureuſement arrivé à terre, il s'aſſit ſur
un roc qui étoit à la vérité de pierre comme tous
les autres rocs, & malgré cela auſſi mou qu'un
couſſin de duvet. Pendant que ſes habits ſéchoient,
il reſpiroit un parfum délicieux que répandoit
une forêt de bois de cannelle qui bordoit le rivage.
Curieux de voir le pays, de s'informer s'il étoit
habité, & par qui, Biribinker deſcendit de ſon
roc, dès qu'il ſe fut un peu remis de ſes terreurs
& de ſes fatigues. Après avoir rôdé dans la forêt
l'eſpace d'une demi-heure, il entra dans un
grand jardin, où toutes les eſpèces d'arbres,
d'arbriſſeaux, de plantes, de fleurs & d'herbes,
étoient confondues dans le plus beau déſordre.
L'art y étoit ſi raffiné que le plus bel arrangement
ne paroiſſoit être, qu'un ſimple jeu de la nature.
On voyoit par-ci par-là des nymphes d'une beauté

raviſſante. Couchées à l'ombre des buiſſons ou dans des grottes, elles faiſoient jaillir de leurs urnes de petits ruiſſeaux qui, après avoir parcouru le jardin en ſerpentant, formoient des jets d'un côté, tomboient en caſcade d'un autre, & ſe réuniſſoient dans des baſſins revêtus de marbre. Chaque pièce d'eau étoit habitée par différentes ſortes de poiſſons qui, contre l'uſage ordinaire des animaux de cette nature, chantoient avec tant de mélodie, que leurs concerts firent éprouver aux oreilles de Biribinker les ſenſations les plus agréables. On entendoit, entr'autres, une carpe qui faiſoit le deſſus à ravir : ſes roulemens auroient fait honneur au premier *Caſtre* de l'opéra P..... Notre héros l'écouta long-tems avec plaiſir. Plus il voyoit de merveilles, plus ſa curioſité étoit piquée. Inquiet de ſavoir à qui appartenoit cette iſle enchantée, & ſi, comme il le croyoit, elle étoit ſituée dans un monde ſouterrain, il interrogea les poiſſons : car, ſe dit-il à lui-même, puiſqu'ils chantent, à plus forte raiſon parleront-ils. Ses queſtions furent inutiles. Les poiſſons chantèrent toujours, ſans ſe mettre en peine de lui répondre.

Biribinker, ennuyé d'attendre, pourſuivit ſon chemin & ſe trouva dans un grand jardin potager. Tous les légumes paroiſſoient y croître en abondance & ſans culture. En ſe frayant un chemin dans cette espèce de désert, le prince heurta, par hasard, son pied droit contre un gros concombre.

Seigneur Biribinker, lui dit le concombre, faites attention une autre fois où vous poserez les pieds.

Pardon, respectable concombre, lui répondit Biribinker. Je ne l'ai pas fait à dessein. J'aurois certainement été sur mes gardes, si j'eusse pu m'imaginer que les concombres de cette isle fussent des personnages si importans. Je me félicite, cependant, de ce que cette petite inadvertance me procure le plaisir de te connoître. J'espère que tu voudras bien m'apprendre où je suis, & me dire ce que je dois penser de tout ce qui vient frapper ici mes yeux & mes oreilles.

Prince Biribinker, répondit le concombre, votre présence m'est extrêmement agréable. Je goûterai le plus grand plaisir à vous rendre tous les services qui dépendront de moi. Apprenez donc que vous êtes ici, dans le ventre d'une baleine, & que cette isle....

Dans le ventre d'une baleine ? interrompit Biribinker.,...... Cela surpasse tout ce qui m'est arrivé jusqu'à présent. Je ne serai plus étonné de rien. Ma foi, si on trouve dans le ventre d'une baleine de l'air, de l'eau, des isles, des jardins, un soleil, une lune & des étoiles....... si les rochers y font auffi mous que le duvet; fi les poiffons y chantent, fi les concombres y parlent...

Oh! ne foyez pas étonné de m'entendre parler. Le don de la parole me diftingue des autres concombres, citrouilles & melons de ce jardin. Vous auriez marché fur cent autres concombres, fans qu'ils euffent proféré une feule fyllabe....

Je te demande pardon encore un coup, repliqua Biribinker.

Point de pardon. Je ferois fâché que cela ne me fût pas arrivé. Il y avoit long-tems que je vous attendois ici; & je commençois à défefpérer de vous voir arriver. Je vous protefte qu'il eft fort défagréable d'être concombre pendant cent ans lorfqu'on n'eft pas né pour cela, & qu'on eft accoutumé à voir bonne compagnie. Enfin le tems eft venu. j'efpère que vous ne refuferez pas de me venger du maudit Padmanaba.

Que dites-vous de Padmanaba? Parlez-vous de ce magicien qui métamorphofa la belle Criftaline, & qui condamna la charmante Mirabelle à devenir crocodile toutes les fois que....

Précifément. Plus de la moitié des enchantemens qu'à occafionnés ce vieux fou, eft détruite: & j'efpère reprendre bientôt ma forme naturelle.

Vous avez donc auffi à vous plaindre de lui?

Excufez moi, répondit le concombre, fi cette queftion me fait rire... Ne remarquez-vous pas

que je dois être d'une condition plus relevée que
les concombres ordinaires? Mirabelle ne vous
a-t-elle rien dit d'un certain salamandre que le
vieux Padmanaba surprit dans des certaines circonſtances?...

Eh, mais, elle m'a parlé d'un amant, d'un être
qui.....

Doucement, vous en ſavez plus qu'il ne faut.
Je ſuis préciſément ce ſalamandre, ce Flox dont
on vous a raconté l'hiſtoire... Padmanaba, outré
de la ſcène dont il avoit été témoin, jura de ne
plus habiter ſon palais. Il ne ſe fioit pas plus aux
mortels qu'aux demi-dieux. Les gnomes, les ſylphes, les ſalamandres & les tritons lui devinrent
également ſuſpects. Il ne ſe crut en ſûreté que
dans une ſolitude parfaitement inacceſſible. Après
beaucoup de projets qu'il rejetoit preſqu'auſſi-tôt
qu'il les avoit formés, il s'aviſa de ſe retirer dans
le ventre de cette baleine, où il crut que perſonne
ne viendroit le chercher. Des ſalamandres lui
conſtruiſirent un palais; &, pour éviter de leur
part, toute eſpèce de trahiſon, il les changea,
ainſi que moi, en autant de concombres, à condition qu'ils reſteroient tels juſqu'à ce que le
prince Biribinker vint leur rendre leur forme
naturelle. Je ſuis le ſeul à qui il ait laiſſé
l'uſage de la raiſon & la facilité de parler. Il a
cru que le ſouvenir de ma félicité paſſée, ne

feroit qu'aggraver mes maux. Quelque défagréable
que foit la figure d'un concombre, & quelque
épaiffeur que puiffent avoir fes organes, j'ai fait
des obfervations, pendant cent années, qui m'ont
conduit à des raifonnemens juftes. En un mot,
je connois les affaires du feigneur Padmanaba,
beaucoup mieux qu'il ne fe l'imagine. Je vous
inftruirai de manière que vous pourrez rendre
inutiles toutes les précautions qu'il a prifes pour
vous échapper.

Je vous en aurai la plus grande obligation,
répliqua le prince. Je me fens une certaine infti-
gation à jouer des tours au bon Padmanaba. C'eft,
fans doute, ma deftinée qui m'y entraîne; car je
n'ai reçu perfonnellement aucune offenfe de fa
part.

Comment! vous ignorez donc qu'il eft caufe
que le grand Caramouffal qui demeure à la cime
du mont Atlas, vous a donné le nom de Biribinker? Et n'eft-ce pas ce nom qui vous a été deux
fois fi fatal? N'eft-ce pas lui qui a rebuté votre
belle laitière, qui l'a mife entre les griffes......

Quoi? c'eft au vieux Padmanaba que je dois le
nom de Biribinker? Quelle connexion peut-il y
avoir entre le prince Biribinker & ce vieux magicien? De grâce, expliquez-moi ce myftère. Je
commence à croire que mon nom feul m'a attiré
toutes les chofes extraordinaires que j'ai éprou-

vées. Je voudrois favoir fur-tout, pourquoi tous ceux que je rencontre, pour la première fois, & jufqu'aux concombres, m'appellent par mon nom, & paroiffent auffi inftruits que moi-même de toutes les circonftances de ma vie.

Il ne m'eft pas encore permis de fatisfaire votre curiofité fur ce point. Dès que notre entretien fera achevé, il ne dépendra que de vous de con-noître la vérité. La plus grande difficulté eft fur-montée. Padmanaba ne s'eft jamais imaginé que vous viendriez le trouver dans le ventre d'une baleine.

Je vous avoue fincèrement que j'y penfois encore moins que lui. Convenez qu'il a fait l'im-poffible pour échapper à fa deftinée. Mais vous me parliez, il n'y a qu'un moment, d'un palais que ce vieillard a fait conftruire dans cette ifle, par des falamandres? Je m'imagine que nous fommes ici dans les jardins qui l'entourent. D'où vient que je promène inutilement mes yeux de tous les côtés, pour l'appercevoir?

La raifon en eft très-fimple. Vous le verriez infailliblement, s'il n'étoit pas invifible.

Invifible? J'efpère, au moins, qu'il ne fera pas impalpable.

Non; mais, comme il eft conftruit de flammes compactes......

Vous me parlez-là d'un fingulier palais. S'il eft

conſtruit de flammes, comment peut-il être in-
viſible?

Voilà le merveilleux de l'affaire. Vous ne pouvez voir le palais dans l'état où vous êtes actuel-
ment. Avancez environ deux cens pas de plus ;
& la chaleur que vous reſſentirez, vous convain-
cra que je vous aurai dit vrai.

Après avoir vu tant de choſes extraordinaires
dans le ventre de la baleine, Biribinker auroit-
il dû douter des merveilles dont le concombre
lui parloit? Indécis, il s'avance vers le palais in-
viſible. A peine a-t-il fait cent pas, qu'il ſent un
degré de chaleur : plus il avance plus la chaleur
augmente. Il revient ſur ſes pas, & cherche ſon
ami le concombre qui, dès qu'il l'entend lui crie :
eh bien! prince Biribinker, m'en croirez-vous à
l'avenir, ſur ma parole? Vous devez être convaincu, actuellement, de l'exiſtence du palais
de flammes dont je vous ai parlé?

Je ſais qu'il ſubſiſte; mais j'ignore de quelle
manière j'y pourrai entrer. Je ne ſaurois te taire
que j'ai une envie irréſiſtible de pénétrer dans
ſon enceinte; & dût-il m'en coûter la vie....

Vous ne paierez pas ſi cher l'accompliſſement
de votre déſir. Si vous voulez faire tout ce que
je vous dirai, le palais deviendra viſible pour
vous, & vous pourrez y entrer en toute ſûreté.
Il ne vous en coûtera qu'un ſaut.

Quelque

Quelque périlleux qu'il puisse être, je le hasar-
derai.

Eh bien, à soixante pas d'ici, derrière ces
grenadiers, vous trouverez, au milieu d'un petit labyrinthe de jasmins & d'orangers, un bassin rempli de feu. Allez-vous y plonger ; &, un
quart-d'heure après, revenez me dire l'effet
qu'aura produit le bain.

Rien de plus ? Je crois que vous radotez, monsieur du concombre........ Je dois me baigner
dans un bassin de feu, & venir ensuite vous faire
part des effets de ce bain ? Rien n'est plus extravagant.

Ne vous fâchez pas. Il dépend de vous d'entrer
dans le palais invisible ou de ne pas l'aborder. Si
vous m'aviez paru moins déterminé à faire cette
démarche, je ne vous en aurois pas dit un mot ;
je ne me serois jamais avisé de vous faire une
pareille proposition. Le bain de feu, dont je vous
parle, n'est pas si dangereux que vous vous l'imaginez. Padmanaba, lui-même, en fait usage de
trois en trois jours. Sans cela, il ne pourroit pas
plus que vous habiter un palais de flammes. Quoiqu'après le grand Caramoussal, il soit le premier
magicien de la terre, il est sujet comme vous
aux maux attachés à l'humanité. Sans l'usage de
ce bain, il seroit le plus malheureux des hommes.
Il ne pourroit pas jouir en paix des plaisirs que

lui procure la société de sa belle salamandre.

Il vit donc avec une salamandre ?

Sans doute. Croyez-vous donc qu'on se con-
fine pour rien, dans le ventre d'une baleine ?

Et...... Est-elle jolie ?

Pour faire une pareille question, il faut n'avoir
jamais vu de salamandre. Ignorez-vous qu'une
mortelle accomplie n'est qu'une guenon en comparaison de nos belles ? Je connois, à la vérité,
une ondine qui en fait de beauté, pourroit disputer le pas à la plus belle salamandre : mais
aussi, il n'y a qu'une Mirabelle parmi toutes les
ondines.

Oh! si la salamandre du vieux Padmanaba
n'est pas plus belle que Mirabelle, vous pouviez
vous dispenser de tant dépriser les beautés mortelles. Je conviens qu'elle a des charmes; mais
je connois une certaine laitière......

Dont vous êtes tant amoureux que vous avez
juré à Mirabelle que vous ne la connoissiez pas.
Si l'on vouloit juger de votre passion par vos
principes......

Cessez de philosopher, & dites-moi comment
je pourrai pénétrer dans le palais invisible. Ne
puis-je donc me dispenser de prendre ce maudit
bain de feu ?

Non.

Ah! je serai rôti, grillé, consumé, &.........

Que vous êtes singulier! Je vous ai déjà dit qu'il m'importe extrêmement, à moi-même, que vous entriez dans le palais invisible où, si j'en dois juger par le nombre de circonstances.... Je me tais........ Depuis combien de tems ne gémis-je pas sur mon état de concombre! combien ne souhaitois-je pas d'être débarrassé de cette lourde enveloppe qui sied si peu à un esprit aussi spéculatif que le mien! Essayez le bain pendant quelques minutes seulement.

Allons, voyons donc ce qu'il en adviendra. Peut être ne devrois-je pas avoir tant de confiance en vous; mais ma destinée l'emporte sur ma raison. Je pars; & si dans un quart-d'heure vous n'apprenez pas de mes nouvelles, résignez-vous patiemment à rester concombre jusqu'au tems que Padmanaba cessera, de son gré, d'être amoureux ou jaloux.

En disant ces mots, le prince fit une profonde révérence au concombre, & pénétra dans le labyrinthe. Il y vit un grand bassin rond, revêtu de pierres de diamans, & rempli d'un feu qui ne paroissoit être entretenu par aucune matière combustible. Les flammes qui s'élevoient en serpentant, touchoient les myrthes & les rosiers, sans leur causer le moindre dommage. La fumée qu'elles produisoient n'étoit qu'une légère exhalaison, qui répandoit l'odeur la plus

Bb ij

délicieufe. Biribinker confidéra ces prodiges
pendant quelque tems, & fe trouva dans un état
d'irréfolution qui ne faifoit guère d'honneur à
un héros de féerie. Peut-être feroit-il encore au
bord du baffin, fi une puiffance invifible ne l'eût
jeté au milieu des flammes, au moment qu'il
s'y attendoit le moins. Cette chute lui fit tant de
peur, qu'il ne put appeler de fecours. Mais dès
qu'il s'apperçut que ce feu, bien loin de lui cau-
fer de la douleur, pénétroit tout fon être d'une
chaleur voluptueufe, il revint de fa frayeur &
goûta tant de délices dans ce bain, qu'il y auroit
paffé le tems prefcrit, fi la chaleur qui augmentoit toujours ne l'en eût chaffé. A peine fut il
hors du baffin, qu'il fe fentit auffi léger qu'un
zéphir. La découverte du palais mit le comble
à fa joie. L'éclat de cet édifice furpaffoit tout
ce que l'œil de l'homme a jamais vu. Biribinker
fe faifoit une idée très-avantageufe de la beauté
que devoit renfermer un fi magnifique château.
Puis, fe difoit-il, que les rubis & les diamans,
comparés aux matériaux qui ont fervi à la conf-
truction de ce palais, ne me paroiffent que
comme les pierres les plus communes, il eft à
préfumer que la falamandre dont le feigneur
concombre m'a parlé, doit l'emporter infiniment fur toutes les beautés que j'ai connues.
On croit avoir élevé aux fées de fuperbes édifi-

ces, quand on en a fait les murs de faphirs ou d'émeraudes, les toits de rubis & les planchers de perles. En comparaison de ce palais de feu, que font-ils autre chofe que de viles chaumières !

Le prince avoit déjà traverfé la première cour du château, dont la porte rayonnante s'étoit ouverte d'elle-même, lorfqu'il fe reffouvint que le concombre lui avoit expreffément recommandé de revenir le trouver au fortir du bain.

Apparemment (c'eft le prince qui parle) a-t-il des inftructions à me donner, fans lefquelles il y auroit peut-être de la témérité à vouloir pénétrer dans un tel palais. Puifque je me fuis fi bien trouvé de fes confeils, il ne feroit pas prudent de ma part, de croire que je puis actuellement me paffer de lui.

Biribinker retourna vers fon ami.

Eh ! lui cria le concombre auffi-tôt qu'il l'apperçut, le bain a fait fur vous un effet merveilleux. Je vous jure, par la vertu de ma charmante Mirabelle, qu'il n'y a point de falamandre qui puiffe vous réfifter. Mais que deviendra votre fidélité pour la laitière ?

Mon cher concombre, dans ma fituation actuelle, vos remontrances deviennent inutiles.

Je voulois dire feulement.....

Bon, bon, je vous devine à merveille, & je

vous réponds que vos exhortations offensent ma fermeté. Vous vous défiez de mon courage ; & moi, je vous assure que le souvenir de ma divine laitière me prémunit autant contre les charmes réunis de vos beautés, que si elles n'étoient que d'horribles gnomides.

Nous verrons si votre générosité, si votre délicatesse…, en un mot, si vos sentimens…. Après tout ce qui s'est passé dans un certain château, je ne puis qu'avoir très-bonne opinion de vous ; mais, malgré tout cela, je ne saurois vous cacher que je vois votre fidélité en très grand danger. Au reste, vous êtes encore le maître d'entrer ou non dans le palais. Pensez-y. Réfléchissez-y mûrement……

Pourquoi as-tu donc voulu que je me baignasse, s'il ne m'est pas permis d'y entrer. Encore un coup, ami, ne crains rien pour ma fidélité : elle est à toute épreuve. Dites-moi ce que j'aurai à faire lorsque j'y serai.

Vous ne trouverez de résistance nulle part. Toutes les portes s'ouvriront d'elles-mêmes. Si vous avez quelque chose à craindre, ce n'est que du côté de votre cœur.

Mais quelle mine crois-tu que me fera le vieux Padmanaba ?

Si je dois juger des heures par le mouvement des astres, il est déjà minuit, tems auquel le

vieillard est enseveli dans un profond sommeil.
Mais, supposé qu'il s'éveillât, vous n'avez rien
à craindre de sa colère. Tout son pouvoir doit
céder à la vertu enchanteresse de votre nom. Et,
puisque vous avez remporté tant d'avantages sur
lui, il y a tout lieu d'espérer que vous ne serez
pas moins heureux cette fois-ci.

Qu'il en arrive ce qu'il voudra, je suis résolu
de tenter l'aventure. Je ne suis pas pour rien dans
le ventre d'une baleine. Adieu, cher concombre,
au plaisir de te revoir.

Bien du bonheur au vaillant & aimable Biribinker. Que la prospérité t'accompagne, toi, qui
es la fleur & l'ornement de tous les chevaliers
des fées. Que l'aventure, au-devant de laquelle
tu cours avec tant de courage, puisse se terminer
avantageusement. Vas, sage fils de roi, porte tes
pas où ta destinée t'appelle; mais garde-toi de
négliger les avis d'un concombre qui est ton
ami, & qui peut-être pénètre plus avant dans
l'avenir qu'aucun faiseur d'almanachs.

Cet éloquent adieu terminé, le concombre
s'apperçut que son protégé avoit déjà enfilé la
première cour du château. Biribinker n'étoit
occupé que de ce qu'il alloit voir. Son imagination exhaltée par le bain dont il s'étoit servi, lui
représentoit la belle salamandre qu'il espéroit
voir bientôt, sous des traits si enchanteurs, qu'il

defira d'obtenir encore la permiffion d'être infidèle à fa belle laitière.

Lorfqu'il eut gagné le premier veftibule, un
bruit épouvantable vint frapper fes oreilles. Il
s'arrêta un moment pour écouter : plufieurs
femmes fe difputoient. Biribinker curieux de
fon naturel, voulut favoir quel étoit le motif de
leur conteftation. Il ouvre la porte d'une grande
falle où il trouve cinquante naines dont la laideur furpaffe tout ce que l'imagination d'un
Calot ou d'un Hogarth peut produire de plus
burlefque.

Au premier coup d'œil, Biribinker crut être
au fabbat. Il feroit certainement tombé en dé-
faillance, fi les fingeries de ces naines ne l'euffent forcé à éclater de rire. A peine ces gnomides, dont la plus jeune pouvoit avoir quatre-
vingt ans, l'apperçurent-elles, qu'elles coururent
toutes au devant de lui, avec autant de célérité
que leurs jambes torfes pouvoient le leur permettre.

Vous venez fort à propos, prince Biribinker,
lui cria une des plus laides, pour terminer une
difpute qui a failli nous faire venir aux mains.

Vous querellez-vous pour favoir laquelle d'entre vous eft la plus belle ?

Précifément : vous l'avez deviné du premier
coup.

Imaginez-vous, mon beau prince, qu'après les avoir toutes forcées à me rendre la juſtice qui m'eſt dûe ; cette guenon, cette petite pagode que voilà, oſe me diſputer la pomme.

O ! le plus agréable & le plus juſte de tous les princes, s'écria l'accuſée, en lui pinçant les jambes, je m'en rapporte à votre déciſion. Regardez-nous attentivement l'une & l'autre conſidérez-nous trait par trait, & prononcez en conſcience. Peut-être me flatterois-je trop, ſi je diſois tout ce que je penſe.

Eſt-il poſſible, prince Biribinker, dit la premiere, qu'on pouſſe l'impudence juſques-là ? Premièrement, elle n'eſt pas d'un pouce entier plus petite que moi : & vous m'avouerez que cela ne fait pas un objet. En ſecond lieu, je me flate que ma boſſe oſera toujours ſe montrer à côté de la ſienne. Mes pieds, comme vous voyez, ſont auſſi larges & même plus longs que les ſiens. Elle ſe prévaut de la groſſeur & de la noirceur de ſa gorge ; mais vous conviendrez pourtant, ajouta-t elle en ôtant ſon fichu, que la mienne, ſi elle n'a pas autant d'étendue, eſt au moins plus noire que la ſienne.

Soit, s'écria la rivale. Je te cède ce frivole avantage, puiſque je l'emporte ſur toi dans tous les autres points

Vous riez, mon beau prince ? Je n'en ſuis pas

étonnée. Rien n'eſt effectivement plus riſible que
la vanité de cette guenon. J'ai honte de vanter
moi-même mes attraits; mais remarquez combien
mes jambes ſont plus torſes que les ſiennes. Je ne
vous parlerai pas du reſte. On voit que ſes yeux
ſont beaucoup plus fendus que les miens, que
mes joues ſont plus bourſouflées que les ſiennes,
& que ſa lèvre inférieure . . . . Enfin, je puis me
flatter que la nature a prodigué ſes plus rares faveurs pour former chacune des parties qui entrent
dans la compoſition de mon être.

Mademoiſelle, lui repliqua Biribinker, auſſi-
tôt que ſes éclats de rire lui permirent de parler,
je ne ſuis pas un grand connoiſſeur, mais il me
ſemble que votre compagne ne fait que plaiſanter, lorſqu'elle s'aviſe de vouloir paſſer pour plus
belle que vous. Les grands avantages que vous
avez ſur elle ſautent aux yeux, & je ne doute pas
que le bon goût de meſſieurs les gnomes ne vous
rende la juſtice qui vous eſt dûe.

La première gnomide parut très-choquée de
cette déciſion; mais Biribinker qui avoit une
envie demeſurée de voir la belle ſalamandre,
n'écouta point les reproches qu'elle lui fit. Il ſe
retira après avoir ſouhaité le bon ſoir à tout ce
cercle de guenons qui, au lieu de lui répondre,
ſe mit à rire à gorge déployée.

Le prince ſorti de chez les gnomides, ſe trou-

va vis-à-vis d'un grand portail qui s'ouvrit de lui-
même. Il regarda ce phénomene comme un pré-
fage affuré du bonheur qui l'attendoit. Plein de
courage & d'efpérance, il traverfe une galerie,
monte un grand efcalier, entre dans une vafte
anti-chambre qui le conduit d'un appartement à
l'autre. Malgré le changement que le bain de
feu avoit opéré dans fa nature, il fut cent fois
fur le point d'être ébloui par l'éclat de l'ameublement.

Quelque diverfifiées & extraordinaires que
fuffent les chofes qui brilloient à fes yeux, il
les oublia toutes pour contempler quelques tableaux qui repréfentoient une jeune falamandre
d'une beauté merveilleufe. Il ne douta point que
ce ne fuffent des portraits de l'amante du vieux Padmanaba. Elle étoit repréfentée fous toutes fortes
d'ajuftemens & dans toutes les attitudes imaginables. On la voyoit quelquefois endormie, &
quelquefois éveillée, tantôt en Diane, tantôt en
Vénus, ici en Flore, & là en Hébé : en un mot,
les différens points de vûe, fous lefquels on la
voyoit dans ces portraits, donnoient une fi
haute idée de fa perfonne, que le prince goûtoit
déjà les prémices du plus parfait honheur. Il étoit
fouvent incertain, de ce qu'il devoit le plus admirer, ou la beauté de l'objet, ou le grand art
du peintre. Il avoua que le *Titien* & *Rembrand*

n'étoient que des barbouilleurs, en comparaison
des peintres falamandres. L'aspect de ces tableaux
fit une si vive impression fur l'esprit du jeune
héros, qu'il attendit avec la plus grande impatience le moment de voir l'original de ce qu'ils
retraçoient. Après avoir parcouru beaucoup de
chambres fans trouver perfonne, il apperçut une
porte entr'ouverte, qui le conduisit dans le jardin le plus extraordinaire qui exista jamais. Les
arbres, les plantes, les fleurs, les cabinets étoient
de feu. Biribinker ne jeta qu'un léger regard fur
ce fpectacle majestueux, parce qu'il voyoit au
bout d'une allée un pavillon dans lequel il espéroit trouver fa belle falamandre. Il y vole : la
porte s'ouvre encore d'elle-même. Il entre dans
une grande fale, & de là dans un cabinet où il
ne voit qu'un vieillard, d'une figure majestueuse,
qui est couché fur un fopha & enfeveli dans un
profond fommeil. Le prince ne doute pas que ce
ne foit le vieux Padmanaba. Quoiqu'affuré de
n'avoir aucune violence à craindre de fa part, il
ne peut s'empêcher de treffaillir, lorfqu'il fait
attention qu'il est fi près de cet enchanteur, &
dans un endroit où tout est magique. Mais le fouvenir qu'il a été choifi par le destin pour détruire
les enchantemens de Padmanaba, joint au desir
de voir la belle falamandre, ranime fon courage.

Il s'approchoit du fopha pour s'empater d'un fabre qui étoit fur un couffin à côté du vieillard, lorfqu'il crut donner du pied contre quelque chofe de mouvant. Curieux de favoir quel eft l'objet invifible qui s'oppofe à fa marche, il cherche, il examine, & porte la main fur un petit pied charmant. Selon le cours ordinaire de la nature, ce pied doit appartenir à une jambe; cette jambe doit même répondre à une autre partie du corps, & ainfi du refte....... Effectivement, de point en point, Biribinker parvint à découvrir, par le fecours du tact, le corps invifible d'une femme qui ne peut être que Vénus ou la belle falamandre. Au moment qu'il fait cette découverte, la plus agréable fymphonie frappe fes oreilles, fans qu'il puiffe appercevoir ni muficiens ni inftrumens.

Au premier coup d'archet, Biribinker effrayé s'éloigne de fa belle invifible. Il craint que le bruit n'éveille le magicien. Mais fon étonnement & fa terreur redoublent, lorfqu'il remarque que Padmanaba eft difparu.

Cet enchanteur avoit affez d'expérience pour fe conduire prudemment dans toutes les occafions. Il favoit depuis longtems combien Biribinker lui feroit un jour dangereux. Et le feul defir d'éviter la préfence d'un prince qui ne paroiffoit être né que pour rompre fes enchantemens;

fut le feul motif qui le détermina à fixer fon
féjour dans le ventre d'une baleine. Mais comme
cette demeure ne lui parut pas encore un afyle
affez fûr pour lui & pour fa belle falamandre,
qui étoit l'unique objet de fes foins, il la munit
d'un talifman qui avoit deux grandes qualités :
celle de la rendre invifible à tous les yeux, excepté aux fiens, & de produire, dès qu'on le
touchoit, une mufique magique. Si Biribinker
(c'eft ainfi que raifonnoit le vieux Padmanaba)
fi Biribinker furmonte tous les obftacles qu'il
rencontrera pour entrer dams le ventre de la
baleine, & même pour pénétrer jufques dans
l'enceinte du palais, je faurai fouftraire à fes
regards la belle ; & s'il la découvre, quoiqu'elle
foit invifible, la mufique qui fe fera entendre,
auffi-tôt qu'il portera les mains fur le talifman,
le déconcertera, & me mettra en état de prévenir
rout défaftre.

Cette précaution étoit d'autant plus néceffaire,
que le bon vieillard étoit fujet à une efpéce de
léthargie qui le faifoit dormir feize heures par
jour. La mauvaife opinion qu'il avoit conçue du
beau fexe, depuis les tours qu'il avoit effuyés de
la part des fées Criftalline & Mirabelle, fut le
motif qui l'engagea à enfevelir la belle falamandre, pendant tous le tems qu'il dormoit, dans un
fommeil enchanté dont perfonne que lui ne la

pouvoit tirer. Le seul Biribinker avoit le même droit, mais à de certaines conditions, & seulement dans de certaines circonstances; & Padmanaba (c'est ainsi que le vouloit le sort) perdoit dans un seul moment tous ses droits sur la belle salamandre.

Il est à présumer que le prince chercha à découvrir la jambe de qui dépendoit le beau pied dont nous avons parlé. Et pour peu qu'on lui suppose de curiosité, on conviendra qu'il dut toucher le talisman que portoit la salamandre : & on n'en peut plus douter, dès qu'on sait que la musique qui devoit être l'effet de ce toucher se fit entendre.

Ici, don Silvio ne put s'empêcher d'interrompre don Gabriel, pour le prier de s'expliquer un peu plus clairement sur ce qui concerne le talisman. Je vous trouve depuis quelque tems un peu obscur, ajouta-t-il; je n'ai presque rien compris de ce que vous avez raconté depuis le réveil du vieux Padmanaba. Toute la société, sans en excepter la belle Hiacinte, rit des remarques de don Silvio; & le seigneur Gabriel ne put se tirer d'affaire qu'en disant que toute l'obscurité dont se plaignoit don Silvio, se trouvoit dans la chose même, & qu'en général, il y avoit peu de contes de fées qui fussent, d'un bout à l'autre, exempts de choses inintelligibles. Le chevalier parut être satisfait de cette réponse, & don Gabriel continua ainsi son récit.

Dès que Biribinker eut touché le talisman, le bruit de la musique éveilla le vieux Padmanaba. On ne doute pas qu'il ne lançât un regard furieux sur le prince; mais comme sa force ne pouvoit agir sur son rival, il ne lui restoit d'autre parti à prendre que de se rendre invisible sur le champ, & de traverser avec promptitude tous les desseins de Biribinker.

Le prince qui avoit eu le tems de revenir du trouble où l'avoient jeté le concert invisible & la disparition de Padmanaba, voulut cependant savoir ce qu'étoit devenu ce magicien. Il parcourut tous les apartemens du château, muni du sabre que le vieillard avoit oublié dans sa fuite précipitée. Sur ce sabre étoient gravées différentes figures magiques. Le prince ne pouvant retrouver ni l'enchanteur, ni aucune autre personne, ne douta point que Padmanaba ne l'eût laissé maître absolu de son château & de sa belle. Triomphant, il retourne dans le pavillon, jette son sabre sur le canapé, & court se précipiter aux pieds de la belle invisible. Elle dormoit encore, quoique la musique continuât, tantôt en *Andante*, & tantôt en *Allegro*.

L'éclat que répandoient les meubles de l'appartement, la beauté des peintures & les sons touchans

touchans & variés de la musique entraînèrent le
prince dans une espèce de délire. Il ne savoit si
son esprit devoit s'en rapporter aux mouvemens
de son cœur. Il croyoit avoir trouvé une beauté
incomparable sur le sopha ; mais cette découverte pouvoit n'être qu'illusoire, ainsi que la
plûpart de celles qu'on fait dans des palais enchantés. Ce doute embarrassa quelque tems Biribinker. Enfin, appuyé de quelques raisons secrètes, il se crut à côté de cette belle salamandre
dont le portrait avoit fait une si vive impression
sur son ame. Cette idée lui fit oublier sa belle
laitière, ainsi que les avis du concombre. Peu à
peu l'obscurité augmentoit, & la musique devenoit plus touchante. Ces momens n'étoient guère
propres à modérer le ravissement du prince . . . . .
(*Ici se trouve une petite lacune dans l'original*
de cette histoire. Sans hasarder la moindre con-
jecture, nous laissons aux auteurs de notre tems
le soin de la remplir) . . . . Le prince, continue
l'historien, sortit de son extase, & s'apperçut
avec surprise, que la belle invisible secondoit les
vœux qu'il lui adressoit ; d'où il conclut qu'elle
devoit être éveillée. Il ne manqua pas de lui
faire, dans le langage sublime auquel il avoit été
accoutumé dans la ruche de la fée Mélisotte, les
mêmes complimens qu'il avoit adressés en pareille
occasion à Cristalline & à Mirabelle. L'invisible

Tome XXXVI. Cc

n'y répondit d'abord que par des soupirs, & lui
dit enfuite.... N'avez-vous pas aimé Mirabelle
& Criftalline autant que vous m'aimez? Ne leur
avez vous pas fait à chacune les mêmes protef-
tations? Peuvent-elles fe flatter d'avoir poffédé
votre cœur pendant un feul jour? Ah! Prince,
le fort de celles qui m'ont précédée, eft un pré-
fage non équivoque du mien. Dans la certitude
accablante de vous perdre dans peu d'heures,
comment voulez-vous?....

Le prince lui réitéra les fermens les plus folem-
nels de l'aimer à jamais.

Quand vous vous comparez aux deux fées que
vous venez de nommer, ajouta-t-il, vous vous
compromettez vous-même. Elles n'ont aucune
forte de mérite : elles ne pouvoient m'infpirer
qu'un goût paffager. Je vous jure, par toutes les
divinités qui préfident à l'amour, que depuis le
moment que j'ai vu votre portrait dans la falle,
la laitière, que vous craignez, n'a pas plus d'empire fur moi qu'aucune autre laitière du monde.
Oh! s'écria-t-il, belle invifible, que ne puis-je
prendre à témoin toute la terre & tous les élémens avec ceux qui les habitent, quand je vous
jure la plus inviolable fidélité...... Nous en
fommes tous témoins, s'écrièrent quantité de
voix mâles & femelles....... Biribinker, qui
n'auroit jamais cru qu'on le prendroit au mot,

se leva promptement pour voir d'où partoient
ces voix. O ciel! Quelle langue seroit assez élo-
quente pour exprimer le trouble & la terreur qui
le saisirent, lorsqu'il vit l'appartement tout à
coup éclairé? O merveille! ô aspect terrible! Il
se trouve dans le même cabinet qui avoit été le
témoin de son infidélité. Au lieu d'être auprès de
la belle salamandre, il se trouve aux pieds de
l'horrible gnomide, à laquelle il avoit adjugé le
prix quelques heures auparavant. Ce qui augmente
sa confusion & sa douleur, c'est de se voir au
milieu d'une troupe de spectateurs qu'il auroit
voulu savoir bien loin de lui. Il mouroit de honte
pendant que tout le palais retentissoit d'applaudissemens & de cris de joie. Sur le côté droit du
sopha, il vit la fée Cristalline, tenant par la main
le petit Grigri, & sur la gauche la charmante
Mirabelle avec son cher Flox qui figuroit beaucoup mieux, comme salamandre que lorsqu'il
étoit concombre. L'aspect de la fée Caprosine,
celui de la belle laitière & du vieux Padmanaba
qui étoit assis à côté de sa salamandre sur une nue
d'or & d'azur, portée par de petits sylphes, mit
le comble aux tourmens du malheureux Biribinker.

   Courage! prince Biribinker, lui dit la fée
Cristalline, je vous pardonne l'excès d'impatience
que vous fîtes paroître, lorsque vous voulûtes

partir de chez moi : qui marche à une pareille
conquête, ne sauroit faire assez de diligence.

Prince Biribinker, lui dit Grigri, ne pensez
pas que je doive vous avoir de grandes obligations ; car s'il n'eût tenu qu'à vous, j'aurois été
bourdon pendant toute l'éternité. Mais dans la
situation où vous êtes, il seroit cruel de se mocquer de vous. Regardez ce qui vient de vous
arriver comme une punition que vous avez bien
méritée.

Si la belle, auprès de qui nous vous avons
surpris, continua Mirabelle d'un air malin, n'est
pas à tous égards digne de vous, vous avez au
moins l'avantage de n'avoir pas à faire à une
prude.

Quant à moi, ajouta celui qui avoit été
concombre, je devrois à la vérité être mortifié
d'avoir recouvré ma figure & la possession de ma
chère Mirabelle, aux dépens de votre bonheur ;
mais comme concombre, je vous ai généreusement averti de craindre les suites d'une nouvelle
infidélité, ainsi ne me blâmez pas si, comme
salamandre, je me réjouis de vous voir puni,
pour n'avoir pas voulu suivre mes conseils.

Vois maintenant, malheureux Biribinker,
balbutia la fée Caprosine, vois comment Caramoussal t'a souftrait à mon courroux. Regarde à
mes côtés, l'aimable princesse Galactine que tu

aimois comme laitière, & qui, malgré la haine
que je t'ai jurée, t'étoit destinée, si, par une
infidélité trois fois réitérée, tu ne t'étois rendu
indigne d'elle.

Si ma compassion pouvoit te soulager, mon
pauvre Biribinker, lui dit la belle laitière, tu
serois moins malheureux. Je crois que les fées
& les enchanteurs ont eu autant de part que toi-
même aux fautes que tu as commises.

A ces mots, l'infortuné Biribinker leva les
yeux, & lança sur sa chère laitière un regard mêlé
de confusion, de tendresse & d'amour.

Apprends, lui cria le vieux Padmanaba, apprends, illustre Biribinker, modèle inouï de sagesse & de constance, que le vieux Padmanaba
n'est pas encore assez âgé, pour laisser ta témérité
impunie. Puisse ton histoire passer de nourrice en
nourrice, & être transmise à la postérité la plus
reculée, afin qu'elle apprenne combien il est dangereux de consulter le grand Caramoussal sur sa
destinée, & de voir une laitière avant l'âge de
dix-huit ans.

A peine Padmanaba eut-il cessé de parler,
qu'on entendit dans les airs un bruit épouvantable qui ébranla les fondemens du château. Tout
le monde, excepté Biribinker, fut saisi d'effroi.
Padmanaba même s'apperçut que cet orage venoit
d'une puissance supérieure à la sienne. Dans un

clin d'œil, le plafond de l'appartement & tous les toits du palais furent enlevés ; & l'on vit au milieu des éclairs & du tonnerre, descendre sur une nue, & prendre place, entre le vieux Padmanaba & la fée Caprosine, le grand Caramoussal monté sur un hipogrife.

Le prince Biribinker est assez puni, cria-t-il d'une voix majestueuse. Le fort est satisfait : je le prends sous ma protection.... Disparois, indigne guenon, continua-t-il, en donnant un coup de baguette à la gnomide. Et vous, prince Biribinker, choisissez entre ces quatre belles, (la salamandre, la sylphide, l'ondine & la mortelle) celle qui vous plaira le plus. Elle sera votre épouse & vous guérira de l'inconstance qui, jusqu'ici, a été votre unique défaut......

... Si Padmanaba avoit eu des dents, il les auroit certainement grincées de dépit, tant il s'attendoit peu à un pareil dénouement. Toutes les belles avoient les yeux fixés sur le prince. On lisoit dans ceux de la jeune salamandre qui n'avoit pas dit un seul mot, combien elle étoit fâchée d'avoir été remplacée par une gnomide auprès de Biribinker. Celui-ci qui passoit dans un moment d'une extrémité à l'autre, de l'excès de la honte & du désespoir, à la plus haute félicité, n'hésita pas une minute à faire son choix. Quoique les dames élémentaires fussent infiniment plus belles que sa laitière, leurs charmes ne purent obtenir de lui qu'un regard passager. Il se jeta aux pieds de son adorable Galactine & lui demanda pardon de ses étourderies. Il courut aux genoux de Caramoussal qui le releva, le prit par la main & le mena vers la laitière.

Recevez pour votre époux le prince Cacamiello; actuellement que mes vues sont remplies, il portera ce nom. Biribinker & la laitière n'existent plus. Vous avez l'un & l'autre payé le tribut que vous deviez à la féerie, il ne me reste plus qu'à remettre le prince Cacamiello dans le sein de son auguste famille & de vous l'attacher, princesse Galactine, par un lien indissoluble...... Et vous belles fées, ajouta t-il, en se tournant du côté de Cristalline & de Mirabelle, vous devez être satisfaites de mes procédés, puisque par mes soins vous avez recouvré vos amans & vos premières figures. Et moi, pour me dédommager de mes peines, je m'approprie la belle salamandre qui ne faisoit que dormir chez le vieux Padmanaba.

A peine le grand Caramoussal eut-il achevé de parler, qu'il fendit trois fois l'air avec sa baguette. Tout-à-coup l'enchanteur, le prince & la princesse se trouvèrent dans le cabinet du roi qui fut enchanté de revoir son fils, l'héritier présomptif de sa couronne, avec une si belle princesse, & pourvu d'un si beau nom (*Cacamiello*).

Bientôt après leur arrivée, on célébra leurs noces avec la plus grande pompe. Quand le vieux roi fut parti pour le dix-neuvième monde, Cacamiello gouverna avec tant de sagesse, qu'il fut aimé de tous ses sujets. Il fit Flox son premier visir, en récompense des services qu'il lui avoit rendus étant concombre. Les fées Cristalline & Mirabelle parurent à la cour toutes les fois que la reine accoucha. La première n'oublia jamais d'y mener son petit Grigri qui, malgré sa laideur, gagna la tendresse & la confiance des dames d'honneur.

Ici se termine l'histoire du prince Biribinker, ajouta don Gabriel : elle est aussi vraie qu'instructive. J'aurai lieu de m'applaudir si j'ai réussi dans mon entreprise qui étoit de vous amuser & de guérir la belle Hiacinte de ses préjugés contre la féerie.

CHAPITRE III.

Remarques sur l'histoire précédente.

SI c'étoit-là votre unique objet, dit Hiacinte à don Gabriel, je suis fâchée que vous n'y ayez pas mieux réussi. A vous dire vrai, il me semble que l'extravagance ne peut être poussée plus loin que dans ce conte. Don Silvio seroit de trop bonne foi, s'il ne s'appercevoit pas de votre dessein. Vous voulez faire perdre aux fées tout le crédit qu'elles ont sur son esprit.

Vous jugez un peu trop rigoureusement de ce conte, répliqua don Eugénio. Il est vrai qu'on a bouleversé la nature dans cette histoire. Le caractère des personnages est tout à fait impertinent, & les aventures qu'on y raconte sont incroyables. Si l'on vouloit juger les uns & les autres d'après les préceptes de la raison, de la vraisemblance & de la saine morale, on ne trouveroit en effet rien de plus extravagant. Mais le pays de la féerie est situé au-delà des confins de la nature; il est gouverné par ses propres loix, ou, pour parler plus exactement, il ne l'est par aucunes loix, ainsi que certaines républiques que je ne veux pas

nommer. On ne peut juger d'un conte de fées
que par un autre de la même efpèce. L'hiftoire
de Biribinker, confidérée fous ce point de vue,
eft non-feulement auffi vraifemblable & auffi inf-
tructive, mais plus intéreffante encore qu'aucune
hiftoire de cette trempe, à celle des quatre Fa-
cardins près.

Je voudrois favoir, par exemple, demanda
Hiacinte, ce que vous trouvez d'inftructif dans
ce conte.

Des moraliftes de profeffion, répliqua don
Eugénio, qui peuvent extraire tout un fyftême
de morale d'une feule élégie de Tibulle, feroient
plus en état que moi de répondre à cette queftion.
Mais pour ne pas abandonner entièrement ma
thèfe, permettez que je vous faffe une queftion,
à mon tour. Le déréglement & le crime ne font-
ils pas toujours punis dans cette hiftoire; & la
vertu n'y eft-elle pas récompenfée dans la perfonne
de la laitière? Après avoir lu ce conte, n'eft-on
pas convaincu que la curiofité qui nous porte à
vouloir pénétrer dans l'avenir, pour nous fouftraire à notre deftinée, eft folle, imprudente &
dangereufe? Si le roi au gros ventre n'eût pas
confulté le grand Caramouffal, on n'auroit jamais
fu qu'il étoit dangereux pour le prince de voir
une laitière avant l'âge de dix-huit ans. Il n'auroit
jamais porté le nom de *Biribinker*; il auroit été

élevé à la cour de son père ; & quand le tems de
le marier seroit venu, on auroit fait demander
par des ambassadeurs la princesse Galactine, à ses
parens : & tout se seroit passé dans l'ordre naturel
des choses. La curiosité du roi son père & l'oracle
prononcé par le grand Caramoussal, furent les
seules causes de ses désastres. Le moyen qu'on
employa pour que le prince ne vît point de laitière, fut précisément ce qui lui en facilita la rencontre. On n'avoit que faire du nom de Biribinker, parce que le prince n'auroit jamais eu aucune de ces aventures singulières, s'il ne se fût
pas appelé ainsi.

Vous parlez vrai, dit dona Félicia. Le seul nom
de Biribinker fait la beauté de la pièce : le nom à
part, ce conte seroit un conte très-ordinaire.
Quoi qu'il en soit, je prends le prince Biribinker
sous ma protection ; & si j'avois l'honneur de
porter un chapeau, je soutiendrois *contre tous &
un chacun*, que l'amour du prince Biribinker, la
vertu de madame Cristalline, la délicatesse de
Mirabelle, avec ses habits d'eau sèche & ses distractions, le géant Caraculiamborix, l'œuf d'autruche, la baleine, les lacs, les isles & les châteaux enchantés qui se trouvent dans son corps,
ainsi que le palais de feu & le concombre qui
parle & qui connoît le cours des astres, & enfin
que toutes les choses merveilleuses qu'on a eu

foin de faire entrer dans ce conte, en font le
conte le plus drôle que j'aie jamais entendu.

Vous omettez la carpe qui chantoit de fi beaux
airs d'opéra, dit Hiacinte, le chien qui danfoit
fur la corde, & les œillades enflammées de Biribinker qui vitrifièrent les cailloux d'un ruiffeau.

On aura de la peine à trouver un conte,
ajouta don Gabriel, où les matériaux les plus
précieux foient auffi prodigués que dans celui-ci.
Je fuis fûr qu'on parcourroit tous les cabinets de
curiofités de l'Europe, fans y trouver un feau de
rubis.

Notre héros avoit écouté attentivement tout
ce qui s'étoit dit de part & d'autre. Lorfqu'il
s'apperçut qu'on attendoit fon avis; il parla ainfi,
avec le plus grand fang froid :

J'aurois fouhaité, je vous l'avoue, que le prince
Biribinker eût été plus fidèle à fa laitière qui
devoit être une perfonne fort aimable, ou j'aurois
defiré qu'il fût puni plus rigoureufement de fon
inconftance. Mais, cela excepté, ainfi que la conduite & le caractère de quelques autres perfonnages du conte, je ne vois pas ce qu'on peut trouver d'extravagant ou d'impoffible dans l'hiftoire
de ce prince.

Comment ! don Silvio, reprit Hiacinte, vous
croyez qu'il eft dans l'ordre de la nature qu'un
homme fe cure les dents avec un orme? Vous

croyez qu'il foit poffible qu'une baleine jette de
l'eau, par fes narines, à cinquante lieues d'elle;
qu'un rocher foit mou; que des poiffons chantent,
que des concombres parlent?

Oui, fans doute, belle Hiacinte, répondit
dont Silvio, pourvu que nous ne veuillions pas
juger de ce qui eft poffible à la nature, par cette
petite portion de la nature que nous avons fous
les yeux, & par ce qui fe paffe journellement
devant nous. Il eft vrai que Caraculiamborix,
comparé aux hommes ordinaires, eft un monftre;
mais il devient un pigmée vis-à-vis d'un habitant
de Saturne. Pourquoi n'y auroit-il pas une
baleine affez grande pour contenir des lacs & des
ifles?

Quant à la baleine, interrompit don Gabriel,
on ne peut nier la poffibilité de fon exiftence. Il
y a apparence que c'eft la même dont Lucien fait
une defcription détaillée dans fon hiftoire véritable. Cet auteur a découvert un pays immenfe
dans cet énorme poiffon; cette région étoit habitée par cinq ou fix nations différentes, qui, fans
doute, s'étoient entre-détruites, lorfque Padmanaba y fit conftruire fon palais. Ce qui pourroit
rendre douteufe toute cette affaire, c'eft que Biribinker prétend y avoir vu un foleil, une lune &
des étoiles.

Il ne faut pas prendre cela à la lettre, répliqua

don Silvio. Mais il est très-possible que Biribinker crut y voir ces astres. Il ne tenoit qu'à Padmanaba de fasciner les yeux de son rival. Cet enchanteur pouvoit placer des salamandres à une certaine distance, & les obliger d'imiter, par un cours réglé, le mouvement des astres qui roulent sur nos têtes.

Je voudrois bien savoir, dit Hiacinte, ce que don Silvio appelle impossible? S'il peut y avoir du feu compacte & de l'eau sèche, un cercle quarré.

Pardonnez-moi, belle Hiacinte, répliqua don Silvio. La rondeur fait l'essence du cercle. Il est donc impossible de se faire l'idée d'un cercle quarré. Mais la fluidité n'est pas une qualité essentielle de l'eau & du feu. La glace n'est pas autre chose que de l'eau solide & compacte. Pourquoi l'art des génies élémentaires ne pourroit-il pas produire de l'eau sèche & du feu compacte? Ainsi, en supposant l'authenticité de l'historien, je ne trouve rien d'impossible dans l'histoire du prince Biribinker.

Voilà où je vous attendois, dit don Gabriel; tout dépend de l'authenticité des témoins. Apprenez donc, don Silvio, que toute cette histoire est de mon invention.

De votre invention? s'écria notre héros interdit. Ah! don Gabriel, je ne m'attendois pas à un pateil tour de votre part. Mais vous avez cependant nommé l'historien qui......

J'ai voulu savoir combien vous étiez prévenu pour les fées & la féerie. J'ai rassemblé les objets les plus pittoresques, pour en former un conte qui n'a ni rime ni raison : c'est le prince Bin-binker.

Les dames s'étoient retirées pour ne pas gêner la conversation de nos deux chevaliers. Don Silvio ne se rendit pas aussi facilement qu'on se l'étoit imaginé.

Je parie, lui dit don Eugénio, qu'au premier abord, vous avez cru que ce château & ces jardins étoient le séjour de quelques fées ? Et il est très-certain que vous êtes dans le village de Lirias. Mon grand-père Gil Blas de Santillane obtint cette demeure de la générosité & de la reconnoissance de don Alphonse de Leyva. Les embellissemens que vous voyez sont l'ouvrage de mon père don Félix de Lirias. Il me semble, mon cher chevalier, que vous avez très-peu vu le monde. Il n'est pas étonnant que votre imagination ait été frappée de la ressemblance qui règne entre ces bâtimens & ceux dont vous avez lu la description dans les contes. Convenez, don Silvio, qu'au moment que vous avez vu ma sœur, vous vous êtes cru vis-à-vis d'une fée ? Cependant mon curé vous prouvera, par un extrait de baptême, qu'elle eſt mortelle & fille de bons chrétiens qui ne ſe ſont jamais rendus ſuſpects de magie. Il vous prouvera encore qu'elle eſt véritablement petite fille de l'aimable Dorothée de Jutella, à qui elle reſſemble tant, qu'on prend très-ſouvent le portrait de l'une pour celui de l'autre.

Ces dernières paroles firent plus d'effet ſur l'eſprit de notre héros que tous les argumens qui les avoient précédées. Après avoir fait un petit compliment ſur les charmes de doña Félicia, il ſe tut, & parut rêver à quelque choſe de ſérieux.

Il étoit tems d'aller à une comédie que don Eugénio faiſoit repréſenter pour l'amuſement de la ſociété, par une troupe ambulante de comédiens. Cette récréation & la préſence de doña Félicia rendirent à notre héros toute ſa bonne humeur. Le ſouper fut extrêmement gai. Silvio fit ſon poſſible pour plaire à la belle veuve, après s'être moqué du prince Biribinker & de toutes les fées, d'auſſi bonne foi que s'il n'eût jamais connu ni aimé de papillon.

CHAPITRE IV.

Découverte remarquable. Discrétion de Pédrillo.

SI le lecteur a quelque chose de désobligeant à nous dire, parce que nous avons perdu de vue Pédrillo, depuis que notre héros est à Lirias, nous le prions de nous pardonner. Une partie de ce chapitre sera employée à réparer nos torts.

On doit se ressouvenir encore que la première fois que la belle Laure apparut à Pédrillo, sous la figure d'une sylphide, elle lui déroba son cœur, sans qu'il sût comment.

Le lendemain de l'arrivée de don Silvio à Lirias, mademoiselle Laure descendit dans le jardin, pendant que tous ceux qui étoient dans le château faisoient la sieste. Elle alla dans un cabinet de feuillages dans le dessein de s'y reposer. On ne sait par quel hasard Pédrillo qui avoit la même intention, choisit précisément la même solitude. Nos deux personnages se rencontrèrent donc aussi inopinément que Didon & le héros de Troye. Il ne fut point question de sommeil : on s'assit pour

jafer. Pédrillo profita de cette circonftance pour
déclarer fa paffion à la belle Laure qui, contre la
coutume des foubrettes efpagnoles, n'étoit ni
prude ni galante. On n'acquiert de droits fur
mon cœur, lui dit-elle, que par beaucoup de
bonne foi. Elle tourna Pédrillo de tant de manières, & lui fit tant de queftions, que celui-ci
lui raconta tout ce qu'il favoit de l'hiftoire de fon
maître. Laure apprit comment le portrait de la
princeffe enchantée s'étoit trouvé ; & elle vit par
la defcription détaillée que lui fit le valet de don
Silvio, que ce bijou étoit précifément le même
que fa maîtreffe avoit perdu en allant à fon hermitage. Elle fit part de fes conjectures à fon ami ;
& fur le récit que lui fit Pédrillo de la manière
dont ce portrait avoit été enlevé à fon maître,
ils fe mirent l'un & l'autre en chemin pour aller le
revendiquer. Ils ne doutèrent pas que ce bijou ne
fût entre les mains d'une des payfannes qui travailloient aux environs du château ; & leur fuppofition fe trouva jufte. Le portrait fut rendu
pour quelque maravédis ; & dès le même foir,
on le livra à dona Félicia. Cette dame apprit
en même tems tout ce que Pédrillo avoit confié
à fa femme de chambre. Elle crut poffèder alors
le talifman qui devoit défenchanter fon cher don
Silvio de Rofalva.

Laure défendit à Pédrillo, fous les peines les

plus rigoureufes, de ne rien révéler à fon maître de tout ce qui s'étoit paffé. Il n'en fallut pas davantage pour exciter l'impatience de Pédrillo. Il eut toutes les peines du monde à attendre l'occafion de juftifier cette remarque : que le moyen le plus fûr d'exciter certaines perfonnes à être indifcrétes, eft de leur recommander de fe taire. Cette occafion s'offrit dès le lendemain. Le maître & le valet étoient tous les deux amoureux ; & par conféquent, ils dormirent très-peu. Dès la pointe du jour, Pédrillo vit fon maître fe promener dans le jardin d'un air rêveur. Il fortit tout doucement de fa chambre & l'alla trouver.

Don Silvio avoit paffé une grande partie de la nuit à faire des réflexions peu avantageufes aux fées. Depuis qu'il avoit oui raconter l'hiftoire du prince Biribinker, il n'ajoutoit plus foi à ces fortes d'écrits. Ces réflexions l'entraînèrent dans des rêves qui roulèrent prefque tous fur le chimérique des contes de fées, & fur les charmes de dona Félicia. La fraîcheur de la matinée l'invita à jouir de la promenade.

Pédrillo chercha long-tems fon maître avant de le trouver. Pendant qu'il s'étoit habillé, don Silvio s'étoit enfoncé dans les allées du labyrinthe. On ne pouvoit rien voir de plus agréable que cette folitude, tant par fon étendue que par la diverfité de fes ornemens. Les bofquets, les

cascades, les temples grecs, les pagodes, les sta-
tues, &c., la faisoient parfaitement ressembler à
ces jardins enchantés. dont on lit la description
dans les romans. Notre héros ne pouvoit plus
douter que toutes ces beautés ne fussent, malgré
leur apparence magique, l'ouvrage de l'art : d'où
il conçut que l'imagination seule produit ce merveilleux qu'il avoit pris jusqu'alors pour la nature
même. Il goûtoit, à faire ces solides réflexions,
le plaisir que ressent un esprit actif au moment
d'une nouvelle découverte, lorsque tout-à-coup
il apperçut Pédrillo au travers d'une haie de lauriers sauvages qui entouroit les ruines d'un vieux
temple. Ce fidèle valet couroit à lui d'un air d'allégresse.

Oh ! bon jour, seigneur don Silvio, lui cria-t-il,
du plus loin qu'il le vit. Etes vous encore en vie?
Morbleu ! on ne vous voit pas un seul instant
pendant toute la journée. Si je n'avois appris de
mademoiselle Laure que vous étiez encore ici,
j'aurois crû que les fées vous avoient enlevé.

J'ai bien plus à me plaindre de toi, repliqua
don Silvio en riant. Il faut que ta sylphide t'ait
tout-à-fait enchanté, puisque je ne t'ai pas revû,
depuis que tu sortis de la salle, lorsque dona
Félic a y entra.

Seigneur, je crois que vous parlez juste, quand
vous dites que e suis enchanté. Ce qui me le

fait croire, c'eſt qu'on dit que les enchantés ne
boivent, ni ne mangent, ſans maigrir. Je veux
perdre mon nom, ſi depuis avant-hier, j'ai mangé
la valeur de ce qu'une mouche peut emporter ſur
ſes aîles. Tenez, quand nous ſommes à table, je
ſuis toujours aſſis vis-à-vis de mademoiſelle Laure.
Me voilà à la regarder continuellement : c'eſt tantôt d'un côté, tantôt de l'autre. Je vois comment
elle mange ; je regarde dans ſa petite bouche. Ses
dents ſont plus blanches que l'albâtre, & mieux
rangées qu'une file de perles. Elle m'agace ſans
ceſſe ; elle me fait des petites mines, me marche
ſur le pied, ou rajuſte ſon fichu ; & moi dans ces
circonſtances, j'oublierois, ma foi, de boire &
de manger, ſi elle ne me mettoit de tems en tems
quelques morceaux ſur les lèvres. Malgré tout cela
je ſuis, mordie, fier & diſpos. Voilà ce que produit la bonne compagnie. Il me ſemble, ſeigneur,
que vous vous portez auſſi bien que moi ? Vous
êtes ſi frais, vous avez de ſi belles couleurs.. Je
gagerois pourtant que vous n'avez dormi que très-
peu la nuit dernière ?

Ces inſomnies, comme tu dis bien, ſont une
ſuite des effets que produit la bonne compagnie.
Mais comment te trouves-tu dans ce château, Pédrillo ? Ne penſons-nous pas bientôt à nous remettre en chemin ?

En chemin ? s'écria Pédrillo en faiſant un ſaut

D d iij

en arrière, & regardant son maître d'un air malin,
Sambleu! Avant de songer à partir, laissez-nous
arriver comme il faut. Il n'y a rien qui presse,
seigneur. On ne trouve pas par-tout des gîtes
comme celui ci. Que les fées disent tout ce qu'il
leur plaira ! Je m'imagine qu'il vaut beaucoup
mieux vivre parmi des chrétiens, qu'au milieu
d'une nation d'enchanteurs, où l'on est sans cesse
entouré de lutins & d'esprits sans savoir à qui
l'on a à faire. La belle Laure fit ma conquête dès
le moment que je la vis, quoique je la prisse alors
pour une sylphide ; mais depuis ce tems-là, j'ai
appris qu'elle est Laure, de la même pâte que
nous, chrétienne comme nous; & qu'au lieu d'être
une sylphide ou une gnomide, elle est mademoiselle Laure, femme de chambre de l'illustre dona
Félicia de Cardena; & je l'en aime mille fois
davantage. Vous badiniez sans doute, seigneur
don Silvio, quand vous m'avez dit que votre
intention étoit de quitter ce château, ce château
où l'on n'a rien à desirer. Quoiqu'il ne soit ni de
saphirs ni de diamans, il est cependant, à ce que
m'a dit Laure, l'un des plus beaux qu'il y ait dans
la province. Si j'étois à votre place, je ne desire-
rois jamais d'autre habitation. Quoique je ne fasse
semblant de rien, je sais bien ce que je fais : on
trouve souvent plus qu'on ne cherche. Ressou-
venez-vous en tems & lieu, seigneur, de ce que

je vais avoir l'honneur de vous dire ; nous ne sortirons pas de ce château que nous n'ayons été temoins de deux ou trois noces : c'est moi qui vous en assure.

Je voudrois bien savoir quelle espèce de secret on t'a confié !

Vous me prenez donc pour un bavard ? Vous mériteriez que je ne dise rien du tout. J'ai mes raisons particulières pour me taire, & je pense que Laure a les siennes aussi, puisqu'elle m'a si sévérement défendu de vous dire que la princesse..... Diantre ! J'allois découvrir le mystère. Heureusement je me suis retenu assez-tôt. Un peu de patience, seigneur ; les fruits tombent d'eux mêmes quand ils sont mûrs. On verra, dans peu, des choses extraordinaires. Convenons pourtant, seigneur, que vous êtes né sous une heureuse étoile ! Vivent les fées & les papillons enchantés ! Il est certain que si nous n'avions pas eu la folie de chercher le papillon bleu ,..... Je n'en dis pas davantage. Vous voyez, seigneur, que je ne puis me taire. Si j'étois un indiscret, ainsi que vous me l'avez souvent reproché, comment pourrois-je vous cacher que nous avons trouvé le portrait & la princesse ?

Que dis-tu ? Tu as trouvé le portrait de ma princesse ? Où est-il ? Où l'as-tu mis ?

Pardonnez-moi, seigneur, répondit Pédrillo

d'un grand fang froid? Je n'ai point de portrait?
Je n'ai pas dit que j'avois trouvé le portrait de
votre princeffe, & je mentirois fi je le difois.

Que dis-tu donc d'un portrait & d'une princeffe qu'on a trouvés?

Vous ne m'avez pas compris, feigneur. Je n'ai
pas dit ce que vous croyez avoir entendu; car
voici le myftère tel qu'il eft. ..... Mais puifque
j'ai promis de n'en rien dire, je ne puis, fans
indifcrétion........ Je vous conjure, feigneur,
de ne pas me queftionner. Le diable eft malin.
Je pourrois m'échapper fans m'en appercevoir.
Je vous dirai feulement que fi nous avions fu ce
que je fais à préfent, la fée Rayonante ne nous
auroit pas expofés à recevoir des coups de bâton,
& nous n'aurions pas pourfuivi le papillon bleu...;
Mais je fuis fou! ..... Alors nous n'aurions pas
trouvé notre princeffe, quoiqu'elle ne foit que...:
Cela eft vrai. Oh! pour cela, oui. Qu'on en dife
ce qu'on voudra....... Doucement. Le myftère
étoit fur le point de m'échapper........

Infipide maraud, s'écria don Silvio, parle donc
de manière qu'on puiffe te comprendre!

Dites que je fuis un âne, feigneur; mais, moi
qui vous parle, je n'y comprends pas plus que
vous. A examiner la chofe de bien près, on diroit que la fée s'eft moquée de vous, & cependant
il eft très-fûr qu'elle vous a tenu parole, parce

que le portrait & la princeffe font trouvés, quoique celle-ci ne foit pas un papillon bleu, ni une princeffe, à proprement parler....... Tout cela eft fi embrouillé, que le diable n'y démêleroit rien...... Il faut pourtant que l'on foit quelque chofe; & fi le portrait......... Je ne fais où j'en fuis. La tête me tourne à force de réfléchir fur nos aventures. On ne m'ôtera jamais la féerie de l'efprit. Car il eft clair qu'un fimple hafard ne pouvoit arranger tout cela comme cela.......... Mais, fi je ne me trompe, je vois venir la princeffe......... Dona Félicia, voulois-je dire. Elle vient fort à propos. Une minute plus tard, mon fecret feroit éventé.

A ces mots, il s'éloigna de don Silvio qui, dès qu'il apperçut dona Félicia, ne penfa plus à la curiofité que le myftérieux Pédrillo lui avoit infpirée. Notre héros enfila une autre allée dans l'efpérance de rencontrer la belle veuve.

CHAPITRE V.

Partie du dénoûment.

DÈS que dona Félicia vit notre héros, elle prit une allée oppofée à celle où il étoit. Les regards inquiets qu'elle jetoit de tems en tems

autour d'elle, annonçoient le trouble qui régnoit
dans son ame. Elle desiroit que don Silvio allât
à sa rencontre ; & celui ci n'étoit occupé que du
moyen de la rejoindre. Nos amans parurent surpris l'un & l'autre de se trouver de si bonne
heure dans le jardin. La belle veuve, moins sin-
cère que le chevalier, prit pour prétexte l'envie
qu'elle avoit eue de profiter de la fraîcheur de la
matinée. Don Silvio avoüa ingénument qu'il
n'étoit venu dans le jardin que pour se livrer avec
plus de liberté à tout ce qui l'occupoit depuis son
arrivée dans ce séjour enchanteur. Le regard qu'il
lança en même tems sur dona Félicia, & le soupir
qui lui échappa, suppléèrent à ce qu'il y avoit
d'obscur dans ce discours. La belle fit semblant
de ne pas s'en appercevoir, & tourna la conversation sur l'histoire qu'on avoit racontée la veille.
Elle lui demanda s'il n'y avoit pas rêvé pendant
la nuit. Pour moi, ajouta-t-elle, je vous avoüe
que je n'ai fait que voyager dans le ventre de la
baleine ; & si vous êtes curieux de savoir quelques détails de plus sur ce conte, je pourrai vous
en faire, qui ne vous seront peut-être pas indiffé-
rens. Don Silvio répondit à l'aimable veuve,
avec toute la franchise d'un amant de dix-sept
ans, que comme depuis qu'il l'avoit vue, il ne
pensoit qu'à elle en veillant, il étoit tout naturel
que ses esprits s'en occupassent encore, tandis que

ſes ſens repoſoient. Il ajouta que depuis qu'il
avoit l'honneur de la connoître, il étoit entièrement convaincu, par tout ce qui ſe paſſoit en lui,
qu'il ne pouvoit y avoir d'autre enchantement
que celui que produiſoit l'amour........ Ah! (ce
ſont ſes paroles) que ne puis-je vous-peindre ma
ſituation! Vous me donnez une nouvelle exiſtence. Votre aſpect répand un nouvel éclat ſur
tout ce qui m'environne , & communique un
nouveau degré de perfection aux beautés tou-
chantes de la nature........

Don Silvio, interrompit la belle veuve, en
jetant ſur le chevalier un regard plein de ten-
dreſſe ; qu'elle voulut cacher ſous un ſourire
malin , ſi votre intention étoit de vous attirer un
compliment, je vous dirois que vous êtes auſſi
éloquent que le prince........

N'achevez pas, madame, reprit vivement
notre héros qui fut ſi ſenſible à ce propos , que
ſes yeux ſe remplirent de larmes, n'offenſez pas la
ſincérité de mon ame par une comparaiſon que je
mérite ſi peu. Je vous dis ce que je ſens; & je
voudrois pouvoir vous le dire d'une manière qui
exprimât mes ſentimens. Dès que je vous ai vue,
tous les fantômes qui s'étoient emparés de mon
eſprit ſe ſont diſſipés. Je n'enviſage plus ma vie
paſſée que comme un vain ſonge.

Ici, le jeune-homme trop timide s'arrêta. Ce

qu'il vouloit dire fut interprété par un coup d'œil qui pénétra l'ame de la belle Félicia. Elle garda le silence pendant un moment.

Vous m'avez fait l'honneur, don Silvio, de me prendre pour une fée. Permettez que je vous prouve que je reſſemble au moins en un point à votre Rayonante. Venez, voici le portrait que vous avez perdu : je penſe que c'eſt celui de la perſonne que vous aimez. Je vous le rends tel que vous l'avez reçu de ſes mains.

En diſant cela, elle lui donna le portrait avec un rang de perles, & s'amuſa beaucoup de l'embarras dans lequel le mit ce préſent inattendu. Il l'accepta d'une main tremblante, le contempla, regarda dona Félicia, revint au portrait & s'écria. De quelque part que puiſſe venir ce portrait, quelle que ſoit la perſonne qu'il repréſente, mes yeux me diſent que c'eſt le vôtre, madame, & mon cœur ſent qu'il n'eut de pouvoir ſur moi que parce qu'il reſſemble à la belle Félicia. Je ne l'ai pas reçu des mains d'une fée, comme vous venez de le dire : je l'ai trouvé dans le bois, attenant au parc de Roſalva. Ce portrait avoit ſans doute été perdu : je l'ai trouvé. On me l'a volé : il eſt revenu entre vos mains. Tout cela m'annonce un myſtère que je vous prie de m'expliquer. Je n'en puis douter ; c'eſt votre portrait, dès que je le vis, il occupa entièrement mon ame. Je ſentis

qu'il devoit repréſenter la ſeule perſonne qui
puiſſe faire mon bonheur. Mon cœur y reconnut
l'objet de tous ſes vœux : mais ces ſentimens ſe
ranimèrent encore , lorſque j'apperçus l'original.........

Prenez-garde , lui dit dona Félicia en riant :
votre cœur pourroit vous avoir trompé. Ce portrait me reſſemble peut-être beaucoup ; mais ce
n'eſt pas le mien.

Ils arrivèrent inſenſiblement devant la porte de
l'un des pavillons du château. Dona Félicia avoit
remarqué le trouble de notre héros, lorſqu'elle
lui dit que ce portrait n'étoit pas le ſien. Il ne
ceſſa d'aſſurer qu'il n'avoit jamais aimé qu'elle
dans cette image. Dona Félicia ne put être aſſez
cruelle pour le laiſſer plus long tems dans l'embarras. Elle le conduiſit, par une ſalle, dans un
cabinet, où il vit deux portraits de grandeur naturelle, placés à côté l'un de l'autre, & qui ſe
reſſembloient ſi parfaitement, qu'un grand connoiſſeur auroit eu de la peine à découvrir en quoi
ils différoient l'un de l'autre.

Lequel de ces portraits eſt le mien , Don
Silvio ?

Tous les deux , répondit Silvio. Il eſt viſible
que l'un eſt la copie de l'autre.

Vous vous trompez. Celui-ci eſt au moins de
ſoixante ans plus vieux que celui-là ; car il repré-

sente ma grand'mère, dona Dorothea de Jutella,
qui se fit peindre à l'âge de seize ans. Vous en
voyez un ici, continua-t-elle, en lui montrant une
miniature qui se trouvoit au dessous du grand portrait, qui a été fait à peu près dans le même tems :
c'est celui-là qui a été copié ; & cette copie a
donné lieu à cette intrigue singulière. Mon père
trouvoit tant de ressemblance entre dona Dorothea & moi, qu'il me fit peindre à seize ans,
dans les mêmes ajustemens & dans la même attitude. Mon grand'père qui aimoit extrêmement
son épouse, fit faire le petit portrait qui vous est
tombé entre les mains. Il le portoit, selon l'usage
de son tems, attaché à une chaîne dor. Il le laissa
à ma mère de qui je le tiens. Je l'ai toujours
porté au cou jusqu'au tems que je l'ai perdu
dans le bois où vous devez l'avoir trouvé. Voilà
le dénoûment de cette histoire. Actuellement,
ajouta-t-elle en riant, décidez-vous, ou pour
la grand'mère ou pour la petite-fille, puisque
l'une & l'autre ont les mêmes droits à votre
inclination.

Il seroit difficile d'exprimer tout ce qui se
passa alors dans l'ame de notre héros. Il alloit
se jeter aux pieds de l'aimable veuve pour lui
témoigner toute sa reconnoissance, lorsqu'on
vint avertir que le chocolat étoit prêt. Ils allèrent
déjeûner. Don Gabriel & don Eugénio parurent

étonnés du changement qui s'étoit fait dans le maintien & dans les difcours de notre chevalier. Le premier avoit projeté de combattre encore l'inclination de fon ami, pour la féerie; mais les argumens, qu'il avoit préparés, devinrent inutiles..

Convenez que deux beaux yeux, qu'une belle bouche, en un mot, qu'une jolie femme eft infiniment plus perfuafive que le fyftême le mieux raifonné.

CHAPITRE VI.

Nouvelles découvertes.

APRÈS avoir déjeûné, toute la fociété fe rendit à la bibliothèque où don Gabriël s'amufa à faire voir aux dames & à fon ami toutes fortes d'expériences de phyfique. Il y avoit tout au plus une heure qu'ils y étoient, lorfqu'ils furent interrompus par le bruit d'une efpèce de carroffe qui entroit dans la cour du château. Il eft aifé de fe faire une idée de la confternation de don Silvio, lorfqu'il vit dona Mencia fortir d'une vieille *défobligeante*, tirée avec peine par deux haridelles. Elle avoit appris, par le chirurgien Blas qui avoit été la veille à Lirias

y panfer le blessé, que son neveu étoit chez le
seigneur de ce village. Ce chirurgien avoit
ajouté que Pédrillo annonçoit des événemens
remarquables. Ces nouvelles répandirent à la
fois la joie & le trouble dans le cœur de dona
Mencia. L'une des principales clauses du contrat
de mariage passé entr'elle & le sieur Rodrigue
Sanchez, portoit expressément que don Silvio
épouseroit Mergeline. La tante jugea qu'il étoit
de la dernière conséquence qu'elle allât en personne à Lirias, réclamer son neveu. La pensée de
le trouver dans une habitation magnifique & parmi des dames séduifantes par leurs charmes, la
rendit furieuse. Il suffisoit qu'elle fût parente de
don Silvio, pour qu'on eût pour elle toutes les
attentions imaginables. Après les premiers complimens, elle détailla le motif de fa visite. Je fuis
fort étonnée, ajouta-t-elle, que mon neveu se
trouve à Lirias.

Don Eugénio lui répondit qu'il devoit cette
faveur au hasard, & lui raconta tout ce qu'avoient
fait la valeur & la générofité de son neveu. Dona
Mencia fut enchantée d'apprendre que son neveu
s'étoit rendu digne, dans une si belle occasion,
du sang illustre dont il étoit issu. Cette orgueil-
leuse tante s'abaissa pour la première fois jusqu'à
jeter un coup d'œil sur dona Félicia & sur Hiacinte,
quoique, selon son système, des femmes de cette

trempe

trempe ne méritaffent pas l'attention d'un être
penfant. Après un moment de filence, elle dit,
en adreffant la parole à Hiacinte, qu'elle n'avoit
jamais vu perfonne qui lui retraçât avec autant
de vérité tous les traits de feue fa belle-fœur,
doña Ifidoria. Elle parloit encore à Hiacinte,
lorfque don Silvio qui s'étoit retiré un inftant,
pour laiffer paffer la première colère de fa tante,
entra avec don Gabriel. Les éloges qu'on venoit
de donner à fon courage, la manière douce &
honnête avec laquelle il falua doña Mencia, &
peut-être auffi la bonne mine de fon conducteur,
firent un fi bon effet, qu'il fut mieux reçu qu'il
ne s'y attendoit. Don Gabriel qui connoiffoit déjà
le caractère de la vieille dame, eut la malice de
lui dire de jolies chofes. Il joua auprès d'elle le
rôle du plus parfait adorateur.

On s'étoit entretenu pendant quelque tems de
propos agréables, quand tout à coup, on entendit
dans l'efcalier de grand cris & des acclamations
de joie : la voix de Pédrillo fut reconnue. Peu
après, on le vit entrer dans l'appartement en
s'écriant : joie! bonheur! profpérité! plaifir fur plaifir! Seigneur don Silvio, Pinpim eft retrouvé!
Pinpim eft de retour...... Sur mon honneur,
j'ai reconnu la fée Caraboffe à cinquante pas.
Elle ne veut pas rendre le petit chien : elle dit
qu'elle ne l'a pas volé. Elle me dit une foule d'in-

jures que je n'oserois répéter devant une si auguste
assemblée; mais tubleu! je ne suis pas en reste.
Je lui ai bien rendu sottise pour sottise. Comme
je lui ai lavé la tête!..... La vieille sorcière!....
Elle veut, par tous les diables, qu'on la laisse
paroître devant le seigneur don Eugénio. Je lui
ai répondu qu'il y avoit du monde, qu'on n'avoit
pas le tems de se laisser lire dans la main; que
nous savions tout ce que nous voulions savoir....
Rends-moi Pinpim & décampe, ou je te.....
Oui, ou je te rendrai au centuple tous les coups
de bâtons que ta comère la vieille Fanfreluche
m'a fait donner. Tout cela n'aboutissoit à rien;
& elle seroit entrée par force dans l'appartement,
si je ne l'eusse prise par un bras & jetée du haut
de l'escalier en bas.

De qui parlez-vous donc, mon ami, demanda
don Gabriel? Qui est cette vieille femme?

Monsieur, reprit Pédrillo, elle pourra mieux
que personne dire qui elle est. Mon maître a
toujours soutenu que c'étoit la fée Carabosse;
mais si je dois parler vrai, je crois qu'elle n'est,
sauf votre respect, qu'une bohémienne.

Don Eugénio eut à peine entendu cette dernière parole, qu'il sortit avec précipitation de
l'appartement, dans l'espérance de retrouver la
vieille femme qu'il cherchoit.

Cette prétendue Carabosse étoit effectivement

la personne que don Silvio avoit rencontrée dans
le bois, le lendemain de son départ de Rosalva.
Cette bohémienne étoit un des principaux personnages de l'histoire d'Hiacinte. On doit se rap-
pèler que le directeur de la ville de Séville força
cette vieille de sortir de la capitale de l'Andalousie.
Comme sa réputation s'étoit répandue dans toutes
les provinces voisines, elle ne savoit plus où porter
ses pas. Au milieu de ses désastres, elle se ressouvint
d'Hiacinte. Une comédienne lui apprit l'histoire
de sa fille supposée. Elle espéra dès-lors de trouver un protecteur & un appui dans la personne de
don Eugénio. Le hasard voulut qu'elle arrivât à
Lirias en même tems que dona Mencia qui étoit
seule à même de vérifier ce qu'elle alloit révéler.

Dont Eugénio revint au bout de quelques
minutes, accompagné de la bohémienne. Je vous
amène, madame, dit-il à dona Mencia, une
femme qui prétend vous faire recouvrer une nièce
que vous avez perdue.

La belle Hiacinte fit un grand cri dès qu'elle
apperçut la bohémienne. Celle-ci courut se jeter
aux pieds de dona Mencia, pour obtenir le pardon d'un crime qu'elle disoit avoir commis contre
cette dame. Elle raconta d'une manière très détaillée comment elle avoit enlevé dona Séraphina
qu'elle avoit le bonheur de retrouver ici, sous
le nom d'Hiacinte. Elle cita le tems, le lieu, &

toutes les circonstances qui avoient rapport à ce
vol. Pour preuve de ce qu'elle avançoit, elle tira
de sa poche une petite chaîne d'or, qu'elle dit
avoir trouvée au cou de la jeune Séraphine. Il
est plus facile de se représenter la joie que pro-
duisit dans tous les cœurs une pareille découverte
que de la décrire. Don Eugénio étoit ravi, transporté d'allégresse. Il auroit volontiers fait grace à
la bohémienne de tous les reproches & de
toutes les informations que sembloit exiger un
événement de cette nature ; mais dona Mencia
ne fut pas si indulgente. Elle examina la sorcière
avec la plus sévère attention ; elle la questionna
sur les plus petites circonstances, & lorsqu'elle
fut satisfaite de ses réponses, elle regarda la
chaîne de très-près & la reconnut effectivement, pour être celle qu'elle avoit donnée à sa
petite nièce, lorsque don Pédrillo lui confia son
éducation. Enfin, après les plus exactes recherches,
Hiacinte fut reconnue pour être dona Séraphina
de Rosalva. Sa tante & notre héros l'embrassèrent
avec toute la tendresse possible. Cette découverte
répandit une joie universelle dans tout le château. Don Eugénio auroit voulu partager la sienne
avec la nature entière. Il donna ordre, dès ce
moment, qu'on préparât les choses nécessaires à
la fête qui dura plusieurs jours.

CHAPITRE VII.

Somme totale.

Don Silvio qui, enfin, ne reconnoit plus d'autre fée que son adorable dona Félicia, ni d'autre enchantement que celui que produisent de beaux yeux, est au centre du bonheur.

Don Eugénio & notre héros déclarèrent le même jour leur penchant à dona Mencia. L'amour-propre de cette vieille tante fut trop flatté pour qu'elle ne se prêtât pas à cette double alliance. Elle rougit intérieurement d'avoir eu la pensée de sacrifier son neveu & sa noblesse pour cent mille ducats. Et comme elle aimoit à calculer, elle trouva que soixante mille doublons de rentes, dont jouissoit dona Félicia, pouvoient bien rendre à sa maison toute sa première splendeur. On lui assura, par le contrat de mariage, une pension de six mille ducats. Elle pensa que ce revenu pouvoit réparer, en cas de besoin, la perte de M. Rodrigue-Sanchez.

Dona Félicia & dona Séraphina consentirent enfin à faire le bonheur de deux amans qui les adoroient & qu'elles chérissoient. Pédrillo obtint pour récompense de sa bonne foi & de sa fidélité,

la belle Laure à laquelle on joignit l'emploi de
maître d'hôtel, qu'il occupe probablement encore chez les époux les plus fortunés de toute
l'Espagne.

Fin du trente-sixième Volume.

TABLE

DES CONTES,

TOME TRENTE-SIXIÈME.

Chapitre

SECONDE PARTIE.

TROISIÈME PARTIE.

QUATRIÈME PARTIE.

Fin de la Table des Chapitres.

www.ingramcontent.com/pod-product-compliance
Lightning Source LLC
Chambersburg PA
CBHW070757030726
47504CB00003B/593